クトゥルフ神話ガイドブック
改訂版

朱鷺田祐介

クトゥルフ神話ガイドブック
～20世紀の恐怖神話～

目　次

序章
クトゥルフ神話への招待

 ## クトゥルフ神話にようこそ

「クトゥルフ神話」をご存知だろうか？

クトゥルフ（クトゥルー）、アザトース（アザトホース）、ナイアルラトホテップ（ニャルラトテップ）でもよい。アル・アジフ、またはネクロノミコンという魔道書の名前、ルルイエ、アーカム、ダニッチ（ダンウィッチ）、インスマウスという地名に聞き覚えはないだろうか？　あるいは笛を吹くような「テケリ・リ、テケリ・リ」という奇妙な鳴き声は？　「イア！　イア！　クトゥルフ・フタグン」という祈りの声は？

たとえ、クトゥルフ神話の名前を知らないとしても、ホラーやファンタジー、SFなどの小説、映像、コミックに触れていれば、あなたはどこかできっと出会っているに違いない。

これらのイメージの源泉は1920年代から1930年代にかけてアメリカで活躍したひとりの幻想作家に遡る。彼の名前はハワード・フィリップス・ラヴクラフト（1890-1937）。アメリカの大西洋岸にあるロードアイランド州プロヴィデンスに生まれ、その人生の大半をこの街で過ごした。彼は『ウィアード・テイルズ』などの恐怖幻想小説雑誌に印象的な中短編を発表し、その中で独自の世界観、宇宙観を築き上げ、既成の怪奇要素に頼らない斬新な恐怖を提示した。

その世界観を簡単にまとめると、以下のようになるだろう。

人類は地球の唯一の支配種族ではなかった。

人類が誕生する前の超古代、原初の地球には外宇宙から飛来した異形の存在たち《偉大なる古き神々》[*1]が神のような存在として君臨していたのだ。混沌を支配する白痴の神アザトース、ひとつにしてすべてのものヨグ＝ソトース、海底の都ルルイエに夢見る大いなるクトゥルフ、神々の使者にして闇に吼えるものナイアルラトホテップ、名状しがたきものハスター、千の仔を孕む森の黒山羊シュブ＝ニグラスなど。彼らは星辰の移り変わりにより、地上からは姿を消したが、完全に消え去ったわけではなく、深海、地底、あるいは異次元に潜み、復活の機会を虎視眈々と狙っているのである。

現在では、よく見られるネタのように感じる向きもあるだろうが、ラヴクラフトが活躍したのは20世紀初頭、第一次世界大戦が終わったばかりの1920年から1935年まで、日本では大正11年から昭和10年までに当たる。いわゆる大戦間期で、まだ、アジアやアフリカ、中南米には秘境というべきものが残り、決死の探検が行われていた時代である。やっと飛行機が実用化され、電気が普及し始めた。そんな時代に、ラヴクラフトは地球の歴史そのものに関わる壮大な世界観を提案したのだ。それは当時のアメリカでは当然だったキリスト教的な世界観を完全に否定し、宇宙の中でただ孤立無援な人間の無力さを語った。

　その壮大なビジョンゆえに、ラヴクラフト自身はこれを、コズミック・ホラー（宇宙的な恐怖）と呼んでいた。

　ラヴクラフトはオリジナルの神々や魔道書、地名などを作り上げ、作品の中で縦横無尽に使うことで世界を深めていった。最初にあげたクトゥルフ、アザトース、ナイアルラトホテップは神話に登場する神の名前だ。ルルイエは邪神クトゥルフが眠る海底の都、アーカム、ダニッチ、インスマウスは神話作品の舞台としてよく登場するニューイングランドの架空の街だ。

　1922年の商業誌デビュー前からアマチュア・ジャーナリズム（アメリカにおけるアマチュア創作小説とその出版）に関わってきたラヴクラフトは、友人たちとの文通で設定やアイデアを共有し、友人の作家にも自由に使わせた他、友人たちのアイデアも積極的に取り込み、しばしば、作品同士の関係性を仕込んでみた。時には、彼が添削指導していた作家志望者の作品にもクトゥルフ神話の要素を紛れ込ませた。

　そして、ラヴクラフトの死後も、彼の影響を受けた多くの作家たちが、彼のアイデアを取り込んだ作品を執筆し、その世界観はひとつの「人工的な神話」となった。主要作品のいくつかに登場する海底の神にちなみ、それらの作品をクトゥルフ神話と呼ぶようになった。「クトゥルフ神話」という言葉については、後で詳しく語りたい。

✴ 神話の拡大

　ラヴクラフトは決して報われた作家ではなかった。怪奇幻想を専門にするパルプ雑誌『ウィアード・テイルズ』など少数の雑誌に掲載されただけで、生前に作品集がまとめられることもなかった。生前に唯一出た本『インスマウスの影』も、私家版に等しい小規模出版で印刷部数400部、販売部数150部という幻の本である。

　ラヴクラフトが一介のカルト作家で終わらなかったのは、彼がアマチュア・ジャーナリズムや商業誌で知り合った作家仲間たちの存在、とりわけ、オーガスト・ダーレスの功績と言える。

　ラヴクラフトと文通して交流し、彼を師匠と仰いだダーレスは、アメリカ中西部ウィスコンシン州に住む若く精力的な商業作家で、生前、ラヴクラフトに会うことはできなかったが、ラヴクラフトの死後、その作品の出版をするために、盟友ドナルド・ワンドレイと一緒に、出版社「アーカム・ハウス」を設立、遺稿の収集と出版を行った。また、ラヴクラフトの弟子や友人に呼びかけてクトゥルフ神話作品の執筆を依頼し、ラヴクラフト系列の作品集を出版した。

　その結果、ダーレスの他、ロバート・ブロックなどの盟友たち、はてはコリン・ウィルソンやスティーヴン・キングまでという実に多くの作家がクトゥルフ神話を書き続け、それはアメリカのホラー小説におけるひとつのジャンルと言えるほどになった。

　クトゥルフ神話の熱心なファンを表現する言葉として「ラヴクラフティアン」という呼称がある。シャーロック・ホームズの大ファンたちが「シャーロキアン」と呼ばれるのと同様である。

　日本でもクトゥルフ神話のファンは多く、栗本薫、菊地秀行といった、ホラー、ミステリー界の大御所がクトゥルフ神話を題材にしたシリーズを立ち上げている他、多くの小説家が神話要素を取り込んだ作品を書いている。

　小説以外のマンガ、映画、アニメなどの分野でも多くのクトゥルフ作品が誕生し、神話オリジナルの用語を取り入れた作品は枚挙に尽きない。例えば、97年に放映された『ウルトラマンティガ』の最終3話においては、明らかにクトゥルフ神話出身と言える超古代の闇の存在、ガタノゾーアと「光の巨人」ウルトラマンが戦っている。ガタノゾーアは、ラヴクラフトがヘイゼル・ヒールドのために代筆した「永劫より」に登場するガタノトーア（Ghatanothoa/別表記がガタノソア）をモデルにしている。このガタノトーアは後に、リン・カーターによって、クトゥルフの子どもたちの長兄とされた。

　ゲームへの影響は大きく例えば、アトラス社の人気シリーズ『真・女神転生Ⅱ』や『ペルソナ』では世界各地の神々や悪魔、妖怪に混じってクトゥルフ（表記はクトゥルー）やニャルラトテップ（表記はニャルラトホテプ）が邪神として登場する。ホラー作品の多い美少女ゲームではクトゥルフの影が色濃く、21世紀初頭には、ヒロインの名前がクトゥルフ神話の中でも著名な魔道書『ネクロノミコン』の原典であるアル・アジフとなっており、彼女と組んだ私立探偵大十字九郎が巨大ロボットで邪神と戦う『斬魔大聖デモンベイン』（ニトロプラス）が人気を博し、プレイステーション2に移植され、アニメ化され、『スーパーロボット大戦』シリーズに参戦するまでに至っている。その後、後述の『クトゥルフ神話TRPG』が動画勢によって再ブームを迎えるとともに、逢空万太のライトノベル『這いよれ！　ニャル子さん』が一大ブームとなり、アニメ化され、新たな世代へのクトゥルフ神話の浸透を

果たしている。ラヴクラフト自身がゲームやアニメの中でキャラ化されることも増え、クトゥルフ神話はサブカルチャーにおける必須教養と化したかにも見える。

　筆者が専門とするテーブルトークRPG（TRPG[*2]）では、クトゥルフ神話的な事件の調査・探索がテーマをテーマにした『Call of Cthulhu』が1981年、アメリカのケイオシアム社の手で製作され、1986年、ホビージャパン社から『クトゥルフの呼び声』として翻訳出版された[*3]。2003年12月には『ダンジョンズ＆ドラゴンズ』の第3版のシステムにあわせた『d20コール・オブ・クトゥルフ』が新紀元社から翻訳発売された。2004年に刊行された本書の最初の版は、このd20版に合わせて企画されたものである。ケイオシアム社版は同社の基本システム、ベーシック・ロールプレイング・システム（BRP）で作られ、d20版と区別するため、BRP版と呼ばれることもあるが、これも再び、エンターブレイン（現KADOKAWA）から『クトゥルフ神話TRPG』として復活、クトゥルフ神話の潮流に大きな影響を与えている。2019年年末にはシステム面をバージョンアップした『新クトゥルフ神話TRPG』が発売されてベストセラー入りしている。

　このように、クトゥルフ神話という題材は非常に大きなムーブメントとなっているが、意外にその実態は知られていない。

　本書は、クトゥルフ神話にあまり親しみのない読者を主な対象にして、ラヴクラフト作品を中心にクトゥルフ神話とその周辺領域を解説することを目的としている。拙い解説だが、ラヴクラフト作品と神話の魅力の一旦でもご理解いただけたならば幸いである。

　また、筆者は専門がTRPGデザインであることから、TRPGでの使用を念頭に置いた記述が多少多めになってしまうことはあらかじめご容赦いただきたい。

　なお、神話の本質を説明する都合上、ラヴクラフトおよび主要な神話作家の作品を、そのオチまで含めて解説している。ホラー作品を純粋に楽しみたいと考えられている読者の皆さんには、本書を読む前に、まず、原典作品を読まれることをお勧めする。ラヴクラフト自身の作品ならば、創元推理文庫の『ラヴクラフト全集』（1〜7＋別巻上下）、または、星海社の新訳が入手しやすく、周辺作品も幅広く含めるならば、青心社文庫の『暗黒神話大系クトゥルー』（1〜13）がお勧めである。

✦ 神話作品の定義

さて本文に入る前にご理解いただきたいことが何点かある。

まず、「クトゥルフ神話」に属する作品の定義である。

本書ではクトゥルフ神話に分類される作品をしばしば「神話作品」と呼ぶが、神話作品と言ってもその範囲は非常に幅広い。詳しくは本文で述べるが、神話作品の

中でもいくつかの系統があり、ラヴクラフト自身であっても、後期の作品になるまではそれらがひとつの年代記に含まれるという統合化はなされなかった。また、ラヴクラフトの友人の中で、神話に参加した初期の神話作家たちの中でも、クトゥルフ神話要素の解釈は統一されておらず、オリジナルの神格を作る作家も多かったし、逆に、神話作品どころかホラーものですらないコミカルな作品に遊びとして神話要素を加えるマニアックな作家も数多い。そのため、クトゥルフやヨグ＝ソトースといった邪神、あるいは魔道書『ネクロノミコン』さえ出れば神話作品とも言えるし、一言も神話用語が出なくても、十分に、クトゥルフ神話である作品は多々存在する。2018年3月に出た『All Over クトゥルー　クトゥルフ神話作品大全』（三才ブックス）は、日本国内で発売されたありとあらゆるジャンル、媒体の、クトゥルフ神話要素を含む作品を網羅したもので、1,000を超える作品が紹介されている。もちろん、神話用語が出ていればよいと言っても、中にはホラーでもSFでもない作品中に、小ネタとして触れられているものもあり、それを神話作品に分類するかどうかは議論の分かれるところであるが、その一方で、クトゥルフ神話そのものが非常に懐の深いムーブメントであることを考えれば、これを頭から否定するのもお門違いと言える。本書でも紹介するように、ウルトラマンと邪神が戦う特撮作品や、美少女魔道書アル・アジフ（外見年齢12歳）が巨大ロボットに乗って戦う18禁ゲームであれども、それらの製作者の証言から、明らかにクトゥルフ神話への愛が含まれていることが分かっている。

　ラヴクラフトとの文通から作家となり、クトゥルフ神話の初期に印象的な作品を残したロバート・ブロックは、ラヴクラフト研究書『クトゥルー神話全書』（東京創元社）を執筆していた作家リン・カーターへの手紙で、クトゥルフ神話に参加するのは非常にゲーム感覚で楽しいものだったと述べている。例えば、ラヴクラフトと仲間たちは、それぞれが考えた魔道書や設定を互いに公開して、自分の作品に取り込んだ。ブロックとラヴクラフトに至っては、作品中に互いをモデルにした人物を登場させ、神話の怪物に殺させるという遊びを行っている。

　本書においても、こうしたクトゥルフ神話の根底に流れる「遊び心」というものを大事にしていきたいと思う。私自身、小説家ではなく、ゲームデザイナーとしての活動が主体である。そこで、本書では架空の雑誌『ジ・アンネイマブル』に連載された紹介記事とその執筆にまつわるエピソードという形を取らせていただいている。

✦ クトゥルフの表記について

　神話作品では「非人類的な恐怖」をテーマとしていたことから、作品中に登場す

る固有名詞の多くが造語で、人類には発音しにくい音が選ばれている。神話の名前になっているクトゥルフ（Cthulhu）も紹介者や作品により表記が異なり、クトゥルフ、クトゥルー、クトリュー、クスルー、クルウルウ、チュールー、ク・リトル・リトルなどなど千差万別である。

　もともと宇宙の暗黒の星々から来た異形の存在の名前を表現するもので、人間とは異なる口の構造を持つ者が発音した言葉なので、実際には正確に、人間の言葉で表現できるわけではない。さらに、英語と音声表記の異なる日本語に書き写そうとした結果であるから、どの表記も正しいと言えば、正しいし、どの言葉も正確ではないと言える。

　本書で「クトゥルフ」を採用するのは、『クトゥルフ神話TRPG』に準拠し、なおかつ、現在、もっとも入手しやすい原典作品『クトゥルフの呼び声』が創元推理文庫版『ラヴクラフト全集』2巻だからで、統一の都合に過ぎない。作品名については、創元推理文庫版を中心に、選択させていただいた。これは他の表記を否定するものではなく、それぞれが自分の流儀に従って神話世界を楽しんでもらえればよいと思う。

✦ 最後に

　クトゥルフ神話はすでに多くのクリエーターが参加しているムーブメントである。小説のみならず、映像、コミック、音楽、ゲーム、時には現実にさえ影響を与えている。

　そのため、本書の執筆に関しては、先人の著作研究を大いに参考とさせていただいた。特に、朝松健氏、大瀧啓裕氏、矢野浩三郎氏、那智史郎氏、東雅夫氏、森瀬繚氏、尾之上浩司氏らの著作や訳業に負うところが多い。この場を借りて感謝したい。

朱鷺田祐介

付記：本書では、主に、1920年代のラヴクラフトから始まり、20世紀に書かれた恐怖小説を中心に紹介しています。そのため、当時、用いられた特殊な表現を使用する場合がありますが、当時の作品を理解するために必要な言及であり、差別を助長しようとする意図はありません。

また、本文中、敬称を略しております。

＊1：これらは神のごとく強き存在で、英語では「Great Old One」と呼ばれ、「偉大なる古き神々」「ふるぶるしき者」「旧支配者」などと訳されてきた。「クトゥルフ神話TRPG」（2004年、KADOKAWA／エンターブレイン）で「グレート・オールド・ワン」というカテゴリーが出来たが、「新クトゥルフ神話TRPG」ではこの分類も廃された。

＊2：コンピュータなどを介さず人間どうしのやり取りで行われるRPG。

＊3：ケイオシアム社版は同社の基本システム、ベーシック・ロールプレイング・システム（BRP）で作られていたため、d20版と区別するため、BRP版と呼ばれる。

H.P.ラヴクラフト

イラスト：原 友和

第1部
ラヴクラフトと神話の誕生

■EPISODE 01　古き名前

『ジ・アンネイマブル』

聞きなれない名前の雑誌だったが、別に意味で懐かしいものだった。

「アンスピーカブル（語り得ぬもの）ではないのですね？」

私の確認に依頼者は微笑んでその名前を繰り返した。

「ジ・アンネイマブル（The Unnamable）」

名状しがたきもの、というのが定訳だろう。有名な恐怖小説家の短編から取られた名前だ。ホラー小説の雑誌だという。その作家と作品に関する解説記事を連載して欲しいという。

「それなら、もっと適任者がおられるでしょう」

その作家はカルトな人気を誇っており、ホラーやミステリーの大立者にも好きな人が多い。本格的な研究をしている人も決して少なくない。だいたい、私は小説家でも文学評論家でもない。昔、小説を2冊ほど出したことがあるが、仕事の中心はゲームデザイナー。それもいわゆるデジタルではなく、アナログ・ゲーム。テーブルトークRPGのデザインと雑誌記事の執筆だ。

「皆さん、お忙しくて。それに『…』を読みましてね」

依頼者が名前を上げたのは30年以上前に書いたファンタジー紹介本だった。たった一冊で、小説に限らないあらゆるジャンルのファンタジーを総括的に紹介し、その書き方まで解説してしまう。それもゲーム系ライターとしてデビューしたての新人が書いたのだ。今思えば、ずいぶん大胆な企画である。若気の至りといってもいい。

だが、同時に、自分の今を決定的に決めた一冊でもある。その前がマンガ原作なので、ひとりで完全に一冊を書いたのは、それが初めてだった。事実上のデビュー作を引き合いに出されてはたまらない。

結局、引き受けてしまった。

その人物は80年以上前に死んだ、ひとりの作家だった。

住んでいたのはアメリカ東海岸北部、ロードアイランド州プロヴィデン

ス。ニューイングランドと呼ばれる旧大英帝国植民地の伝統を残す古い街である。南北戦争前に建てられた切妻屋根の多数残るその街で、彼は生まれ、一時期、結婚し、ニューヨークで暮らした数年間を除くと、一生のほとんどをその街で過ごした。

H・P・ラヴクラフト。

1890年生まれ、1937年病没。日本式に言えば、明治23年に生まれ、昭和12年に死んだことになる。

私とHPL──彼の文通仲間にならってこう呼ぼう──の間には何も共通点はない。物書きとしてもまったくタイプの異なる人物だ。

HPLは病弱で、天文学に精通し、完璧な唯物論者でありながら、18世紀英国の文体を愛した。パルプ雑誌に短編や中編の恐怖小説を書いたが、生前、まともな単行本は一冊も出なかった。

しかし、彼が死んで80年以上経過した今、恐怖小説を語る上で、彼の遺産を無視するわけにはいかない。なぜならば、彼こそがクトゥルフ神話を生み出したからだ。

翌朝、口の中は砂のような感触だった。

40歳を越えてから、体が動かなくなった。ちょっと夜更かしすると、翌朝はどろどろだ。

特に今朝は最悪だった。金縛りにあったように、体が動かないまま、トタン板みたいな気分で目覚めた。どうしてそうなったかは分からない。だが、何か悪い夢をみたようだ。

しかたがないだろう。引き受けた仕事の関係で、夜更けまでラヴクラフトを読み直していたのだ。

「ずいぶん、うなされたわね」

妻が朝のコーヒーを入れながら言った。どうも私は寝言が多いらしい。何かストレスがたまると結構寝言をいう。比較的眠りが浅い妻からするとずいぶんうるさいようだ。

「変な呪文とか言ってなかったかい?」

私はおどけて言った。

一瞬、妻はずいぶん狐に摘まれたような顔をして凍りついた。しばら

く私の顔をじっと見た後、ぼそりと言った。
「自覚はあるのね」

　いわゆるクトゥルフ神話がどこから始まったかという議論は難しいが、1917年7月に書かれた『ダゴン』を発展させた1926年の『クトゥルフの呼び声』が重要な里程標であることは間違いない。HPLはここから壮大な宇宙神話を語り始めた。

　その物語は1925年春、世界中の人々が幻視した悪夢から始まり、ニューオーリンズの邪教結社の記録、南洋に浮上した奇怪な海底都市、クトゥルフ教団の暗躍へと続く。後のクトゥルフ作家たちが参考にした要素がここには詰まっている。まず、不気味な角度や異形の風景で満たされた悪夢の都ルルイエの描写は圧巻と言えた。さらに、死者の遺品を整理し、調査していく内に明らかになっていく恐怖というプロットは、HPLお得意のものではあるが、この作品によって完成したと言っていいだろう。

　そして、魔道書『ネクロノミコン』。3つの手記から構成されるこの作品では脇役に甘んじているが、あの言葉はしっかりと書き込まれている。

　そはとこしえによこたわる死者にはあらねど、
　測り知れざる永劫のもとに死を越ゆるもの。

　あれを読んだからだ。物語と同じように何かを見たのだ。
　そして、有名なあの呪文を繰り返す。

　ふんぐるい　むぐるうなふ　くとぅるう　るるいえ　うがふなぐる　ふたぐん
　Ph'nglui mglw'nafh Cthulhu R'lyeh wgah'nagl fhtagn
　（ルルイエの館にて、死せるクトゥルフ夢見るままに待ちいたり）

第1夜　神話の誕生
～『クトゥルフの呼び声』～

 ## 神話の父ラヴクラフト

　まず、ひとりの幻想作家の話から始めなくてはならない。

　名前はハワード・フィリップス・ラヴクラフト。

　1890年8月20日、アメリカ東海岸北部、ロードアイランド州プロヴィデンスに、その前年に結婚したウィンフィールド・スコット・ラヴクラフトとサラ・スーザン・フィリップスのひとり息子として生まれた。

　早熟で本好きだった少年は、ゴシック・ロマンスを愛好した祖父ウィップル・フィリップスの影響で幼い頃から物語や古い書物に親しんだ。6歳から自分でも物語を作るようになり、15歳になると新聞に投稿が載り始め、天文学の記事を新聞に連載するようになった。

　しかし、ラヴクラフトは病弱で、神経症を患い、ハイスクールからドロップアウトして大学進学を諦め、引きこもって小説執筆も止めてしまった。この時期のラヴクラフトは若い隠者のような生活であった。

　20代になり、やや体調が改善されたラヴクラフトは雑誌の読者欄への投稿を始める。投稿欄での論争をきっかけに、1914年4月、アマチュア文芸家の交流組織「ユナイテッド・アマチュア・プレス・アソシエーション（UAPA）」に入会、UAPA周辺での活動をきっかけに文章を書くという活動を再開した。やがて、1917年、怪奇小説の執筆を再開し、同人誌に発表するようになった。『霊廟』、『ダゴン』が最初の年の作品である。また、UAPAの縁で小説や記事の代作、ゴーストライター的な仕事をするようになる。

　1919年、UAPAの仲間に誘われて、英国の作家、ロード・ダンセイニの講演を聞いたことで、ラヴクラフトは覚醒し、ファンタジックな作品に取り組むとともに、自ら神話を創作することに取り組む。

　1922年、『死体蘇生者ハーバート・ウェスト』を『ホーム・ブリュー』誌に連載。翌年、恐怖幻想小説を専門とするパルプ雑誌『ウィアード・テイルズ』が創刊されると、『ダゴン』など5編を送り、すべてが採用された。ラヴクラフトの実質的な作家デビューである。

　以降、ラヴクラフトは『ウィアード・テイルズ』を中心に、独自の宇宙観を元にした幻想恐怖小説を発表する傍ら、生活のため、小説の代作を続けた。

　1924年には、アマチュア文芸サークルで知り合ったソーニャ・ハフト・グリーンと結婚し、ニューヨークで暮したが、結婚生活は長持ちせず、結局、ラヴクラフトはプロヴィデンスに戻り、離婚してからは独身を貫いて、1937年に病死した。

　ラヴクラフトが活躍したのは第一次大戦と第二次大戦の間の、僅か10年ほどに過ぎない。

　友人の編集する『ホーム・ブリュー』誌に『死体蘇生者ハーバート・ウェスト』を連載開始したのが1922年（大正11年）、1935年（昭和10年）に執筆された『闇をさまよう者』が最後の作品となった。

　しかし、死後、彼の文通相手で、熱心な信奉者であるオーガスト・ダーレスとドナルド・ワンドレイが出版社アーカム・ハウスを立ち上げ、ラヴクラフト作品をまとめて出版、以降、多くのファンと追随者に支持されていくことになった。

✦ 神話の胎動　〜　『クトゥルフの呼び声』

　ラヴクラフトの作品は幼少時から培った科学への深い造詣に裏打ちされたもので、独自の宇宙観を取り込んだ創作神話世界を背景に、まったく新しい恐怖と幻想を生み出した。ラヴクラフトの代名詞というべき、クトゥルフ神話の中核に位置する『クトゥルフの呼び声』（1926）では、現代の人間が知らない超古代の地球を支配していた海底に眠る邪神クトゥルフの胎動を描いた。当時としては非常に斬新で、印象的なアイデアであったと言えよう。

　急逝した大叔父エインジェル教授から奇怪な浮き彫りと研究ノートを受け継いだ主人公がクトゥルフ教の謎を追うという物語は、それらが単なる淫祠邪教の類ではとどまらず、世界の運命にも関わる超古代の魔神クトゥルフの存在を明らかにしていく。海底に沈んだルルイエの都に横たわりつつ、胎動の悪夢で世界そのものを震撼させる眠れる邪神クトゥルフ。

　現代では定番とも言える超古代邪神伝説の原形がここで提示された。執筆されたのは1926年、日本の元号で言えば昭和元年に当たる。いまだ科学による新しい物の見方が完全に浸透したとは言えない時代である。やっと複葉機が空を飛んだ時代に、ラヴクラフトは宇宙の彼方から飛来した「まったく別の恐怖」を描こうとしたのである。

　人類の認識できない、あるいは、理解できない世界に住まう宇宙的な恐怖の存在があり、その存在を知ることで、我々はこの宇宙の中でいかに人類が無力で、矮小で孤独な存在であるかを実感し、狂気と絶望に追い込まれてしまうのである。

　少々長いが、ラヴクラフトの重要な言葉を引用しよう。

想像してほしい。

満天の星はけっして美しいだけではない。

　かつてそこからやってきた、名状しがたき「別の存在」がこの地球を支配していた。彼ら旧支配者は、今は眠りについているが、星の巡りが整えば、復活し、世界を再び支配するだろう。その時、人類の文明は簡単に崩壊してしまうに違いない。

　人類は旧支配者の前では無力な虫けらのような存在でしかない。

　人類文明の精華は彼らを傷つけることさえできないだろう。

　世界は人類のために存在している訳ではないのだ。我々は広大な時の流れのほんのわずかな間、この星の上を這いずり回っている猿に過ぎない。宇宙を支配する圧倒的な力を持つ存在にさえ気づかないほどの下等な存在でしかないのだ。

　ラヴクラフトが到達したのは、信仰や神話に背を向け、科学を通して学んだ世界の広大さだ。そこに彼は人類の卑小さと孤独を見出した。それは圧倒的な無力感と言い直してもいいだろう。

衝撃

　さらに深く『クトゥルフの呼び声』を分析していこう。本来ならば、実際の作品

を読んでいただきたいところであるが、ここではあえて、ネタバレも含めて、『クトゥルフの呼び声』の粗筋を紹介しよう。

『クトゥルフの呼び声』は3つのパートに分かれている。

第一部「粘土板の恐怖」は、「わたし」が大叔父の遺品を得たあらましと、若き芸術家ウィルコックスが1925年2月28日の夜に見た悪夢を元にして作り上げた粘土製のレリーフを、翌3月1日、エインジェル教授のもとに持ち込んだエピソードが語られる。

まず、物語の冒頭には「ボストンの故フランシス・ウェイランド・サーストンの遺した書類の中に見つけだされた手記」と書かれている。あまりにあっさりしていて、続くアルジャーノン・ブラックウッドからの引用の玄妙さ、はたまた既に引用した冒頭の名台詞に圧倒される内に、脳裏から飛び去ってしまいがちなことであるが、この物語そのものがすでに死者となった人物からの遺言なのである。物語に書かれた恐怖により、語り手である「わたし」はすでに死んでいるのだ。なお、雑誌掲載時にはこの前文は削除されてしまい、その後の出版物でも割愛されていることが多い。

クトゥルフ神話作品ではこうした多重構造が好んで使われる。客観描写ではなく、被害者が書き残した手記を読むという形で、我々読者はその恐怖をさらに身近に体感できるのである。

エインジェル教授のもとに持ち込まれたレリーフは蛸、龍、人間の戯画を重ね合わせたような異形の怪物を描いたもので、地上のいかなる生物にも似ていなかった。触腕のついたしまりのない頭部が、鱗に覆われ、未発達の翼を備えるグロテスクな胴の上に乗っているのだが、全体の漠然とした輪郭が、それを衝撃的なまでにまがまがしいものとしていた。

ここでウィルコックスが語る悪夢の都市の描写が素晴らしい。

バビロンやスフィンクスよりも古いであろう、巨大な石積みの古代都市。巨大な石塊や空をつく石柱はことごとく緑の粘液を滴らせ、象形文字に覆われていた。どこか下方からは声にあらざる声が聞こえる。それは想像力のみが音声に変えうる混沌としたものだった。ウィルコックスはその声を伝えようとして、ほとんど発音できない「くとぅるふ・ふたぐん（Cthulhu fhtagn）」の文字を使った。

その言葉はエインジェル教授の古い記憶を刺激し、ウィルコックスの奇怪な話を信じさせるに至る。教授は若き芸術家から何度も話を聞くが、やがて、3月23日、ウィルコックスは高熱を発して寝込んでしまう。高熱の合間に「身の丈何マイルにもおよぶ巨大な何かが歩き出す」と言ったうわごとを口走り、何度も昏睡を繰り返したウィルコックスは4月2日、突然回復するとともにすべての記憶を失ってしまう。

事態を重く見た教授は多くの人々に呼びかけて、悪夢の調査をした。その結果、

多くの人々が3月23日から4月2日にかけて恐ろしい悪夢を見た他、世界各地で暴動、犯罪、怪奇な事件がその時期に頻発していることを知る。

この部分のじっとりした展開は静かな展開だが、非常に趣き深いものである。

第二部「ルグラース警視正の話」では、エインジェル教授が1908年のアメリカ考古学協会年次総会で出会った奇怪な神像の話が語られる。ニューオーリンズから来たルグラース警視正は、数ヶ月前、ヴードゥー教と思しき邪教の集会から押収した謎の神像を鑑定してもらおうと、学会に持ち込んだのだが、それがウィルコックスのレリーフとそっくりだったのだ。

その神像は既存のいかなる神格とも類似しておらず、神像の素材さえもまったく謎であった。台座に刻まれた文字もまったく謎で、考古学の専門家が集結していたにも関わらず、誰ひとり類似したものを挙げることができなかった。唯一、プリンストン大学の人類学者にして冒険家ウェブ教授が、グリーンランドの高地で遭遇した、悪魔崇拝を行う、エスキモーの特異な部族の呪物を思い出した。その呪物は世界の創造以前から伝わるものだが、そのまがまがしさこそ、目前の神像に通じるものだという。ウェブ教授は年老いた呪術祭司と話し、その呪文を書き残していた。

ふんぐるい　むぐるうなふ　くとぅるう　るるいえ　うがふなぐる　ふたぐん
Ph'nglui　mglw'nafh　Cthulhu　R'lyeh　wgah'nagl　fhtagn

それはルグラース警視正がニューオーリンズの湿地帯の奥で聞いたものと同じであった。かの呪文は以下のような意味がある。

ルルイエの館にて、死せるクトゥルフ夢見るままに待ちいたり

1907年11月1日、ニューオーリンズ警察に出動依頼が届いた。湿地帯の奥に潜むヴードゥー教らしき邪教の結社員が人々をさらっていったというのだ。ルグラース警部は警官隊とともに、湿地帯に乗り込み、邪悪な供犠の儀式を行いつつあった邪教徒たちを逮捕したが、取り調べた信者たちの証言によれば、彼らの信じる神は人類誕生のはるか以前に宇宙から飛来した《偉大なる古き神々》である。今は海底や地底に姿を消しているが、いつの日か星辰の位置が整えば、海底のルルイエの都市にある暗黒の館から大祭司クトゥルフが現れ、再び地球をその支配下に置くという。

《偉大なる古き神々》は、星たちが正しい位置にあった時代には宇宙を自由に旅することができたが、星たちの位置が変化すると生きていくことができなくなった。しかし、もはや生きていないとはいえ、真に死に絶えることはない、星たちが正しき位置にもどる時、彼らは復活するのだという。果てしない歳月が過ぎ、最初の人

類が誕生すると、旧支配者は夢を形作ることで、人類のとりわけ鋭敏な者に語りかけ、その僕としたのだ。

　第三部「海からの狂気」で「わたし」の探索が始まる。

　クトゥルフの謎に取りつかれた「わたし」は偶然、目にした新聞からウィルコックスが悪夢を見たその頃、クトゥルフの神像をニュージーランド沖で発見した船員の存在を知る。船員の足跡を追い、オーストラリアからノルウェイまで足を延ばしたが、その船員グスタフ・ヨハンセンはすでに死んだ後だった。その遺稿によれば、1925年3月23日から4月2日の間に、彼と仲間たちは南緯47度9分、西経126度43分の海上に浮上した超古代都市ルルイエを発見し、恐るべきクトゥルフを目撃したのだ。

　そこまで突き止めた「わたし」は、大叔父エインジェル教授とヨハンセンの死に不審を抱き、自らもクトゥルフ教団に狙われていると判断し、この手記を書き残したのである。

オリジナリティの追求

　『クトゥルフの呼び声』を読んだ多くの人々はそこで紡がれたイメージの豊かさに愕然とする。

　悪夢に出現したまがまがしい海底の都ルルイエは緑の粘液にまみれ、人ならぬ作り手が生み出した不可解でまがまがしい角度と雰囲気に包まれている。そして、そこに眠る大いなるクトゥルフが悪夢の中から人々を招く姿は、おぞましくも美しい。

　神経質な天才、ラヴクラフトはオリジナリティを追求した。

　ホラーの定番というべき吸血鬼や人狼、妖精や悪魔ではなく、人々がまだ知らない何か異形の存在からの恐怖を表現した。そのため、彼は「名状しがたきもの」（Unnamable）に代表される「文章で表現しきれないほどおぞましい存在」、「人が名前を知らない超次元的な怪物」を登場させ、奇怪な描写で読者を追い詰めた。無数の動物が合体したような姿、触手、羽や鱗、異形の色彩、タール状の粘液など、ラヴクラフトの創造した怪物たちは実に印象的なものだった。

クトゥルフという名前について

　「クトゥルフ」に代表されるネーミング・センスも一級だった。

　前書きでも述べた通り、クトゥルフというのは「Cthulhu」の音訳であるが、もともと英語としても異常な綴りである。そのまま発音するとしたら、息を吐くようなC音である「クッ」という音に続いて、舌を上の前歯の裏に丸める「Thu」音はスとトゥの中間にある息の吐き出される音になる。「Lhu」は疑問のある部分で、

同様に舌を前歯に当てるL音で「ルー」か「リュー」と読むのか、前と繋げて「ク
トゥル・フゥ（この部分、ほとんど音無し）」と読むのか、分からない。咳をする
ように発音するとも言われる。日本語的な音の切り方とは異なり、全体的に素早く
発音されるため、英語に慣れない人には「キュルキュル」と「クックル」の中間ぐ
らいにしか聞こえないかもしれない。

　そのため、訳語は翻訳者によって異なり、クトゥルフ、クトゥルー、クスルウー、
クトリュウ、クルウルウ、ひいてはク・リトル・リトルにまで至る。荒俣宏が提唱
したク・リトル・リトルは日本語として並べると実に違和感があるが、前に述べた
通り、英語的に素早く発音すると同型の音と分かる。これもまた見識のひとつと言
える。

　クトゥルフ神話翻訳の第一人者というべき大瀧啓裕は『魔道書ネクロノミコン』
（学研M文庫）の文庫版後書きにおいて、ラヴクラフトの書簡やご自身の経験から、
ラヴクラフトは「クルウルウ」に近い発音をし、オーガスト・ダーレスは「クトゥ
ルー」に近い発音をしたとし、クルウルウを採用している。星海社の新訳シリーズ
のように、「クトゥルー」と訳す例も多い。ラヴクラフトの書簡では「Cluh-Kuhの
ように音節を分け、舌の先を口蓋にしっかりとつけたまま、唸るように吠えるよう
に、あるいは咳をするようにその音節を出せばいい」と記述しているが、その前に、
人間の発声器官で発音できないように作られた言葉ではないので、この方法でも不
完全な発音しかできないとしている。他方、ラヴクラフトと面識があったR・H・
バーロウはラヴクラフトが「クトゥルー」と発音していたと証言している。ラヴク
ラフト研究で名高いS・T・ヨシは、『H・P・ラヴクラフト大事典』の中で、この
書簡に言及し、平易にクトゥルーのように発音するのは違うだろうと指摘している。
残念ながら、ラヴクラフトがどう発音したかについては、個人によって聞いた感じ
が異なる。

　ホビージャパンから出た「クトゥルフの呼び声」TRPGでは、翻訳にあたり、ア
メリカ・ケイオシアム社のデザイナー、サンディ・ピータースンの発音を検討した。
筆者も聞かせていただいたが、クトゥル（フ）のHuの無声音が強調され、印象に
残る感じであった。その後、2014年にエッセンで、ご本人にインタビューしたが、
ややクトゥルーよりながら、どちらとも言える感じで、曰く「人間には発音できな
いんだ」という。

　クトゥルフ神話映画『ダゴン』では、スペインのダゴン秘密教団の女祭祀が、か
なり巻き舌の発音で「イーアー！カットゥル・フタグン」と詠唱するシーンがある。
明らかにクトゥルフであるが、映画の字幕翻訳は「カトゥル」となっていた。

　もともと異世界から来た旧神の名前を表現するもので、人間とは異なる口の構造
を持つ者が発音した言葉なので、実際には正確に、人間の言葉で表現できるわけで

はない。それをさらに音声表記の異なる日本語に書き写そうとした結果であるから、どの表記も正しいと言えば、正しいし、どの言葉も正確ではないと言える。

　本書で「クトゥルフ」を採用するのはTRPGに準拠しているからで、他の表記を否定するつもりもない。逆に、日本作家の手になる神話作品では「チュールー」、「くらら」、「九頭龍（クトーリュー／クズリュー）」といった表記もあり、外国語をよいことにいろいろ遊んでしまってもかまわないだろう。

邪教伝説から宇宙神話へ

　その後、ラヴクラフトはさらに神話世界を深めるいくつもの作品を発表した。

　古びた港町を舞台にした『インスマウスの影』は、ラヴクラフトがいくつも書いてきたニューイングランド恐怖譚の形を取りつつも、クトゥルフ神話の要素を加えることで、辺境の村を舞台にした、ありがちな怪談にとどまらない恐怖を生み出した。その一方でラヴクラフトお得意の血族にまつわる恐怖などもうまく取り入れた傑作である。

　そして、『ダニッチの怪』で異世界から侵入しようとする邪神ヨグ＝ソトースの落とし子を巡る怪事件を描き、そこまで彼が各作品で取り上げてきたクトゥルフ神話の別の側面、科学と魔術の戦いの行方をダイナミックに描き出して見せた。クトゥルフ神話作品で多用される魔道書『ネクロノミコン』の立ち位置も、この『ダニッチの怪』で確定した。

　ある意味、この3作によってクトゥルフ神話の基本構造が提示されたと言ってよい。

ネクロノミコン（Necronomicon）

　おぞましき古代の知識を詰め込んだ魔道書『ネクロノミコン』は、ラヴクラフトの生み出した恐怖の中でも、特に印象的な存在であった。

　『ネクロノミコン』（死霊秘法）は架空の書物である。ラヴクラフト自身のメモ「『ネクロノミコン』の歴史」（全集5）によれば、アラブ人の詩人で神秘家のアブドゥル・アルハザードが紀元730年頃に、ダマスカスで書いた魔道書『アル・アジフ』を翻訳したものである。『アル・アジフ』はアラビア語で魔物の吼える声と考えられた夜の音、虫の鳴き声という意味とされる。アルハザードは砂漠の中で名も分からぬ都市の廃墟に紛れ込み、その地下で、人類よりも古い種族の衝撃的な年代記や秘密を発見したと自称していた。アルハザードは執筆後、ダマスカスの路上で不気味な最後を遂げた。12世紀の伝記作家イブン・ハッリカーンによれば、白昼、通り

で目に見えない怪物に捕えられ、恐怖のあまり立ちすくむ多くの者の前で、貪り食われたという。

　残された『アル・アジフ』は思想家の間で密かに流布し、紀元950年、コンスタンティノープルのテオドラス・フィレタスの手によって、『ネクロノミコン』の題名でギリシア語に翻訳された。一世紀の後、総主教ミカエルにより焚書処分にされた。

　その後、1228年にオラウス・ウォルミウスの手でラテン語に翻訳され、15世紀にゴシック体で（おそらくドイツで）、17世紀におそらくスペインで印刷されている。

　1232年には教皇グレゴリウス9世によって発禁処分を受け、多くの写本が処分されたが、その後、16世紀初頭にイタリアで印刷されたとも、英国の神秘学者ジョン・ディー博士が翻訳を行ったが、印刷には至らなかったとも言われている。

　現在では、アーカムにあるミスカトニック大学付属図書館を含む僅かな図書館に数冊が残るだけで、いずれの場合も図書館の閉架の奥深く収蔵され、一般の人々の目からは注意深く隔たった状態にある。

　この邪悪な書物はクトゥルフやアザトースなど超古代の地球を支配した旧神に関わる秘密を内包した魔書である。ラヴクラフトの小説の多くに登場し、主人公たちを狂気の世界に導いていく。

　ラヴクラフトは、プロット上、無関係な複数の作品に架空の魔道書を登場させることにより、作品にリアリティを与えると同時に、それらが同一の作品世界に含まれるという「世界の広がり」を実現した。

　『ネクロノミコン』はラヴクラフト作品で数多く引用されていたこともあり、その後、クトゥルフ神話に参加した多くの作家の作品にも取り入れられ、まるで実在の魔道書のように見なされた。実際、『ネクロノミコン』が実在の魔道書であるかのように、オカルト雑誌や占い本で取り上げられたこともある。

　そして、今や『ネクロノミコン』は実在する。

　熱心なラヴクラフティアン（ラヴクラフトの熱狂的ファン）であるジョージ・ヘイにより、この恐るべき魔道書の部分的な復刻を収録したと称する偽の研究書『魔道書ネクロノミコン』が編纂され、作家コリン・ウィルソンの序文付きで刊行されたのである。それも小説にしばしば登場するラテン語版やギリシア語版ではなく、出版に至らなかった幻のジョン・ディー版が発見され、コンピュータ解析で現代に蘇るというものだ。これ以前にも、ディ・キャンプがアル・アジフを発見し、刊行、リン・カーターも『ネクロノミコン』を製作したり、その後、ドナルド・タイソンが『ネクロノミコン』と題して、アブドゥル・アルハザードをテーマにした小説を書いたりしている。

✦ 夢見る人ラヴクラフト

　なぜ、これほどの魅力ある魔道書が生まれたのか？

　ラヴクラフトは夢をよく見る人で、その内容は多くの幻想に満ち、そこから多くの小説や夢を生み出した。非常に鮮明でドラマチックな夢を見て、しばしば、その内容を元に、小説を書いたのである。

　『ネクロノミコン』という名前も、夢の中で思いついたという。彼はそこで、ギリシア人のプトレマイオスの天文学の著作がなぜかアラビア語題に由来する『アルマゲスト』で知られていることを思い出した。これはアラビア人が翻訳した時にはもとの題名が失われていたためであるが、この翻訳によって同書は再評価され、歴史に残った。『ネクロノミコン』ではこれを逆転させ、原典はアラビア語で書かれていたが、翻訳の際にこういう名前になったのだとした。後に、ラヴクラフトは『アル・アジフ』が「夜の虫の声」という意味であることを、アラビア風ロマンス小説『ヴァテック』の注釈の中で発見した。孫引きだが、間違ってはいないはずだと書簡で述べている。この辺のエピソードについては『定本ラヴクラフト全集10』に収められた1937年2月のハリー・O・フィッシャー宛書簡に詳しい。

　アブドゥル・アルハザードという名前は彼が幼少の頃に『アラビアン・ナイト』を読んでアラビア人になりたかった頃に、誰か大人の人につけてもらった名前であるという。

　アブドゥル・アルハザードの名前が初めて登場するのは、1921年の『無名都市』（Nameless City）である。アルハザードが夢見た古代の無名都市の廃墟に踏み込んだ私はそこで人類よりも古い種族の年代記を発見することになるが、この作品もまた、ラヴクラフトの夢を元に生み出されたものである。ロード・ダンセイニの『驚異の書』に触発されたラヴクラフトは、この夢を元に、恐怖の連続に焦点を当て、小説化したという。

　『無名都市』では、クトゥルフ神話において有名な二連句が登場した。

　　そはとこしえによこたわる死者にはあらねど、
　　　測り知れざる永劫のもとに死を越ゆるもの。

　この時点では、アラビア人、狂える詩人という記述しかなかったが、翌年発表された『魔犬』（The Hound）では、「狂えるアラブ人、アブドゥル・アルハザードの禁断の『ネクロノミコン』……」という言及がなされ、明確に『ネクロノミコン』の著者と指定された。主人公たちが500年前の墓から発見した緑色の護符が、レン

の忌まわしき屍食教徒の護符であることを『ネクロノミコン』が明記していたのである。

その後、『ネクロノミコン』は忌まわしき知識の源泉となり、ラヴクラフトの小説の主人公たちは、旺盛すぎる好奇心のあまり、『ネクロノミコン』に手を出し、破滅していったのである。

✴ 黄衣の王

『ネクロノミコン』にはもうひとつ、アイデア・ソースがある。

R・W・チェンバースの『黄の印』という短編がある。主人公の画家と恋人のモデルは魔性の戯曲『黄衣の王』を読んでしまい、破滅するというものである。ここで描かれる『黄衣の王』は読むだけで忌まわしく、人の本質を変えてしまうとされている。まさに『ネクロノミコン』を彷彿とさせるものではないだろうか？

ラヴクラフトはこの本に触発され、『黄衣の王』を邪悪な本として神話作品の中に加えている。この他、やはり先行する幻想作家アンブローズ・ビアースの『カルコサの住人』から「カルコサ」やなどの地名を取り込んだりすることで、世界を広げていった。

✴ ウィアード・テイルズ

ラヴクラフトが主な活躍の舞台とした『ウィアード・テイルズ』はいわゆるパルプ雑誌と呼ばれる大衆向けの娯楽雑誌のひとつである。パルプ雑誌は20世紀前半のアメリカ大衆小説を支えた娯楽小説雑誌で、どちらかと言えば、けばけばしい表紙と扇情的な内容で読者を刺激しつつ、俗悪エンターテイメントを世に送り出した。

『ウィアード・テイルズ』は、「奇妙な物語」というタイトルの通り、恐怖幻想小説、ヒロイック・ファンタジー、SF冒険ものの牙城というべき雑誌であった。例えば、ラヴクラフトの若き盟友というべきロバート・E・ハワードはヒロイック・ファンタジーの傑作「蛮人コナン」シリーズを掲載し、人気を博していた。この作品は、後に『コナン・ザ・グレート』（1982）として映画化され、アーノルド・シュワルツェネッガーの出世作となる。ちなみに、ハワードはラヴクラフトと親密に文通し、後に、クトゥルフ神話を形成する幾つもの短編を発表することになる。

✴ ラヴクラフト・スクールと神話の共有

ラヴクラフトは若くして一般社会からドロップアウトして、その人生の大部分を

生まれ故郷のプロヴィデンスで過ごしたが、本人がうそぶくほどの老賢者のような存在ではない。彼は幼い頃に父親を失い、育ててくれた祖父も急逝、貧困の中、母親とともに精神を病みかけたものの、20代になってアマチュア・ジャーナリズム（アマチュア創作出版、日本でいう創作同人に近い）の世界で目覚めた。プロ、アマ問わず、多くの作家と文通し、特に若い作家や作家志望者の作品を添削したり、相談に乗ったりした。デビュー前はアマチュア作家の交流団体UAPAに参加して、一時はUAPAの会長を務めるほど熱心な活動家でもあった。UAPAの会報で添削や批評の記事を連載する一方で、自らも回覧型同人誌を主催して、仲間たちとリレー小説を書いたり、互いの作品を見せ合ったりした。

　UAPAにおいて、批評部門を仕切っていたり、小説の添削を仕事にしていたりしたため、当時、ラヴクラフトを中心とした作家や作家志望者たちが「ラヴクラフト・スクール」と呼ばれる一種のグループを形成していた。ニューヨーク時代の友人で、後に、神話作品を書いたフランク・ベルナップ・ロング、詩人でありながら、ラヴクラフトとの文通から小説を書き始めたC・A・スミス、ラヴクラフトの衣鉢を継ぐことになるオーガスト・ダーレス、ロバート・ブロックなどの若手をまとめてラヴクラフト・スクール、もしくはあるいはR・E・ハワードなどのプロ作家の文通仲間も加えて、ラヴクラフト・サークルと呼ぶべきゆるやかな集団が形成されていた。彼らは仲間の考えたアイデア、あるいは仲間の作品で言及された事件を、自分の作品に取り込んでいくというお遊びを始め、それは一種の共同幻想と言えるまでになった。ラヴクラフトは友人の作家たちと交流する中で、自分が作り出した「禁断の書物ネクロノミコン」や「超古代の邪神クトゥルフ」といったアイデアを使うようにすすめたり、他人の代作で書いた小説に神話のアイデアを紛れ込ませたりした。小説の添削や代作を依頼した結果、神話作家の仲間入りをすることになったゼリア・ビショップやヘイゼル・ヒールドは、後者の好例である。

　加えて、ラヴクラフトは友人の作品を読んで、面白そうな設定があると、どんどん取り込んでいった。　そのため、ラヴクラフトの現代ホラーと、ハワードやスミスが描いていたヒロイック・ファンタジーが神話用語、例えば、クトゥルフやツァトゥグァ、レン、エイボンの書などを通じて神話体系に組み込まれていった。

　ちなみに、これらのラヴクラフト・サークルの仲間たちは広大なアメリカ大陸の各地に住んでおり、直接の面識がないもののほうが多かった。ラヴクラフトは一時期のニューヨーク生活と、旅行を除くと、その生涯の大半をプロヴィデンスで過ごした。ラヴクラフト作品を出版しようとしたダーレスでさえ、ラヴクラフトと直接、会ったことはなかった（アーカム・ハウス創設の相方、ドナルド・ワンドレイは直接の面識があったが）。

　ラヴクラフトは稀代の文通魔であった。当時、まだ電話料金が高かったこともあ

り、遠距離との連絡はもっぱら手紙であった。アマチュア作家として広く活動していたラヴクラフトはその連絡のためもあり、毎日のように多数の手紙を書いた。生涯に10万通とも言われ、そのうち、数千通が今も残っている。ラヴクラフトは多くの友人に手紙を書くことを何よりの楽しみとし、ファンレターにもこまめに返事を書いた。『アーカム計画』などを書いたホラー作家ロバート・ブロックは15歳の時にラヴクラフトに出したファンレターへの返事を貰ったことから文通を始め、ラヴクラフトの勧めでホラー小説を書くようになる。

☆ ダーレスとアーカム・ハウス

　ラヴクラフトが一介のカルト作家で終わらなかったのは、とにもかくにも、オーガスト・ダーレス（そして、ドナルド・ワンドレイ）の功績と言える。

　ラヴクラフトと文通仲間であり、彼を信奉していたダーレスはラヴクラフトの死後、その作品の出版をするために、ドナルド・ワンドレイとともに、出版社「アーカム・ハウス」を設立、1939年、ラヴクラフト初の作品集『アウトサイダーその他』を出版した。また、ラヴクラフト・サークルの仲間に呼びかけて神話作品の執筆を依頼し、ラヴクラフト系列の作品集を出版した。

　その最大の成果はクトゥルフ神話作品だけで形成された短編集『Tales from Cthulhu Mythos』（1969）に結実する。この作品集は大きな話題を呼び、ラヴクラフトは現代アメリカ・ホラーの原点として認知されるようになった。

　1940年代から60年代にかけて、ダーレスはラヴクラフトの残したメモを元に、合作として幾多の神話作品を世に送り出した。ダーレスは、ラヴクラフトの存命中から、クトゥルフ神話作品を書いており、神話の神々を四大精霊に分けて解釈したり、クトゥルフなど旧支配者に対抗する善の勢力、旧神を設定し、旧支配者を悪の邪神として巨大怪獣のごとき邪神対決をして見せたりした。ダーレスの独自設定であるが、この傾向は死後合作でも強調され、ダーレスのクトゥルフ神話は分かりやすい対立構造を持つに至った。

　これをもってダーレスを批判することは簡単だが、ダーレスのおかげで、クトゥルフ神話は分かりやすいエンターテイメントとして成立し、大いに広まった。1969年に刊行され、大人気を呼んでいた『Tales from Cthulhu Mythos』の影響で、1970年代のアメリカでクトゥルフ神話ブームが再燃、一度は神話作品から離れたブロックをはじめとする多くの作家が再び、神話作品を発表するようになった。

　（第1夜・了）

■リーダーズ・ガイド

『奥津城』→『定本ラヴクラフト全集1』国書刊行会

『ダゴン』→『ラヴクラフト全集1』創元推理文庫

『死体蘇生者ハーバート・ウェスト』→『ラヴクラフト全集5』創元推理文庫

『クトゥルフの呼び声』→『ラヴクラフト全集2』創元推理文庫／『暗黒神話大系クトゥルー1』青心社文庫

『インスマウスの影』→『ラヴクラフト全集1』創元推理文庫／『暗黒神話大系クトゥルー8』青心社文庫

『無名都市』→『ラヴクラフト全集3』創元推理文庫

『魔犬』、「『ネクロノミコン』の歴史」→『ラヴクラフト全集5』創元推理文庫

コリン・ウィルソン、ジョージ・ヘイ『魔道書ネクロノミコン』→学研M文庫

チェンバース『黄の印』、『カラコサの住人』→『暗黒神話大系クトゥルー3』青心社文庫

ブロック『アーカム計画』→創元推理文庫

ダーレス『永劫の探究』→『暗黒神話大系クトゥルー2』青心社文庫

暗黒神話大系クトゥルー　　ラヴクラフト全集　　定本ラヴクラフト全集　　魔道書ネクロノミコン

悪夢

イラスト：槻城ゆう子

ブックガイド　ラヴクラフトと初期神話作品

　クトゥルフ神話作品は非常に多いが、まずはH・P・ラヴクラフト自身の作品から始めるのがいいだろう。ラヴクラフトは生涯に、70作の本人名義小説作品と30作ほどの小説の代作や合作に近いゴーストライティング作品を執筆し、さらに、250を超える詩を書き、オーガスト・ダーレスによる死後合作で名義が上がっている小説が12作ある。小説作品の大半は翻訳されている（幼少時の作品で廃棄されたものを除くと、翻訳されたものが66作、未訳の短編が1作ある）。

　ラヴクラフトの主だった作品集は2020年現在、3種類刊行されている。まず、現在も入手しやすいのが東京創元社の創元推理文庫版『ラヴクラフト全集』で全7巻、別巻2巻で主要作品が網羅されている。1冊目は大西尹明、2冊目は宇野利泰が担当したもので、当初は『ラヴクラフト傑作選』であったが、シリーズ化が決定し、『ラヴクラフト全集』に変わった3巻以降は、大瀧啓裕が翻訳している。

　もうひとつ、国書刊行会からハードカバーで『定本ラヴクラフト全集』全10巻が刊行されている。書簡集、評論、研究論文、合作作品なども含まれ、研究には欠かせない。残念ながら、すでに品切れで一般書店の店頭で見かけることは少ない。本書では、創元版を全集、国書刊行会版を定本と呼ぶ。

　第3の作品全集を目指して完全新訳のラヴクラフト作品集『新訳クトゥルー神話コレクション』が星海社より現在進行系で刊行中である。翻訳者はクトゥルフ神話研究者の森瀬繚で、『クトゥルーの呼び声』に始まり、5冊まで出ている。最新のラヴクラフト研究が反映され、テーマごとに関連作品がまとめて読めるのが特徴で、訳文も現代的で読みやすい。

　クトゥルフ神話作品も包括的な作品アンソロジーのシリーズが2つある。まず、青心社文庫版『暗黒神話大系クトゥルー』は、ラヴクラフト、ダーレスを中心に初期作家の作品をカバーしており、全体を把握しやすい。特に、1巻の『クトゥルー神話の神神』、2巻の『クトゥルー神話の魔道書』（リン・カーター）は、かつては日本人読者にクトゥルフ神話の概観を広める上で大いに役立った、ランドマーク的な入門記事だった。編者の大瀧啓裕は創元推理文庫の全集も担当している、クトゥルフ神話の専門家である。

　国書刊行会は『ドラキュラ叢書』の一環として荒俣宏編『ク・リトル・リトル神話集』を刊行した後、包括的な神話作品集の決定版として『真ク・リトル・リ

トル神話体系』全10巻を刊行した。これをソフトカバーにまとめ直した『新編真ク・リトル・リトル神話体系』が現在でも入手できるが、評論や一部の作品がなくなっている。

　この他、入門向けの文庫版としては、尾之上浩司編訳の『クトゥルフ神話への招待』（扶桑社、2巻）や、南條竹則編訳『クトゥルー神話傑作選　インスマスの影』（新潮社）などがある。

『ラヴクラフト全集』創元推理文庫　全7巻別巻2巻
『定本ラヴクラフト全集』国書刊行会　全10巻
『新訳クトゥルー神話コレクション』星海社　現在5巻
『クトゥルフ神話への招待』扶桑社ミステリー　2巻
『インスマスの影　クトゥルー神話傑作選』　新潮文庫
『暗黒神話大系クトゥルー』青心社文庫　13巻
『新編真ク・リトル・リトル神話体系』国書刊行会　全7巻

第2夜　水かきと鰓
〜『インスマウスの影』〜

 ## 神話作品としての系列

　『クトゥルー神話大事典』（新紀元社）の東雅夫はラヴクラフトの作品をいくつかの系統に分け、その後の神話作品がこれら原点となった作品に対する壮大な変奏曲であるとした。その系統とは……

　神話全体の原点である『クトゥルフの呼び声』。（クトゥルフ物語）
　『インスマウスの影』を原点とする〈インスマウス物語〉
　『ダニッチの怪』を頂点とする〈ヨグ＝ソトース物語〉
　『闇に囁くもの』を原点とする〈ユゴス物語〉
　『狂気の山脈にて』を原点とする〈古のもの物語〉
　『時間からの影』を原点とする〈大いなる種族物語〉
　『闇をさまようもの』を原点のひとつとする〈ナイアルラトホテップ物語〉
　『ピックマンのモデル』を原点とする〈食屍鬼譚〉
　『未知なるカダスを夢に求めて』を基幹作品とする〈幻夢境物語〉
　『チャールズ・ウォードの奇怪な事件』を原点とする〈妖術師物語〉

　これを参考にして、クトゥルフ神話の原点というべきラヴクラフト自身の手になる作品を分類してみよう。

〈クトゥルフ物語〉

　邪神クトゥルフを中心にした物語のうち、クトゥルフ復活に関わる恐怖を描いた『クトゥルフの呼び声』を基幹作品とする。ラヴクラフトが代作したヒールド『永劫より』、ビショップ『墳丘の怪』などもこの系統につながる。

〈インスマウス物語〉

　邪神クトゥルフを中心にした物語のうち、クトゥルフに仕える「深きもの」によって退廃していったマサチューセッツ州の古い港町インスマウスを舞台にした『インスマウスの影』を基幹作品とする。異種族との交配で変容していく田舎の港町を部隊にした辺境ホラーの要素が強く、定番の怪談ものとして、多くの神話作家たち

が書き続けている。

〈ヨグ＝ソトース物語〉

　異次元に追放された邪神ヨグ＝ソトースを地上に呼び戻そうとするものたちの物語。『ダニッチの怪』を基幹作品とする。他に目立つ作品はないが、ラヴクラフト自身が「ヨグ＝ソトース・サイクル」という言葉を使っており、初期はもっと色々書く予定だったのではないかと思われる。

〈ナイアルラトホテップ物語〉

　神々の使者、闇に巣くう者ナイアルラトホテップ（ニャルラトホテップ）の陰謀を描く物語。夢を書き起こした『ナイアルラトホテップ』で登場し、『闇をさまようもの』を基幹作品とするが、『未知なるカダスを夢に求めて』も見逃せない。

　ここで口にされる名文句「二度とふたたび千なる異形のわれと出会わぬことを宇宙に祈るがよい。（中略）我こそは這い寄る混沌、ナイアルラトホテップなれば」こそ後の陰謀家的ナイアルラトホテップのイメージを決めたといっていい。

　加えて、後にブロックやダーレスがまったく異なる姿のナイアルラトホテップを登場させた結果、まさに千の異形がうごめくことになった。

〈ユゴス物語〉

　ユゴス星（冥王星）からの侵略者がもたらす恐怖を描いたホラーSFの系統。宇宙人「ユゴス星人」、「ミ＝ゴ」がマサチューセッツの山奥に潜み、地球に植民していたという恐怖を描く。『闇に囁くもの』を基幹作品とする。

〈古のもの物語〉

　南極に住んでいた古のものを巡る物語。超古代文明テーマのSF味の強い傾向がある。『狂気の山脈にて』を基幹作品とする。

〈大いなる種族物語〉

　イスの大いなる種族による、時間を越えた精神寄生（精神交換）の恐怖を描いたSFホラー。『時間からの影』を基幹作品とする。

〈食屍鬼物語〉

　地底に住む邪悪な種族、食屍鬼を扱った恐怖物。『ピックマンのモデル』を基幹作品とし、多くの後継者作家に引き継がれている。

〈幻夢境物語〉

　ラヴクラフトには夢で見た内容をそのまま短編にした作品がいくつかある。『ランドルフ・カーターの陳述』や『ナイアルラトテプ』は夢をそのまま小説にしたものであり、『セレファイス』や『無名都市』は夢を土台にしている。そして、その流れはクトゥルフ物語に強く影響を与えるとともに、幻夢境を捜し求めるランドルフ・カーターもの、『未知なるカダスを夢に求めて』に至る。初期に執筆されたダンセイニ風の掌編群も、最終的には幻夢境に取り込まれていった。

〈妖術師物語〉

　ニューイングランドの辺境の古い村に残された妖術師の呪いや魔術的な罠を描く呪縛の物語。多くは再生を求める妖術師が転生を図り、その館を受け継いだ子孫たちを恐怖のどん底に陥れるというもの。『チャールズ・デクスター・ウォードの奇怪な事件』、『戸口にあらわれたもの』を基幹作品とする。直接、神話生物が登場することは少ないが、ヨグ＝ソトースへの崇拝や『ネクロノミコン』が登場するため、神話の一部と見なされる。

〈マッド・サイエンティスト物語〉

　ラヴクラフトは唯物論者で科学、特に天文学が好んだ。そのため、ホラーというよりもSFと評価するべき短編があり、これらは純粋な神話作品ではないが、ラヴクラフトの特徴を明確にする意味で、マッド・サイエンティスト物語としてまとめる。『眠りの壁の彼方』、『彼方より』、『死体蘇生者ハーバート・ウェスト』、『冷気』、などがここに含まれる。この流れはユゴス星物語や『狂気の山脈にて』につながっていく。

〈その他の怪奇譚〉

　その他、ラヴクラフトは地域の民俗色や伝承を取り入れた怪奇譚を書き下ろしている。これらの多くは、ニューイングランドの辺境に残る「名前も分からない古代の何か」や「人間の知らない何か」に仕える存在を題材にしたものであることからニューイングランド怪奇譚と分類されることが多い。しかし、『宇宙からの色』のように、SF味の深い幻想作品も多く、一括にはできない。

　こうして、クトゥルフ神話にはいくつかの系統が存在するが、これだけが神話というわけではない。ラヴクラフトの存命中から、神話に参加した作家によっていくつかの系統が追加されている。例えば、クラーク・アシュトン・スミスはヒューペルボレアを舞台にした異世界ファンタジーを描きつつ、クトゥルフ神話への接続を

進め、ヒューペルボレア時代の魔道士が書いた魔道書『エイボンの書』やその時代に出現した多くの異形の神々、ツァトゥグァ、アトラク＝ナチャ、ルリム・シャイコースなどを神話に付け加えた。このため、「ツァトゥグァ物語」、「ヒューペルボレア物語」というべき区分がある。

　同様に、ダーレスは風に乗って世界を歩む邪神イタカを、ブロックは神々の使者ナイアルラトホテプを、愛用し、独自の神話系統を育てていった。また、ラヴクラフトはゴーストライティングした作品を自身の神話に組み込んでいった。その結果、蛇の父イグはゼリア・ビショップの作品に、クトゥルフの子供であるガタノトーアは、ヒールドの作品に追加された。

✴ なぜクトゥルフ神話なのか？

　このように、クトゥルフ神話には、クトゥルフ以外の神格も多数存在する。実際、クトゥルフは神話の中でも最上級ではなく、次項で紹介するヨグ＝ソトースやアザトースのほうが、主神格といっても過言ではない。

　では、なぜ、クトゥルフ神話と呼ばれるのか？

　ラヴクラフト作品を広げたダーレスが名づけたというのはしばしば言われる説だ。ラヴクラフト自身は自身の作品を区別して総称することはなかった（「クトゥルフその他の神話」という用語は、書簡や覚書で用いている）。『ダニッチの怪』を指してヨグ＝ソトース物語（ヨグ＝ソトーサリー）やアーカム・サイクルという名称と呼んだこともあったし、残されたメモを見る限り、統合化する構想がなかったとも言えないが、盟友ロバート・E・ハワードの代表作「コナン」シリーズのように、同じ主人公が出てくる訳でもなく、シリーズ題名のようなものを付けるところまで至らなかった。

　しかし、そこには明らかに共通した世界観があり、作者や時代が違ってさえ、ひとくくりの作品群と分類すべきものがあった。

　では、なぜ、クトゥルフ神話なのか？

　クトゥルフは神話のパンテオンにおいては、決して高位にあるわけではない。世界のすべてを支配するのは、封印されたアザトース、その下に存在するのがヨグ＝ソトースで、クトゥルフはさらに下位の神格に過ぎない。

　それなのに、なぜ、クトゥルフ神話なのか？

　そこにはいくつもの理由がある。まず、すべての原点が『クトゥルフの呼び声』にあり、海底の邪神クトゥルフこそもっとも印象的で分かりやすい敵対邪神であるのに対して、代表的な他の神格、例えば、ヨグ＝ソトースのイメージが実に異界的で理解しにくいことが挙げられる。

難解とされるラヴクラフト作品の中でも、クトゥルフ物語の系統は基本設定に強い魅力があった。

クトゥルフそのものの姿が明確で印象的だった。蛸と龍と類人猿を混ぜたような奇怪な姿をし、触手や翼を備え、海中に眠る。

異形の怪物でありながら、直接的な暴力に訴えるのではなく、夢に忍び込むという悪魔的な性質を持っていた。人々は悪夢に捕らわれ、狂気に冒された。クトゥルフが目覚めただけで世界を狂気に包むだろうという危機感もその物語的な存在感も重要だった。

さらに、「深きもの」と「クトゥルフ教団」という分かりやすい下僕による邪神復活の陰謀が密かに進んでいるというのも魅力的だった。事実を知った者たちは、次々と謎の方法で殺害され、真実は闇に葬りさられていく。時は陰謀史観華やかなりし第二次大戦前夜である。この設定は実に斬新であった。

クトゥルフ神話の明確化によって、ラヴクラフト作品を一般読者に再評価させようとしたダーレスにとって、クトゥルフほど都合の良い設定はなかったのである。

✦ 魚妖の街

前振りが長くなったが、クトゥルフ神話の原点となるのが、『クトゥルフの呼び声』(1926)と『インスマウスの影』(1931)に代表される、海底に眠る邪神クトゥルフとその眷属「深きもの」を巡る物語群で、その物語のトーンによって、さらに2つの系統に分かれる。ひとつは『クトゥルフの呼び声』に代表される邪神クトゥルフ復活の悪夢と戦うコズミック・ホラーであり、これはある種の陰謀史観に通じる部分がある。主人公はすべてを知った後、自分も間もなく殺されると予測して、手記を残す。これはその後、流行する陰謀仮説やUFO仮説を50年近く先行するものである。

もうひとつは『インスマウスの影』に始まる架空の街インスマウスとそこに住まう「深きもの」とその信奉者を描いた辺境ホラーである。神話作品といった場合、まず、思いつくのがクトゥルフ物語の系列、特に、インスマウスものである。

『インスマウスの影』の粗筋は簡単で、若き旅行者がちょっとした偶然と好奇心から、マサチューセッツ州の寂れた港町インスマウスに立ち寄り、恐ろしい恐怖に出会うというものだ。

この作品の最大の恐怖は、インスマウスの住民たちが、海底の邪神の影響で、人ならぬ存在に変わってしまうという点にある。

彼らは妙に頭が狭く、鼻が平べったく、目は膨らんで開きっぱなしのように、まるで人をにらんでいるような目つきになっている。肌は鮫肌で吹き出物だらけにな

り、首の両側はしわだらけでくびれている。

　俗に「インスマウス面」と呼ばれる独特の顔つきだ。

　顔だけでなく、身体も変形する。

　ひどい猫背になり、身体もいびつでよたよたと跳ねるように歩くようになる。恐らくはその肥大しすぎた足が原因なのだろう。

　『インスマウスの影』で主人公が最初に目撃するインスマウスの住民、バスの運転手ジョー・サージェントの靴はひどく巨大で、主人公はそんな靴をどこで手に入れるのか想像もつかなかった。実際にはその巨大な靴の中に水かきを得た足を隠していたのだろう。

　インスマウスの住民たちは、滅び行く街を救うために、海底の邪神クトゥルフと父なるダゴンと呼ばれる存在の眷属らしき魚妖「深きもの」と契約を結び、彼らに仕え、あるいは彼らと混血することで、人としての姿を捨ててしまっていたのである。

　その手足には水かきが生じ、鰓や鱗を得て海の中でも暮せるように変化してしまう。

　人が人でなくなっていく。獣ですらない。半ば魚、半ば蛙のような冒涜的な存在となるのだ。

　それは実に恐ろしいことである。

　『インスマウスの影』は実にショッキングで、多くの後継作家を生んだ。ラヴクラフト研究家S・T・ヨシによれば、この作品の誕生に影響を与えた作品がいくつかあるという。アーヴィン・S・コッブの「魚頭」がその筆頭で、1913年にこれを読んだラヴクラフトは書簡で絶賛している。また、森瀬繚は、チェンバースの In Search of the Unknownの影響を指摘しており、この作品は後にハリウッド映画『大アマゾンの半魚人』を生むことになる。

✦ マーシュ一族

　ここで、インスマウスの簡単な歴史を紹介しておきたい。

　マサチューセッツ州のマニューゼット河の河口にインスマウスの街が誕生したのは1643年。独立戦争以前は造船業で知られ、19世紀初頭には海港として大いに栄え、その後、マニューゼット河を動力として利用する軽工業の中心になった。1846年に疫病で多くの市民が死に、暴動が起きた。

　南北戦争ののちには、街の工業はマーシュ精錬所に統合された。これは街の有力者マーシュ家が経営する金の精錬所で、金の地金を市場に出す仕事だけが、街のただひとつの工業となったのである。

漁業の方はしだいに振るわないものになったが、インスマウスの周囲では魚がいなくなることはなかった。

ニューイングランド地方の幹線路であるボストン-マサチューセッツ鉄道は、インスマウスから離れた場所を通るルートに決まり、支線もやがて廃止されてしまったため、流通の中継地として発展することもなかった。他の街からインスマウスに向かうにはアーカムとニューベリーポートをつなぐオンボロなバスに乗るしかない。

土地の人間は1846年の疫病以降、極端に排他的になり、外国人が街に移民することもなかった。1920年代になった頃、街に住んでいたのは400人以下とされている。海辺には廃屋が立ち並び、街そのものが退廃的な雰囲気の中に眠っている。

旅人が街を訪れることはほとんどないが、ギルマン・ハウスという古ぼけたホテルが一軒存在する。

街では「ダゴン秘密教団」という異端宗派が信仰されており、正統なキリスト教会はもう存在しない。「ダゴン秘密教団」は街に強い影響力を持っており、フリーメイソンを追い出し、その建物を教団の本部にしている。

街の有力者で、金の精錬所を所有するマーシュ一族は南太平洋での貿易を行っていたオーベット・マーシュ船長の末裔である。19世紀の早い時期、南太平洋から戻ったマーシュ船長は南洋から多くの黄金を持ち帰り、連れ帰った娘を息子と結婚させた。

ここまでが表向き、知られていることである。

マーシュ船長は南太平洋のある島で邪神ダゴンの眷属「深きもの」らしき存在と出会った。最初のきっかけはその島の繁栄の様子だった。他の島で魚が取れないと嘆いている時でさえ、その島では豊漁に恵まれ、鉱山などどこにもないのに、黄金も数多く所有していた。

住民は不気味な姿であったが、いずれも長寿に恵まれ、彼らが言うには不慮の怪我などでもない限り、永遠に生きられるという。

船長は住民と仲良くなり、彼らが「深きもの」と契約を結び、黄金を手に入れたことを知る。「深きもの」は街の住民との混血を望み、住民たちを魚と蛙の混じったような不気味な姿に変えていったのである。

黄金に魅せられたマーシュ船長は彼らと契約し、「深きもの」との関係をインスマウスに持ち込んだ。

1846年の疫病と暴動はマーシュ一族がインスマウスを支配するために行った一連の襲撃を隠蔽した結果である。こうして、インスマウスの良き血は完全に滅び、街の住民は退廃したダゴンの信徒に変わった。

彼らはその秘密がばれるのを恐れ、よそ者が紛れ込むと、密かに捕えて殺した。多くのものが行方不明となり、インスマウスはますます隔絶した街となっていった。

✦ 土俗性への恐れ

『インスマウスの影』の独特な不気味さはどこから生まれたのだろうか？

実は、この作品以前にも、ラヴクラフトは、ニューイングランド辺境の古い街に残る土俗的な退廃をしばしば取り上げている。アメリカというと、つい若い国、リベラルで進歩的な国家というイメージが強いが、その反面で、ストイックなプロテスタンティズムが生き残り、都市部以外では旧世界にもまさる伝統主義や清教徒時代の頑固さ、旧弊さが今も生きている。ラヴクラフトが好んで舞台としたニューイングランド地方とはアメリカ合衆国東北岸、マサチューセッツ州を中心に、ロードアイランド州、メイン州、バーモント州、ニューハンプシャー州、コネティカット州にわたる、イギリスの植民地として古くから発達した地域のことを指す。西にアパラチア山脈がそびえ、東は太平洋に面するニューイングランドは、肥沃な土地とは言えないが、良港に恵まれ、初期には漁業と造船業で栄え、19世紀に入ると工業の発達の恩恵を受けた。ハーバード大学やエール大学に代表される教育文化施設も充実しており、知識人も多かった。

しかし、歴史が古い分、淀みも多く、山地に入り込んだ小規模の開拓地などは大都市の発展から完全に隔離された状態で、同族結婚を繰り返しながら、旧弊な伝統主義を残していた。そこに、旧世界（ヨーロッパ）から迫害を逃れてきた清教徒、魔術師などが交じり合い、先住民文化の影響を受けつつ、独自の習俗を築き上げていった。有名なセイラムの魔女裁判もそうした旧弊な文化ゆえに派生した出来事と言える。

ラヴクラフトは古都プロヴィデンスの住民で、18世紀の文物を愛していたが、やはり都市のディレッタントであり、そうした辺境の村の末路を退廃と受け取り、恐怖した。それは我々日本人が横溝正史の『八つ墓村』など辺境ミステリーに感じる恐怖と通じるものがあるだろう。

そうして描かれたニューイングランド怪奇譚の傑作が『インスマウスの影』なのである。

✦ 現実に食い込む悪夢

この作品がただの辺境ホラーで終わらなかったもうひとつの理由は、その多重構造にある。中核の物語の前後に短いエピソードが添えられ、物語をさらにぞっとするものに仕立て上げているのだ。

まず、作品の冒頭で1927年の暮れから翌28年の初めにかけて、インスマウスにア

メリカ政府の役人が多数入り込み、多数の住民を逮捕したというエピソードが語られる。時は1920年代。いわゆる禁酒法時代で、この事件自体も対外的には密造酒の摘発だったとされる。政府の役人たちはさらに、海岸沿いの廃屋群を焼き払い、ダイナマイトで爆破し、沖にある「悪魔の暗礁」に対して魚雷攻撃を行ったが、その理由は明らかにされなかった。人権団体やマスコミがその意図を追及したが、彼らもとある収容施設に連れていかれた後はなぜか沈黙した。

　そして、主人公の語りが明かす。実は政府が行動した理由が、主人公の体験だという訳だ。

　これは非常に珍しい展開だ。

　しばしば、こういう辺境ホラーは、逃げ出してみると、その街ははるか昔に滅びてもう長い間、無人だとか、そんな街は存在したこともなく、一夜の悪夢に過ぎないとか、恐怖を加速させつつ、現実と分離し、ある意味、読者を安心させる方向できれいにまとめる傾向がある。だが、『インスマウスの影』は、このエピソードにより、あの恐怖の街が一夜の悪夢ではなく、実際に存在していたと主張する。アメリカ政府さえその本来の意味を秘匿した上で、徹底的な処分を行わなくてはならなかった「深きもの」という脅威の存在。それが一夜の幻ではないという結論は「安心」という言葉を許さない。

　この数ページにも満たない部分で、ラヴクラフトはクトゥルフ神話をアメリカ史に組み込んでしまったのである。おかげで、インスマウスを愛する作家たちは1927年末をインスマウス荒廃の大事件として深く心に刻み込み、その前後のインスマウスを舞台にした新たな物語に何度も挑戦した。スティーヴァン・ジョーンズ編『インスマス年代記（上下）』（学研M文庫）のように、インスマウスにまつわる物語ばかり集めたアンソロジーまで、製作されるようになった。

✳ 終わらない恐怖、変身の快感

　そして、さらにぞっとする後日譚が語られる。

　主人公は、実は自分がインスマウスの血を引くことを知り、自らもインスマウス面と呼ばれる不気味な姿に変容していくのを体験する。変形し、魚を思わせる顔つき、瞬かぬぎょろりとした目、指の間に生える水かき、首筋の鰓、身体を覆う鱗。人が人でなくなる恐怖。それが生理的に深い恐怖を引き起こす。

　それも、辺境の隔離された場所で起こった他人の事件だったはずが、実は自分にも深い関わりを持った事件だったのである。

　ぞっとするオチだが、物語はこれで終わらない。

　主人公は変身とともに、自分の血脈に流れる「深きもの」に従い、人ならぬ存在

として生きる道に出会う。同様に変身し、精神病院に隔離されてしまった従兄弟を救い出し、「悪魔の暗礁」の底に隠された海底都市ヰ・ハ・ンスレイに向かって泳ぎ出すことを決意する。

そこで、恐怖は不気味な解放感に変わる。人ならぬ存在になることで、世俗から解放され、新たな世界へ向かうことができるのだ。

✪ 狂気への恐怖

ラヴクラフトは「狂気」に憑かれた作家である。

主人公の多くが自らの正気を疑い、また、自分のアイデンティティを失ってしまう。『インスマスの影』の原点になった『ダゴン』などいくつかの作品では、登場人物は慄然たる恐怖に耐え切れず、あるいは、周囲から狂人と見なされた結果、精神病院に隔離されたり、隠遁生活に逃げ込んだりする。

ここには、ラヴクラフトの両親の死が深く関わってくる。

彼の父ウィンフィールドは彼が4歳の時、不全麻痺を発症し、病院に入り、8歳の時に死んだ。神経も侵され、末期的には狂気の淵に落ちた。母親のサラも、祖父の死後、貧困の中で精神を病んでいった。若きラヴクラフトは母が壊れていく様子に深い恐怖を抱いた。

幼い頃から、アラビアン・ナイトやギリシア神話に親しみ、物語を好んだ彼が科学に傾倒していくのはヴェルヌの影響もあるが、そうした人間くさいもの、特に狂気から遁れるためではないだろうか?

しかし、ラヴクラフト自身も神経症を患ってハイスクールを中退し、小説を書くことさえ止めてしまう。

父の死後、ラヴクラフト親子は祖父ウィップルのもとに身を寄せたが、祖父の死で一族が財産を失ったため、親子は小さなアパートに引っ越すことになった。やがて、母サラも、貧困のストレスから心と身体を患い、息子に依存し、その言動もあやしいものになっていく。ラヴクラフトが成人した後に、夫が入ったのと同じバトラー病院に入院、1921年に亡くなってしまう。ラヴクラフトの両親はともに精神が崩壊してなくなっていたのである。それゆえ、ラヴクラフトが人のアイデンティティを描く時の筆致は鬼気迫るものとなっている。

✪ 水かきと鰓の日常

このように、ラヴクラフトの業ともいうテーマを背負った『インスマウスの影』は非常に衝撃的な作品となった。ラヴクラフト自身、グランド・フィナーレという

べきものだと重視し、文通仲間に見せたが、多くのものから酷評を受けた。オーガスト・ダーレスは絶賛したが、すでに意気消沈していたラヴクラフトはこれを仕舞い込んでしまった。晩年になり、アマチュア・ジャーナリズム仲間の手によって書籍化されたが、僅か400部ほど印刷され、150部が販売された。誤植も多かった。その後、『インスマウスの影』は、『ウィアード・テイルズ』1942年1月号に掲載され、好評を博したが、その称賛を受けるべき人物はすでにこの世にはいなかった。

　『インスマウスの影』は、『クトゥルフの呼び声』で提示された壮大な神話イメージをストレートな辺境ホラーへと転換した傑作であり、神話構造の具現化の好例である。ここにはクトゥルフもダゴンも直接は出てこないが、神話の最下層に住む「深きもの」と、人を捨てかけたインスマウスの住民たちの不気味さがよく描かれており、人が人でなくなる恐怖が描ききられている。その恐怖、そして、そこに紛れも無い変身の快楽と解放が含まれているがゆえに、『インスマウスの影』はクトゥルフ神話にとって重要な里程標であり、多くの後継作家をして、インスマウス化する人々の物語を描かせていくことになる。

（第2夜・了）

■リーダーズ・ガイド
『インスマウスの影』→『ラヴクラフト全集1』創元推理文庫
『インスマスを覆う影』→『クトゥルー』青心社
『インスマスを覆う影』→『クトゥルーの呼び声』星海社
『インスマウスの影　クトゥルー神話傑作選』新潮社
『秘神〜闇の祝祭者〜』アスペクト
『インスマス年代記』上下　学研M文庫
『クトゥルー神話大事典』新紀元社

　インスマス年代記　　クトゥルー神話大事典

インスマウス面

イラスト：原 友和

Cthulhu mythology

■EPISODE 02　あいまいな記憶

『ダンウィッチの怪』

タイトルを書きかけて、自分が古い人間であることに気づく。あれは古い訳題だ。今、世に普及している版では、『ダニッチの怪』となっているが、こちらの発音の方が好きだ。

The Dunwich Horror。

クトゥルフ神話の基本構造を形成した3本柱の1本というべきこの作品には、海底の邪神クトゥルフは出てこない。ここで登場するのはひとつにしてすべてのもの、すべてにしてひとつのものヨグ＝ソトース。アザトースとともに、混沌の外、宇宙の外側なる異次元に封印され、地球への帰還を願っている。

ヨグ＝ソトースは地上の妖術師に働きかけ、おぞましき子供ウィルバー・ウェイトリイを生み出して、開門の儀式を実行させようとするが、ウェイトリイはミスカトニック大学付属図書館に納められた魔道書『ネクロノミコン』の奪取に失敗し、死んでしまう。そのおぞましい正体を目にした大学付属図書館のヘンリー・アーミティッジ博士は、『ネクロノミコン』などの神秘学にまつわる書物の数々をを詳細に調査し、ウェイトリイの企てに気づき、ダニッチ村に出現した透明な怪物を倒すのであった。

私はそこで筆を止め、もう一度、原作を読み直す。

まず、物語はこう始まる。

マサチューセッツの北部中央を旅する者が、ディーンズ・コーナーを少し過ぎたアイルズベリイ街道の分かれ道で、つい誤った道を進むと、うらさびしい一風変わった土地に入り込んでしまう。

H・P・ラヴクラフト　/　大瀧啓裕　訳『ダニッチの怪』より。
（『ラヴクラフト全集5』創元推理文庫）

ラヴクラフトの語りに導かれるように、迷い込んでいく先はラヴクラフトが深い興味と恐怖を感じ続けたニューイングランド地方の辺境の村だ。

植民地時代の古さとアメリカ先住民の遺跡が奇妙に交じり合い、夜空には蛍が舞い、ウィップアーウィルと呼ばれる小型の夜鷹が甲高い鳴き声を上げる。先住民のものとされる環状列石には、万聖節の前夜には奇怪な灯がともる。

その描写は自分自身の少年時代と交じり合う。

少年時代の私はひどく気まぐれで、ひとりで自転車に乗り、ふらりと出かけてしまうところがあった。

生まれた場所は、田んぼと丘に囲まれた田舎である。小学校でもらった市内の地図だけを手がかりに、神社や史跡を辿るサイクリングである。しばしば迷って、おかしな場所に迷い込んでしまう。小高い丘は深い木立に覆われ、僅かな県道を除けば、地元の人がまばらに通うばかり。

静かな林道を抜けた先には、古びた神社があるはずだった。

星宮と呼ばれていた。鎌倉時代の初期に空から落ちてきた石を、祭神として祭る小さな神社のはずであった。

しかし、どこで道を間違えたのか、そこには神社などなく、空き地が広がっているだけだった。頭上の梢が切れて、差し込む光の筋の中に、人間の頭ほどの大きな石がひとつ転がっていた。

落胆はしなかった。

私は、日差しの中に転がるその石に何かを感じていたからだ。

黒っぽい石の表面は長い間、ここに放置された結果、雨の雫で穿たれた無数の小穴と苔に覆われ、ほのぼのとした風情になっていたからだ。

ゆっくりと空き地の中に踏み込む。光の暖かさがむき出しの首筋に感じられた。これは聖なる空間。

そっと手を伸ばし、石の表面に触れる。

指先に何か電撃に似た感触が走り、私は思わず手を引っ込めた。私はぞっとした。外見の穏やかさの下にまるで毒牙を隠していたかのような何か。それは生理的な恐怖に変わった。

突然、鳥の声が上がった。

姿を見せない甲高い野鳥の声。それは木霊するように数を増やしていき、あらゆる方向から響いてきた。無数の羽音とともに鳥の群れが飛び立った。

最初に感じたのは、自分に逃げ場がないという恐怖だった。

穏やかな日当たりの空き地で古い石に触れただけだったのに、いつの間にか何かに包囲され、手におえない何かの接近を感じている。それが現れてしまったならば、もはやどうしようもない。

私は叫び声を上げながら、空き地から逃げ出した。林道に戻ることもできず、自転車で丘の斜面を突っ切り、気づいたら、丘からずいぶん離れた田んぼの真ん中、農業用水路に手を突っ込んでばしゃばしゃと手を洗っていた。なぜそうしていたかは分からない。何かひどい匂いがしたような気がした。それが何の匂いかはまったく想像が付かなかった。

はっと、回想から戻ると、『ラヴクラフト全集』が手から落ちていた。妙な形で床に落ちた本は、取り上げるとはらりと開いた。ウィルバー・ウェイトリイがミスカトニック大学で『ネクロノミコン』を調べる場面だ。執筆のために引いた赤線の部分が目に入ってくる。

汝は悪臭放つものとして〈旧支配者〉を知るばかりなり。

H・P・ラヴクラフト ／ 大瀧啓裕 訳『ダニッチの怪』より。
（『ラヴクラフト全集5』創元推理文庫）

仕事場の外で甲高い鳥の声が次々と上がった。

第3夜　戸口にひそむもの
～『ダニッチの怪』～

 ## ラヴクラフトの密かな後継者たち

　しばらく前に、人気のあった少年マンガで超古代文明の残した遺跡を探索する少年エージェントを描いた『スプリガン』（たかしげ宙・原作/皆川亮二・画）という作品がある。主人公は、超古代文明の遺跡を探索し、それが危険な場合には封印するという目的を持った民間組織「アーカム財団」のエージェントである少年である。同じ皆川が続いて連載したSFアクション『ARMS』（原作・七月鏡一）にはダンウィッチのラヴィニア・ウェイトリーというサイキック系の能力を持つ敵が登場した。これらはそのままでも十分に面白い作品であるが、本書の読者の中には、別の意味でにやりとした人がいるだろう。

　そう、アーカムと言えば、クトゥルフ神話にたびたび登場する架空の街であり、ラヴィニア・ウェイトリーは今回紹介する『ダニッチの怪』の登場人物と同じ名前だ。

　『スプリガン』も『ARMS』も決して本書で紹介するクトゥルフ神話ではない。しかし、その物語を形成する重要な言葉にクトゥルフ神話の用語が使われているのである。後者については原作者の好みかもしれない。少なくとも七月鏡一は根っからのクトゥルフ神話ファンであり、幾多の作品にクトゥルフ神話要素を入れてきた。

　このように、自分の作品にクトゥルフ神話用語を混ぜ込ませるクリエーターは少なくない。アニメ版『戦え‼イクサー1』に登場する宇宙人の名前がクトゥルフ族であったのを筆頭に、オカルト漫画の登場人物の本棚に『ネクロノミコン』や『エイボンの書』、『ナコト写本』といったクトゥルフ神話オリジナルの魔道書を並べて見せたり。それは隠れクトゥルフ神話ファン、あるいは、隠れラヴクラフティアンを示すひとつの鍵であり、ちょっとお洒落で知的な匂いのする遊び心の発露であった。

　近年、クトゥルフ神話に関する認知度が上がってきたが、このように、神話の用語を多用し、独自の雰囲気を作り上げ、共有していくのは元々、ラヴクラフトと作家仲間たちが作り出した一種の遊びだった。

　ラヴクラフトは、独自の世界観を表現するために、わざと詳しく語られない背景部分の作り込みに力を注ぎ、オリジナル設定を示す用語を一見、無関係と思われる複数の作品に埋め込んでいった。作家仲間にもその用語の使用を推奨し、時には自分が代作した新人小説家の作品にも紛れこませた。仲間たちはゲーム感覚でこの遊

びに参加し、自分で考えたアイデアを付け加えた。例えば、『英雄コナン』シリーズで名高いR・E・ハワードはオリジナルの魔道書『無名祭祀書』を創造し、彼なりの味付けで東欧に残される黒い石碑に秘められた恐怖を描いた。そうして、クトゥルフ神話という遊びが広がり、多くのものが付け加えられていった。

　その結果、クトゥルフ神話に属する作品を複数読んでいくと、一作だけでは分からなかった巨大な背景が浮かび上がってくる。ちょっとした地名、人名、あるいは事件が示された瞬間に、他の作品との関連性が分かる。それは酩酊感にも似たイマジネーションの広がりを実感させ、読者を魅了する。

　例えば、『インスマウスの影』を読んだ人ならば、1927年がどういう年かは覚えているかもしれない。ここで『インスマウスの影』事件が起こり、アメリカ政府はインスマウスに潜む奇怪な怪物たちの存在を知った年である。以降、この1927年という年号はクトゥルフ物語の系統では非常に重要な年号として示されることになる。

　こうした世界観を示す用語をを多用し、読者の前に投げ出して情報の洪水で世界観を深めていく。その手法はクトゥルフ神話を特徴づけるものであった（ほぼ同時代であるトールキンの『ホビット』と『指輪物語』の独自言語や世界観の構築では影響力が大きいが、クトゥルフ神話との接触はなかった）。

　今回、紹介する『ダニッチの怪』は、『クトゥルフの呼び声』、『インスマウスの影』と並んで、クトゥルフ神話の基本形を決定付けた作品である。

　そこには、神話作品を彩るいくつものキーワードが登場する。

　先住民の遺跡、辺境の村、セイラムから逃れてきた妖術師の末裔、旧支配者、ヨグ＝ソトース、落とし子、ウィップアーウィル、ミスカトニック大学付属図書館、『ネクロノミコン』、粘液、地球の物理法則に縛られない怪物、電話。

　大学の博士や教授が魔道書を解析して、慄然たる事実を発見、そのおぞましさを乗り越え、神話生物を倒すというスタイルを提示したのもこの作品である。そのスタイルは後継作家に継承され、やがて、TRPGでさらに拡大再生産されていくことになる。

　この章では、クトゥルフ神話らしい仕掛けの使い方を検証しながら、ラヴクラフトの世界に踏み込んでいこう。

✦ ダニッチへようこそ

　まず、物語は、マサチューセッツ州の辺境の村ダニッチの描写から始まる。入り組んだ丘と渓谷、森にまぎれた村の大半は廃屋となり、尖塔の折れた教会はそのままうらぶれた雑貨店に変わっている。住民たちは衰退し、もはやかつての名誉など

ない。

　山の上にはアメリカ先住民のものとされる環状列石があり、時折、そこで炎が焚かれ、不気味な地鳴りが響いたりした。

　村外れ、他の家から1マイル半は離れた場所に住む老ウェイトリイは、17世紀に魔女狩りで名高いセイラムから逃れてきた血筋の末裔で、家格はもはや昔日の面影もないが、祖先同様、妖術を使うと恐れられていた。やがて、その娘にして、白化症（アルビノ）の娘、ラヴィニアがひとりの子供を生む。父親はいなかったが、妖術師まがいの老人に育てられた母親はもともとどこか頭のおかしいところがあり、老ウェイトリイ自身もラヴィニアの夫はこの近辺では最高の男だと称した。その子供、ウィルバーはどこか獣じみた存在で、すさまじい速度で成長した。

　ラヴクラフトは、不気味な描写を丹念に積み重ねて、ウィルバーが何か邪悪な存在、ヨグ＝ソトースの落とし子であることを暗示していく。老ウェイトリイとラヴィニアは何か恐ろしい儀式を行い、異世界の邪悪な存在を顕現させ、ウィルバーを生み出したのである。そして、実際に生み出されたのは彼だけではなかった。その納屋に封じられ、多くの牛を喰い、巨大に成長しつつある何かがいた。

✦ ラヴクラフト・カントリー

　ラヴクラフトはもともとニューイングランド地方の古い街に深い興味を持ち、『魔女の家の夢』や『魔宴』といったニューイングランド地方の架空の街を舞台にした怪異譚を発表していた。彼の作品によく登場するアーカムは、魔女狩りで名高いセイラム（およびラヴクラフトの住んでいたプロヴィデンス）をモデルとしたものであるし、『魔宴』の舞台となるキングスポートは同じニューイングランド地方のマーブルヘッドを1922年12月17日に訪れた際の経験を元にしている。その際、雪に包まれたマーブルヘッドの街を見た印象を大事にして、生み出したのが密かに異教信仰を伝える異端の街で、クリスマス（ユールの日）に行われる幻想的な秘教の祭典を描いたのである。

　なお、キングスポートの初出は『恐ろしい老人』で、この時点ではロードアイランド州のニューポートをイメージしていたのではないかとも言われている。

　ダニッチに関してはさまざまな風景はラヴクラフトが1928年5月に訪れたマサチューセッツ州北部のアソール、6月に2週間滞在したマサチューセッツ州西部のウィルブラハムという田舎町が元になっている。

　ハイスクールをドロップアウトした後、引き篭もっていたラヴクラフトであったが、母の死後、アマチュア・ジャーナリズムの友人を訪ねて小旅行することが増え、1920年代の作品に豊かな辺境ホラーとしての描写の深みを加えることになる。

その設定の出来のよさから、アーカム、インスマウス、キングスポート、そして本作の舞台、ダニッチのあたりを総称して、ラヴクラフト・カントリーと呼ぶようになった。

このように、ラヴクラフトが長らく育ててきたニューイングランド怪異譚の集大成に、神話世界の神格を取り込んだのが、『ダニッチの怪』なのだ。

✦ 古代と退廃の合体

さて、粗筋の紹介に戻ろう。

物語はウィルバーの異常さをさまざまな側面から丹念に語っていく。

ウィルバーは尋常ならざる速度で成長し、その喋り方には同じ年代の子供に見られない、何か不可解なものを感じさせ、その姿は山羊を思わせるほど動物じみていた。そして近くの山にある環状列石の中心で「ヨグ＝ソトホース！」と叫ぶ姿が目撃されているのも、住民が彼を忌避する理由のひとつになった。

ここで登場する山上の環状列石は、アメリカ先住民（作中では「インディアン」）の残したものとされており、アメリカを舞台にしたクトゥルフ神話作品ではよく取り上げられる題材となる。

アメリカ先住民というと、我々日本人は、どうしても西部劇のように、大平原にテントを張って暮しているイメージが強いが、それは一部の平原部族に過ぎず、定住地に都市を作る部族も多い。コロンブス到着以前の北アメリカ大陸には、高い社会性を持った文明を持った定住型国家がいくつも存在していた。紀元800年から1300年頃にかけて、現在のセントルイスのあった場所には、ミシシッピ文化が栄え、推定人口2万人を擁する都市カホキアがあった。この推定人口が正しければ、当時のロンドンを超える一大都市と言える。

また、ミシシッピ河周辺には巨大な墳丘（マウンド）を築いた国家がいくつもあり、女王に統べられていたと言われる。アメリカ先住民は文字を持たなかったため、残念ながら、その文明に関してはまだよく分からないことが多い。知識を伝えていた人々も、迫害の中で死に、あるいは、祖先の秘密を異民族に伝えることをよしとしなかった。

歴史の中に消え去ってしまった国家も多い。例えば、紀元10世紀前後に北米南西部で栄えたアサナジ族は正式な名前が残っておらず、遺跡の近くに住んでいたナバホ族が答えた「アサナジ（敵の祖先）」という言葉で呼ばれている。

その他、近世まで繁栄していた国家も、探検家や交易商人が持ち込んだ天然痘によって大きな被害を受け、衰退していった。

そのため、北米の各地には先住民文明が残した遺跡、特に、小山のような墳丘が

多数残されている。ラヴクラフトはこれを、遥か古代まで通じていく邪悪な信仰の場所として設定した。ローマ人がケルトの自然信仰を恐れたように、アメリカ移民たちは（結果として）自分たちが破壊してしまった世界の亡霊におびえるのである。

　このアイデアはゼリア・ビショップの『墳丘の怪』で、北米大陸南西部の地下に広がる空洞世界クン・ヤン物語に拡大していく。

　（参照→第17夜　ゼリア・ビショップ）

✺ ミスカトニック大学へ

　ここまでは、ニューイングランド怪奇譚や妖術師物語の延長であったが、老ウェイトリイやラヴィニアの死によって、事件は村の外へと波及していく。『ダニッチの怪』は辺境ホラーの姿を捨て、コズミック・ホラーに向かって変化したのである。

　祖父の死によって、神秘知識の導き手を失ったウィルバーは、邪悪な儀式の手がかりを求めて、村から出て行くことになる。彼は祖父から受け継いだ魔道書『ネクロノミコン』を所有していたが、それは17世紀初頭に、英国のジョン・ディー博士が密かに英訳した部分的なもので、7世紀に書かれたアラビア語版でもなければ、10世紀のギリシア語版、13世紀のラテン語版でもなかった。完全な形の『ネクロノミコン』は世の中に11冊しかないと言われている。稀覯書中の稀覯書である。

　どうしても、完全な呪文を知りたいウィルバーは、多くの大学図書館に問い合わせた挙句の果てに、しかたなく、もっとも近いアーカムの街にあるミスカトニック大学付属図書館を訪れて、ラテン語版『ネクロノミコン』を参照するが、まるで山羊の怪物のような巨人であるウィルバーが、17世紀の禁じられた魔道書を参照する様は、大学付属図書館館長ヘンリー・アーミティッジ博士の注意を引かずにはおかなかった。

　アーミティッジ博士は彼が魔道書の貸し出しを求めていることに深い危惧を抱いた。その部分は人間以前に地球上に存在した"旧支配者"に関するものであった。

　ここで、〈旧支配者〉に関する恐るべき事実が語られていく。

──❦──

　人間こそ最古あるいは最後の地球の支配者なりと思うべからず、また生命と物質からなる尋常の生物のみ、此の世に生くるとも思うべからず。〈旧支配者〉かつて存在し、いま存在し、将来も存在すればなり。我等の知る空間にあらぬ、時空のあわいにて、〈旧支配者〉のどやかに、原初のものとして次元に捕わることなく振舞い、我等見ること能わず。ヨグ＝ソトホースは門を知れり。ヨグ＝ソトホース門なればなり。

　（中略）

人がいま支配せし所はかつて〈旧支配者〉の支配いたせし所なれば、〈旧支配者〉ほどなく、人のいま支配せるところを再び支配致さん。

『ダニッチの怪』　大瀧啓裕・訳
（創元推理文庫『ラヴクラフト全集5』）より

　人類以前にこの地球を支配していた〈旧支配者〉が存在し、再び、その支配を目論んでいることが明らかになる。

✪ 落とし子（Spawn）

　アーミティッジ博士はウィルバーの態度と垣間見た呪文などに悪寒を感じて、『ネクロノミコン』の貸し出しを断り、ウィルバーを追い返した上、『ネクロノミコン』を所有する他の図書館に警告を発する。その結果、どこからも魔道書を借り出せなくなってしまったウィルバーはミスカトニック大学付属図書館に忍び込もうと試み、番犬に噛まれて命を落としてしまう。

　本編の主役というべき人物のあっけない死は読者を呆然とさせるのであるが、続いて、ウィルバーがもはや人間ではないことが明らかになる。

　少し長くなるが、ウィルバーの外見を描写した部分を引用しよう。

　……部分的には疑いの余地なく人間で、まったく人間らしい手と頭部が備わり、山羊のような顎のない顔は、ウェイトリイ家の特徴を示すものだった。しかし胴体と下半身は奇形もはなはだしく、体を衣服で包み込んでこそ、はじめて忌避もされず撲滅もされず地上を歩ける類のものだった。

　腰から上はなかば人間に似ているものの、番犬がまだ用心深く前脚を置いている胸は、その皮膚が、クロコダイルやアリゲーターさながらの堅い網状組織の皮になっていた。背中は黄と黒のまだらになっており、ある種の蛇の鱗に覆われた皮膚を漠然と思わせた。しかし腰から下が最悪だった。ここでは人間との類似がまったく失われ、紛れもない怪異なものになりはてていたからだ。皮膚はごわごわした黒い毛にびっしりと覆われ、腹部からは緑がかった灰色の触手が二十本のびて、赤い吸盤を力なく突出していた。その配置は妙で、地球や太陽系にはいまだ知られざる、何か宇宙的な幾何学の釣合にのっとっているようだった。尻のそれぞれに深く埋もれた格好の、一種ピンクがかった繊毛のある球体は、退化した目のように思えるものである一方、尾のかわりに、象の鼻

か触腕のようなものがたれていて、紫色の輪が連なり、未発達の口もしくは喉とおぼしき証拠が数多くあった。脚は黒い毛に覆われている点は別にして、おおむね先史時代の地球の巨大な爬虫類の後脚に似ていて、その先端は蹄でも鉤爪でもない、筋の隆起した肉趾となっている。呼吸すると、尾と触角がリズミカルに色をかえ、それはまるで、二親のうちの人間でない系統にとっては正常な、何らかの循環作用によるかのようだった。触角においては、これは緑がかった色が濃くなることで観察される一方、尾においては紫の輪にはさまれた箇所が、黄色がかったものになったり、あわい灰色になったりすることで明瞭だった。純粋な血液はまったくなく、ペンキの塗られた床をけがす粘液のたまりの外に、悪臭放つ黄緑色の膿をしたらすばかりで、床の色を奇妙に変えていた。

『ダニッチの怪』　大瀧啓裕・訳
（創元推理文庫『ラヴクラフト全集5』）より

実に奇怪な描写である。

　ウィルバーの描写は当時としても出色の出来で、読者は何ともいえぬ怪物の有様に慄然とした。

　ウィルバーは異次元に封印された邪神と人間の女性の間に生まれた恐るべき存在であり、その死とともに、その肉体は不可解な崩壊を遂げてしまう。

　彼はまさに、邪神の〈落とし子〉だったのである。

　クトゥルフ神話の神々はいわゆる普通の神話の神々に比べて人間から遠い存在である。その異質な存在が人間に関与して、人間と邪神のあいのこを生み出す。この慄然たるアイデアもまた、ラヴクラフトによって生み出されたものなのである。この作品の中で、〈落とし子〉（スポーン）という呼び名は一度きりしか使われていないが、後代、特にTRPG版でよく用いられるようになる。

✷ SF的発想で描かれたコズミック・ホラー

　ラヴクラフトというと、ゴシック・ホラーの代表選手のように思われがちであるが、すでに述べてきた通り、そのアイデアは時代を先取りするもので、オーソドックスなホラーとは一線を画するものである。

　『ダニッチの怪』も同様で、辺境ホラーの形式で始まっているものの、ミスカトニック大学に焦点が移った後、異次元からの侵略者を扱った伝奇SFに変化する。

後半の怪物との対決も非常にSF仕立てで、対決に至る過程は、初期の東宝怪獣映画や『ウルトラQ』などの特撮ホラー番組と通じる構造を持っている。

ウィルバーの慄然たる死の後、アーミティッジはウィルバーが暗号で書いた手記を解読した。その結果、ウィルバーこそ、異界に封じられた忌まわしき〈旧支配者〉ヨグ＝ソトースの〈落とし子〉であり、ウィルバーとその背後にいる〈旧支配者〉が、地球上のあらゆる生き物を一掃しようとしていることを知った。〈旧支配者〉と呼ばれる恐ろしい古の種族は、地上からあらゆるものを奪い取り、地球を物質からなる太陽系やこの宇宙そのものから引き離して、何か別の実体の面というか相に引きずり込もうとしていたのだ。

ウィルバーの慄然たる姿を見ていなければ、決して信じられることではなかったが、博士は『ネクロノミコン』など多くの魔道書を参照し、はたまたウィルバーの手記を解読してそれが真実だと結論づけ、必死で対策を練り始めた。

博士の恐怖は間もなく現実となった。

9月9日の夜、ダニッチでは大規模な山鳴りが発生し、犬が吠え続けた。次の日の朝、住民は樽の底くらいの大きさの足跡を発見する。また何者かが林の中を押し退けて通ったような木が倒された跡もみつかった。そして数日間に渡ってダニッチには住民を家ごと押しつぶし、牛のいる納屋をも潰していく目に見えない化け物が徘徊するようになる。

博士は怪物の姿を目に見えるようにさせるヴーアの合図（ヴーリッシュ・サイン）と、イブン・ガジの粉を入れた噴霧器を用い、さらに、『ネクロノミコン』から見つけ出した呪文でこれを撃退するのである。

このように、『ダニッチの怪』はモンスター・テーマのSF作品の構造を持っているのである。

✦ 封じられた落とし子

この見えない怪物にも、ラヴクラフト一流のSF的なアイデアがいくつも組み込まれている。

中核となるのが「封じられた落とし子」だ。

見えない怪物はウィルバーと同時に生まれ落ち、一緒に育てられた双子の怪物だ。それは半ばこの世界の法則に従わない奇怪な存在で、目に見えない。そのエサは牛の血で、老ウェイトリイが購入した牛は次々と衰弱死していった。

皆さんの中には、一瞬、キャトル・ミューティレーション（家畜虐殺事件/原意は家畜の切断）を連想された方もおいでだろう。1960年代から70年代にかけて、アメリカを中心に発生した牛の怪死事件で、肉体の一部が切り取られたように失われ

ているのにも関わらず、出血が少ないことから、奇怪な事件として注目された。日本でも1989年に青森で発生している。UFOや米軍の新兵器実験などが原因であると言われたが、その後の実験で、現在では急性の疫病による大量死に、捕食動物の活動が関わったものという説が強い。

『ダニッチの怪』は1920年代と、半世紀近く早い作品であるが、ヨグ＝ソトースは「空からあらわれるもの」と呼ばれ、「外からやってくるものたち」、「外世界のもの」という表現も見える。実にUFO的だと言ってよい。

もともとこのアイデアは、フリークス（奇形）ネタやマッド・サイエンティストもののSFですでに試みられているものだったが、ラヴクラフトはこのアイデアを怪奇小説向けに修正して、邪神の落とし子の片割れに応用したことで、さらに不気味な雰囲気をかもし出した。

✴ 共同加入電話

怪物の襲撃を盛り上げるのが、電話の存在だ。

土地が広大なアメリカの場合、辺境の村では一軒一軒の間の距離が非常に離れていることが多い。そのため、一軒一軒が1マイル（1.6キロ）以上離れたダニッチ村では共同加入の電話網が家々をつないでおり、内線のような感覚で、全員が同時に電話で会話できる。世間話もこれで行われるので、現在で言えば、ボイス・チャットのようなノリであろう。広大なアメリカ大陸らしい話である。

電話そのものは19世紀末の発明であるが、その普及には時間と経費がかかるため、1920年代にはまだ普及の過程にあった。このように、1本だけの電話を村で共有するということが当然のようになされていたのである。

ラヴクラフトは当時としては最新の小道具、電話を、ホラーの演出に利用した。目に見えない怪物を恐れて家に引きこもったダニッチ村の住人たちが電話で互いの安全を確認しあい、また、怪物の情報をやりとりする。そうする内に、一軒の家が襲われ、その最後の悲鳴と壮絶な物音が村全員に伝わる。

映像はなく、音だけだ。

これが実に恐い。

人間は視覚に頼る度合いが強い生き物である。まず、視覚情報があって、他の感覚がそれについてくる。ところが、電話では視覚情報がなく、音だけだ。そのため、音の情報を補足するために、脳の中で話の内容を整理しながら、まとめていく。そこにイマジネーションが働く。想像力が働き、純粋な意味が映像に置き換えられ、恐怖は増幅されてしまう。いわゆる「こわい考えになってしまった」状態（『ぼのぼの』By石井ひさいち）に陥る。現代であるならば、LINEのグループ通話あたり

で応用できるだろう。

逆に、クライマックスでは、望遠鏡を預けられた村人が遠くから戦いの行方を見るという視覚中心の演出に切り替え、イブン・カジの粉によって姿を表した怪物の姿が、望遠鏡の視界を通して見えるという視覚の恐怖を提示している。実に見せ方がうまい。

✦ ランドルフ・カーターの陳述

ラヴクラフトは電話という最新機器には以前より注目しており、『ランドルフ・カーターの陳述』では有線通信システムとして電話を使い、怪物の住む墓地の地下を探索するオカルティストの物語を描いた。この作品は文庫本で12ページという短編であるが、実に印象的な作品である。

ランドルフ・カーターはそのオカルティスト、ハーリー・ウォーランの友人で、地上に残り、受話器を耳にしながら、地下探索の様子を聞く。ウォーランは地下で発見したもののあまりのおぞましさに、それを語ることを拒絶し、カーターに逃げるように指示する。やがて、電話の向こう側で友人は怪物に襲われ、悲鳴とともに、通信は切れてしまう。呆然とするカーターの前で受話器が再びカチッとなり、慌てて取った彼の声に対して、地の底から響くおぞましい言葉を聞く。

「莫迦め、ウォーランは死んだわ」

結末のセリフはラヴクラフティアンならば、一度は真似したいネタとして、ロバート・ブロックなど後継作家たちが愛用している。短く、読みやすいのでぜひ原作を読んでほしい。

✦ 科学少年ラヴクラフトとSF

このように、電話など当時最新の科学技術をいち早く恐怖の演出に取り入れて見せるあたりが、幼少から天文学に入れ込み、唯物論で武装した科学少年ラヴクラフトの真骨頂である。本来、ラヴクラフトは当時、隆盛にあったSFと通じる部分を強く持っていたのである。

しかし、ラヴクラフトはSF作家にはならなかった。

1927年、傑作『宇宙からの色』を書き上げたラヴクラフトはそのSF的なテーマがホラー中心の『ウィアード・テイルズ』に似合わないと感じ、前年4月に創刊したSF雑誌『アメージング・ストーリーズ』に送付した。これに対して、編集長ヒューゴー・ガーンズバックは、僅か25ドル（現在の感覚で言えば、4万円強）の小切手を送ってきた。当時、安いとされたパルプ小説誌の相場の半分以下という実に

情けない値段である。あまりの評価に、ラヴクラフトは「しみったれヒューゴー」、「真のシャイロック」とののしり、二度とSF雑誌に投稿することをやめた。次に、彼がSF雑誌に姿を現すのは長すぎるとして『ウィアード・テイルズ』に掲載を断られた『狂気の山脈にて』が、『アスタウンディング・ストーリーズ』に受け入れられる1936年、ラヴクラフトの死の前年となる。

　『アメージング・ストーリーズ』や『アスタウンディング・ストーリーズ』などに掲載された初期スペース・オペラで育った筆者としては、ラヴクラフトがSF作家にならなかったことは実に残念なことである。壮大なコズミック・ホラーのビジョンが当時のSF雑誌でどう展開されたのか、興味深い部分だ。

ウィップアーウィル（Whippoorwill）

　電話とは「音」つながりとなるが、『ダニッチの怪』には、この物語を恐いものにしている「もうひとつの音」がある。

　ウィップアーウィルである。

　ウィップアーウィルは北米に分布する夜鷹の一種で、ホイッパーウィル、ホイッパーウィルヨタカと訳されることもある。体長は25センチほどで、夕方から夜にかけて空中の昆虫を食べる。忌まわしい響きを持つ甲高い鳴き声が特徴で、連続100回以上鳴く。満月の晩に繁殖を行う習性があり、プロポーズのため、夜を徹して鳴き続ける。

　地元の住民の間では、死者の魂を連れ去ると言われ、本作では登場人物の死を予告するように鳴く。老ウェイトリイの死、ウィルバーの死の場面の背景では耳を聾するばかりに鳴き、その他、ヨグ＝ソトースの眷属が活動する徴候として、狂ったように夜空を舞い、けたたましい鳴き声が響き渡る。

　怪物そのものが目に見えず、見えないことが恐怖の原点になっていることをウィップアーウィルの存在で補っているのである。無数の夜鷹が闇の中で鳴き続ける状況は異常で、人々は逃げようのない音によって追い詰められていくように感じる。

　その証拠に、怪物が倒されると、無数のウィップアーウィルの死体が丘の周囲に散乱することになる。

　目に見えない〈旧支配者〉ヨグ＝ソトースの影響を、鳴き続ける夜鷹の群れで示すという設定は秀逸で、特に、ダーレスはこの設定が非常に気に入ったらしく、『丘の夜鷹』という同工異曲の作品も書いている。

　夜鷹が死者の魂を奪いに来るというのは、ラヴクラフトがウィルブラハム滞在中に、隣家から聞いた地元の民間伝承がもとになっている。

ヨグ＝ソトース神話の始まり

　このように、『ダニッチの怪』はコズミック・ホラーとしてのクトゥルフ神話の枠組みを大きく決定づけた作品である。〈旧支配者〉の設定が明言され、不気味な〈落とし子〉を利用して地上に帰還しようとする〈旧支配者〉の陰謀が、血湧き肉躍る活劇的に展開されたのである。

　多くのキーワードは提示され、後に、ダーレスが展開する「いわゆるクトゥルフ神話」に向けた統合化の方針がはっきりと出された。

　ラヴクラフト自身も気に入った作品であり、自分の作品群を「クトゥルフおよびヨグ＝ソトースもの」とか、「アーカム・サイクル」とか呼んだ。本文でも、大いなるクトゥルフさえ、〈旧支配者〉の縁者であるが、〈旧支配者〉をうかがうにとどまる存在に過ぎないとしている。

　かくして、ここからラヴクラフトの快進撃が始まり、後世に「クトゥルフおよびヨグ＝ソトースもの」と呼ばれる作品群が広がっていくはずであったが、残念ながら、まだ時代は彼に追いついていなかった。19世紀と科学を愛したニューイングランドの紳士はあまり売れない恐怖作家として死に、残された神話はクトゥルフ神話として広がっていくことになる。

（第3夜・了）

■リーダーズ・ガイド
『ダニッチの怪』→『ラヴクラフト全集5』創元推理文庫
『ダンウィッチの怪異』→『ネクロノミコンの物語』星海社
『ランドルフ・カーターの陳述』→『ラヴクラフト全集4』創元推理文庫

ヨグ＝ソトースの落とし子

イラスト：槻城ゆう子

Cthulhu mythology

第4夜　千の貌
～『闇をさまようもの』～

　さて、これから我々はクトゥルフ神話的に重要な神格、ニャルラテップについて語るが、この神格の読み方に関しては極端に異なる。TRPGにおいては、ニャルラトテップ、小説の場合は、ナイアルラトホテップ、またはナイアーラトテップと書かれることが多い。最初の作品の翻訳はまさに『ナイアルラトホテップ』なので、そのまま記述するが、かように、表記が散漫となることをご理解いただければ幸いである。

宿命と運命のはざまに

　世界が始まる前、深い霧の中で〈宿命（フェイト）〉と〈偶然（チャンス）〉が賽を振った。どちらが勝ったかは誰も知らない。

ロード・ダンセイニ／荒俣宏　訳『ペガーナの神々』より
（ハヤカワFT文庫）

　初期のラヴクラフトが心酔し、もうひとりの自分とさえ断言した英国の幻想作家ロード・ダンセイニの代表作『ペガーナの神々』はこうして始まる。1919年秋、ダンセイニ作品と出会い、創作神話の世界に目覚めたラヴクラフトは小説創作に邁進、『白い帆船』、『ウルタールの猫』などのダンセイニ風の幻想掌編を書いた。

　ダンセイニとラヴクラフトの大きな違いは、ラヴクラフトが理科系であり、唯物論者であったことだろう。彼は人間の感情にこだわるよりも、もっと巨大な何かを語ることを求め、その作品はゆるやかな連携をもって統合され、人類の価値をまったく見出さない〈旧支配者〉と呼ばれる邪神たちを描くクトゥルフ神話に育っていく。

　それは理系としてのさがなのか？

　いや、彼は、本質的にはナイーブな幻視者だった。

　ラヴクラフトの作品には、彼が夢見た内容をそのまま、描いたものが多い。幻夢境物語の原点『北極星（ポラリス）』、数少ないシリーズものの主人公、ランドルフ・カーターが初登場した『ランドルフ・カーターの陳述』はいずれも夢で見た内

容を小説に描いたものだ。1926年に書かれた『クトゥルフの呼び声』も、1919年の年末から1920年初頭のどこかでラヴクラフトが見た夢が構想の原点となっている（参照「備忘録＃25」）。その他にも、『セレファイス』や『魔女の家の夢』のように、夢が重要な役割を果たす作品が少なくない。

　ナイアルラトホテップ（ナイアーラトテップ）、もしくはニャルラトテップが初めて登場した掌編『ナイアルラトホテップ』（1920年）も、夢から生まれた作品だ。デビュー前、アマチュア・ジャーナリズム活動のさなかに夢を見て書いた作品で、アマチュア仲間のラインハルト・クライナーに宛てた1921年12月14日付けの書簡によれば、夢を元に、はっきりと目が覚める前に第一稿を書き上げたという。顔を洗って見直してみると、夢があまりに首尾一貫しているので、わずか3語だけ修正し、ナイアルラトホテップを窮極の神々の化身と付け加えて完成させた。

　彼はこの題材が非常に気に入ったのか、このすぐ後に、当時、仲の良かった女流詩人ウィニフレッド・ヴァージニア・ジャクソンとの合作（名義はエリザベス・バークリイ＆ルイス・テオバルト・ジュニア）として、『這い寄る混沌』を書いている。ウィニフレッドの夢をもとにした作品で、『ナイアルラトホテップ』から『這い寄る混沌』という題名を流用した。

✪ 神々の使者ナイアルラトホテップ

　ナイアルラトホテップ、もしくはニャルラトテップは、千の異形を持つ千変万化の神格である。リン・カーターの『クトゥルー神話の神々』（青心社『暗黒神話大系シリーズ　クトゥルー』1巻掲載）によれば、「強壮なる使者」「百万の愛でられしものの父」「夜に吠えるもの」「盲目にして無貌のもの」「暗きもの」「闇に棲むもの」など多くの異名を持つが、ラヴクラフト作品での自称である「這い寄る混沌」の称号で知られている。

　この途方もない存在は、クトゥルフ神話の中でも特に奇妙な地位を占め、クトゥルフと並び、人気のある神格である。その理由はすべて彼が「神々の使者」であることに起因する。

　ナイアルラトホテップは神々の計画を遂行するため、他の神格より積極的に人類社会に関与してくる。『ナイアルラトホテップ』では人類世界の終焉を告げる破滅の使者であり、人間の姿をして、人類社会に神々の帰還を告げ、破滅を語る。

　彼はカリスマを持った有名人のようにふるまう。講演を行い、ガラス機器で作った不思議な発明品を見せる。

　その姿はエジプトのファラオのようだと語られ、彼が街にやってくると、人々は皆、彼に会いたいと希望するのである。彼は言う。27世紀の暗黒の中から立ち上が

り、この星にあらざる場所からの託宣を耳にしたのだと。

『ナイアルラトホテップ』は僅か数ページの掌編に過ぎないが、クトゥルフ神話のイメージ形成に重要な存在となった。ここに現れるのは、人間型で、黒く痩せ型で不気味な男としか書かれていないが、その後、神々の使者にまとわりつく、慄然たるフルートの音も響き、クトゥルフの邪神たちが帰還した場合にどうなるのか、そのイメージも提示された。

千なる異形の我と出会わぬことを

ナイアルラトホテップは一掌編にとどまらず、ラヴクラフトの他の作品にも次々と姿を現していった。その姿はいくつもあるが、代表的な姿を紹介していこう。

まず、魔王アザトースの使者、先触れとしての姿がある。アザトースはクトゥルフ神話のパンテオンにおいて、最高神格に当たる存在で万物の王にして、盲目白痴の魔王である。時空の束縛を受けない混沌の真ん中にあり、不定形の踊り子と忌まわしきフルートの音に慰められて横たわるとされている。その姿は「角度を持つ宇宙の彼方の途轍もない核の混沌」と描写され、見たものは発狂してしまうと言われる。ナイアルラトホテップはそのアザトースの従者である。この関係性は『ユゴスの黴』で言及された。

『壁のなかの鼠』では、かつてドルイド信仰とキュベレイ信仰が合体し、忌まわしい儀式が行われたイグザム修道院の地下に白痴の笛吹きを引き連れて出現、鼠を操り、呪われしド・ラ・ポーア一族の末裔を狂気に陥れた。『魔女の家の夢』では魔女を操る〈暗黒の男〉として現われ、魔術と近代科学の合体を夢見る学究の徒のもとに、魔女と使い魔を派遣し、アザトースの元に招きよせようとした。

その一方で荘厳な神というべき姿を現す場合もある。

幻夢境物語の総決算『未知なるカダスを夢に求めて』では、魔王アザトースの使者として、主人公ランドルフ・カーターに地球の神々を目覚めさせるため、幼少の頃、夢見た美しき宮殿へ向かうように助言する。この時の「二度とふたたび千なる異形のわれと出会わぬことを宇宙に祈るがよい。（中略）我こそは這い寄る混沌、ナイアルラトホテップなれば」というセリフは、実に印象深いもので、『這い寄る混沌』の称号を明確なものとした。

〈輝くトラペゾヘドロン〉

ラヴクラフトが提示したナイアルラトホテップのもうひとつの姿は闇の中だけで活動する、おぞましき怪物である。

異端結社〈星の智慧派〉が残した〈輝くトラペゾヘドロン〉で召喚され、その姿は、光を怖れる3つの突出した目のある、黒い翼を備えたものとして現れる。この姿のナイアルラトホテップは、「時空に通じる窓」、すなわち〈輝くトラペゾヘドロン〉を通して崇拝される。

〈輝くトラペゾヘドロン〉は、不ぞろいの多面体である黒い宝石で、赤い線が走っている（字義通りに言えば24面体となる）。歪んだ箱の中に七本の支柱で支えられている。箱は普段、開かれたままになっており、蓋を閉ざし、〈輝くトラペゾヘドロン〉を闇の中に置くことで、〈闇にさまようもの〉ナイアルラトホテップを召喚できる。

〈輝くトラペゾヘドロン〉はもともと暗黒の星ユゴス星でつくられた。ユゴス星は当時、発見されたばかりの冥王星のこととされる。詳しくは「第6夜：侵略者の影〜『闇に囁くもの』〜」で語るが、菌類生命体ミ＝ゴが住むという星だ。その後、〈古きものども〉によって地球にもたらされるが、これがどの種族を指すかは分からない。その後、南極に住む海百合（ウミユリ）状生命体など、地球揺籃期を支配したさまざまな種族の手を経る。海百合状生物とは、当時、まだ温暖だった南極で高度な文明を築いていた海星状の頭部を持つ生物のことである。しばしば、海百合状生物、あるいは〈古のもの〉（Elder Things）と呼ばれるが、〈古きものども（Old One)〉と書かれることもある。詳しくは「第7夜：超古代の遺産〜『狂気の山脈にて』〜」にて紹介する。

彼らの文明が滅びた後、〈ヴァルーシアの蛇人間〉によってその廃墟からひきあげられる。初めて、人類の目に触れたのはレムリア大陸でのことである。

その後、エジプト王ネフレン＝カの手に渡った。彼は邪悪なる崇拝を行ったがゆえに、その名前はあらゆる歴史から抹消された。

19世紀になって、イノック・ボウアン博士がこれを遺跡から再発見した。ナイルから持ち帰った博士は、異端結社〈星の智慧派〉を結成するが、邪教と見なされ、壊滅した。結局、〈輝くトラペゾヘドロン〉はロードアイランド州プロヴィデンスのフェデラル・ヒルにあった同派の教会に残されていた。

これを見つけだした結果、恐怖作家ロバート・ブレイクがおぞましい死を迎えるというのが、ラヴクラフトから、後輩作家ロバート・ブロックに捧げられた『闇をさまようもの』である。

✸ 共有される幻想

『闇をさまようもの』には、当時のラヴクラフト・サークルの様子を彷彿とさせるエピソードがある。

ラヴクラフトの後継作家の中でも秘蔵子というべきロバート・ブロックは、10歳の時に『ウィアード・テイルズ』を読み始め、購入3回目の1927年9月号に載ったラヴクラフトの『ピックマンのモデル』を読んで感銘を受けた。その後、不況の影響で一時、講読は途絶えていたが、1932年から講読を再開、4月号に載った『死体安置所にて』に感激し、熱烈なファンレターを送り、ラヴクラフトから返事をもらった。これはラヴクラフトが稀代の文通魔であったからだが、当時15歳のブロックは憧れの作家から返事を貰ったことで狂喜し、2人の文通が始まった。やがて、ラヴクラフトの助言で小説を書き始めたブロックは必然的にホラー作家となり、かつて愛読していた『ウィアード・テイルズ』1935年1月号に載った『僧院での饗宴』でデビューを果たす。

同じ年の9月号に掲載された『星から訪れたもの』は、ブロックとラヴクラフトの関係を強く示すものである。ブロック本人をモデルにした語り手が、魔道書『妖蛆の秘密』を入手し、ラヴクラフトをモデルとするプロヴィデンス在住の神秘的な夢想家を訪問する。『妖蛆の秘密』の解読を始め、夢想家が魔物を召喚する呪文を発見、それを唱えると、異星から飛来した魔物によって夢想家は無残にむさぼり食われ、語り手は恐怖に駆られて逃げ出してしまう。

ブロックはあらかじめ、ラヴクラフトに作中でラヴクラフトをモデルにした神秘的な夢想家を殺す許可を求めた。これに対してラヴクラフトは、自分をモデルにした登場人物を「描き、殺し、軽視し、分断し、美化し、変身させることを含めて、どう扱ってもよい」という許可書を発行、そこにはラヴクラフト本人の署名だけでなく、立会人のサインまで書き込まれていた。ちなみに立会人となったのは、『ネクロノミコン』の著者である狂えるアラブ人アブドゥル・アルハザード、クラーク・アシュトン・スミスが創造した魔道書『エイボンの書』の翻訳者ガスパール・デュ・ノール（という設定をラヴクラフトが勝手に作った）、R・E・ハワードが創造した魔道書『無名祭祀書』の筆者フリードリヒ・フォン・ユンツト、レンのラマ僧チョ＝チョであった。（『1935年4月30日付けの書簡』）

2人はこのやりとりを大いに楽しみ、ブロックは作品の内容に関しても助言を求め、『妖蛆の秘密』のラテン名や書誌、著者の略歴などは2人の文通で決まった。

そうして書かれた『星から訪れたもの』に対して、ラヴクラフトがお返しにブロックを登場させて、ナイアルラトホテップに殺させることにした。

こうして書かれた『闇をさまようもの』の粗筋はこうだ。

ブロックの分身というべきホラー作家ロバート・ブレイクがプロヴィデンスに引っ越してきて、古都に隠された異端結社〈星の智慧派〉の教会に引き寄せられ、〈輝くトラペゾヘドロン〉を発見する。誤って蓋を閉じてしまったブレイクは、家に戻った後、文献を調査した結果、蓋を閉じることでナイアルラトホテップを召喚して

しまったことに気づく。

　ナイアルラトホテップが光を恐れることを知ったブレイクは灯りを絶やさぬように
し続けるが、ある雷雨の夜、ついに停電が起き、街は漆黒の闇に包まれてしまう。

　『闇をさまようもの』は、ナイアルラトホテップ物語の1パターンを提示した作品
で、プロヴィデンスの情景といい、〈星の智慧派〉や〈輝くトラペゾヘドロン〉の
設定が秀逸で、完成度も高い。主人公のブレイクは名前こそブロックから取られて
いるが、行動や性格はまさにラヴクラフト自身である。

　こうして、ラヴクラフトとブロックの交流は続いたが、残念ながら、ラヴクラフ
トは37年に病死し、これが最後の作品となった。ブロックはその後、多くの神話作
品を執筆し、クトゥルフ神話、特に、ナイアルラトホテップ物語と食屍鬼物語の系
統を引き継いでいくことになる。

✦ ブロックのナイアルラトホテップ

　ロバート・ブロックはもともとエジプトに興味があった。最初に『ウィアード・
テイルズ』を購入したのも、表紙がエジプト風であったからだという。そのため、
エジプト風の名前を持つナイアルラトホテップは、ブロックのお気に入りとなり、
ブロックはナイアルラトホテップを中心とした作品を次々と執筆していく。

　まず、『無貌の神』（1936）では、ナイアルラトホテップに、エジプト最古の神に
して、邪悪なる砂漠の王という姿が与えられる。強欲な冒険商人が砂漠の中で発見
したのが、砂漠の王ナイアルラトホテップの顔の無い神像だったのだ。その外見は
スフィンクスに似たもので、3重冠を被ったその頭部には一切の顔を持たない。か
つて、暗黒のファラオ、ネフレン＝カ王に信仰されつつも、その忌まわしき信仰ゆ
えに王はその地位を追われ、信仰そのものが、禁じられた存在としてあらゆるアラ
ブ人部族に恐れられる存在だった。『暗黒のファラオの神殿』では、カイロの地下
に隠されたネフレン＝カ王の墓所を舞台に、その忌まわしき信仰と王の遺産が明ら
かになる。

　『闇の魔神』では、真理に近づくものを操り、支配しようとする〈暗きもの〉が
描かれる。その姿は全身が真っ黒で、柔毛に覆われ、豚のような鼻、緑色の目、獣
のような牙と爪を供えている。それはナイアルラトホテップ伝説や魔女たちの王、
アシュマダイとも通じるものだとされる。ナイアルラトホテップそのものかは明言
されないが、魔女たちの信仰対象もまた、クトゥルフ神話の神格の影響であるとし
たのである。これは『魔女の家の夢』や『戸口にあらわれたもの』でラヴクラフト
が魔女術とナイアルラトホテップを結びつけたことの発展型である。

黒き神父の創造『尖塔の影』

　ブロックの最大の功績は『尖塔の影』において、ラヴクラフトが詩的な策謀家として描いたナイアルラトホテップのイメージを明確化したことである。『尖塔の影』（1950）は、ラヴクラフトの『闇をさまようもの』に対する続編として書かれた作品である。発表されたのは1950年、前作から15年。ラヴクラフトの死によって、一度は神話作品から離れていたブロックが久々に描いた作品である。

　『尖塔の影』は、1935年、『闇をさまようもの』で死んだロバート・ブレイクの友人エドマンド・フィスクは友人の死の謎をずっと追いかけていたが、当時の関係者は次々となくなり、〈星の智慧派〉教会に残されていた〈輝くトラペゾヘドロン〉はナラガンセット湾の一番深い海底に沈められてしまった。これを沈めたデクスター医師は行方が知れなくなっていた。

　調査を断念したフィスクは第二次大戦開始により徴兵されてヨーロッパに向かった。任地でデクスター医師が物理学者として活躍、軍に関わっていることを知った彼は戦後、再び調査を始めるが、いつの間にか軍の核開発計画に関わっていたデクスター医師に接触することは困難を極めた。そして15年目、デクスター医師が家に戻ってきたことを知ったフィスクは彼を訪ねて問い詰める。

　なぜならば、フィスクはすでに気づいていたのだ。

　ナラガンセット湾の暗黒の深海に沈められたことで、〈輝くトラペゾヘドロン〉からナイアルラトホテップが召喚され、デクスター医師と成り変り、世界を破滅に導く核兵器を人類が入手する手助けをしていたのだ。

　ラヴクラフトの長大な詩篇『ユゴス星より』からの引用を交えて、ナイアルラトホテップと外なる神々の陰謀を描いたこの作品で、人間にとりついたナイアルラトホテップのイメージが明確化された。デクスター医師は異様に黒く日焼けした肌を持つ。本人は核実験での被爆のためというが、ラヴクラフトが『ナイアルラトホテップ』で語ったとおりの、浅黒い肌の男である。

　ブロックはその後、ナイアルラトホテップ＝黒い男というイメージを進化させ、晩年の『アーカム計画』（1979）ではナイアルラトホテップに〈星の智慧派〉のナイ神父を演じさせた。これが実に強烈な印象を残したためか、以来、ナイアルラトホテップのイメージは黒い肌の神父様になってしまった。これは神話作品に限らない。例えば、クトゥルフ神話作品ではまったくないものの、世界の悪魔や邪神を題材に取り上げ続けてきた『真・女神転生』シリーズのひとつ、『デビルサマナー』には悪役として、黒い肌の神父シド・デイビスが登場する。その黒い肌といい、手にした怪しげな魔道書といい、明らかに『アーカム計画』のナイ神父をイメージしている。

✦ 『闇に棲みつくもの』

　ナイアルラトホテップは魅力的な神格であり、邪神の使者で、さらに千の異形を持つ存在であることから、クリエーターにとって非常に便利な存在である。

　ラヴクラフトに心酔し、後にラヴクラフトの神格化を進めたオーガスト・ダーレスも、『闇に棲みつくもの』（1944）で、ナイアルラトホテップを取り上げているが、このスタンスがまたブロックとはまるで正反対であり、ダーレス流クトゥルフ神話のスタイルが明確に出た作品である。

　師ラヴクラフトやブロックとの違いを見るために、粗筋を紹介しよう。

　物語の舞台は、ウィスコンシン州リック湖を巡るンガイの森である。この森には何か巨大な怪物が棲むと噂され、それは300年ほど前に失踪したピアガード神父の記録にも残されていた。18世紀にも森を開拓しようとした材木業者のスタッフが何人も怪死を遂げた。州立大学のアプトン・ガードナー教授は、リック湖で目撃された巨大生物の噂とピアガード神父の遺体発見をきっかけに、ンガイの森の調査に乗り出すが、失踪し、教授の助手レアードは教授の同僚ジャックに救いを求める。

　教授が使っていたロッジについた2人は教授の残した書き付けや集められた資料から、教授が森の中で謎の平石を発見したこと、何か危険な存在を察知したこと、『ネクロノミコン』や『ナコト写本』と言った禁断の魔道書を調査し、ついには、ラヴクラフトの小説にさえ手がかりを求めた上、消えてしまったことを知る。

　その夜、不可解なフルートの音と人外のものの雄叫びを聞いたジャックとレアードは翌日、教授の書き付けに登場していたパーティエル教授を訪ねる。パーティエルは2人にクトゥルフ神話の事柄を告げる。

　帰り道、ガードナー教授のガイドをしていた混血のピーターと出会った2人はピーターに平石まで案内させ、彼が隠していたことを聞き出す。ピーターによると、顔の無い怪物が吼えていたのだという。

　ロッジに戻った2人は仕掛けておいた口述筆記装置を再生する。これはレコードの仕組みを使った当時最新の録音装置だ。その記録盤に残されていたのは恐るべき叫びだけでなく、教授の警告する声だった。教授はこのンガイの森こそ、〈神々の使者〉にして〈闇に棲みつくもの〉ナイアルラトホテップが地球上に持つ支配地のひとつであり、教授やピアガード神父はナイアルラトホテップに捕えられていたのだ。教授の声は地の精であるナイアルラトホテップと敵対する火の精クトゥグアを召喚する儀式の方法を伝え、この森をクトゥグアの炎で焼き払えと指示する。フォーマルハウトが梢の上に達した時、定められた呪文を3度唱えるのだ。

　半信半疑の2人はそのまま森の中の平石を再調査し、夜を待った。やがて、蹲っ

た烏賊のような何かを伴った、顔の無い巨大な怪物が出現し、月に吼えるのを目撃する。その姿には顔は無く、代わりに円錐形の頭部がねじくれる渦のようについていた。

恐怖に駆られた2人がロッジに逃げ帰ると、なぜかガードナー教授が戻っており、森の怪物の伝承を否定し、録音盤さえ壊してしまう。教授の豹変に言い知れない危機感を感じた2人は教授の就寝後、クトゥグア召喚の儀式を行った。森は焼き払われ、2人は逃げ延びるが、途中で目撃した物証から、あの教授こそナイアルラトホテップが化身した姿に違いないことを察知した。

ダーレス流神話の魅力と限界

オーガスト・ダーレス自身はかなり成功した作家であるが、このように、クトゥルフ神話を扱った作品になると大味というか、独特のノリを提示する。アメリカ辺境怪異譚からスタートするかと思えば、ネス湖の怪獣ばりの湖の怪物話が飛び出してくる。調査に向かった大学教授が行方不明になってしまうあたりや、300年前の死体が氷結したまま発見されるあたりはダーレスが生み出したオリジナルの神格イタカの物語に近く、面白い。いや、ピアガード神父の凍りついた死体に関する伏線のよじれから考えると、どちらかと言えば、イタカ物語だったのを無理矢理、ナイアルラトホテップ物語にしたのではないかとさえ思える。

さらに、ガードナー教授が『ネクロノミコン』やラヴクラフトの作品を集めているあたりから、さらに、雲行きがおかしくなってくる。

特に、パーティエル教授のクトゥルフ神話解説は、ラヴクラフトの書いた諸作品とはかなり異なる指向だ。クトゥルフ神話の神々を位階の上下を考えずに、四大元素の精に分解してしまう。クトゥルフを水に分類するあたりはイメージとして分かるが、決してクトゥルフが水に限定される存在とは規定されていない。海底に封印されているに過ぎない。従属する種族に水系が多いのは、海底に封印されたためではないかと思われる。同様に、〈神々の使者〉に過ぎないナイアルラトホテップを地の精にしたダーレスは、それに敵対する神格として、フォーマルハウトに住む火の精クトゥグアを設定し、これを召喚することで、ナイアルラトホテップを追い払えるとしてしまう。

ここは、ラヴクラフトの作品を尊重する読者から大きく反発される点である。本来、人類が理解できないことで恐怖を生み出しているクトゥルフ神話の神々を、四大元素に分類する設定を持ち込んで卑小化してしまった。この設定の件に関しては、生前のラヴクラフトに手紙で提案してもいるので、一概に批判はしたくないが、筆者としてはラヴクラフトとダーレスの断絶と見る。結果として、クトゥルフ神話が

世に残ったのは、ダーレスの功績である。

　本書では、クトゥルフ神話を幻想文学史上、重要な存在として語るが、『闇に棲みつくもの』をはじめ、初期のクトゥルフ神話作品が掲載された『ウィアード・テイルズ』という雑誌は、安っぽいパルプ紙で作られ、半裸の女性や奇抜な怪物が極彩色で描かれた、けばけばしい表紙の大衆娯楽小説誌である。それもホラーとSFが専門だ。そこで売れるために、より派手で分かりやすい作品を指向していったのだろう。結果として、こうしたダーレス設定も後継作家たちに受け入れられていったのである（もちろん、そうした設定を安易として拒絶した作家やクリエーターも多い）。

✴ ニャル様の幻想

　かくして、ナイアルラトホテップはさまざまな姿を獲得する。

　我々TRPG版のユーザーはナイアルラトホテップを「ニャルラトテップ」と発音する。これは『クトゥルフ神話TRPG』での共通する表記である。最初の翻訳の時点で、版元のホビージャパン社は、TRPG版をデザインしたサンディ・ピータースンにクトゥルフ神話関係の単語の発音をテープに吹き込んでもらった。その発音に沿った表記がTRPG版の発音である。

　ナイアルラトホテップ（ニャルラトテップ）は、TRPG版でも便利な神格で、陰謀を絡めるとどうしても出てきてしまう。もともと人間と会話可能という親しみやすさもあり、やがて「ニャル様」という愛称で呼ばれるようになってしまう。「這い寄る混沌」というキャッチフレーズもインパクトがあり、クトゥルフ神話で遊ぼうとするクリエーターのネタとしてよく使われている。

　例えば、萌え系ラブコメなのに、名前と設定がすべてクトゥルフ神話という漫画『エンジェルフォイゾン』がある。この作品には、世界の中心で眠り続ける美少女アザトースの使者として、肌の黒いニャル君が登場するが、その称号は何と「しゃべくる混沌」である。

　かつての黒きファラオも、軟派青年になりさがってしまった。これでは恐くもなんとも無い。いや、それもまた、〈黒い人〉の陰謀かもしれない。

　そして、21世紀に入り、ラヴ（クラフト）・コメディ系ライトノベル『這いよれ！ニャル子さん』では、銀髪のアホ毛美少女ヒロイン（一応、ニャルラトホテプ星人という設定）となり、これがアニメ化されてしまったので、もはや、「黒い人」すらナイアルラトホテップの正体とはいいがたいあたりが恐ろしいところである。

（第4夜・了）

■リーダーズ・ガイド

ラヴクラフトとブロックが互いを描いた『星から訪れたもの』『闇をさまようもの』『尖塔の影』をまとめて読みたいならば、青心社文庫『暗黒神話大系シリーズ　クトゥルー7』に3作がまとめられている。他のラヴクラフト作品および関連作品を読みたい場合は、星海社『這い寄る混沌』および、以下を参照。

『壁のなかの鼠』→『ラヴクラフト全集1』創元推理文庫
『闇をさまようもの』→『ラヴクラフト全集3』創元推理文庫
『ナイアルラトホテップ』『魔女の家の夢』→『ラヴクラフト全集5』創元推理文庫

『末知なるカダスを夢に求めて』→『ラヴクラフト全集6』創元推理文庫
『暗黒のファラオの神殿』→『暗黒神話大系シリーズ　クトゥルー3』青心社
『無貌の神』「闇の魔神」→『暗黒神話大系シリーズ　クトゥルー5』青心社
『闇に棲みつくもの』→『暗黒神話大系シリーズ　クトゥルー4』青心社
『アーカム計画』　創元推理文庫

黒い人

イラスト：槻城ゆう子

■EPISODE 03　ぱちん！

　妻によると、私は「身体の車幅感覚が無い」のだそうだ。だから、よく体をどこかにぶつける。不注意で、自分が起動したアクションの影響範囲の認識が甘い。だから、色々と蹴ったり、ひっくり返ったりする。低い何かをくぐろうとして頭をぶつけることも多い。

「あなたはその体を乗りこなせていないのよ」

　妻は私と結婚するまで、多数の猫と暮していたため、家の中をすり足で歩き、足先に何か触れたら、すっと引き戻す技を持っている。がさつな私にはできない技だ。

「それじゃあ、僕の体と僕の精神が別の存在みたいだ」

　ぱちん！

「ラヴクラフトはSF的な思考で小説を書いた、という視点は面白いですね」と編集者は言った。「それで『時間からの影』ですか？　『闇に囁くもの』や『狂気の山脈にて』よりも先に」

「ええ、精神を乗っ取るというテーマが面白いと思うのですよ。一見、多重人格や見当識障害のようで、主人公は孤立しつつ、調べていくと、実際に、侵略されていた」

「確かに〈大いなる種族〉はエイリアンとしての造形も秀逸ですね」

「例えば、爪をカチカチ鳴らして会話するというのは、荒唐無稽のようで、虫の類が羽を鳴らすのに近い。決してありえない話ではない」

　ぱちん！

「世の中には明らかに『心のスイッチ』を持つ人々がいます」

とあるイベントでのトークショー。

「ある状況になると、自動的にスイッチが入って行動パターンが変わってしまう。多分、最初は狩猟や闘争、繁殖などに対応した脳の仕組みだっ

たのでしょうが、世界の把握方法が進化していくにつれ、それは具体的な物理現象だけでなく、単純なキーワードでさえ起動できるようになってしまいました。では、実例を見せましょう」

　ここで、やや長めの間を置いて、会場が静かなことを確認した上で、一言だけ発する。

「いもうと」

　会場全体から、笑いと奇声が戻ってくる。

「今、スイッチが入った人はダメな人です。特に、頭の中で『義妹』と変換された人はよくありません」

　ぱちん！

　誰かがささやく。甘い匂いがする。何か言わなくては。
　カチカチ。歯を鳴らした。音響信号は通じないようだ。

　ぱちん！

　中学校の頃、理科の時間に、突然、「塩」という漢字が読めなくなったことがある。
　「塩」が何だか分からないということではない。「塩」＝Saltであり、この「塩」なる漢字が「シオ」、「エン」という発音に対応していることも忘れた訳ではない。ただ、理科の教科書に書かれた「塩」という漢字が、なぜ「塩」なのか、受け入れられなくなってしまったのだ。もはや「土偏」さえも妙な棒の組み合わせにしか見えない。
　何というか、この変な棒切れの組み合わせが、「塩」だなんて、誰が考え出したのだろうか？

　ぱちん！

「まだ思い出さないの？」
　妻が言った。どうやら、私はこの肉体を乗りこなせていないようだ。

第5夜　時を越えて
〜『時間からの影』〜

 ## 壮大な宇宙史へ

　ラヴクラフト作品のいくつかは、ホラーというよりも、明らかにSFであり、壮大な宇宙史の設定の上に描かれたものだ。今宵、紹介する『時間からの影』(1934)はその最たるもので、メインテーマは「時間を越えて、人類の精神を乗っ取る宇宙人」である。それも超古代だけでなく、超未来まで語った壮大な歴史のビジョンを伴ったものだ。

　当時、『アメージング・ストーリーズ』などのパルプ雑誌上でスペース・オペラなどの娯楽作品としてのSFが花開き始めた時代である。読書家で科学好きのラヴクラフトは当然、SFにも注目していたが、商業主義のはびこる現実は彼の理想から程遠く、そうした軽薄な作品をこき下ろす評論『宇宙冒険小説に関するノート』を残している。

失われた時間

　1934年に書かれ、ラヴクラフト作品としては最後から2番目の作品である『時間からの影』は、ミスカトニック大学の政治経済学教授ナサニエル・ウィンゲイト・ピースリーが息子の心理学教授ウィンゲイトに残した手記の体裁を取っている。

　物語は1908年5月14日、ピースリーが講義中に原因不明の昏睡状態に陥るところから始まる。翌15日早朝には意識を回復するが、一時的な記憶喪失に陥り、言葉をまともにしゃべれず、体のコントロールも聞かなくなっていた。その後、迅速に回復した教授はまったく異なる人格を獲得、失った記憶を回復するために、さまざまな資料を調査し、世界中を旅して回り、禁断の魔道書にさえ手を出した。周囲の人々は極端な二重人格症と見なした。

　5年後、再び、昏倒した教授は元の人格を取り戻すが、第二人格に支配されていた5年間の記憶を一切持っていなかった。自分の第二人格が何をしたのか、追跡していく内に、まるで超古代のまったく別の種族の都市に住んでいる夢を見る。恐るべきことに、その記憶はどんどん明確になっていき、何と自分の精神が1億年前の地球に住んでいた〈大いなる種族〉と強制的に交換されていたのだということを知る。

〈大いなる種族〉は、時間の秘密を唯一、解き明かした種族で、時間を越えて精神を送り出して未来の種族の精神と交換、未来の情報を集めるのである。そうして、彼らはすでに一度、超銀河世界イスから精神だけ、今の種族の肉体に移住してきたのだ。すでに、将来、人類の滅びた後に繁栄する甲虫種族の肉体に移住することも決まっており、地球が滅びた後は水星の球根状生物がその肉体となる。

ウェルズの『タイムマシン』（1895）から約30年経ち、SF雑誌ではすでにタイム・トラベルが重要なテーマになっていた時代とはいえ、発表されたのは1934年、昭和9年である。時間を越えて精神を侵略する超古代種族の存在を描いたラヴクラフトのイマジネーションは実に先駆的なものであった。

✦ 優れたエイリアン・クリエーター

ラヴクラフトにはもうひとつ優れた才能があった。

オリジナルのエイリアンやモンスターをデザインする才能に長けていたのである。

実際、ラヴクラフトの小説に登場するモンスターはいずれも印象的で、忘れがたい。触手や粘液といった異形の要素を取り込みつつ、必ず、何らかのキーワード、例えば「顔がない」、「頭足類」、「未発達の翼」、「樽のような体」、「海百合状」などを添え、覚えやすくする。

『時間からの影』に登場する〈大いなる種族〉は高さ10フィート、底辺10フィートの虹色の円錐体で、鱗を持っており、頭頂部からは円筒状の器官が4本のびており、その内の2本に生えている爪を打ち合わせて会話する。歩く際は円錐形の底面を波打たせるようにして移動する。これはラヴクラフト自らイラストを残している。

ラヴクラフトは作ったモンスターを使うのがうまい。『時間からの影』の中盤、〈大いなる種族〉の都市にいることに気づいた主人公は自分の視点がおかしいこと、浮かぶように移動できること、簡単に視点が上下できることに違和感を抱くが、自分の体を見下ろすことは、恐くてできない。

彼は精神交換によって自分が怪物のような姿になったことを認められないのであるが、失われた時間を取り戻すためには必ず通り抜けなくてはならないことであった。

精神交換された教授は〈大いなる種族〉の体で暮しながら、人間として生きていた時代に関する記録を残すように命じられる。さまざまな記録を書き上げた教授は、地下の中央記録保管庫に入ることを許可され、記録を収めるうちに、長命で万能なこの種族にも天敵がいることを知る。

それは、6億年前から太陽系に侵略してきた種族で、半ポリプ状の不可解な存在で、翼がないのに飛行し、他の生物を見つけると捕食する、恐ろしい肉食種族であ

る。この怪物には名前がなかったが、ラヴクラフトの死後、「飛行するポリプ（Flying Polyp）」の名前を与えられることになる。

〈大いなる種族〉は彼らの弱点が電気であることを突き止め、カメラのような形をした電気兵器で撃退し、地下に閉じ込めた。いつか先住種族が力をつけ、逆襲してくるのではないかという不安を抱いた〈大いなる種族〉は地下に通じる入り口のほとんどを永久に封鎖し、残された入り口も揚げ蓋で封じた。彼ら先住種族がその後の種族を食い尽くさなかったのは、封じ込め作戦がうまくいったのであろう。

✪ 現実化する悪夢

シンプルなホラーならば、〈大いなる種族〉によって、精神交換されていたことを思い出したところで、教授が狂気に陥って終わるところだろう。そうして、「読者の現在」に影響を与えないようにするのだ。しかし、そこは宇宙的な恐怖を表現したいと考えるラヴクラフトである。精神交換だけでなく、展開がもうひとひねりもふたひねりも用意されている。

すべてを思い出した教授は息子の手助けを得て、記憶の記録を論文にまとめ上げた。しばらくしてその論文を読んだオーストラリアのロバート・B・F・マッケンジーから手紙が届いた。彼は論文に書かれていた内容が、自分が調査しているものと類似性があるのだという。調査隊を率いて、オーストラリア西部の砂漠に向かった教授はそこで想像を絶した古代都市の残骸に出会う。探索を続ける内に精神の安定を欠いていく教授はやがて、ひとり砂漠に迷い込み、失踪、やがて砂漠で錯乱しているところを発見された。彼は砂漠の地下に埋もれた超古代都市の廃墟に迷い込み、あの恐ろしい怪物を閉じ込めた揚げ蓋や中央記録保管所を発見、自分の記憶が多重人格のもたらした妄想などではなく、真実だと知る。

ここでも、ラヴクラフトは現実世界と異形の世界をリンクさせることで恐怖を高めている。文中では明言されていないが、揚げ蓋が開いている様子は実に不気味な事柄を暗示させる。粗筋では省いたが、オーストラリアに残る、地下に眠る巨人の伝説は実に暗示的だ。この巨人が目覚めたとき、世界は滅びてしまうのだという。それは〈大いなる種族〉なのか、それとも封印された〈飛行するポリプ〉なのか？

✪ 恐怖と解放

ラヴクラフトの研究者の多くが『時間からの影』を彼の総決算的な作品とする。今までずっと描いてきたコズミック・ホラーの要素、ラヴクラフトのSF的な部分を明確に打ち出す一方で、ラヴクラフトにとって最重要なテーマというべき夢の意

味に深く踏み込んだ作品であるからである。

　夢想家ラヴクラフトはずっと夢と創作をリンクさせてきた。夢をそのまま作品にしたものもあった。夢からヒントを得た部分も多い。ある意味、シャーマニックな部分を持った作家であるが、本人は自ら頑固な唯物論者を任じ、宗教を信じず、作品の構成や表現には確固とした持論を展開した。若い頃には夢の動機や占いに対する攻撃的な姿勢を見せることも多かった。

　それは一種の矛盾であり、『時間からの影』は彼にとってそうした矛盾も含めて、夢と時間旅行というテーマに正面から取り組んだ作品である。注目すべきは主人公ピースリー教授に見えるラヴクラフト自身の影である。

　精神交換された教授はその結果、1908年5月から1913年9月まで、人生において重要な5年間を失い、社会復帰に困難を来たした上、生涯、悪夢に苦しむことになる。

　この日付はラヴクラフト自身が神経症を病んでハイスクールを中退した後、隠遁生活を送った期間と奇妙に一致する。1907年から、天文学コラムを週刊新聞に連載していたが、前年からの神経症の発作が悪化し、この連載も翌1908年8月で終了してしまう。1913年9月とは、ラヴクラフトが〈アーゴシー〉誌にラヴ・ロマンス小説家フレッド・ジャクスンを批判する手紙を書き、同誌を揺るがす1年越しの誌上論争が始まった月でもある。この論争こそ論客ラヴクラフトの復活の狼煙であり、この論争からラヴクラフトに注目したユナイテッド・アマチュア・プレス・アソシエーションのエドワード・A・ダースとの出会いこそ、作家ラヴクラフト誕生につながっていく。

　これらの日付は発作的につけられたものではない。ラヴクラフトは『時間からの影』についてアイデア・ノートを作成しており、この数字に関しても意識していた。意図的に自分の分身として、ピースリー教授を創造したのだ。自分が感じた孤立の恐怖を自分の内部で消化し、作品としてまとめ上げたのである。

　この作品に関しては、1919年に書いた『眠りの壁の彼方』以来、抱えていた記憶と自己認識のテーマを具現化したものである。1930年の段階でこの作品の粗筋を盟友クラーク・アシュトン・スミスへの書簡に書いているが、その後、何度も何度も書き直し、最後まで作品としての完成度に疑問を提示し続けた。しかし、それも無理はない。自己の内面を題材にした作品とは、ラヴクラフトのようなデリケートな創作者にとって、大いなる試練であったはずだ。なお、この時期、ラヴクラフトは自信作『インスマウスの影』（1931）の掲載を断られたショックが尾を引いていたとも言われる。

　そうした精神的に辛い状況を乗り越えて、『時間からの影』を書き上げたことで、ラヴクラフトは完成の域に達したと言ってもいい。残念ながら、1937年に彼が病死するため、その後、執筆されたのは『闇をさまようもの』他わずかな数にとどまっ

てしまう。

　ピースリー教授にラヴクラフト自身が投影されていると考えると、物語の中盤、〈大いなる種族〉の体で暮す教授の論調が、異世界での恐怖体験でありながら、苦痛に満ちてはいないことは大きな意味を持ってくる。

　学究たる教授は〈大いなる種族〉の社会を緻密に観察し、その仕組みを興味深そうに語る。彼は恐ろしい体験をしているのに、〈大いなる種族〉に対する恨み言を連ねることはしない。彼らが未来の生物の精神を乗っ取り、時代の苦難に対しては未来への移住という方法で、他の種族の文明を乗っ取ることさえ否定しようとしない。まるで、それが正しい結論のように、淡々と語られる。これをもって、ラヴクラフトが〈大いなる種族〉の社会にひとつのユートピアを描いたと分析する人もいる。私もこの意見に賛成したい。ラヴクラフトは、異なる種族の社会に感情移入する傾向があり、『狂気の山脈にて』に登場する「古のもの」たちもまた人類であったとしめくくっている。

ダーレスの『異次元の影』

　ラヴクラフトの死後、遺作の出版を進めていたダーレスはラヴクラフトの創作メモを補作したという形で、ラヴクラフト＆ダーレス名義の作品をいくつも発表した。1957年、ダーレスはピースリー教授と同じ精神交換をされたエイモス・パイパーの物語『異次元の影』を書き上げた。精神科医が語り手で、パイパーを診察し、奇怪な事件に巻き込まれるというもので、『時間からの影』のリメイクなのだが、重要なポイントはいわゆるクトゥルフ神話の重要事件をすべて取り込もうとしていることだ。パイパーはインスマウス事件や旧神対旧支配者の戦いを語り、〈大いなる種族〉が〈旧支配者〉を危険視していると語る。明らかに、当時のダーレスが推し進めていたクトゥルフ神話の構造化に〈大いなる種族〉さえ取り込もうとしたのである。

（第5夜・了）

■リーダーズ・ガイド
　『時間からの影』→『ラヴクラフト全集3』　創元推理文庫
　『異次元の影』→『暗黒神話大系シリーズ　クトゥルー4』　青心社

イスの大いなる種族

イラスト：槻城ゆう子

第6夜　侵略者の影
～『闇に囁くもの』～

 さだかならぬ闇へ

じっさいに目に見える恐ろしいものは、結局なに一つ見なかったのだということを、心によく銘記しておいていただきたい。

大西尹明・訳　創元推理文庫　『ラヴクラフト全集1』
『闇に囁くもの』より。

　ラヴクラフトの中期に、連続的に執筆されたＳＦホラー系統作品群のひとつ、『闇に囁くもの』（1930）の物語を論理的に要約してしまえば、そう何も起きなかったということができる。

　バーモント州で洪水に浮かんだ奇妙な生き物の死体目撃譚をきっかけに、伝承の怪物について新聞紙上で論争を展開するミスカトニック大学の研究者アルバート・N・ウィルマースに、ヘンリー・W・エイクリーというひとりの男から手紙が届く。その奇妙な怪物は宇宙から来た、翼のある甲殻生物で、それは彼の家の近くに出没しており、証拠もあるというのだ。文通を続ける内、彼の手紙は恐怖に満ちたものに変わってゆく。手紙が届かなかったり、打った記憶のない電報が届いたりと奇妙な事件が続き、ついに、悲鳴のような手紙が届く。助けに行かねばと立ち上がろうとした途端、打って変わって落ち着いた手紙が届き、資料を持って訪ねたエイクリー邸で病気と称するエイクリーから語られたのはユゴス星からやってきた宇宙人に関するおぞましい話であった。彼らと友好を誓ったというエイクリーはユゴス星への旅を決意したという。侵略者は人間の肉体から脳を取り出し、そのまま金属の円筒に入れて生かす技術を開発し、それによって人間も星間を越えて、宇宙人とともに旅することができるのだ。

　ウィルマースは金属筒のひとつから、一緒にユゴスへ行こうと誘われるが、あまりの恐ろしさに逃げ出してしまう。

　これが話の全貌だ。

　主人公は「金属の円筒」や「エイクリー」を見たものの、結局のところ、ユゴス

星からやってきた怪物、いや宇宙人の欠片も見ていない。

　だが、この物語は恐い。なぜ恐いのか？

✴ 幻想の源泉

　クトゥルフ神話に限らず、ホラーを支えているものは「読者のイマジネーション」だ。

　『闇に囁くもの』の大半はエイクリーと主人公の文通を通して語られる。主人公は民間伝承を研究するミスカトニック大学の研究者で、当初、バーモント州で目撃された奇怪な生物の死骸に関して、穏健なコメントを表明していた。エイクリーからの手紙に興味を持ち、文通を通して恐るべき暗黒のユゴス星から来た侵略者の恐怖が語られる。

　それはある種の雪男（ミ＝ゴと呼ばれる）との共通点を持つと語られ、ラヴクラフトの死後には、ミ＝ゴの名前で呼ばれるようになるが、この時点では宇宙からの侵略者らしいとのみ語られている。　主人公はエイクリーからの手紙と地域の伝承の知識を組み合わせ、侵略者の脅威が迫っていることを知るが、それはあくまでも、実物を見ずに行った推論の結果である。

　だから、この話は恐い。

　読者も主人公もまだ何も見ていない。エイクリーから送られてきた写真には蟹の鋏のような奇怪な足跡ぐらいしか写っていない。エイクリーが録音したレコード（当時の録音機から見て蝋管と思われる）には邪神、特に、究極の母神、〈千の子を孕みし森の黒山羊〉シュブ＝ニグラスを讃える詠唱の声や、さまざまな奇怪な物音が録音されているが、実際にそれがいかなる状況で録音されたかは分からない。

　だが、それは信じるにたる証拠に感じられる。

　そうなれば、もはや主人公も読者も想像を駆使して、起こっている事柄を推測しようとする。想像する。考える。推測する。そうして、イマジネーションを働かせることが、恐怖という感情を育てていく。

　そうやって、臨界点に達した状態で、後半、明かされる驚愕の事実が強い印象を残すのである。特に、最後の段落で明らかにされる「物証」はおぞましいものだ。それがいかに作り物に思えても、すでに想像すべき手がかりは十分に与えられてしまっているのだ。

✴ 失われる絆

　ラヴクラフトの重要テーマのひとつとして『同一性の喪失』が挙げられる。自分

が、あるいは、他人が「変わってしまう」ことに対して深い恐怖を抱くのである。よく知っているはずの存在が、あるいは信頼しているはずの存在が、別の理解しがたい何かに変わってしまう。

『闇に囁くもの』では、文通という形で、互いの見識を認め合い、奇怪な伝承の研究で結びついた主人公とエイクリーの絆が、何者かの関与によって喪失し、エイクリーはすでに侵略者の手に落ち、その顔を持った何かは、あれほど危険視した宇宙から飛来したものたちを賞賛し、金属筒の中身になって、暗黒の星へ飛び去ると言い出してしまう。

これはリアルな恐ろしさだ。

信頼していたはずの友人が豹変し、文字通り別の世界に行ってしまう。実におぞましい出来事と言える。

✴ ラヴクラフトと手紙

ラヴクラフトは空気を描くのがうまい。その恐怖がもつ雰囲気が読者の根っこの部分に染みとおるように書いてくる。それは多分、彼が自ら感じている内面の恐怖を題材に取り上げているからだろう。

ラヴクラフトは、病弱で神経質であったが、自身が自称するほど、決して寡黙で、陰鬱な人物ではない。本質的には、社交的で能動的な人間である。それは、彼が26歳でユナイテッド・アマチュア・プレスの会長に選出されていることからも分かる。祖父を失い、母親と2人暮らしだった10代の彼は、迫りくる貧困からのストレスで、精神を病みつつある母親のプレッシャーで自分も神経症になってしまい、学校をドロップアウトしてしまうが、20代後半、アマチュア・ジャーナリズムと出会い、社会との接点を求めて積極的に行動していく。

一旦、覚醒したラヴクラフトは友人たちとの交流のために多数の手紙を書いた。1920年前後、まだ電話が普及しきっていなかったこともあり、UAPAの事務の関係もあったが、毎日、何通もの葉書や書簡を書いた。ラヴクラフトと結婚したソニア・グリーンは結婚まで、毎日のように便箋30枚ほどの手紙がやってきたと述べている。彼の死後、アーカム・ハウスが書簡集を出そうとして、知人らに連絡を取ったところ、数千を超える書簡が集まり、その整理と編纂に20年以上を要した。アーカム・ハウスに集まった書簡集の複写は50巻に達し、大冊の選集「Selected Letters」だけで5冊となった。ラヴクラフトが生涯に書いた手紙は4万通から10万通に達すると言われている。『ラヴクラフト大事典』では42,000通から84,000通と計算し、L・スプレイグ・ディ・キャンプによる伝記『Lovecraft：A　Biography』（1975）ではおおよそ10万通という数字を挙げている。

ラヴクラフトにとって、文通は人生そのものであったと言っていい。そんな文通魔のラヴクラフトだからこそ、文通を通して人の変容を描きえたのだ。

✦ 侵略者

本作では宇宙からの侵略者として表現され、具体的な名前を持たない存在であるが、ヒマラヤの雪男ミ＝ゴとの共通点を持つという記述から、後のクトゥルフ神話作家たちにより、ミ＝ゴと呼ばれるようになる。　本作に登場する怪物たちはピンク色の甲殻類で背中に背びれのような羽を持ち、渦巻状の頭部からはいくつもの短い触角が突き出していて、さまざまに色を変える。

彼らの翼は一見、貧弱であるが、星間のエーテルを押しのけて飛行する力を持っている。地上の方が不器用なくらいだ。

生物としては、動物よりも植物的な構造を持ち、菌類に近い。しばしば「Fungi From Yuggoth（ユゴス星から来たキノコ）」と言われる。

体の構造はまちまちで、多くの亜種がある。ミ＝ゴという名前は元々、ヒマラヤに住む忌まわしき雪男の現地での呼び名である。これはもっと人間型に近いが、何らかの亜種であるか、人間型に改造されたかであろう。

ミ＝ゴは宇宙的な規模で活動する種族で、海王星の外側の軌道を回る暗黒の星ユゴスに前哨基地を持つという。彼らは地球でしか入手できないいくつかの鉱石を採掘するために、地球にやってくるのだ。ミ＝ゴは決して、地球を侵略しようという意図を持っているわけではない。しかし、彼らは人類との接触を望んではいない。彼らは人間の中にスパイを放ち、あるいは、さまざまな状況に関与して、自分たちの存在を隠蔽しようとする。彼らはもっぱらテレパシーで会話し、必要とあれば、改造手術でどうやら人間の声の真似もできる。

その肉体は異なった振動率を持つ電子から形成されているため、目に見えても、カメラで撮影することができない。

彼らはおぞましき邪神たちを崇拝し、その礼拝の様子がエイクリーのレコードに録音されていた。

いあ、シュブ＝ニグラス、千の子を孕みし森の黒山羊よ！

✦ 金属筒と脳

ミ＝ゴは外見以上に発達した科学技術を所有している。

彼らは人間の肉体から生きたまま、脳を取り出し、そのまま金属の円筒に入れて

生かす技術を開発している。

　ウィルマースはエイクリー邸で遭遇した金属筒のひとつと会話する。金属筒には3つのソケットがあり、これに会話装置をつなぐことで、金属筒の中で生きている脳は人間のように会話することができるのだ。

　脳髄を取り出すのは、宇宙旅行のためだ。

　ミ＝ゴは生身で宇宙を旅する能力を持っているが、人間はそうとも言えない。そこで、ミ＝ゴは人間の脳髄を取り出し、それだけを安全な金属筒に入れて運ぶのだという。残された肉体は山中に隠された秘密基地の装置で生かし続けることができる。

　エイクリーによれば、ミ＝ゴは地球のいくつかの国家と連携を取りたがっており、エイクリーを翻訳として使おうとしているという。

　しかし、物語はそれが真実かを明らかにはしてくれない。最期までミ＝ゴは姿を見せず、主人公が目撃したのは不気味な「物証」だけだからである。

✴ クトゥルフ神話の統合

　『闇に囁くもの』は、クトゥルフ神話の成立を語る上で重要な存在である。

　まず、この作品で初めて、ラヴクラフトが他の作家の設定を取り入れ、作家を越えた作品間のリンクを取り始めたのである。クトゥルフと並んで、レン、ハスター、ハリ湖、ツァトゥグァ、黄の印といった別の作家の作った神話用語を使用したのである。

　これによって、ラヴクラフトの個人的な世界だったものが、『ウィアード・テイルズ』の誌面を舞台にしたムーブメントとして動き出したのだ。

✴ 陰謀史観というドラマツルギー

　第二の特徴は、『クトゥルフの呼び声』ではまだぼやかされていた『何者かの陰謀』というテーマがより明確な形で示されたことである。

　ミ＝ゴは自らの存在を隠すために、人類の中に姿を隠し、自分たちの存在に気づいたものの行動を巧妙に阻害する。『闇に囁くもの』の中では、ノイズと名乗る謎の人物が暗躍し、郵便を奪ったり、あるいは、情報を盗聴して妨害したりする。

　終盤、ミ＝ゴと会見したとするエイクリーの変容さえも読者には信頼できない。それはまるで狂言、あるいは、何者かの陰謀のように聞こえるのだ。

後継作家の描くミ＝ゴ

陰謀要素に沿って描かれたミ＝ゴは、クトゥルフやヨグ＝ソトースのような明確な脅威とはなりにくく、その描き方は後継作家の手に一任されることとなった。

エイクリー同様、好意的な立場を取ったのは、生前のラヴクラフトと親しく交流していたSFファンタジー作家のフリッツ・ライバーである。彼の『アーカム、そして星の世界へ』(1966) はミスカトニック大学を訪問し、教授連からラヴクラフトが描いた事件の裏話を聞くというファン好みの掌編だ。ここでウィルマース教授は、『闇に囁くもの』事件と『ダニッチの怪』事件が非常に深く関係していたと語る。ユゴス星人たちはヨグ＝ソトース召喚を妨害するべく、人間に接触したのだ。そうして、いまや教授はミ＝ゴと深い連携にあるという。

ここで、ライバーはラヴクラフティアンの夢をひとつ、織り込んだ。1937年3月14日、プロヴィデンスで病死したひとりの紳士の脳もまたミ＝ゴの手で密かに取り出され、金属筒に封じられ、宇宙に旅立っていったという。ああ、彼は生きて今も星の世界を旅しているのである。

まさに、ファンのお遊びというべき掌編だが、これこそクトゥルフ神話というムーブメントの本質かもしれない。

一方で、カニ型で人の声を真似したり、他の生き物の皮を被って行動したりするという陰謀めいた種族の特性を生かす作品もある。

朝松健の『怒りの日』はナチスとクトゥルフ神話を組み合わせた連作の一編だが、ここではヒトラーに深い影響を与えるオカルティストやチベット僧が、実は人間ではなく、薄紅色の甲殻生物であるというほのめかしがなされ、ヒトラー暗殺未遂事件の裏側が描かれる。朝松は『弧の増殖』でも、このテーマを扱っている。

矢野健太郎の本格クトゥルフ漫画『邪神伝説』は、クトゥルフ神話の邪神と戦うケイオス・シーカーが主人公だが、チベットで修行中のヒロインの周囲に、ヤクに化けたミ＝ゴが登場し、突然、皮を破って襲い掛かってくる。ヤクの中から巨大なザリガニめいた姿が飛び出してくるのはかなりショッキングな構図と言える。

映像化されたミ＝ゴ

『闇に囁くもの』には映画版が存在する。正確に言えば、3本のラヴクラフト作品を映像化した『ネクロノミカン』の最後の1本が、『闇に囁くもの』を原案とする『Whispers』である。残念ながら、ミ＝ゴが登場するという以外はまったく原形を留めないもので、オリジナルのスプラッター・ムービーになっている。ニューヨー

クの警官カップルが謎の連続殺人鬼を追ううちに、ミ＝ゴらしきおぞましい怪物の
罠にはまるという話だが、クトゥルフらしさはほとんどない。どちらかと言えば、
3本の短編をつなぐ部分に登場するラヴクラフトこそが最も見所というべきである。

✖ 天文学少年の夢

　最後になったが、ユゴス星と冥王星の関係について一言解説しておこう。ミ＝ゴ
が前哨基地を置くユゴス星は、明らかに冥王星であるが、ラヴクラフトが本作を執
筆していた1930年2月18日に、冥王星が発見されたことは明記しておくべきだろう。
ラヴクラフトは前年よりソネット『ユゴス星より』を執筆しており、1930年1月4日
に完成し、2月よりその発想を加えた作品に取りかかった。当時、ラヴクラフトは
ゼリア・ビショップの『墳丘の怪』を添削、というか、ほぼすべて書き下ろしてお
り、その一方で外惑星の幻影に夢を馳せていたのだ。

　彼は幼少の頃より、天文学に興味を抱き、15歳の時には『サイエンティフィッ
ク・アメリカン』紙に宛てて、天文学者たちは協力して海王星以遠の惑星発見に努
力すべきだという投書をしている。後に、新惑星の発見を知ったラヴクラフトは非
常に喜び、その書簡の中で新惑星の名前を「ユゴス星にすべきだ」と述べている。
時代がラヴクラフトにやっと追いついたのである。

（第6夜・了）

■リーダーズ・ガイド
『闇に囁くもの』→『ラヴクラフト全集1』創元推理文庫/『暗黒神話大系クトゥルー9』青心社
『アーカムそして星の世界へ』→『暗黒神話大系シリーズ　クトゥルー4』青心社
『怒りの日』→『邪神帝国』早川書房
『邪神伝説』学研ノーラコミック
『ネクロノミカン』パイオニアLDC

ミ＝ゴ

イラスト：原 友和

■EPISODE 04 テケリ・リ！　テケリ・リ！

『狂気の山脈にて』の話をしようとすると、私の脳裏に浮かぶのは、なぜか地球空洞説の話だ。

地球の内部に広大な空洞があり、そこには古代の生物が多数生き残っているというある種のトンデモ仮説であるが、20世紀初頭から第二次大戦前後にかけて多くの人々がこれを信じ、極地に存在するとされた巨大な穴から地球内部の空洞世界に入ろうとした。

最初に地球空洞説を提唱したのは天文学者のエドモンド・ハレーである。19世紀に退役軍人のJ・C・シムズが、地球には4層構造の空洞があり、北極と南極に地球空洞につながる穴があいていると主張した。アメリカも終戦直後の1946年から、南極全土を航空写真で確認するハイジャンプ作戦を決行しているが、このプロジェクトが地球空洞説の実証を目的にしていたという噂が根強く囁かれた。

私は初めて、地球空洞説に出会ったのは中学生の時。当時、大ファンだったエドガー・ライス・バロウズの『地底世界ペルシダー』（1914）だった。バロウズは映画化もされた『類猿人ターザン』のシリーズで知られる異郷冒険ものの大家であるが、大人気の『火星』シリーズ、『ターザン』シリーズに続いて書き始めたのがこのシリーズだ。この時、解説を担当したのが、SFファンの間では宇宙軍大元帥と呼ばれて慕われてきた野田昌宏。スペオペの布教者、野田大元帥が紹介した地球空洞説の紹介がべらぼうに面白く、最後に書かれているドイツ海軍の暴走ぶりにすっかりハマってしまった。「この世界は、実は空洞の内部にある」というトンデモ仮説を信じて、水平線の上を赤外線写真で撮影し、敵海軍の動きを偵察しようとしていたというのだ。

さすが、ナチス。Coolだ。

その後、このネタはなぜか、偵察衛星の時代に再燃する。

気象観測衛星が撮影した極地写真に、撮影技術上の問題で巨大な黒い穴が写り込んだことから、極地に隠された大穴があり、地球内部に通じている、そこからUFOが飛来してくるのだという話になり、例によって、

陰謀史観と合体して、アメリカなどの大国がこぞってこれを隠蔽している
のは、超国家的な宇宙人の陰謀で、人類は家畜化されているのだという話
につながる。

　ラヴクラフトがここまで予測していたとは言えないが、人類家畜説の
あたりまで行くと、全部、クトゥルフ神話で語られていることだ。地底の
空洞世界については、ラヴクラフトがゼリア・ビショップのために代作し
た『墳丘の怪』に登場するクン・ヤンで語られているし、『狂気の山脈に
て』では、人類をはじめとする地球上のすべての生命が、食用、あるいは
家畜として作られた生物の末裔に過ぎないという衝撃の事実が語られる。

　ラヴクラフトの先駆者ぶりは実に恐ろしいものだ。それゆえに、ラヴ
クラフトは事実を語っていたとする人々さえ登場する。確かにラヴクラフ
トの先見性は高い。

　例えば、ボーリング・マシンで南極の氷の下を調査するという発想も、
ラヴクラフトはいちはやく取り入れているが、現在では極地探査の重要な
手法で、これにより、古代世界の気象の変化が明らかになっている。

　近年では、南極大陸の氷床の下3500メートルに、オンタリオ湖と同程
度の規模を持つ巨大な地底湖があることが分かっている。その上にあるロ
シアの観測基地の名前を取って、ヴォストーク湖と名づけられたこの地底
湖には、数万年前の大気と水が封じ込められており、生物がいる可能性も
示唆されている。そこに残された貴重な環境の破壊を防ぐため、また、上
部に載っている氷床の崩壊を防ぐため、ボーリング調査は見送られること
になった。

　賢明なことである。

　ラヴクラフトが真実を語っていたとすれば、ボーリング・マシンが
3500メートルの氷床を突き破った後、我々が最初に聞くのはこんな生き
物の鳴き声に違いないからだ。

　「テケリ・リ！　テケリ・リ！」

　それがポーの言う白い巨鳥であることを期待してやまない。

第7夜　超古代の秘密
〜『狂気の山脈にて』〜

『遊星からの物体X』

　俳優カート・ラッセルの出世作で、ジョン・カーペンター監督の『遊星からの物体X』（The Thing：1982）という映画がある。南極で発見された宇宙人の死体が生き返り、南極基地の人々を殺戮するというものだ。モノクロ時代にもハワード・ホークスが製作し、『遊星よりの物体X』（1952）の題名で映画化されているから2度目になるが、原作はラヴクラフトと同時代を生きたSF作家ジョン・W・キャンベル・JRの『影が行く』（1938）である。ジョン・カーペンター版はややスプラッター気味と言われがちだが、変幻自在の謎の生物が次々に生き物に憑依するという原作に近いのはやはりカーペンター版である。

　実は、この『影が行く』に大きな影響を与えたと言われるのが、今宵、紹介するラヴクラフト初の南極探検もの、『狂気の山脈にて』（執筆1931/発表1936）である。

★ ミスカトニック大学南極探検隊

　『狂気の山脈にて』は、『闇に囁くもの』に続いて執筆されたSFホラー系統の作品である。

　物語は、ミスカトニック大学南極探検隊の南極到着から始まる。南極奥地に進んだレイク分遣隊は蜃気楼のような巨大な山脈を目撃、その麓に着陸した。彼らは新型ボーリング装置で地質調査中、南極の氷の下に石灰岩の空洞を発見する。そこで見つかった樽型の生物は忌まわしき魔道書『ネクロノミコン』に記述された先住種族にならって、〈古きもの（オールド・ワンズ）〉もしくは〈古のもの（エルダー・シングズ）〉と呼ばれるようになる。レイク隊はその遺体の解剖を行った直後、南極の強風の中で音信不通となる。急遽、救援に向かった本隊は、そこで無残にも全滅したキャンプを発見する。

　あらゆる機材は破壊されるか消失し、レイクを含めた11人が引き裂かれ、また、解体された状態で発見された。報告のあった14体の樽状生物の遺体のうち、6体のみが雪の中に埋められており、五芒星をかたどった塚が作られていた。

　主人公ダイアー教授は蜃気楼のような巨大山脈の向こう側を調査するため、ダンフォースと2人で飛行機に乗り、山を越える。その都市で見たのは、かつて樽状生

物が築いた巨大都市の残骸であった。

✦ 〈古のもの〉

　レイク隊が発見した謎の樽状生命体は、奇怪な存在であった。胴体は樽状で、五芒星に似た海星状の頭と翼を持ち、2本の腕は2度、肘の部分で5つに分かれた後、さらにそれぞれが5つの指に分岐する。

　全長8フィートに及ぶ肉体はシンメトリーで、生物構造としては植物に近いが、動物のような内臓も保有している。複数の呼吸系を持ち、皮膚構造も頑健で、解剖用のメスも通らず、海中でも真空でも問題なく生活できたと考えられる。レイクが解剖に成功したのはすでに損傷を受けていた遺体だけである。

　周辺の状況から白亜紀末ではないかと想像されたが、周辺からはあまりに幅広い年代の生物化石が発見された。

　これはあまりにも既知の生命体と構造が異なっていたため、『ネクロノミコン』の記述に習って、「〈古きもの（オールド・ワンズ）〉もしくは〈古のもの（エルダー・シングズ）〉」と呼ばれるようになった。その記述によれば、地上の生命のほとんどが、この〈古のもの〉の気まぐれか、失敗によって生まれたのだという。

✦ 古代都市に隠された真実

　物語の後半は主人公とダンフォースによる古代都市の探索行が描かれる。

　彼らはまず、壁のレリーフから、古代都市を〈古のもの〉が築いたことを知る。彼らは恐竜時代の遥か前、先カンブリアにまで遡り、人類はおろか地上のあらゆる生命体がいなかった時代に宇宙から飛来し、当時はまだ温暖であった南極大陸にこの巨大都市を築いたのだ。

　彼らは高度な科学技術を有しており、元々は機械文明を築いていたが、地球に飛来する前に、機械文明に見切りをつけていた。彼ら自身が強靭な肉体を持ち、何らかの方法により自力で星々の間を移動する手段を有していたため、もはや機械の存在に頼る必要はなかったのだ。

　こうして、地球に飛来した〈古のもの〉は、この世界で暮すために、無機物から生き物を生み出した。彼らは最初、海中に住んだことから、海中で行動する不定形の汎用労働生物〈ショゴス〉を生み出した。

　その後、彼らは地上に進出、さらに多くの生き物を生み出した。多くは作業用であったが、植物系であるにも関わらず、〈古のもの〉は動物質の食事を好み、食用とするため、家畜の放牧や野獣の狩猟を行った。人間の祖先もまたそうして生み出

された家畜の失敗作に過ぎず、一部は都市での愛玩用としても用いられたようだ。

　レリーフを調べながら、ダイアー教授は、ミスカトニック大学で民間伝承を研究するウィルマース教授（第6夜参照）と親交のあったことを後悔する。『ネクロノミコン』や『ナコト写本』の内容など知らなければよかった。このレリーフが示すことが真実ならば、かの樽状生命体こそ魔道書が示す古代種族に間違いないのだから。

✴ グレート・オールド・ワンズ

　グレート・オールド・ワンズ（Great Old Ones）およびオールド・ワンズ（Old Ones）は、ラヴクラフトが人類以前に地球を支配したさまざまな存在を示す言葉として、『クトゥルフの呼び声』など多くの作品で使用している。〈偉大なる古き神々〉（宇野訳）、〈大いなる古のものども〉（荒俣訳）、〈旧支配者〉（大瀧など）と訳され、クトゥルフ神話の邪神たちを指すことが多いが、単純に、超古代の地球にいた、もしくは、宇宙から飛来した種族を指すこともある。本作では海星状の頭部を持つ南極の古代種族を指すが、アザトースやヨグ＝ソトース、クトゥルフのような超次元的な邪神と、滅び去った先人類種族を一緒にするのは混同を招きやすいので、本作の海星型の頭部を持つ種族は、〈古のもの〉（Elder Things）と呼ばれるようになる。

✴ 秘められた宇宙年代記

　レリーフから語られたのは〈古のもの〉だけではない。この地球の覇権を巡り、激しく戦われた先人類種族との激闘の歴史である。

　原初の地球に最初に降り立ったのは、〈古のもの〉であったが、やがて、他の種族が地上に降り立った。〈古のもの〉は高度なエネルギー兵器を使ってこれを殲滅し、支配を固めた。

　その後、大きな地殻変動が発生、南太平洋に新大陸が浮上した。これによって〈古のもの〉の都市に被害が出たところへ、もうひとつの宇宙種族が飛来する。蛸に似た陸生種族で、激しい戦闘の結果、〈古のもの〉は一時、陸上から撤退を余儀なくされる。やがて和平が成立、新たに隆起した大陸を蛸型種族が獲得し、〈古のもの〉は旧大陸と海を支配した。

　なお、この蛸型種族はダイアー教授によって、恐らくクトゥルフの眷属（Spawn of Cthulhu）と推測されている。どうやら、クトゥルフというのは種族名で、かの邪神以外に、クトゥルフの分身というべき存在が多いらしい。それが陸生の蛸型種族であり、かのルルイエも本来、地上に存在していたのである。

やがて、再び地殻変動が起こり、太平洋にあった新大陸は海底に没してしまう。クトゥルフの一族はルルイエとともに海底に沈み、地球は再び〈古のもの〉が支配した。

✴ ショゴス大戦

再び地球を支配した〈古のもの〉は、陸上への進出を進めるが、この背景に、ショゴスの暴走がある。

ショゴスは水棲の不定形生命体で、大きさは直径15フィートほどで、丸くなって移動する。本来、〈古のもの〉の催眠指令を受けて、肉体を変化させ、必要な器官を作り出して命令を実行するだけの、知性を持たない原形質の塊に過ぎなかったが、分裂増殖を重ねるうちに、知性を獲得、主人を脅かす存在になる。かくして1億5千年前の中生代三畳紀中葉、〈古のもの〉たちはショゴスに対する全面戦争を開始する。有能な使役獣であったショゴスの有能さはこの戦いでも発揮され、多くの〈古のもの〉が頭部を切り落とされ、全身を粘液に覆われて絶命した。これに対して、〈古のもの〉は奇妙な分子破壊兵器を用いて、〈古のもの〉はショゴスを制圧、完全に屈服させるに至る。

✴ 衰退と滅亡

中生代ジュラ紀に至り、外宇宙から新たな種族が侵攻してきた。菌類とも、甲殻類ともつかぬ宇宙生命体で、ダイアー教授は、以前、ウィルマース教授が語っていた北米北辺の山岳地帯に出現する伝説の怪物、または、ヒマラヤ山中に住む忌まわしきミ＝ゴではないかと推測している。

これを迎撃するため、〈古のもの〉は再び宇宙に出ることを決意するが、すでに星間飛行の技術は失われており、大気圏脱出はならなかった。この失敗は〈古のもの〉の衰退を象徴する出来事であり、結果として、ミ＝ゴたちによって、北半球から駆逐されてしまう。海底と南極の都市に引きこもった〈古のもの〉たちはさらに衰退を続け、やがて氷河期によって領土を失った。

最終的に、彼らはあれほど危険視したショゴスに頼ることになる。禁を破り、陸棲のショゴスを生み出した結果、〈古のもの〉はショゴスによって滅びてしまうのである。

✴ 宇宙年代記の中枢

　『狂気の山脈にて』は、後期ラヴクラフトが描いた宇宙年代記の中核を為す作品であり、クトゥルフ神話の相互関係を、ラヴクラフト自身が語った重要な作品である。

　まず第一に、民間伝承とのリンクをさらに深めたことである。これまでもクトゥルフ物語で、海神神話をクトゥルフに統合してきたり、エジプト神話をナイアルラトホテップに関連付けてきたりしたが、本作では、古来、魔術的に重視されてきた五芒星を、先人類文明種族の形態そのものに結びつけたのである。五芒星が伝承の中で重視されるのは、五芒星が〈古のもの〉を連想させるからだ。

　第二の特徴として、『闇に囁くもの』との強いリンクが挙げられる。この前年に書かれた『闇に囁くもの』で宇宙からの来訪者を描いたラヴクラフトは、その語り手ウィルマース教授を、クトゥルフ神話に染まった人物として言及するとともに、あの事件そのものを事実として語っている。

　さらに、〈古のもの〉の歴史を語る中で、人類を取るに足らない家畜の末裔とした上で、クトゥルフ族、ミ＝ゴ族の地球侵攻を語った。これは大きな成果であった。

　読者は異形の先人類文明種族同士の戦争が古代の地球で展開されたという壮大なビジョンを提示されたのである。これは、非常にエキサイティングな設定であり、それまでラヴクラフトの宇宙的な恐怖に魅了されてきた人々にとって天啓というべきものであった。

　ただし、このビジョンはすでに、『ウィアード・テイルズ』のような恐怖小説誌向きのものではなく、掲載を拒絶されることになる。ラヴクラフトは衝撃を受けて、この作品をしまいこみ、この作品が日の目を見るのは5年後、SF専門誌『アスタウンディング・ストーリーズ』誌上となる。

✴ ノンフィクションとして語られる神話

　構成の面から言えば、『狂気の山脈にて』はラヴクラフトお得意の「関係者が後に真相を語る」という形式を取っているが、その語り口調は語り手の地質学者に合わせ、より冷静で淡々としたものとなっている。描写は綿密で、事実をひとつずつ積み重ねて、丁寧に描写していく。例えば、レイクの報告や壊滅したキャンプの描写は本来、現れるべき恐怖を押さえ込むかのように、ひとつひとつ語られる。

　こうしたノンフィクション的な手法は後期の宇宙年代記3部作で顕著であり、『クトゥルフの呼び声』以来、彼が語ってきた神話を語ることを止め、宇宙年代記という形で統合を果たそうとするかのようである。

✦ テケリ・リ

　この作品に関するラヴクラフトの熱意は強く、資料に基づいた綿密な創作ノートが残されている。

　当時の南極は、1911年にアムンゼンによる南極点到達がなされているとはいえ、当時はまだ、未踏の大地であったことは間違いない。南極観測隊に関するノンフィクションが手軽に読める現代から見れば極地の厳寒に関する描写が甘いものの、南極の実体験など語られることも少ない時代であるから、かなり努力したと言える。そこでラヴクラフトは、資料とデータを積み上げることで、南極を描いた。

　さらに、彼は一工夫を加えた。南極が登場する作品としては有名なエドガー・アラン・ポーの『ナンタケット島出身のアーサー・ゴードン・ピムの物語』（1838）を語り継ぐ形とした。象徴的なのは、同作品から流用された「テケリ・リ！　テケリ・リ！」という声で、ショゴスを象徴する叫びとして、読者の印象に残った。

✦ 暴走する後継者たち

　『狂気の山脈にて』は、ラヴクラフトの宇宙年代記において、最終到達点と目されるに至った。後継作家たちの中には『狂気の地底回廊』を描いたブライアン・ラムレイ、『無人の家で発見された手記』のロバート・ブロック、『狂気大陸』を書いた朝松健のように、そのテーマを独自に料理しようとした人々がいるとともに、この作品に盛り込まれた細かい題材を拡大し、乱用するに至る者もいる。

　ゲームなどで多用される〈旧き印〉（Elder Sign）は、緑がかった石に刻まれた奇妙な五芒星で、下級のクトゥルフ神話生物を近づけない力を持つが、これは、レイク隊が発見した奇妙な石鹸石に刻まれた破片に由来する。

　『狂気の山脈にて』の描写によれば、径は6インチ、厚さ1・5インチ。やや緑がかっており、表面はつるつるで、幾何学的な形状をしている。五芒星の5つの頂点が少しかけたような形をしている。〈古のもの〉は、五芒星のシンボルを多用したが、これもそのひとつで、実際の魔力を持つというよりも、どうやら、そこに描かれた五芒星が、古代に展開された〈古のもの〉との激闘の種族的な記憶を呼び起こし、追い払うらしい。実際、この五芒星の石は、ダイアー教授の分析では通貨として使われていた可能性が高い。墓地に遺体とともに埋葬されていたことから、お守りとして使われた可能性も否定できないが、我々自身、三途の川の渡り賃として小銭を墓に入れる風習を持ち、世界各地で同様の習俗があることを考えれば、魔力をどこまで期待できるかは分からない。

その後、ダーレス＆スコラーの『モスケンの大渦巻』などの作品で、〈旧き印〉は実際に、魔術的な力を持つようになっていく。

✴ 〈古のもの〉と人類

粗筋に戻ろう。

レリーフから、〈古のもの〉が最後に避難した新都市への通路を発見したダイアー教授とダンフォース は、都市の奥へと向かう。途中、行方不明だった隊員ゲドニーの遺体を発見したり、アルビノ化した盲目の巨大ペンギンと遭遇したりした2人だったが、ついに回廊の底で、虐殺された〈古のもの〉の死体と遭遇する。頭部を引きちぎられ、黒い粘液に塗られた無残な死体と彼らがキャンプから奪った装備、彼らが作成したメモを発見する。

そこで、ダイアー教授は、長き眠りから無理矢理、目覚めさせられた〈古のもの〉の悲劇に気づいた。あの歴史を解析した今ならば、分かる。突如、彼らは冬眠から目覚めさせられ、死んだ仲間の遺体は解剖された。世界は極寒の氷雪世界になっており、凶暴な犬と野獣の末裔（人間）に襲われたのだ。彼らは必死に反撃した後、故郷に戻るべく最大限の努力をしたのだ。狂気の山脈を徒歩で上り、避難所に向かって必死に進んだ。しかし、彼らは先祖と同じように、天敵と化したショゴスによって殺されてしまう。その悲劇を理解した教授は、彼らもまた同じ知的生命、人間だったのだと嘆く。

ああ、何という叙情であろうか？

この一言で、クトゥルフ神話の中の〈古のもの〉のステータスは決定されたと言ってよい。もうひとつの人類像。

その後、続くショゴスからの脱出や狂気山脈の描写はショッキングであるが、それ以上に、心を揺さぶる一言である。この長い恐怖物語はまさにこの一言のためにあったと言えよう。

（第7夜・了）

■リーダーズ・ガイド

『狂気の山脈にて』と『影が行く』の関係に関しては、扶桑社ミステリーの『クトゥルフ神話への招待』第1巻が詳しい。また、2巻目のコリン・ウィルソン『古きものたちの墓』も南極探査をテーマにしており、『狂気の山脈にて』との関係性がある。このテーマ性に加え、ラムジー・キャンベルの未訳短編を紹介した同シリーズは高く評価されるべきである。

『狂気の山脈にて』 →『ラヴクラフト全集4』創元推理文庫
『狂気の地底回廊』 →『黒の召喚者』国書刊行会
『無人の家で発見された手記』 →『暗黒神話大系シリーズ　クトゥル―1』青心社
『狂気大陸』 →『邪神帝国』早川書房

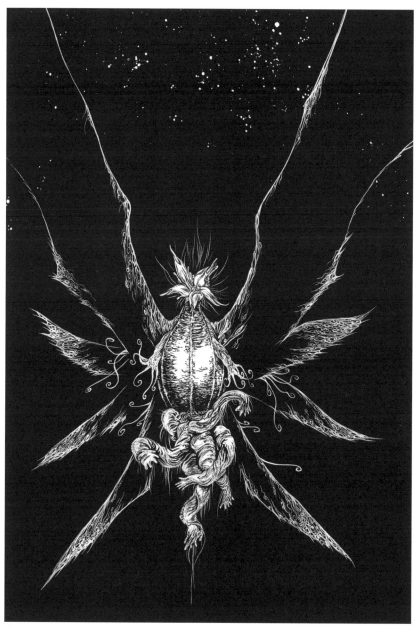

古のもの イラスト：槻城ゆう子

第8夜　食屍鬼の宴
〜『ピックマンのモデル』〜

 ## 始まりは小さな物語

　後期になって、その作品は統合化の影響もあって、大作化していくが、本来のラヴクラフトは古典を愛する詩人であり、その特性からか、短編作品での輝きに魅力がある。

　そのため、後期の宇宙年代記ものはクトゥルフ神話のイメージ・ソースとしては役に立ちこそすれ、再読させる魅力に欠けるという人々もいる。そうしたファンにとって、より魅力的なのは神話系列から言えば、非主流派と言える独立した短編で『宇宙からの色』や『エーリッヒ・ツァンの音楽』、あるいは、今宵紹介する『ピックマンのモデル』である。

　これらの作品はクトゥルフ神話という枠組みにこだわらず、読んで楽しむことができる。

 ## 現代の姿を得た食屍鬼

　読めば分かる短編を解説するのも野暮な話だが、『ピックマンのモデル』（1926）は、食屍鬼（グール）というオーソドックスな題材を現代に蘇らせ、芸術家との絡みで描いた佳作である。粗筋はこういうものだ。ボストンの画家ピックマンは忌まわしい画風で知られるが、そのリアリティを追求するために、まさしく人ならぬ存在をモデルとしていたのだ。

　この作品が有名なのは、その内容が衝撃的であることに加えて、現代的だということが理由だ。食屍鬼という種族が現代都市の地下に住み、墓地の死者や地下に迷い込んだ哀れな犠牲者を喰らうという設定は斬新である。

　なお、グールはアラビアの伝承に出てくる魔物の総称で、食屍鬼に限られないものだったが、『千夜一夜物語』がフランス語に翻訳された際、忌まわしい墓場の怪物として描かれて食屍鬼として定着していた。ラヴクラフトが愛読したアラビア風物語『ヴァテック』（ウィリアム・トマス・ベックフォード）でも食屍鬼として扱われている。ラヴクラフトはそれをさらに現代的にひとひねりしたのである。ラヴクラフトの描く食屍鬼は、人間とハイエナの中間のような生物である。彼らは明らかに人間に近い存在であるが、尖ったハイエナのような顔をしており、異様に長い

腕を持つ。肌はゴム状で前かがみに跳ねるように歩く。何よりも忌まわしいのは、彼らが人間の死体を常食とすることである。

　気鋭の画家ピックマンは自分の作品に忌まわしいリアリティを獲得するために、彼らと接触し、『食事をする食屍鬼』、『教え』などの問題作を描くのである。

　彼らはしばしば、自分の子と人間の子を取り替える。いわゆる〈取替え子/Changling〉で、こうして攫った赤子に食屍鬼としての食事作法を教える様子を描いたのが『教え』である。

✦ 退廃の画家ピックマン

　この作品の魅力は、リチャード・アプトン・ピックマンという恐るべき画家のキャラクター性である。

　古今東西、芸術のために道を誤る芸術家の物語は少なくないが、唯物主義から、芸術を極めるために、食屍鬼とさえ交流をためらわないピックマンは実に印象的であり、彼の恐るべき新作『教え』は、クトゥルフ神話の世界においては実在のもののように扱われている。

　『ピックマンのモデル』が成功した理由のひとつとして、舞台となったボストンの裏町ノースエンドの描写がリアルだったことが挙げられる。ラヴクラフトは早逝した従兄弟のフィリップス・ギャムウェルがボストン近郊のケンブリッジ在住だったため、彼を訪ねて何度もボストンに行っており、ノースエンド地区の迷路めいた街にも足を踏み入れたことがあったのである。しかし、後に、ドナルド・ウォンドレイをそこに案内しようとしたが、彼が惹かれたノースエンドは区画整理ですっかり取り壊され、土台しか残っていなかったという。この物語が書かれた翌年夏のことである。

✦ 新たな世界へ

　こうした、邪神に魂を売った芸術家の末路というのは悲劇というのが定番であるが、実はラヴクラフトの描いたピックマンは破滅などしない。物語の最後で、彼は姿を消してしまうが、食屍鬼に食われるどころか、生き残り、再びラヴクラフト作品に登場する。

　『ピックマンのモデル』と同じ年に執筆が始まった『未知なるカダスを夢に求めて』において、ピックマンは再び登場し、食屍鬼を引き連れて、ランドルフ・カーターと遭遇するのである。その上、地下鉄でお客を襲っていた食屍鬼がなぜか夜鬼を乗り物として、カーターとともに戦ったり、地下迷宮を旅したりするのだ。

これは是非、本編を読んで欲しい。

✪ 食屍鬼物語

『ピックマンのモデル』は非常に印象的で、かつ、正統なホラー作品であったことから、ラヴクラフト作品の中でも高く評価され、『By the Daylight Only』(1929)と『Not at Night Omunibus』(1936)の2冊のアンソロジーに収録された。ラヴクラフトは商業作品とは縁がないように言われているが、それは単行本化の話で、このような短編の多くは、ちゃんと同時代人から評価されていたのである。そして、多くの後継作家がその設定を引き継ぎ、いわゆる食屍鬼物語という系列を生み出す。

アラビアの伝承にある食屍鬼そのものはクトゥルフ神話とは本来、関係ない存在であったが、すでに述べた通り、ラヴクラフトが自分の作品の統合を始めた『未知なるカダスを夢に求めて』で、ピックマンと食屍鬼を登場させてしまったことで、いわゆるクトゥルフ神話世界の一員となってしまった。また、1927年執筆の「『ネクロノミコン』の歴史」において、ピックマンが『ネクロノミコン』を所有していたことに言及されている。

ラヴクラフトに影響を受けて作家の道を歩んだロバート・ブロックは、最初に感銘を受けた作品が『ピックマンのモデル』というだけあって、初期作品には師匠へのオマージュを込めた食屍鬼譚が目立つ。

『嘲嗤う食屍鬼』(1936)はその最たるものだ。物語は精神病院に収監された精神科医の手記の形を取る。彼の悲劇は、訪ねてきたショパン教授の悪夢を聞いたことに始まる。彼は毎夜、ミゼルコード共同墓地の地下に迷い込み、食屍鬼たちのおぞましい饗宴を夢見るのだという。どうやら忌まわしい魔道書の類に手を出しすぎた結果の精神障害だと判断した精神科医は、彼が事実だと主張することを確かめるべく、夜にその共同墓地を探索し、恐るべき真実の恐怖に出会う。

✪ 地の底深く

食屍鬼物語系統で最も重要な後継作家作品を挙げるならば、R・B・ジョンソンの『地の底深く』(1939)だろう。

ニューヨークの地下鉄深くに駐在する地下鉄特別区域警邏隊は単なる線路の管理人ではない。彼らは夜毎、地下鉄に姿を現す食屍鬼を排除する任務を負った特別部隊である。

何と、ニューヨークの地下には食屍鬼と呼ぶしかない奇怪な亜人種族が住み着い

ており、地下鉄事故の犠牲者を襲い、あまつさえ、事故を引き起こすことさえしていたのである。

　隊長のゴードン・クライグは類人猿の研究を専門とする教授だったが、地下鉄事故の現場で発見された怪物の検分を依頼されたことをきっかけに、この警邏隊長に抜擢され、25年に渡って食屍鬼と戦い続けてきた。長年の努力と最新装備の導入により、警邏隊は食屍鬼を圧倒し、今や狩りだす側に回った。軽機関銃マキシムガンで奴らを撃ち殺すのだ。

　だが、その長い歳月は彼ら警邏隊の隊員にも悪影響を与えつつあった。彼らは食屍鬼に近い存在となり、もはや陽光の照らす地上には戻ることができなくなっていたのである。

　この作品の特徴は、『ピックマンのモデル』に描かれた食屍鬼のアイデアを継承し、地下鉄を襲う現代的な食屍鬼の群れとの戦いをリアルに描いた上、食屍鬼との戦いの中で、自らも食屍鬼化していく警邏隊員の恐怖を見事に描き出したことにある。

　以前は、この作品はクトゥルフ紹介の最初期にまとめられた『ク・リトル・リトル神話集』（荒俣宏編）にしか収録されていなかったが、2005年に刊行された『暗黒神話大系シリーズ　クトゥルー13』に『遥かな地底で』の題名で収録されている。

（第8夜・了）

■リーダーズ・ガイド
『ピックマンのモデル』→『ラヴクラフト全集4』創元推理文庫
『嘲笑う食屍鬼』→『真・ク・リトル・リトル神話体系1』国書刊行会
『地の底深く』→『ク・リトル・リトル神話集』国書刊行会
　（『遥かな地底で』『暗黒神話大系シリーズ　クトゥルー13』　青心社）

ク・リトル・リトル神話集

真ク・リトル・リトル
神話大系

ピックマンのモデル

イラスト：原　友和

第9夜　妖術師の帰還
〜『チャールズ・ウォードの奇怪な事件』〜

セイラムより逃れて

　ニューイングランドはアメリカの白人居住地の中でも特に古い地域だ。かつて英国植民地が繁栄した地域で、17世紀に遡る古い町並みが残されている。

　同時に、古い時代の悪夢の残骸が最後まで生き残っていた地域でもある。ラヴクラフトが好んで舞台としたアーカムは、彼が生涯の大半を過ごした古都プロヴィデンスと、魔女狩りで有名なセイラムの街をモデルとしたものだ。

　セイラムの魔女狩りは1692年から1693年にかけてセイラム（現在のセイラム・タウンではなく、近隣の村で、現在のダンバースにあたる）で起きたアメリカにおける最大の魔女裁判事件である。当初は子供の遊びに過ぎなかったのだが、彼らが癲癇にも似た発作症状を示したことから魔女事件に発展した。折から、教会問題でもめていたセイラム村の人々は魔女事件をきっかけに暴発、互いにおかしな証言をはじめ、結局、裁判の過程で141人が容疑者として逮捕され、19人が絞首刑にされた。その後、正気に戻った裁判官たちによって事態は収拾していったが、殺された人々も戻らなければ、村に残った傷が消えることもなかった。少なくとも、この魔女狩りによって、本当の魔女や妖術師が退治されたわけではなかった。

　『チャールズ・ウォードの奇怪な事件』（1928）に登場するジョゼフ・カーウィンは、あの恐るべき魔女狩りの狂気の中から逃れた妖術師であった。

ラヴクラフト中期の傑作

　『チャールズ・ウォードの奇怪な事件』は、現代の好事家青年チャールズ・デクスター・ウォードが、5代前の先祖で妖術師と言われたジョゼフ・カーウィンの謎を探るうち、奇怪な変貌を遂げるという物語だ。

　ラヴクラフト作品にしてはかなり長いものであるが、全体的にミステリー仕立てになっていること、ラヴクラフトお得意の「調査を進めることで恐怖の中に踏み込んでしまう」というプロットを極めていることから、ラヴクラフト中期の傑作という人も多い。

妖術師ジョゼフ・カーウィン

『チャールズ・ウォードの奇怪な事件』は、そのミステリー仕立てのプロットが魅力である。ミステリーの粗筋を解説することほど野暮なことはないが、ラヴクラフトの妖術師物語の完成形を知るために、しばらくお付き合いいただこう。

この物語は5部に分かれているが、物語の前半では、チャールズがカーウィンについて調査した結果が語られる。

ジョゼフ・カーウィンはチャールズの母方の祖先で5代前に当たるが、長らく、系譜から抹消され、その存在が知られてはいなかったが、好事家のチャールズ青年がその存在を見つけ出したのである。

カーウィンは1692年2月にセイラムからプロヴィデンスに移ってきた人物で、貿易を営み、街の名士となったが、移住後、何十年たっても若いままでいることから、街の人々から恐れられた。いかがわしい海外の船乗りと交流し、さらに郊外に所有する農場での活動もなにやらおかしな事柄を想像させた。1760年頃になると、カーウィンは明らかに100歳を越えているにも関わらず、ほとんど姿が変わらなかったため、人々は彼を恐れた。

街の人々との関係を修復するため、1763年、街の名士であるティンガリスト船長の娘で、当時18歳のイライザと結婚した。イライザは当時、すでに若い航海士エズラ・ウィードンと婚約していたが、カーウィンは父親を脅迫して婚約を解消させたのだ。

こうして、カーウィンは街の人々との関係を正常化させるが、この行動が後にカーウィンの破滅を招く。恨みを抱いたエズラはカーウィンを監視し、1770年秋、ついに十分な手がかりを得たエズラは街の有力者と密かに会談し、カーウィンの危険性を訴えた。その年の春に起こった木乃伊密輸未遂事件や長年の奇怪な行動から、セイラムの魔女事件を繰り返したくない街の重役たちはエズラの訴えを受け入れ、カーウィン監視の網を張った。

そんな中、奇怪な死体が発見された。50年以上前に死亡した鍛冶屋のダニエルに酷似した死体は、奇妙なことにその消化器官を使用した形跡が一切なかった。エズラは密かにダニエルの墓を暴いたが、それは空だった。

カーウィン宛ての書簡を検閲すると、怪しげな魔術にまつわる手紙がセイラムのジェディダイア・オーンなる人物との間に交わされていることが分かった。

カーウィンも警戒を始め、農場から夜な夜な奇怪な閃光が放たれるようになったことから、12月末、プロヴィデンスの有志たちはカーウィンを農場に襲撃した。激しい銃撃や爆発を含む戦闘の末、ジョゼフ・カーウィンは死に、農場は焼き払われ

た。襲撃部隊のものは決して農場で見たものについて語ろうとはしなかったが、その体に染み付いた異臭が、彼らが襲撃したものの異常さを語っていた。

残された若妻にはカーウィンの死の真相は語られず、完全に密封された鉛の棺が届けられただけだった。

✦ 不死の妖術師たち

その後、チャールズはセイラムを訪れ、カーウィンの過去を探る。カーウィンは1662年前後の生まれで、15歳で船員となって海外に出ていたが、9年後、帰国し、セイラムに住み着いた。彼はハッチンソンとシモン・オーンという友人がおり、ハッチンソンはカーウィンと同様に、魔女狩りの前夜に姿を消した。

シモン・オーンは魔女狩りの被疑者ともなったが、生き残り、その後もセイラムにとどまった。しかし、いくら年月が経っても容貌が変わらないため、人々から恐れられたため、シモンはやがて姿を消し、30年後、彼によく似た息子ジェディダイアが現れてその財産を相続した。

カーウィンに当てられた手紙から見て、明らかにジェディダイアはシモンその人である。シモンもまた、カーウィン同様に、不老の存在だったのである。

セイラムでの調査でカーウィンの手紙を手に入れたチャールズは、カーウィンら3名がヨグ=ソトースなるものの力を借りて邪悪な行為に手を染めたことを知る。おそらく不老不死もそうして得た悪魔の刻印ゆえであろう。

やっと、クトゥルフ神話めいた単語が出てきた。外見上、この作品はあくまで、妖術師を巡るホラーものにとどまり、コズミック・ホラーとはならなかった。逆に、ラヴクラフト作品としては珍しく、有名な歴史上の魔術事件とのリンクを果たす。魔女狩りの資料に、シモン・O、ジョゼフ・Cの名があるとし、カーウィンやシモンが実際に悪魔の刻印を受けつつ、魔女狩りを逃れた悪魔の信徒であるとしたのである。

本作はクトゥルフの邪神譚というよりも妖術師ものであるが、ヨグ=ソトースの名前が初めて登場した作品としては注目に値する

✦ 肖像画と日記

やがて、チャールズの探索はクライマックスを迎える。

カーウィンの家の正確な場所を知ったチャールズは、そこでカーウィンの肖像画を発見する。ペンキで塗り込められた書斎の肖像を復元したチャールズはカーウィンと自分の顔が瓜二つであることに気づく。

チャールズの父親は母親の反対を押し切って、この肖像画を買い取り、自宅に運び込むことにするが、チャールズは移設工事の最中に肖像画の後ろから、カーウィンの日記を発見し、半ば暗号文字で書かれた日記の解読に熱中した。

やがて、暗号を解読したチャールズはカーウィンの墓を探索し、さらに奇怪な化学実験に勤しむようになった。やがて成人を迎えたチャールズは旧大陸に遊学し、2年間の外遊の果てに帰国したチャールズは、さらに研究に没頭、奇怪な化学実験をしたり、不気味な呪文を唱えたりするようになった。

やがて、恐ろしい夜がやってきた。異様な箱を実験室に運び込んだチャールズはおぞましき呪文を唱え、母親はその忌まわしさに失神するに至る。時を同じくして、カーウィンの肖像が崩壊した。

その後、チャールズはさらに奇怪な行動を取り始め、かつてカーウィンが農場を持っていたポートゥックスト村に別荘を入手、アレン博士なる奇怪な人物とともに研究に没頭したが、時期を同じくして吸血鬼騒ぎが起きる。

やがて、チャールズはウィレット医師に向かって「すべてを話す」という手紙を書いてきたが、医師が訪ねても彼はおらず、そのまま帰宅しなかった。1週間後、ウィレット医師が別荘を訪ねたところ、そこで出会ったのは激しく変貌し、会話にも異常さと邪悪さを感じさせるチャールズ青年であった。彼の変貌ぶりは父親さえ驚愕させた。その変貌は小切手のサインさえまったく別のものに変えてしまい、結果として、チャールズは病院に収容されることになる。

✦ 地底の悪夢

ついに奇怪な物語はクライマックスを迎える。

チャールズがなにを知ったのか調べるべく、ウィレットは彼が所有する別荘地下の実験室に侵入する。そこでウィレットは床にあいた竪穴に閉じこめられた、醜悪怪奇な生物の姿を目にする。この場面は非常に恐ろしいものなので、ぜひとも実際の描写を読まれることをお薦めする。

ここで、ウィレット医師は、実験室の資料から死体を“塩”と呼ばれる物質に変え、蘇らせる秘術の真実を知る。カーウィンら不死の妖術師たちは古代の死者を“塩”の秘術で蘇らせ、太古の隠された知識を学ぼうとしていたのだ。かつてカーウィンが木乃伊を密輸しようとしていたのも、その秘儀で古代エジプトの叡智を獲得しようとしていたのだ。

ネクロノミコン

イラスト：槻城ゆう子

✴ その他の妖術師もの

　ラヴクラフトはこの他にもいくつかの妖術師物語を書いている。

　ストーリーとして最も近いのは『戸口にあらわれたもの』(1933)で、他人の肉体を乗っ取り、転生していく魔女アセナス・ウェイトの物語を描いている。こちらはインスマウスの魔術師エフレイム・ウェストが暗躍しており、明確にクトゥルフ神話に組み込まれている。

　やや趣向が異なるのは、魔女が住んだ家に下宿したことで、破滅に導かれる研究者を描いた『魔女の家の夢』(1932)で、古い家に残る古代の妖術師の呪いというスタイルを生み出し、後継作家たちに受け継がれた。この作品では、セイラムの魔女狩りから逃れた魔女キザイア・メイスンとその使い魔ブラウン・ジェンキンが登場し、形而上学と幾何学の融合を目指す学生を異次元に招く。

✴ 死後の栄光

　商業的に言えば、『チャールズ・ウォードの奇怪な事件』は、ラヴクラフト作品の中でも最も成功した作品のひとつで、2度に渡り、映画化された。しかし、最初の『怪談呪いの霊魂』では、クレジットはなぜかポーの『幽霊宮』となっていた。2度目の映画化は『ヘルハザード禁断の黙示録』で、こちらは現代に舞台を移しているものの、比較的原作に忠実である。

　しかし、それらの成功はすべてラヴクラフトの死後であった。1927年にいったん書き上げられたにも関わらず、ラヴクラフトはこの作品を未熟な作品と呼び、そのまま手元に置いたまま死んでしまった。1941年になって初めて『ウィアード・テイルズ』に抄録が分載され、完全な形で世に出るのは1943年となる。

（第9話・了）

■リーダーズ・ガイド
　『チャールズ・ウォードの奇怪な事件』→『ラヴクラフト全集2』創元推理文庫/『暗黒神話大系クトゥルー10』青心社
　『戸口にあらわれたもの』→『ラヴクラフト全集3』創元推理文庫
　『魔女の家の夢』→『ラヴクラフト全集5』創元推理文庫

第10夜　狂気の科学
〜『死体蘇生者ハーバート・ウェスト』、『冷気』〜

✴ マッド・サイエンティスト

　ラヴクラフト作品にはSF的な要素が強いという話は何度かしてきたが、今宵はその中でも、SF要素の高い作品を中心に紹介していこう。

　これらのSF系作品の多くは厳密には、クトゥルフ神話とは関係ないが、ラヴクラフト作品ということで、クトゥルフ神話の周辺作品として言及されることが多い。例えば、第6夜『侵略者の影』で言及したクトゥルフ神話映画『ネクロノミカン』では、『壁のなかの鼠』、『闇に囁くもの』と並んで、クトゥルフとはまったく関係ないマッド・サイエンティストものの『冷気』が映像化されている（そして、これが最も原作に近い）。

　『冷気』を、マッド・サイエンティストものと定義したが、この分類はウェルズの『モロー博士の島』や、シェリー夫人の『フランケンシュタイン』にまで遡るSFの古典的なテーマで、科学の探求ゆえに人としての道を踏み外した科学者の狂気の産物をテーマにしたものである。ラヴクラフトが生きた1920年代から30年代にかけては、SF系パルプ雑誌の隆盛期で、そこには怪しげな発明を手に、美女に迫るマッド・サイエンティストの類がしばしば登場していた。

　では、ラヴクラフト流のマッド・サイエンティストたちをお楽しみください。

✴ 死体蘇生者ハーバート・ウェスト

　ラヴクラフトの生み出したマッド・サイエンティストの中でももっとも有名なのは、『ZOMBIO/死霊のしたたり』の名前で映画化された『死体蘇生者ハーバート・ウェスト』（1922）であろう。

　ミスカトニック大学で医学を学ぶハーバート・ウェストは、生物の生と死の問題に取り付かれ、死体を蘇生させる実験に没頭する。ウェストは小柄で痩せており、上品な顔立ちに眼鏡をかけ、髪はブロンド、目は淡いブルー、優しい声の青年であるが、唯物論者で、霊魂を信じず、人体の生命機能は適切な方法で再開させうると考えていた。彼は蘇生液を注入することで、死者を組成させようとするが、あまりに忌まわしい実験は大学教授の理解を得られず、小屋を借りて密かに実験を進めていく。これを彼の友人であり、実験の協力者である「わたし」が語っていくという

形式だ。

　いわゆるフランケンシュタイン・テーマの作品であるが、ひとつの被造物を巡るドラマを深めていくのではなく、各話ごとに状況を進めていくところが特徴である。これはラヴクラフトが『ウィアード・テイルズ』でデビューする前、アマチュア・ジャーナリズム仲間のジョージ・ジュリアン・ハウテインから依頼され、彼の出していたユーモア系商業誌『ホーム・ブリュー』で1922年2月から7月まで月刊連載されたためである。そのため、ややパロディっぽいところもあり、映画化でもコミカルな処理になっている。

　第1話では学生時代の実験の恐怖が語られる。教授に認められず、小屋で行った最初の人体実験では、死体はおぞましい悲鳴を上げ、彼らは逃げ出してしまう。

　第2話は卒業直後、アーカムを襲った腸チフスの中で、第3話では新規開業したボルトンで、なお密かな実験が進められるが、それらは恐るべき怪物を生み出し、1体は精神病院に収容され、もう1体はウェスト自身が射殺した。

　第4話では蘇生実験の弱点を補う死体保存方法を開発、死体の一時的な蘇生に成功する。初めて理性的な反応を示した死体は直前の死の体験に恐怖し、第2の死に没した。

　第5話では、第1次世界大戦に従軍したウェストが野戦医の立場を利用して新たな実験に挑む。爬虫類の胚から細胞物質を培養し、これを使って、生体部品だけで蘇生するかを試みたのである。首と胴体が分割された死体を蘇生しようとしたのだ。その実験は成功したが、爆撃によって結果は失われてしまう。

　そして、第6話でウェストはその実験は徐々にエスカレートしていき、フランケンシュタインで提案された人造物のドラマにとどまらず、ゾンビものとして、死の向こう側に迫っていく。最終段階では爬虫類の胚まで使ってパーツ単体で再生させるという試みに迫っているのが実に斬新である。

　さらに、この作品はラヴクラフト・カントリーの中核をなすアーカムにあるミスカトニック大学が初めて登場した作品でもある。

✴ ムニョス博士

　はた迷惑なウェストに比べて、『冷気』（1926）のムニョス博士は、それほど人の迷惑にはならない類の人物である。ムニョス博士は生まれのいい、教養と分別を持ち合わせた人物である。背は低いが、均整の取れた体つきをし、短い髭をたくわえ、昔風の鼻眼鏡で炯（けい）たる黒い目をおおい、ケルト系イベリア人のきわだつ容貌の中で鼻だけがムーア系の鷲鼻だった。卓抜たる技量を持つ医師で、死を不倶戴天の敵とする医師の鏡というべき人物であるが、今は引退し、ニューヨークに隠棲している。

初めて出会った人々はその青黒い顔や氷のように冷たく、震える手、虚ろに響く声に不安を覚えずにはいられないが、その技量や人柄に触れれば、不安は一掃されてしまうだろう。

しかし、彼には弱点があった。彼の話によれば、18年前、病気で死にかけて以来、冷気の中でしか暮せない肉体になっていたのである。彼の部屋ではアンモニア式の冷却装置が24時間稼動し、彼はしばしば冷たい水風呂に浸らなくてはならなかった。室温は最大華氏55〜56度（摂氏13度）に設定されていたが、やがて、博士の体長が悪化するにつれ、温度設定は低下し、華氏40度（摂氏4度）、華氏34度（摂氏1度）、ついには華氏28度（摂氏-2度）と氷点下に踏み込んでいく。

やがて冷却装置が故障し、ムニョス博士はおぞましい最後を遂げるが、博士からの最後のメッセージにより、博士が18年前に死んでいたことが明らかになる。

『冷気』の描写には、ラヴクラフトが短い結婚時代に過ごしたニューヨークの生活がモデルとなっている部分が多い。

クロフォード・ティリンギャースト

マッド・サイエンティストのマッドたる部分とは、発明や技術によって限界に挑んでしまう狂気にある。『彼方より』（1920）のクロフォード・ティリンギャーストは、科学と哲学を同時に学ぶことによって、狂気の度合いを増し、ついには人間の知覚によって制限されている形而上的、形而下的な限界を突破しようとする。現在では理科的な論理思考と文化的な思想をリンクする「科学哲学」が多くの大学で研究されているが、このあたりの学際的な研究は当時としては斬新で矛盾したものと見なされていた。この発想はラヴクラフトのお気に入りであったようで、その後、『魔女の家の夢』で、幾何学と民間伝承研究を合体させようとする学究ウォルター・ギルマンが登場し、セイラムの魔女狩りを逃れた魔女キザイア・メイスンとその使い魔ブラウン・ジェンキンによって異界へと導かれていくことになる。

さて、『彼方より』の話に戻ろう。

クロフォードは、人間が潜在的に持っている退化した感覚器官に特殊な波長を与える機械を発明する。そうすれば今まで見えなかった、時間、空間、次元を重ね合わせた創造の根底を見ることができるというのだ。

彼が発明した装置は脳にある松果腺に作用して感覚を拡大する。例えば、スイッチを入れるだけで、人間が本来見えない紫外線を見ることができるようになる。やがて感覚は拡大していき、現実世界と重なる異形の存在が住む次元を感知できる。

しかし、この装置には大きな欠点があった。こちらから異次元の存在を見られるようになる代わりに、相手もこちらを知覚できるようになるのだ。そのため、装置

が稼動している間、不用意な動きをすれば、異次元の怪物に襲われてしまうのだ。すでに不用意な召使たちが怪物の犠牲になっていた。クロフォードは怪物を避ける方法を体得していたが、それが脳にどれほど負担をかけるのか理解していなかったのだ。

✦ さらなる彼方へ

　幼い頃から科学に傾倒していたラヴクラフトはその作品の中で科学装置を多用する。マッドとはいかないまでも、ややもすれば、突拍子もない理論や装置を取り出すこともあった。

　『眠りの壁の彼方』（1919）では奇怪な症状を示す殺人犯ジョー・スレイターの精神を研究するために、思考伝達を行う装置が登場し、彼の心を壊していた秘密が明らかになる。彼は夢の中で何度も「光輝くもの」に出会っており、彼自身「光輝くもの」として、宇宙を駆け、敵と戦っていたのだという。

　この作品は同人誌に発表した初期の短編で、死後になるまで商業誌には掲載されなかったが、ラヴクラフトが初めて、地球外の謎の存在を持ち出した作品で、その後の宇宙年代記に続く流れを感じさせるものだ。彼の生涯のテーマである夢の問題、人格の統一性の問題が語られ、広大な宇宙観、辺境に隔離されたがゆえに退化と表現すべき退廃した人々も登場するなど、ラヴクラフトの中核とも言える要素がぎっしりと詰まった作品である。しばしば処女作にはその作家の本質が宿るというが、多くの習作を残したラヴクラフトにとって、この作品はひとつの原点と言えるかもしれない。

　作中で登場する「光輝くもの」のイメージは欧米的には天使のイメージに近いと思われるが、我々日本人にとっては、懐かしきウルトラマンを想像させずにはいられない。「光の巨人」だ。1960年代に製作されたウルトラマンが、まだ一般的には知られていなかったラヴクラフトの影響を受けたとは思えないが、ラヴクラフト作品はなぜか日本人にしっくりくる瞬間がある。

　「光輝くもの」に関しては、どうやら、かのダーレスも大いに感じたようで、クトゥルフ怪獣バトルの始まりとして悪名高き『潜伏するもの』では、この「光輝くもの」を髣髴とさせる旧神の使者〈星の戦士〉が飛来し、ロイガーとツァールに攻撃を仕掛けることになる。他にも、人間に憑依する「異界のもの」というアイデアは多くの作家に気に入られたようで、以前紹介したブライアン・ラムレイの『狂気の地底回廊』では、このスレイター証言をネタとして紹介している。

　そして、これらの妄想は「ウルトラマンティガ」の最終3回において現実化する。特殊脚本家を名乗るラヴクラフティアン作家・小中千昭の手によって、超古代都市

が海底から浮上し、明らかにクトゥルフ神話を想定した怪獣ゾイガー（ロイガー）やガタノゾーアと、「光の巨人」ウルトラマンが戦うことになる。

（第10夜・了）

■リーダーズ・ガイド
『死体蘇生者ハーバート・ウェスト』→『ラヴクラフト全集5』創元推理文庫
『冷気』→『ラヴクラフト全集4』創元推理文庫
『彼方より』→『ラヴクラフト全集4』創元推理文庫
『眠りの壁の彼方』→『ラヴクラフト全集4』創元推理文庫
『魔女の家の夢』→『ラヴクラフト全集5』創元推理文庫
『潜伏するもの』→『暗黒神話大系クトゥルー8』青心社

ハーバート・ウェスト　　　　　　　　　　　　　　　イラスト：原 友和

第11夜　ドリームランド
～『未知なるカダスを求めて』～

 ## 運命の出会い

　1919年10月20日、ラヴクラフトはボストンのコプリー＝プラザ・ホテルのホールにいた。英国からやってきた劇作家、ロード・ダンセイニの講演会の最前列にいた。ロードと呼ばれる通り、生粋の英国貴族であり著名な劇作家にして、幻想小説家である。「ダンセイニこそ、あなたが会うべき人物だ」とアマチュア創作仲間のアリス・ハムレットに誘われ、講演会にやってきた。

　ロード・ダンセイニ（ダンセイニ卿）は、本名をエドワード・ジョン・モアトン・ドラックス・ブランケットという本物のアイルランド貴族で、18代目ダンセイニ男爵であり、この当時、高名な詩人にして劇作家であった。1919年の秋、41歳のダンセイニは成功した劇作家として訪米、各地で講演を行った。

　その直前の9月、ラヴクラフトは、アリスからダンセイニ作品を勧められ、一気にファンになった。後のクラーク・アシュトン・スミス宛書簡（1929年4月14日付け）によれば、「勧めてくれた人の判断力をあまり高く評価しておらず、内心は不信を感じつつ『海を臨むポルターニーズ』を読み始めたのです。ところが最初のパラグラフで私は電撃をくらったようになり、2頁も読み進まないうちに終生のダンセイニのファンになりました」

　その結果、アリスの言葉が真実だと分かった。

　「彼こそが私の目指すべき目標だ」

　講演会の壇上に登場したロード・ダンセイニは少しの間、創作論を語った後、短い戯曲『女王の敵』を朗読した。ヘロドトスの『歴史』に登場する古代エジプトの伝説の女王ニトクリスの物語は、ラヴクラフトを魅了した。後に、彼は自分でもニトクリスに言及するようになる。

　この出会いは、ラヴクラフト自身が後に『ダンセイニ卿とその著作』（1922）で語っているが、最前列にいたラヴクラフトの興奮と緊張はまた別格のものであった。講演が終わった後も、ラヴクラフトは興奮にとらわれたまま、動けなかった緊張のあまり、他の観客のように、握手やサインを求めることもできなかった。

　この年、ラヴクラフトは『北極星』など何作かの小説を書いていたが、『北極星』はまるで、この出会いから時を遡って、ラヴクラフトにダンセイニ卿が憑依していたような作品だった。その仕上げをするかのように、ダンセイニの創作論もまた、

ラヴクラフトの腑に落ちていった。

ラヴクラフトは、早速、ダンセイニ卿に捧げる詩を書き上げ、ナショナル・アマチュア・プレス・アソシエーション（NAPA/アマチュア・ジャーナリズム団体のひとつ）の連絡誌『ザ・トライアウト』に掲載された。アリス・ハムレットがこれをダンセイニに送りつけた。緊張のあまり、挨拶もできなかった青年のことはダンセイニ自身も覚えていなかったが、夫人がその存在を覚えていた。稚拙ながらも、暴走する熱情を体現した詩に対して、賛辞とサインを送り返した。

ダンセイニとの出会いは、まさに運命であり、アマチュア時代のラヴクラフトを一層の創作に駆り立てる炎であった。

続く11月、ラヴクラフトはダンセイニ風の幻想短編『白い帆船』を、12月頭には『サルナスの災厄』を書き上げた。そして、12月に書き上げた『ランドルフ・カーターの陳述』は、ラヴクラフトに幻夢境への扉を開くことになるのであった。『白い帆船』はダンセイニの『ヤン川を下る長閑な日々』に刺激されたものであるが、ラヴクラフトならではの、陰鬱さと独特の空虚さを持つものに仕上がっている。

ダンセイニの幻想神話をまとめた「ペガーナ神話」における創作神話という技法は、ラヴクラフトに、クトゥルフ神話へつながる諸作品を生み出す発想を与えた。『半自伝的覚書』（1933）で、「自分はダンセイニから、〈クトゥルフ〉〈ヨグ＝ソトース〉〈ユゴス〉などに代表される人工的な万神殿や神話的背景の着想を得た」と述べている。

後年、ダーレスの勧めで、ラヴクラフト作品を読んだ晩年のダンセイニは、そこに自分の作風の影響を明確に見出したが、その一方で、ラヴクラフトならではのオリジナルな要素を見出し、この点を称賛した。

「彼の作品には、私の流儀で書かれているが、あくまでもオリジナルであり、完全に独創的で、私からただ借用しただけのようなものはまったく存在しない」

そう、今から百年前、ラヴクラフトは作家として運命の出会いをしたのだ。

✺ ダンセイニとともに

ラヴクラフトは夢見る人であった。

幼い頃より多くの夢を見て、そこから物語を紡いできたラヴクラフトは、20代中盤で小説執筆を再開した翌年の1918年、夢を元にした短編『北極星』を書いた。これは後に、ダンセイニ風幻想短編と分類される作品群の第一作となるが、ダンセイニに出会ったことで覚醒し、ラヴクラフト版『青い鳥』というべき『白い帆船』、猫好きならばにやりとする昔話風の『ウルタールの猫』、神の姿を確かめに向かう神官を描いた『蕃神』と書き、夢テーマの代表作『セレファイス』に至る。

最後の『セレファイス』は夢の世界に生きることを願ったひとりの男を描くもので、その後の幻夢境物語の原点となった。

その後、恐怖小説へシフトしていったラヴクラフトは、ニューヨークからプロヴィデンスに戻ってきた1926年、一連のランドルフ・カーターものを夢の物語に進めていき、それまでの作品群を統合していった。夢の復活を願う幻想物語『銀の鍵』と、死後まで発表されなかった『未知なるカダスを夢に求めて』である。

✦ ランドルフ・カーターの誕生

ランドルフ・カーターはラヴクラフト作品では珍しく、複数の作品で主人公を務める人物で、ラヴクラフトの分身というべき人物である。

最初に登場したのは、デビュー前、同人誌『ヴァグラント』に発表された1919年冬の『ランドルフ・カーターの陳述』で、ハーリー・ウォーランとともに墓地の地下に隠された怪異に挑戦するというものであるが、これは、ラヴクラフトが実際に見た夢が元になっている。夢の中に現れたのはラヴクラフトと友人の作家サミュエル・ラヴマンで、ラヴマンがウォーラン、ラヴクラフトがカーターの役で、ほぼ小説通りに展開、かの小説の通り、『馬鹿め、ラヴマンは死んだわ』という台詞で目が覚めたという。

ラヴマンはアマチュア・ジャーナリズムの世界で活躍する詩人、劇作家であり、ラヴクラフトは1915年頃から彼がアマチュア創作雑誌に発表した詩やエッセイを愛読しており、文通もしていたが、ラヴマンはオハイオ州クリーブランドに住んでおり、実際に、彼らが会うのは1922年である。

『ランドルフ・カーターの陳述』を書いた1919年末段階のラヴクラフトにとって、ラヴマンは小粋で洗練された散文詩を書く才能ある友人で、いずれ会えることを渇望していた段階だ。ラヴマンはいたずら好きの小粋な都会人で、ラヴクラフトのイマジネーションを刺激し続けた。その結果、1919年12月初旬に、ラヴマンと墓地を探索する夢を見、それをほぼそのまま、小説化したのである。ラヴマンというイメージ・ソースは実に刺激的だったようで、1920年の『ナイアルラトホテップ』でも、ラヴマンが登場した夢が小説のもとになることになる。

2人の友情はラヴクラフトの死まで続いた。彼らの直接交流はラヴクラフトがニューヨークを離れたことで一時中断したが、文通は生涯続き。1929年にはラヴマンら友人たちがプロヴィデンスを訪ね、マーブルヘッドなどを一緒に旅したことで、後の作品群へとつながっていく。

しかし、この段階では、カーターは恐怖小説にありがちな神秘好きの好事家でしかなかった。もう一編、好事家カーターが怪異に遭遇するのが、『名状しがたきも

の』（1923）である。アーカムの墓場でオカルト談義をした結果、怪異に遭遇するという物語で、主人公のカーターは作家をしており、『名状しがたきもの』などという小説を書くおかげで、作家としては地位が低いのだと友人にけなされる。カーターがラヴクラフトの分身だとすると、やや自虐的なネタであるが、そこで語られる意見から言って、当時のラヴクラフトの創作指向を代弁する作品でもある。

✦ 夢の喪失と回復

　ランドルフ・カーターは三十になったとき、夢の世界の門を開く鍵を失くしてしまった。

H.P.ラヴクラフト／大瀧啓裕　訳『銀の鍵』より
（『ラヴクラフト全集6』創元推理文庫）

『銀の鍵』（1926）はこんな印象的な一文から始まる。

　夢見る人ラヴクラフトの分身、ランドルフ・カーターは30歳で夢見る力を失い、絶望の淵に投げ込まれる。夢を失った後、信仰や科学に取り組むが、もはやそこには救いはなかった。小説にも行き詰まり、書き上げた作品も焼き捨ててしまう。結局、彼の精神生活を理解してくれたのは、亡き祖父と大叔父だけであった。

　20年の歳月の後、祖父の夢を見て、カーター家に代々継承される銀の鍵を屋根裏で発見する。それは2代目エドマンドが箱に収めたもので、箱の中の鍵は謎めいたアラベスク模様に覆われており、それを包んでいた羊皮紙には未知の言語の象形文字が連ねられているだけであった。カーターはその鍵を得ることによって夢を見る力を取り戻す。

　ラヴクラフトの作品の中でも、特にノスタルジックで幻想的な作品である。特に、大叔父クリストファーとの再会の場面は涙をそそる。

　この作品で、ランドルフ・カーターはさらにラヴクラフト自身との合体を進め、冒頭、カーターが人生を述懐する部分はラヴクラフト自身と重なる。彼は幼少時から、母方の祖父ウィップル・V・フィリップスの影響を受け、物語に魅入られていくが、父ウィンフィールドの発病と悲惨な死の影で、科学へと向かう。一時小説を書き始めるが、神経症でハイスクールを退学し、初期の作品の多くを焼き捨ててしまう。その後、伯父クラーク医師の影響で詩に傾倒し、著作を再開する。母は父の発病後、生活不安から心を病み、ラヴクラフトに当たることとなり、やがて、神経

症で入院する。母を失った後、出会った年上の女性との結婚にも失敗、都会の生活に疲れて、故郷に戻ってくる。この時期に書かれた『銀の鍵』や『レッドフックの恐怖』は、ラヴクラフトにとってリハビリや悪魔祓いに近い意味があったとも言われる。

✴ 銀の鍵の門を越えて

　製作の背景はさておき、『銀の鍵』はラヴクラフト作品の中でも特に趣き深い作品となり、同時代の作家たちに高く評価された（掲載誌『ウィアード・テイルズ』のファーンズライト編集長にはかなり不評だったが）。

　その後日談にあたるのは、エドガー・ホフマン・プライスとの合作『銀の鍵の門を越えて』（1933）である。『銀の鍵』に感銘した作家のプライスは、1932年5月、ニューオーリンズ旅行をしたラヴクラフトの元に押しかけ、『銀の鍵』の後日談を書きたいと提案、ラヴクラフトの了承を得た。その年の秋、続編にあたる『幻影の王』を書き上げ、ラヴクラフトに送付した。ラヴクラフトは合作にあまり乗り気ではなかったが、結局、全面的な改稿によって作品を完成させた。

　しかし、律儀なラヴクラフトは『幻影の王』のアイデアには見るべきものがあるとした。もともとの『幻影の王』を改稿し、2倍以上に膨れ上がった『銀の鍵の門を越えて』では、失踪したカーターが異界の門の向こう側で待っていた〈門を守るもの〉にして〈導くもの〉、〈古ぶるしきもの〉ウムト・アト＝タウィルに導かれ、〈窮極の門〉を抜けて、三次元生物の限界を突破、ありとあらゆる時空に存在するカーターの存在を知るというものである。

　ラヴクラフトは、物語の大枠として、カーターの遺産分割を巡る会合を加え、そこに脅威の語り手として、インドの聖地ベナレスから来たと称する賢者チャンドラプトゥラ師を登場させるとともに、窮極の門を抜けたカーターが、ヤディス星の魔道士ズカウバと融合し、地球に戻るまでの冒険を書き加えた。プライスが発案した時空を超えた啓示以外の部分が増えたため、やや増長になった感は否めないが、その加筆部分には当時進めていた宇宙年代記の影響が見え隠れする。

　そして、もっとも重要なことはカーターが外宇宙の恐るべき知識を獲得し、地球に戻ってきたということである。彼はヤディス星の超技術〈光波外被〉を使用し、遥かな時空を越えて、地球へ戻ってきたのである。この物語の時点ではいまだ、不快な鉤爪と獏のような鼻を持つヤディス星の魔道士ズカウバの肉体から人間の肉体を取り戻すには至っていないが、チャンドラプトゥラ師と名乗り、現代社会に復帰しようとしているのである。

✦ 夢の国の冒険

　さて、ラヴクラフトが当初、プライスとの合作に乗り気でなかったのは、実はすでに1926年の段階で同じランドルフ・カーターものの長編冒険小説『未知なるカダスを夢に求めて』を書き上げていたからであろう。この作品は、生前には発表されなかったが、1936年12月19日付のフリッツ・ライバー宛の書簡に「掲載を拒絶された」とあるので、『ウィアード・テイルズ』誌かどこかに送って突っ返されたのかもしれない。ラヴクラフトにとっては色々な冒険を含む作品であり、執筆中から書簡で不安をもらしていたので、拒絶されたことで落ち込み、しまい込んでしまったのであろう。

　物語は、カーターが夕映えに輝く壮麗な都を三度夢見て、三度とも断ち切られるところから始まる。夢の中に出てくる壮麗な都にあこがれるがゆえに、夢の世界での探索に向かうカーターはそこでさまざまな冒険を繰り広げる。構造としては『銀の鍵』と相似形にあり、夢の世界への逃避を描いた『セレファイス』に通じる。作品内部の時間で言えば、『銀の鍵』の前、夢の世界への鍵を失うきっかけに当たるものと推測されているが、どちらにも明示はされていない。『銀の鍵』はそれ自身で十分、読むに値する完成度を持っている。

　さて、物語に戻ろう。

　カーターの冒険に登場するのは、食屍鬼の重鎮となった異端の画家ピックマン、『セレファイス』の夢の王クラネス、神々の使者ナイアルラトホテップ、ウルタールの猫たち、『ウルタールの猫』や『蕃神』に登場する神官アタルなどとそれまでのラヴクラフト作品の登場人物ばかり。結果として、ラヴクラフトの初期幻想短編の作品世界はこの『未知なるカダスを夢に求めて』を軸として、統合された。

　これはクトゥルフ神話を語る場合、大きな意味を持つ。

　ラヴクラフト自身が作品の枠を超えた壮大な宇宙観を示したのである。食の短編作品の多くは夢の国でつながると。

　多分、それは彼一流のお遊びであったかもしれない（あるいは流行りのヒロイック・ファンタジーを書こうとしたのかもしれない）。今まで書いた作品の登場人物をクロスオーバーさせて、やや内輪向けの楽屋落ち的な小説を描くことは、プロ・アマチュア問わず、よくあることだ。

　だが、『未知なるカダスを夢に求めて』は魅力的だ。

　次から次へと登場する人物や怪物はそれぞれ個性的で、その描写は斬新なものだった。ダンセイニから学び取った描写力と、ラヴクラフトならではのオリジナリティあふれるガジェットの人群を、パルプ的な異世界冒険に投入したのである。

これが面白くない訳がない。

主人公は夢の世界で破天荒な冒険を繰り返す。次々と出現する敵や障害、黒いガレー船に何度も捕えられて脱出し、猫や食屍鬼の手助けで危難を脱し、夜鬼やシャンタク鳥で空を駆け、恐るべきナイアルラトホテップの罠をかいくぐる。「ピカレスクな冒険年代記」とラヴクラフトが書簡で語っている通り、破天荒でダイナミックな物語である。

極めつけは、ナイアルラトホテップの陰謀だ。すでに、第4夜で述べたように、クトゥルフ神話において魅力的な悪役であるレンから来た浅黒い肌をした商人を操り、何度もカーターの捕獲を試み、最後には大いなるものの都カダスにおいて、偉大なるファラオの姿で出現、カーターを翻弄し、アザトースの玉座へ向かわせようとする。

地球の古き神々をよみがえらせるため、カーター自身が夢見た美しき宮殿へ向かうように助言し、自らの正体を明かす場面はナイアルラトホテップの印象を決定付けた。

「二度とふたたび千なる異形の-われと出会わぬことを宇宙に祈るがよい。我こそは這い寄る混沌、ナイアルラトホテップなれば」

一見、美しき助言すら策謀のうちであるとは、まさに邪神の名にふさわしき所業であり、カーターの叡智なくば、その身はまさにナイアルラトホテップの手に落ちていたであろう。

かくして、『未知なるカダスを夢に求めて』は、ラヴクラフトには珍しいジェットコースタームービー風の冒険活劇長編に仕上がった。

✳ 夢の怪物たち

『未知なるカダスを夢に求めて』の魅力のひとつは、次から次へと登場する怪物たちである。

真っ黒で顔を持たない夜鬼は、邪悪な悪魔の類に似ているが、捕えた相手をくすぐるというユニークな攻撃を行う。後に、食屍鬼が彼らを操り、乗り物として駆使していることが明らかになる。

シャンタク鳥は馬のような顔を持ち、鱗をはやした忌まわしき巨鳥で、カダスに至る極北の地に出現する。ナイアルラトホテップのしもべであり、カダスを目指すものにとって最大の脅威であるが、ナイアルラトホテップの助力を得られれば、このシャンタク鳥に乗って宇宙を旅することもできる。

ガグは幻夢境の地下に住む肉食の巨人で、肘から二股に分かれた両手を持っている。もっとも特徴的なのは、その頭部で、本来、横につくべき口が縦についており、獲物を食べる場合には、顔が真ん中から左右に開く。

この他、地の底に住まう強大なドール（近年、Ｓ・Ｔ・ヨシの校訂作業で、ボールに修正された）、月面にすむ脅威、月の獣（ムーン・ビースト）など、この作品から取られたクトゥルフ神話の怪物たちは非常に多い。

✴ 残された遺産

幻夢境物語は、ラヴクラフトの作品群の中でも特異な位置にある。『未知なるカダスを夢に求めて』に含まれる情報は非常に多く、それだけでひとつのワールドを形成している。同じ時代を生き、秘境冒険ものを得意としたR・E・ハワードやE・R・バロウズならば、それだけで数冊の作品を物にしたであろう。

後世、ゲームを通してクトゥルフ神話と出合ったファンの中に、幻夢境物語を好む人が多いのは同じ理由かもしれない。

過去や神話はすでに語られた。悲惨な末路ではなく、ラヴクラフトの世界でエキサイティングな冒険を楽しむとしたら、幻夢境はまさに最適な舞台なのである。

（第11夜・了）

リーダーズ・ガイド
今回言及したラヴクラフトの幻夢境物語は『幻影の王』を含めて星海社の新訳クトゥルー神話コレクション4巻『未知なるカダスを夢に求めて』で読むことができる。創元推理文庫のラヴクラフト全集では『北極星』などの初期作品と夢に関する書簡が第7巻、『カダス』などのランドルフ・カーターものは第6巻で読むことができる。

夜鬼

第12夜　神話の原形
〜初期短編に見るクトゥルフ神話の源泉〜

 クトゥルフ神話の原形

　さて、ここまでラヴクラフトの作品を物語の系統ごとに紹介してきたが、クトゥルフ神話とその後の展開を語る上で、欠かせないいくつかの初期作品がまったく言及されないまま、いくつも残されている。今宵は「神話の原形」と題して、ラヴクラフトの作品をいくつか紹介していこう。

　これらの大半は、『ウィアード・テイルズ』誌での商業デビュー前、アマチュア・ジャーナリズム活動の間に書かれた。そのため、執筆、（アマチュア雑誌での）発表、商業誌掲載の間に年単位の時間が経過することがよくある。

恐怖との遭遇

　『ダゴン』（The Dagon）は、1917年7月に書かれ、1919年にアマチュア小説誌『ヴァグラント』に掲載された後、最初に『ウィアード・テイルズ』へ送られた5編の短編のひとつで、最初に掲載されたため、ラヴクラフトのデビュー作となった。しばしば、作家の本質はデビュー作に宿ると言われるが、ラヴクラフトも同様で、この作品には後のクトゥルフ神話のエッセンスが溢れんばかりに詰め込まれている。

　物語は、ドイツ海軍に拿捕され、ボートで脱出した主人公が、太平洋に浮上した不気味な島にたどり着き、怪物を目撃するというものだが、腐敗と悪臭が満ちる奇怪な島、魚介類の心象が散見する超古代の遺跡、恐るべき半人半魚の巨人、救出された後も主人公を捕えて止まぬ恐怖と狂気といったラヴクラフト独特の不気味な世界が表現される。上陸する大地の様子は、『クトゥルフの呼び声』の後半、ヨハンセンが上陸したルルイエの姿に通じている。

　題名のダゴンは旧約聖書において、ユダヤ人と敵対したペリシテ人が信仰した魚頭の神である。怪力の英雄サムソンがペリシテ人の罠にはまり、ダゴンの神殿につながれる物語は、キリスト教徒にとって、分かりやすい神話中の邪神の好例と言える。ダゴンは後に『インスマウスの影』でクトゥルフを信仰する秘密教団の名前に冠され、クトゥルフ神話に取り入れられている。

　構成や文体の面でも、クトゥルフ神話の基本型がここに示されている。主人公のひとり語りで、必死に事件を回想し、冷静な描写をしようとしつつも、恐るべき恐

怖と狂気に追い詰められていく様子がにじみ出てくるというスタイルはすでに完成しつつある。

　それが悪夢なのか、現実なのか曖昧な状態で、怪物の追撃の徴候を目撃する最後のパラグラフはあまりにも衝撃的で、後継作家やファンの多くに同様のセリフを語らせてしまう。

　いや、そんな！　あの手は何だ？　窓に！　窓に！

　かくして、『ダゴン』は最初のクトゥルフ神話作品とみなされている。

✪ 海底の幻想

　『ダゴン』とは別の意味で、ルルイエに通じるイメージを提示したのが、『神殿』（The Temple：1920）である。

　大西洋で通商破壊戦を行うUボートの艦長が遭遇する奇怪な出来事を扱った短編である。水死体から不気味な象牙細工を拾い上げたことをきっかけに、艦内に恐怖が蔓延し、やがて、機関室が爆発して、Uボートは航行不能となり、浮上することも叶わず、漂流していく。乗組員は恐怖に捕らわれて殺し合い、生き残った艦長と下士官は狂気に冒されたあげく、幻影のごとき海底の神殿に辿りつく。

　艦にまとわりつくイルカの群れや、海底の神殿など、幻想的な雰囲気の強い作品で、ポーの影響が強く見られる。『ダゴン』がルルイエの邪悪なイメージを形成したというならば、インスマウスものの、海底に沈むことで解放されるというイメージは、この『神殿』に遡ると言えるだろう。

✪ 第一次世界大戦とラヴクラフト

　『ダゴン』と次の『神殿』でドイツ軍が取り上げられているのは、第一次世界大戦（1914-1918）の影響である。アメリカはギリギリまで参戦しなかったが、1917年に参戦が決まると、ラヴクラフトは志願したが、果たせなかった。ラヴクラフトは決して健康的ではなく、健康診断の結果をごまかしていたが、反対する母親が再診断を申し出て行きつけの医者が不可とする診断書を書いたのである。こうして、ラヴクラフトは自立の機会を失い、その熱意をますます、アマチュア・ジャーナリズムにつぎ込んでいく。

　また、この時期のラヴクラフトは1890年生まれなので、すでに20代後半であるが、アマチュア・ジャーナリズムの世界で、やや遅れた中二病を爆発させていた。所属

するアマチュア・ジャーナリズム団体UAPAの会報でも政治的な発言を行い、自分の出していた同人誌にも『保守派』と名付けた。ドイツのアーリア人優生思想が翻訳された際には超人思想にかぶれ、仲間から忠告されたこともある。

✡ ユールの日

『ダゴン』と同様に、クトゥルフ神話の原形が見られる作品として、『魔宴』（The Festival：1923）が挙げられる。架空の街キングスポートで、クリスマスの裏側で百年に一度行われる奇怪な儀式「ユールの日の祝宴」を描いた作品で、その前年、ラヴクラフトがマーブルヘッドの街を訪れた際の体験から、おぞましい街の描写が生み出された。

この作品には、不気味なフルートの音や形なき演奏者、奇怪な飛行生物など、後のクトゥルフ神話に登場する素材が多数登場する。直接、クトゥルフ神話との関係を示す単語は魔道書『ネクロノミコン』だけであるが、形のさだまらぬフルート奏者は、その後、ナイアルラトホテップなど邪神たちの従者として多用されるようになり、飛行生物はラヴクラフトの死後、ダーレスが、ハスターの使い魔として使用するバイアクヘーの原型となる。

ちなみに、12月25日がキリストの誕生日とされるのは、伝説に過ぎず、東方教会では長らく1月6日としていた。もとは欧州土着のケルト系信仰における冬至祭（これがユール）であった。一日が最も短くなる冬至は太陽神が再生する日とされていたが、キリスト教が欧州に布教される段階でメシアの降誕日として、キリスト教の祝祭日に加えられたのだ。

✡ 無名都市

魔道書『ネクロノミコン』の著者アブドゥル・アルハザードの名前が最初に登場したのは『無名都市』（The Nameless City：1921）である。

呪われた廃都〈無名都市〉にたどり着いた私は、異様に天井の低い神殿をさ迷った挙句の果てに、そのおぞましい都市を作ったのが爬虫類に似た匍匐生物であることを知る。

この呪われた都を幻視したアブドゥル・アルハザードはかの有名な一節「そは永久に…」を残したことから、無名都市はその後、クトゥルフ神話中、重要なスポットとなる。作中ではアラビア半島の砂漠のどこかとしか書いていないが、ラヴクラフトの「『ネクロノミコン』の歴史」でアラビア半島南部のダーナ（真紅の砂漠）にあると設定された。その後、オーガスト・ダーレスは連作『永劫の探求』の第4

部『ネイランド・コラムの手記』で、無名都市を訪れ、何とアブドゥル・アルハザードの霊魂を召喚してクトゥルフの秘密を聞き出そうとすることになる。

魔犬

『ネクロノミコン』が本格的に使用されるのは、続く『魔犬』（1922）からである。この作品自体は、道を外れた好事家が呪われた墓を暴き、魔よけを奪ったことから、得体の知れない魔性の餌食になるというゴシック小説で、クトゥルフ神話の神格は登場しない。だが、本作において、アブドゥル・アルハザードが『ネクロノミコン』の著者であると初めて言及されたことから、クトゥルフ神話の原点のひとつに数えられる。中央アジアのレンにある屍食宗派という言及があり、その後の神話につながる要素が見られる。

作品としては、じわじわと恐怖が盛り上がっていく雰囲気が素晴らしい佳作で、神話とは関係なく一読の価値がある。

アウトサイダー

最後に、クトゥルフ神話からはまったく離れるが、ラヴクラフトの代表作として知られる佳作『アウトサイダー』（The Outsider：1921）を紹介しよう。奇怪な城に軟禁されていた主人公が塔を上り、月光の中、迷い込んだ館で、恐るべき真相を知るというもので、不気味な雰囲気が素晴らしい。アメリカ幻想文学の巨人エドガー・アラン・ポーの影響を強く受けたもので、しばしばポーの未発表短編と言っても信じるものが多いだろうと激賞された。『ウィアード・テイルズ』のライト編集長もお気に入りで、死後、アーカム・ハウスが刊行した最初の短編集『アウトサイダーおよびその他の物語』の表題作となった。

そして、この作品にはもうひとつ。大きな役割を果たした。

同名の評論を書いていたイギリスの評論家コリン・ウィルソンをクトゥルフ神話の世界に招き入れるきっかけとなったのである。コリン・ウィルソンの参入は、売れないパルプ小説作家だったラヴクラフトの評価を大きく変えることになる。

（第12夜・了）

■リーダーズ・ガイド
『ダゴン』、『無名都市』、『アウトサイダー』→『ラヴクラフト全集3』創元推理文庫
『神殿』、『魔犬』、『魔犬』→『ラヴクラフト全集5』創元推理文庫

第13夜　擬似現実主義
～『宇宙からの色』～

宇宙的な恐怖へ

　ラヴクラフトは、クトゥルフ神話を書かなかったという見方がある。ラヴクラフト自身は確かに、ロード・ダンセイニの影響下で、架空の邪神や神話を作るイマジネーションを得たが、彼は、どこまで「クトゥルフ神話」という形を考えていたのだろうか？という疑問がある。確かに、彼はその書簡の中で、クトゥルフその他の神話やヨグ＝ソトーサリー（ヨグ＝ソトース物語群）のような表現をしているし、自分の考えた設定については意外にこだわっていたりするが、妙にゆるやかな判断で、他人のアイデアを取り込んだり、改変したりしている。

　朱鷺田個人では、ラヴクラフトは、はじめに設定ありという考えではなく、本格的な恐怖小説の地平線を目指した結果、個人的な恐怖を超えて、人類そのものが恐怖するような壮大な宇宙観を暗示することを選び、結果として、神話のイメージが紡がれていったと考えている。ラヴクラフトにとって、人間のちっぽけな感情や事跡など問題ではなかった。もっと大きな宇宙的な観点から生み出される恐怖を描きたかった。

　それが〈宇宙的な恐怖〉コズミック・ホラーなのである。

宇宙からの色

　ラヴクラフトのコズミック・ホラーをストレートに感じられる一作を、あえて選ぶとしたら、多くのファンが悩みながらも、『宇宙からの色』を挙げるだろう。これはラヴクラフトが作品論である『文学における超自然の恐怖』を書いている最中に発案された作品で、ラヴクラフトの恐怖小説の頂点と言ってもいい。

　この物語の語り手はアーカム郊外に貯水池用の土地を探す測量技師で、彼が地元の古老から聞いた物語という形で語られる。

　アーカム郊外、今や『焼け野』と呼ばれるようになった奇妙な地域に関する物語は、1882年6月、奇妙な隕石がネイハム・ガードナーの農場に落下したことから始まる。ミスカトニック大学の調査員がやってきたが、それは落下時よりも明らかに小さくなっていた。やがて、農場に異変が起こり始める。生物はまともに育たなくなり、ネイハムの家族もおかしくなっていった。妻は発狂し、子供たちも次々と死

んだ。ネイハム自身も井戸の中に何かいると言い残して死んでしまう。

そして、調査にやってきた地元の人々の前でも、奇怪な現象が起こり、何かいるとされた井戸から『色』と表現するしかない、何かが天空へと戻っていく。

見えない恐怖

この作品には他のクトゥルフ神話作品のような具体的な怪物や邪神は一向に出てこない。あくまでも、農村の老人が語り継ぐ異常現象が描写されるだけである。

恐怖の主眼である『色』は害意があって攻めてきた宇宙からの侵略者でも、古代より闇に潜む邪神でもない。それはおそらく隕石に乗って地球に漂着した〈何か〉でしかない。本来、地上を生活空間としない生き物かもしれない。『色』は人間に何かを求めているのではなく、宇宙へもどるために必要な生命の力を奪っていく。害しているという意識があるかどうかも分からない。

実に斬新な脅威である。

このような、正体を見せない異常は恐ろしい。

それは理解できない何かがそこに進行しているという恐怖だけをつきつけてくる。正体を見せないから、対策もできない。行動もできない。日常を捨てるか、破滅に向かってゆっくり進んでいくか？　宿木に絡まれた若木はどうするのか？　致命的な寄生虫に巣くわれた虫はどうなるのか？

ガードナー家の破滅はそうして起きる。

擬似現実主義

ここで、ラヴクラフトはガードナー家の破滅に至る細かい出来事を丹念に語っていく。農場の作物に不可解な苦味が出て食べられなくなる。窓の外に何かが見えたという妻。衰弱していく家畜。やがておかしくなる妻や子供。それでも寡黙に農場を運営しようとし続ける農夫ネイハム。

ひとつひとつ事実を積み上げることで、状況の悪化をじっくりと読者の心に染み込ませていく。一連の異常な出来事を村の老人から聞いた語り手は調査員らしい冷静な分析と理性でそれを補い、理解可能な範囲にとどめようとするがそれは果たせず、語り手の中にも恐怖が埃のように少しずつ少しずつ蓄積していき、気づくと、日常的な現実が、非日常的な現実に侵食されている。

ラヴクラフトはこの手法を「擬似現実主義」と呼び、『宇宙からの色』こそ、その時代の始まりを告げる作品だと考えていた。

✴ 受動性

　ラヴクラフトの小説の主人公の多くは、非常に受動的である。死の直前に書いた書簡の中で、ラヴクラフトはこう言っている。

　私がむしろ好んで主人公を迫り来る恐怖に臨んで手も足も出ない人間として描くのは、それが真の悪夢の中で大抵の人間が実際に取る態度であるためです。私の悟ったところでは、凄絶な恐怖小説は、可能な限り現実の悪夢に似たものにするのが効果的です…そして、現実の悪夢に似せるには、怪奇な姿の運命が情け容赦なく肉迫して来る中でなす術もなく手をこまねいている「主人公」ほど、役に立つものはないのです。事実、一切の幻想文学の秘訣は、主人公を（いかにも夢幻世界の人間らしく）もっぱら受身の人物に仕立て、事件は主人公の手に負えぬようにほぼ客観的に変動させることです。

国書刊行会　『定本ラヴクラフト全集10』書簡集Ⅱ
矢野浩三郎・編/監訳　より
アーサー・ウィドナー宛て1937年3月20日付け書簡

　理性的な解決というのは圧倒的な恐怖の前にはもろくも消えてしまうものなのだ。『宇宙からの色』でも、受動的ゆえに滅びていくガードナー一家、彼らと交流しつつも遠巻きに傍観するしかできなかった近隣の農夫、そして、それを聞かされ、その物語の背後にある恐怖に気づいてしまう「語り手」の測量技師。「語り手」の気づきが読者にも伝わった時、物語は逃れがたい恐怖になる。

　この手法は冷静に語ろうとしつつ、最後には狂気に押しつぶされていくひとり語り口調とともに、新たな恐怖のスタイルになった。

　それゆえ、ラヴクラフト以降の恐怖小説作家は、ラヴクラフトのように書くか、ラヴクラフトと別の道を選ぶかという選択を突きつけられることになる。

✴ 残る脅威

　何度も繰り返すが、ラヴクラフトの恐怖小説は作品内部にとどまらない。『インスマウスの影』がアメリカ史に食い込み、また語り手の変容で読者の恐怖をあおったように、『宇宙からの色』も、ネイハムの破滅だけでは終わらない。

　ガードナー家が破滅した後、奇怪な『色』が宇宙へ帰っていくという結末が老人

から語り手に伝えられるが、事件は完全に終わったのではなく、力が足りず、宇宙へ戻れなかった『色』がまだ井戸の底に残されているのである。

そして、語り手は〈焼け野〉が、アーカムの飲料水確保のため、建設される貯水池の底に沈むことを思い出し、恐怖におののく。ガードナー家の人々があの井戸の水を飲んで破滅したように、これからはアーカム市民のすべてが〈焼け野〉を通過した水を飲んでしまうのである。

物語は恐怖の提示で終わるが、アーカムでは恐怖は終わっていない。むしろ、これから本当の恐怖が始まるのである。

✴ 失われた可能性

この作品で、ラヴクラフトは現実を丹念に描写して、恐怖を高めていく「擬似現実主義」の可能性を引き出したが、それは金銭的に報われることはなかった。本作を最高傑作と自負しつつも、ホラー雑誌である『ウィアード・テイルズ』向きでないと判断したラヴクラフトは、創刊されたばかりのSF雑誌『アメージング・ストーリーズ』のヒューゴー・ガーンズバック編集長に送り、早速、採用されるが、支払われたのはわずか25ドルという、当時としても破格の安値であった。それも3度督促した結果、やっと支払われたという。ラヴクラフトはあまりのことに激怒し、傑作を二束三文で買い叩いたSF雑誌に背を向けることとなる。『アメージング・ストーリーズ』はその後、伝説のSF雑誌として多くの傑作SFを世に送り出すが、彼らからのアプローチがあっても、ラヴクラフトは2度と書かなかった。こうして、ラヴクラフトは生前、SF作家として評価される機会を逃してしまうのだが、それも運命かもしれない。

ラヴクラフトは1937年3月15日、内臓疾患で病死した。腸癌とされる。子供はおらず、作品の権利は遺著管理人に指名されたR・H・バーロウに委託され、オーガスト・ダーレスとドナルド・ワンドレイが設立したアーカム・ハウスから刊行された。

その後、ラヴクラフト作品は何度か映画化されることになり、『宇宙からの色』も何度か映画化されている。残念ながら、あまり出来の良くない怪物ものとなってしまったものもあるが、もっとも最近の映画化である2019年『カラー・アウト・オブ・スペース ―遭遇―』（ACEプロダクション製作、ニコラス・ケイジ主演）はかなり再現度が高く、ラヴクラフト作品へのオマージュも多い。100年近くを経てやっと時代が追いついたのかもしれない。

（第13夜・了）

■リーダーズ・ガイド
『宇宙からの色』→『ラヴクラフト全集4』創元推理文庫

擬似現実主義　〜『宇宙からの色』〜

アザトース

イラスト：槻城ゆう子

第2部
後継者たちの悪夢

■EPISODE 05　食べてしまいたい

「食べてしまいたい」

それは究極の愛情の言葉。『ラヴクラフトの遺産』に収められたブライアン・マクノートンの短編『食屍姫メリフィリア』を読みながら、石川賢の『聖魔伝』のエンディングを思い出していた。ヒロインの生首を泣きながら喰らい、怪物化していく主人公の姿がまぶたに浮かぶ。

他者の屍を食うという行為は、今となっては否定されているが、究極の同一化行為である。マウイ島の食人習俗は敵や祖先に対する尊敬の証として、死体の肉を食う。他の地域でも心臓や脳を特別視して、それを食べる習慣があった。

人喰いの鬼そのものは世界各地に伝承の残る妖魔の一種で、東欧などでは吸血鬼の流れを汲み、中国や日本では墓荒らしの魑魅魍魎とされるが、クトゥルフ神話では、アラビアの伝承に現れるグールを食屍鬼として着目する。

ラヴクラフトはこの食屍鬼を、一種の亜人の種族として、再定義し、都市の地下に住まわせた。彼らは光こそ恐れるが、ハイエナのように、墓地の死体を襲い、その肉を食べる。

知性もなくした訳ではなく、地下鉄の線路の枕木を外して、地下鉄事故を起こし、エサとなる死者を増やそうとするほどには狡猾にした。それは現代的な邪悪さとも言える。

そう言えば、私が非常に好きなサイバーパンク＆ファンタジーRPG『シャドウラン』（新紀元社）の中にも彼らは出てきた。魔法が戻ってきてしまった近未来で、食屍鬼たちはHMHVV（ヒト吸血鬼化ウィルス）がもたらす肉食欲求に耐え切れず、地上からドロップアウトした存在として描かれる。オークやトロール、サスカッチにさえ人権が認められるその時代、彼らはその食性ゆえに地下に隠れ、人間社会の追及から逃れようとする。確かに彼らは人を止めてしまっているが、感情を完全に失った訳でもない。そうした世界観の中で、食屍鬼の人権を問うというシナリオがあった。

凄い！と素直に感動したものである。

食屍鬼を猛獣のような怪物として描くのは簡単だ。いや、流行のゾンビ映画のように、思考すらしない飢えた衝動だけで動き回る自動殺戮生物にしてしまうのはもっと簡単だ。

だが、人々はラヴクラフトに学んでしまった。

食屍鬼を生ける種族として描くことこそ、より恐ろしい出来事だということを。

さらに、恐ろしいことに、かのピックマンの感情も、クライブ隊長の感情も理解不能ではないのだ。

「食べてしまいたい」

それは究極の愛情の言葉。

そして、我が家の子供たちも十分に成長した。そろそろ教えるべき時期かもしれない。

第14夜　後継作家たちの系譜
〜Ｆ・Ｂ・ロング〜

 ## 神話作家たちの系譜

　ラヴクラフト以降、多くの作家がクトゥルフ神話に手を染めていくが、いわゆる神話作家と言っても、いくつかの系統がある。

　第一のグループは当時の『ウィアード・テイルズ』やアマチュア・ジャーナリズムを通じて知り合った盟友たちで、彼らは自力で作品を書き上げ、作家となり、やがて、ラヴクラフトに共感、クトゥルフ神話に参加する。

　二丁拳銃のボブと呼ばれたロバート・E・ハワードはその代表で、独自のアイデアで、オリジナル魔道書『無名祭祀書』を作り上げ、作品に投入した。カリフォルニアの幻想作家クラーク・アシュトン・スミスは本来、詩人にして芸術家だったが、ラヴクラフトの助言で小説を書き始め、独自のヒューペルボレアもので神話世界を広げた。ヒューペルボレアとはギリシア時代の彼方の国をさす「北風の向こう側」を意味する言葉で、スミスが創造した超古代世界を指す。

　ラヴクラフトとの文通から作家になってしまったロバート・ブロック、デビュー後、ラヴクラフトと交流、彼の遺作を出版するオーガスト・ダーレスなども含まれるが、まず、最初に、ラヴクラフト以外でクトゥルフ神話を書いたのは、ダーレスでも、ハワードでもなく、ラヴクラフトと親交のあったフランク・ベルナップ・ロング（1901-1994）である。彼はUAPAの会員で、ラヴクラフトと文通し、ニューヨークの文芸サークル、ケイレム・クラブの創設メンバーで、直接、ラヴクラフトと交流、『ウィアード・テイルズ』でゴシック小説を書いた。

　『ウィアード・テイルズ』を中心とした盟友作家のグループこそ、ラヴクラフトの神話世界のアイデア交流という遊びに興じ、その後、クトゥルフ神話と呼ばれるようになる多くの設定を生み出し、また、神格の設定を互いに融通しあった中核の世代である。彼らとラヴクラフトの交流こそが、クトゥルフ神話を生み出したと言ってよい。

　それはまさにラヴクラフトを中心に形成された交友ネットワークであり、ラヴクラフトの死によって、彼らを結び付けていた世界観はゆっくりと崩壊していく。ラヴクラフトの死後、作家たちは独自の道に向かうが、ダーレスとドナルド・ワンドレイら何名かが師匠と仰ぐラヴクラフトの作品を世に残そうとする。

✦ 代作者ラヴクラフト

　神話作家の中でも特異なグループが、ラヴクラフトの添削を受けたり、ラヴクラフトに代作を依頼したりした結果、神話を書いたことになってしまった作家たちである。

　小説家としては寡作なラヴクラフトの主な収入源は、新人作家の小説の添削や有名人が書いたと称するオリジナル小説の代作であった。例えば、ラヴクラフトは当時、世界的に有名だった奇術師フーディニの代筆として、『ファラオとともに幽閉されて』を書いている。

　1916年の暮れ、アン・ヴァイン・ティラリー・レンショウおよびJ・G・スミス夫人とともに、専門的な添削サービスを提供するシンフォニー・リテラシー・サーヴィスを立ち上げた。これ自体はそれほど長く続かなかったが、レンショウはその後、ワシントンでリサーチ業務やスピーチ学校を経営、しばしば、ビジネス文書やスピーチ原稿の添削でラヴクラフトの助けを求めた。ラヴクラフトの本業はこちらの小説添削やゴーストライティングだったと言える。

　小説の添削は、完璧主義のラヴクラフトらしく、徹底的で、ほとんど原形を留めない「書き直し」、もしくは「創作」に至ることも多かった。ゼリア・ビショップの作品のいくつかは、ラヴクラフトがほとんど作ったと言ってよい。彼らは神話を書いたのではなく、添削や代作の過程で、神話要素が加味されていったのである。

　添削組には、ゼリア・ビショップ、アドルフ・デ・カストロ、ヘイゼル・ヒールドが挙げられる。ラヴクラフトの妻、ソーニャ・グリーンも同様に、添削を受けた作品を発表している。これらの添削作品については、創元推理文庫版『ラヴクラフト全集別巻上下』でほとんど読むことができる。このように、別巻上下で、添削作品が網羅されたのはラヴクラフト関連作品を網羅しようとする人々にとって、非常に価値あることと言えよう。

　ラヴクラフトは多くの作家に影響を与えたため、その交友関係は、ラヴクラフト・スクール（ラヴクラフト派）と呼ばれることがある。ラヴクラフトと文通、もしくは交流した人々の多くが、彼の恐るべき博識と優れた見識に圧倒されたという。

　ラヴクラフトは編集者としての実力もかなり高い。小学生の頃にはすでに自分で印刷した新聞を作っていたほどで、UAPAの会報や自分の同人誌も編集していた。ニューヨーク時代には『ウィアード・テイルズ』の編集として、シカゴに来るように誘われたという噂もある。これ以上、故郷を離れることを嫌ったために、編集者ラヴクラフトは実現しなかったが、実現していれば、『ウィアード・テイルズ』はまったく別の雑誌になっていたかもしれない。

✦ 第二世代作家とアーカム・ハウス

　第3のグループはラヴクラフトの作品で育ち、彼の死後、作家となり、クトゥルフ神話を書いたグループである。彼らはラヴクラフトと交流を持った世代ではないが、まさにラヴクラフトの子供たちで、ラムジー・キャンベル、ラヴクラフトの死んだ年に生まれたブライアン・ラムレイなどが挙げられる。

　ここまで、クトゥルフ神話に参加する作家が多くなったのは、ラヴクラフトの独創性や人徳に負う部分も多いが、ラヴクラフトの死後、オーガスト・ダーレスとドナルド・ワンドレイが創設した出版社アーカム・ハウスの功績も見逃すことができない。ラヴクラフトの死後、ダーレスはクトゥルフものを書き続けるように、盟友たちに呼びかけ、『ウィアード・テイルズ』の作家たちの作品を出版していった。

　ダーレス自身も、多くのクトゥルフ神話作品を書いた。ラヴクラフトの創作メモや書きかけの小説の断片を入手した彼は、それを元にした「ラヴクラフトとの合作作品」を多数、生み出したが、作品によっては、ラヴクラフトの劣悪なデッドコピーという厳しい評価を受けたものもある。クトゥルフ神話という名称を普及させたのもダーレスであった。

　しかし、その一方で、アーカム・ハウスがラヴクラフトの全文業を刊行していったことで、クトゥルフ神話は新たな読者を獲得、その中から、第二世代のクトゥルフ作家が育っていくことになる。

✦ クトゥルフ・ルネッサンス

　その後、1969年にアーカム・ハウスから刊行された『クトゥルフ神話作品集』を皮切りに、ラヴクラフトのリバイバルが起きる。このブームの中、1971年、ダーレスが亡くなり、アーカム・ハウスを中核とした時代は終わりを告げるが、1970年代中盤には、作家であり、ファンタジー書籍の編集者だったリン・カーターが新たなラヴクラフト作品集を世に出すと、後にクトゥルフ・ルネッサンスと呼ばれるクトゥルフ神話ブームが起きる。この時代にクトゥルフ神話で育った少年たちの何割かは、続いてロールプレイングゲーム（RPG）の元祖『ダンジョンズ＆ドラゴンズ』（1974）および『クトゥルフの呼び声』RPG（1981）の洗礼を受け、黎明期のゲームクリエーターとして、ラヴクラフトの世界を引き継いでいくことになる。リン・カーターはダーレスとは別の意味で、クトゥルフ神話の統合を果たそうとした部分がある。クトゥルフと同じムー大陸の神であるガタノトーアに着目し、この神をクトゥルフの子供としたムー大陸を舞台にした作品を書いたり、クラーク・アシュト

ン・スミス（第17夜参照）の作品に登場するヒューペルボレアの物語を補完してい
ったりした。これらはその後、クトゥルフ神話アンソロジーを編纂したロバート・
M・プライスの手で、前者は『ゾス伝説大系』（半分ほどの作品が『クトゥルーの
子供たち』として翻訳された）、後者は『エイボンの書』にまとめられている。プ
ライスは本職が新約聖書の研究を行う学者であるが、21世紀になっても積極的に
クトゥルフ神話アンソロジーを編纂しており、新たな神話作家が次々と生まれている。
まだまだ日本語化されていない作家も多いが、昨今のクトゥルフ神話ブームの余波
もあり、ジョー・R・ランズデール、スティーヴン・M・レイニーなど、『ナイト
ランド・クォータリー』誌などでの紹介が行われている。

✴ F・B・ロングの『喰らうものども』

　さて、前振りが長くなったが、この第2部では、ラヴクラフト以外の神話作家の
手になる神話の中核作品を紹介していこうと思う。
　すでに述べた通り、ラヴクラフト以外で初めてクトゥルフ神話作品を書いたのは
フランク・ベルナップ・ロングである。
　ロングはニューヨーク在住の作家で、文芸サークルのケイレム・クラブの一員で、
1924年、『ウィアード・テイルズ』でデビューした。彼は1919年秋、UAPAに入会
し、ラヴクラフトと文通するだけでなく、結婚し、ニューヨークにやってきたラヴ
クラフトと直接の親交を結んだ。ラヴクラフトは11歳下の彼を息子のように可愛が
り、書簡の中でも「坊や（サニー）」と呼び、他の人への書簡でも「養子に貰った」
と表現した。また、ロングは才能ある詩人でもあり、彼との交流は多くの刺激をラ
ヴクラフトに与えた。
　当時、出版業界ではタイプライターの使用が普及してきたのだが、タイプライター
嫌いのラヴクラフトはタイプ打ちの苦行に困り、ロングの手助けを受けることもあった。
　1928年、ロングがラヴクラフトの許可を得て、『ネクロノミコン』の一部を冒頭
に掲げた『喰らうものども』（The Space Eaters）は、ラヴクラフト以外の作家
が初めて執筆したクトゥルフ神話作品である（残念ながら、雑誌掲載時は肝心の冒
頭がカットされた）
　主人公は怪奇作家ハワードの友人で、その晩もハワードが語る恐怖小説論に耳を
傾けていた。奇怪な怪物に脳を喰らわれるような事件を書いてみたいという話をし
ているところに、隣人ヘンリーが助けを求めてくる。マリガンの森で奇怪な何かに襲
われたというのだ。見れば、頭蓋骨を貫く不気味な傷がある。やがて、ヘンリーは
脳が冷たいと叫びながら、家を飛び出してしまう。隣人を救うため、飛び出した主
人公とハワードは倒れているヘンリーを発見し、森の中に巣くう何かの存在を感じる。

そこには、宇宙からやってきた不定形で、人間の脳を喰らう怪物が巣くっていたのだ。

　この作品には『ネクロノミコン』以外、ラヴクラフト作品と共通するクトゥルフ神話の要素が登場しないが、宇宙から来た不定形の怪物を扱い、コズミック・ホラーを目指しているという点で、実にクトゥルフ神話的である。

　もともとは、ブロックの『星から来たもの』と同様に、ラヴクラフトとの親交から誕生した作品で、主人公の友人で、最後には怪物に食われてしまうハワードは明らかにラヴクラフトその人であると言われる。

　人間の脳を喰らう不定形の怪物はロングのお気に入りで、後に『脳を喰う怪物』（The Brain-Eaters：1932年）を書き、食脳魔族の秘密について描いている。闇の塊から数本の触手が生えているようだとも、透明で定まった姿がないとも言われる。

　『喰らうものども』では、彼らは古代からの脅威であり、聖なる十字の印は彼ら邪悪な存在に対抗する力を持つとされたが、『脳を食う怪物』では、海上に奇怪な次元を生み出し、生贄を求める恐るべき怪物に成長、より美味な脳を求めて罠を張ったり、生きたままの肉体から脳を取り出して操ったりするようになる。

✦ ティンダロスの猟犬

　ロングのクトゥルフ神話に対する貢献は大きい。彼はラヴクラフト的な手法を取り入れていく一方で、オリジナル神格を生み出し、独自の恐怖溢れる作品に仕立て上げた。

　最大の佳作というべき『ティンダロスの猟犬』（The Hound of Tindalos：1929）は、中国の道教の秘薬〈遼丹〉を使って精神を肉体から分離し、時間を遡った作家ハルピン・チャーマズが、宇宙の邪悪を結晶させた不浄の怪物に襲われるというものだ。語り手は作家の友人で、作家が薬でトリップする実験を手伝わせる。秘薬の力で精神だけ時間の旅に出た作家は、時間の始まりまで遡り、時間の外側に住む世界の不浄そのものの存在と遭遇する。

　「やつらはやせて、渇いているんだ」と金切り声でいった。「ティンダロスの猟犬は」（中略）「光ではない恐ろしい光のなか、絶叫する沈黙のなかで、やつらを目にしたんだ。

　宇宙の邪悪のすべてが、やつらのやせて飢えきった体に凝縮していた。」

青心社『暗黒神話大系クトゥルー5』
大瀧啓裕・訳『ティンダロスの猟犬』より。

ティンダロスの猟犬は世界の外側にいて、奇怪な「角度」を抜けて時空を移動できる。現実世界を移動する際には必ず、部屋の角など、「角度」のある場所から出現する。

作家は、部屋中の角を石膏で埋め尽くし、曲線だけとなった部屋に篭って、猟犬の襲撃から身を守ろうとするが、地震によって石膏はひび割れ、その角度の中から出現した猟犬によって殺されてしまう。残されたチャーマズの遺体には不気味な漿が付着しており、それを分析した科学者はそこに分解酵素が含まれておらず、それを生み出した生き物は理論上、不死身である可能性を示唆する。

特定の条件、「角度」を通ってからしか出現できない怪物というのは、ラヴクラフトが愛用した「宇宙の角度」というイメージを推し進めたもので、この作品は、ロングがまさにラヴクラフトの養子であるのを証明したのだ。

✴ 太古の吸血邪神

ロングはさらに、ラヴクラフトとのコラボレイトでオリジナルの神格チャウグナル・ファウグンを生み出した。

『恐怖の山』（The Horror from the Hills：1931）は、中央アジアのツァン高原からアメリカにもたらされた邪神の恐怖を描いたものである。チャウグナル・ファウグンは、象に似た頭をした人間の姿をした邪神で、昼間は石像であるが、夜になると、生贄から血をすする。

元々はピレネー山脈の中に、一族で暮しており、ローマ帝国軍とも戦ったが、預言に従い、1体だけ信徒を連れて山を降り、アジアの地に移動した。やがて、現代になって、マンハッタン美術館の調査員アルマンが、中央アジアのツァン高原に到達、チャウグナル・ファウグンの信徒に捕まった。彼はファウグンの生贄となり、血をすすられた挙句の果てに、アメリカ大陸へ向かう手助けをさせられた。結局、アルマンは、考古学主任アルジャナンに「石像を破壊しろ」と言い残して力尽きるが、その顔には、チャウグナル・ファウグンのように不気味な動きを見せる緑の鼻や象のように平たく大きい耳がついていた。

その夜、美術館で新たな惨劇が起こり、警備員が殺される。アルジャナンはチャウグナル・ファウグンの危険を感じ取り、知人の人類学者イムバートに相談すると霊能者ロジャー・リトルを紹介される。高邁な物言いをするリトルだったが、アルジャナンからチャウグナル・ファウグンの名前を聞くや、緊張した面持ちとなり、夢の中で彼がローマ帝国の軍人になって体験した恐怖の物語を語る。ファウグンは元々、超古代から生き延びてきた存在で、その兄弟とともに、ピレネーの山中に隠れ住んでいたのだという。

その会見の間に、チャウグナル・ファウグンは新たな生贄を求めて、美術館を抜け出した。リトルはファウグンを倒すために、物質の時間を巻き戻す時空機を持ち出し、ファウグンを追跡する。

この作品の魅力は、チャウグナル・ファウグンという古代の吸血神の1体がマンハッタンに蘇るという筋立てである。最終決着のために、時空機なる超兵器が登場してしまうあたりはパルプ作家であるロングの限界点とも言えるが、恐ろしい神像が美術館に運ばれるあたりは実に雰囲気がよい。

ロジャー・リトルの回想シーンが、ラヴクラフトが1927年10月31日（ハロウィン）の晩に見た夢をそのまま流用しているのは、親交深い2人ならではエピソードである。

かくして、ラヴクラフトの最も親しい友人であり、最初の神話作家であったロングは、ラヴクラフトの死後もパルプ小説家として長らく活躍し、生ける『ウィアード・テイルズ』と呼ばれた。

（第14夜・了）

■リーダーズ・ガイド
『喰らうものども』（The Space Eaters）→『暗黒神話大系クトゥルー9』青心社
『脳を食う怪物』（The Brain-Eaters）→『真ク・リトル・リトル神話大系1』国書刊行会
『ティンダロスの猟犬』（The Hound of Tindalos）→『暗黒神話大系クトゥルー5』青心社
『恐怖の丘』（The Horror from the Hills）→『暗黒神話大系クトゥルー11』青心社

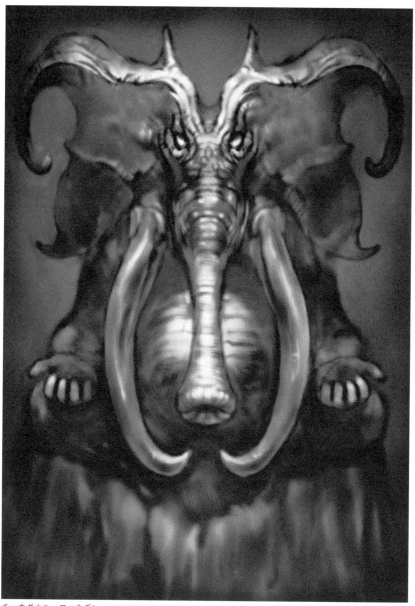

チャウグナル・ファウグン

イラスト：原 友和

第15夜　蛇神伝承
〜ゼリア・ビショップ〜

 ## 創作と添削の間

　ロングに続いて、クトゥルフ神話作品を執筆したのは、アメリカ中西部ミズーリ州に住む女流作家ゼリア・ビショップ（本名ゼリア・ブラウン・リード夫人）である。

　彼女はもともと、コロンビア大学でジャーナリズムを学び、法定記事や短編小説を書いて暮らしていたライターだったが、同時に、30代の未亡人で、子供がひとりおり、行き詰まりを感じてもいた。そこで、小説家として、さらなる一歩を踏み出したいと考えていた時に、クリーブランドの書店でラヴクラフト作品に出会った。その書店を経営していたのが、ラヴクラフトの友人サミュエル・ラヴマンで、彼からラヴクラフトの連絡先をもらい、連絡の手紙を書いた。これがきっかけで文通が始まり、彼女は1928年から1936年まで、ラヴクラフトの添削を受け、『イグの呪い』（The Curse of Yig：1928）、『墳丘の怪』（The Mound：1929）、『メデューサの呪い』（Medusa's Coil：1930）の3部作を残す。このため、彼女はラヴクラフトを先生と呼び、彼に多くのことを学んだという。

　この3作品は、いずれも大幅にラヴクラフトの添削が加わったもので、ほとんど代作と言える。特に、最初に書かれた1928年の『イグの呪い』（The Curse of Yig）は、ゼリア・ビショップの小説原案を元に、そのほとんどをラヴクラフトが企画執筆し、タイトルまで決定した事実上のゴーストライティングである。このあたりの経緯は国書刊行会の『定本ラヴクラフト全集9書簡編Ⅰ』に詳しいが、1928年3月9日付けの書簡で、ラヴクラフトは、ゼリア・ビショップに、添削をした原稿に『イグの呪い』というタイトルをつけたこと、中南米の蛇神伝承を解説し、プロットをひとひねりして、書き出しを大幅にいじったことを報告した上、タイプ打ち（清書）の際には地理上の過ちに注意するようアドバイスするなど、丁寧な指導を行っている。ゼリア・ビショップの回想「生徒からの視点」によれば、毎回、500語以上が書かれた便箋30枚もの手紙が、毎週届いたという。同じ時期に知人の作家ドナルド・ワンドレイに送った書簡では、『イグの呪い』の添削は梗概を書きとめたメモから怪奇小説を書くという事実上、執筆と言えるもので、その文章はすべて、プロットも大半がラヴクラフトのものになってしまったと書いている。後に、ラヴクラフトはこの作品の75％が自分の創作であると述べている。

ちなみに、この作品の添削に対して、ラヴクラフトが要求した金額は17ドル50セントで、タイプ打ちまでするならば20ドルとした。『ウィアード・テイルズ』が1冊25セント、禁酒法下の闇酒場で一杯の酒が75セントだったという。当時の感覚を再現するならば、多分、1ドル2000円とするのが2020年の我々の感覚に近いだろう。つまり、『イグの呪い』をまるごと書いてラヴクラフトが得た収入は約3万5千円という訳である。短編ひとつ書いてこれは非常に安い。

　その後、『イグの呪い』を書き上げた後、フランク・ベルナップ・ロング夫人の誘いを受けてニューヨークにやってきた彼女は、そこで初めてラヴクラフトに出会い、真摯な指導を受け、彼の性格を理解した。ラヴクラフトの助言により帰り道、シカゴで途中下車して、『ウィアード・テイルズ』誌のファーンズライト編集長と会い、直接、作品を売り込んだ。

　このような経緯があるとはいえ、ゼリア・ビショップの作品が完全にラヴクラフト調になってしまった訳ではなく、女性作家ならではのアイデアや感情の描写が出て独自のものに仕上がっている。ラヴクラフト単独作品ではまず登場しない女性をホラーで描いた点も見逃せない。

　クトゥルフ神話の側面に限って言えば、アメリカ先住民文化を強く意識した蛇神イグ、地底に広がる異世界クン・ヤンを生み出した。

✴ 蛇神イグ

　『イグの呪い』は、アメリカ中西部の開拓地を舞台にした辺境ホラーである。

　イグはオクラホマ州など、アメリカ中西部の先住民に古くから信仰される（架空の）蛇神で、南米の蛇神ククルカンやケツァコアトルの原形となったものとされている。あらゆる蛇の父であり、自分の子供である蛇を殺したものに呪いをかけ、その姿を斑紋のある蛇に変えてしまうという。普段は比較的温厚な神であるが、秋になると飢えた蛇が凶暴になるように、凶暴化するため、先住民たちは供え物をし、蛇を追い払う呪文を唱え、太鼓を叩き続ける。

　『イグの呪い』は、開拓者の夫婦が、蛇神の呪いを恐れるがゆえに、悲劇的な結末を迎えるという辺境ホラーものであるが、ラヴクラフトらしいグロテスクな描写や2段落ちがよく効いた佳作となっている。夫婦の思いやりの行き違いが悲劇を生む辺りは女性作家ゼリア・ビショップの功績であろう。

　イグの呪いの結果、生まれたおぞましい存在はその後、オクラホマ州ガスリーの精神病院の地下に収容された。

　当初、イグは土俗ホラーに登場する一地方神格に過ぎなかったが、その後、クトゥルフ神話に取り込まれ、アトランティス大陸や地底世界クン・ヤンでも信仰され

たことになる。粘液系・不定形の神格の多いクトゥルフ神話において、比較的穏当な神であるため、あまり多用はされないが、菊地秀行の『美凶神YIG』のように、主役を張る例もある。

　ゼリア・ビショップは蛇ネタが好きなのか、まったく系統の異なる『メデューサの呪い』（Medusa's　Coil：1939）では、妖蛇のようにうねる髪を持つ魔女を登場させている。

✶ 地底世界クン・ヤン

　ゼリア・ビショップとラヴクラフトの合作が生み出したもうひとつの設定が、アメリカ中西部の地下に広がる広大な地下世界クン・ヤンである。

　『墳丘の怪』（The Mound）はゼリア・ビショップ名義の作品の中でも、本格的なコズミック・ホラーの要素を持ったもので、地下世界クン・ヤンを生み出したことから、クトゥルフ神話の作品群の中でも言及されることが多い。『墳丘の怪』というよりも、国書刊行会版の題名『俘囚の塚』で親しんでおられる読者も多いだろう。

　タイトルの『The　Mound』とは、第3夜で言及したアメリカ先住民の文明が作り出した墳丘を指す。日本における古墳のように巨大な人工の丘である。

　ゼリア・ビショップはこの墳丘を舞台にした幽霊譚を描こうとしたようだが、ラヴクラフトはこれではつまらないとして、墳丘の下に広がる広大な地下世界を作り上げた。この作品を描く直前、旅行先で初めて本格的な洞窟を体験したラヴクラフトは、地下に広がる世界というイメージが非常に気に入っていたようである。

　物語は先住民伝承の研究家が、西部オクラホマ州の小村ビンガーを訪れ、村の郊外にある墳丘にまつわる幽霊譚を調査するところから始まる。墳丘の上にはインディアンとおぼしき男女の幽霊が姿を現すという。昼間はインディアンの老人が丘の上を歩き回り、夜には首のないインディアンの女が青白い松明を掲げるという。地元のインディアンさえも、その墳丘の由来は知らなかったが、長老グレイ・イーグルは、あの墳丘の下には古きものたちが住み、蛇の父イグがいるので、近づいてはならないと警告した。

　墳丘に上ったものたちが行方不明になったり、発狂したりした。1920年に墳丘から黄金を掘り出そうと企んだクレイ兄弟は一時失踪し、3ヶ月後、兄だけが帰宅したが、錯乱した警告を書き残して自殺した。彼の遺体を解剖した医師はその遺体の内臓が完全に左右反転していたことを確認した。

　研究家は150歳を越えたと思われるウィチタ族の長老グレイ・イーグルから墳丘の秘密を聞き出そうとするが、彼らかは｜古ぶるしきもの〈オールド・リン〉に触

れてはならない」と警告される。それでも調査を諦めない研究家に対して、円盤型の護符を与える。やがて、墳丘に上った研究家はこの護符に導かれ、16世紀の探検家パンフィロ・デ・サマコナが1545年に書いた恐るべき記録を発見する。

サマコナを案内したインディアン〈突進する野牛〉によれば、墳丘の地下には「古ぶるしきもの」が住んでいるという。彼らは肉体のない霊のような存在で、太古に宇宙からやってきたという。彼らは蛇の父イグと蛸の頭をしたトゥルーを信仰している。後者は明らかにクトゥルフである。

さて、サマコナは〈突進する野牛〉の案内で、地下世界への入り口を発見、案内人が恐れたため、単独で中に入った。深い地下道を辿ったサマコナはついに地下の黄金郷クン・ヤンの住人と出会う。彼らはトゥルーとともにこの世界にやってきた人間たちの末裔で、テレパシーで会話することができた。彼らによると、トゥルーに敵対する宇宙の妖魔の攻撃により、レレクス（ルルイエのことか？）が沈んだため、地下に逃れ、地上との関係を断ったのである。

クン・ヤンの民はさまざまな能力を持っていた。自己を非物質化して再構成したり、物質を透過したり、変身したり、あるいは精神的な力で家畜や奴隷種族を支配したりした。家畜は征服した下級種族を野獣と交配させた忌まわしい半人半獣で、肉食であった。

高度な機械文明も持っていたが、機械化にはこだわらなかった。彼らは死者を再生させて労働力とする技術も持っており、死者たちは疲れることなく働き続けた。彼ら自身、もはや死ぬことはなく、自分の老化もコントロールしていた。

クン・ヤンはいくつかの領域に分かれ、青く輝くツァス（ツァト）の領域がその中心で、現在、住民のほとんどはツァスに住んでいる。赤く輝くヨトはさらに古く、爬虫類に近い種族が住んでいたとされる地域で、そこで発見されたギャオ・ヨトンは人間の面影を残すおぞましい外見の白い獣だが、今やツァスの人々の主要な騎獣となっている。額に角を持つ者の、人間に似た顔は実におぞましいものであったとサマコナは書き残している。

✪ ツァトゥグァ信仰と暗黒世界ン・カイ

ツァスの主要な信仰はトゥルーとイグ、ナグ、イェブ、"名づけ得ぬもの"である。一時期、ヨスの領域から古代の信仰に言及したヨス写本が発見され、そこに書かれた黒いヒキガエルの神、ツァトゥグァが信仰されたが、現在では放棄され、"名づけ得ぬものの妻" "すべてのものの母" シュブ＝ニグラスの信仰がツァトゥグァに捧げられた神殿を支配している。

ツァトゥグァ自身は比較的穏健な神であったが、ヨス写本に書かれた伝説の領域、

暗黒世界ン・カイの探検がその信仰を破壊することになった。人工の燈を用いて、暗黒世界に踏み込んだ人々はそこにまだ生き残っている者たちを発見した。それらは石の通路に這いつくばり、今もツァトゥグァを信仰していた。だが、しかし、それらはあまりにも忌まわしい姿をしていた。人間はおろかツァトゥグァにさえ似る影もない、不定形の黒い粘々した塊だったのだ。逃げ帰った探検隊の報告で、暗黒世界への通路はすべて閉ざされ、ツァトゥグァの神像はすべて破壊された。

✴ 永遠の歩哨

　サマコナは4年間、クン・ヤンにとどまった後、望郷の念に駆られ、地上への脱出を図ったが、彼の来訪以来、地上の危険を懸念していたクン・ヤンの民が地上への通路に歩哨を置いていたため、なかなかこれを果たせなかった。

　ついに、かつて入り口を守っていた貴族の娘トゥラ＝ユブを説得して一緒に脱出を図るが、逃げたギャア・ヨトンの密告で捕まってしまう。サマコナは地上の情報源として死罪を免れたが、裏切りを重く見られたトゥラ＝ユブは斬首の上、その死体を再生させられて、入り口の歩哨を永遠に務めることとなる。その後、それぞれの通路には再生した死体ヨム＝ビイ12名と部分的に非物質化した人間6名が配置された、

✴ 『墳丘の怪』に入れ込まれた神話

　ゼリア・ビショップが考えた『墳丘の怪』のもともとのアイデアは、実在の町ビンガーと、その周辺にある先住民の遺跡で、首のない女性の幽霊が出ると言われたゴースト・マウンドをモデルにしたシンプルなゴースト・ストーリーであった。しかし、ラヴクラフトはそれがひどくつまらないと感じて、アトランティスとレムリアが沈んだ際に地上と断絶した地底世界クン・ヤンを設定し、自分のアイデアをどんどん取り込んだ。海底に沈んだ古代大陸と結び付けられたことで、必然的に、『墳丘の怪』はクトゥルフ神話作品になった。トゥルー（クトゥルフ）だけでなく、クラーク・アシュトン・スミスが考え、『サタムプラ・ゼイロスの物語』で登場させたばかりの神格、ツァトゥグァを勝手に追加した。スミスには手紙で事後報告をしているが、非常に無邪気で、無許可で使ったことなど気にしていない。非常にのんきなものである。

　また、『墳丘の怪』の中盤、地下の「古ぶるしきものども（オールド・ワンズ）」は、星の彼方から飛来した霊的な存在で、後に地上に植民地を築いたが、人間たちが地球外の神々と敵対したため、地上は滅ばされ、「古ぶるしきものども」は地上

との断絶を決意したという。これを、その後、ダーレスが定義する「旧神」設定の先駆的なものではないかという指摘もある。

✦ その後のゼリア・ビショップ

　ゼリア・ビショップとの合作は、ラヴクラフト作品には珍しい女性のキャラクターを登場させることになったが、ゼリア・ビショップは、元々、ロマンスものを描きたかったようで、この後は添削による合作が行われなかった。ゼリア・ビショップはその後、ミズーリ州の農園主と再婚したという。

　ラヴクラフトの死後、彼女は「生徒からの視点で」と回想録を書いているが、その中で彼女は「ラヴクラフトは最高の指導者で、真の友人だった」と述べている。

（第15夜・了）

■リーダーズ・ガイド
　ゼリア・ビショップの作品については、創元推理文庫版『ラヴクラフト全集別巻上』で『イグの呪い』と『メドゥサの髪』が読むことができるようになった。

『イグの呪い』（The Curse of Yig）→『暗黒神話大系クトゥルー7』青心社/『ラヴクラフト全集別巻上』創元推理文庫
『墳丘の怪』（The Mound）→『暗黒神話大系クトゥルー12』青心社/『新編ク・リトル・リトル神話大系1』国書刊行会
『メデューサの呪い』（Medusa's Coil）→『新編ク・リトル・リトル神話大系3』国書刊行会/『ラヴクラフト全集別巻上』創元推理文庫

イグの落とし子

イラスト：槻城ゆう

第16夜　石化幻想
〜ヘイゼル・ヒールド〜

 ## もうひとりの『神話を書かされた作家』

　もうひとり、ラヴクラフトに小説作品の添削を依頼したために、クトゥルフ神話作家となった人物の作品を紹介しよう。ヘイゼル・ヒールドは、マサチューセッツ州サマーヴィルに住む女性で、1932年からラヴクラフトの添削業の顧客となり、2年ほどの間に、ラヴクラフトの添削を受け、クトゥルフ神話の要素を含んだ5作の作品を残した。これらの作品はパルプ・ホラーと考えれば、それぞれが単独で十分、鑑賞に堪えるものであるが、同時に、ラヴクラフトの添削を受けた、いや、ラヴクラフトが書き換えた作品として見た場合、クトゥルフ神話の誕生の経緯をそこに見ることができるだろう。

 ## ゴルゴン幻想

　彼女の作品の特徴は、石化というテーマである。
　例えば、初期に書かれた『石像の恐怖』（The Man of Stone：1932）は、山中で発見されたリアルすぎる石像から、石化の呪いの恐怖を語った短篇である。この作品は『エイボンの書』以外、クトゥルフ神話要素の一切出てこない妖術師系マッド・サイエンティストものであるが、石化に対するこだわりが明確に打ち出されている。
　石像が命を得るピグマリオン願望の逆転であり、人間が石像になる恐怖や願望を描くことから、ゴルゴン幻想という言葉が適切であろう。

石像に込められる神話群

　続いて書かれた佳作『博物館の恐怖』（The Horror in the Museum：1933）では、ラヴクラフトの影響でクトゥルフ神話要素が強まり、マダム・タッソーの蝋人形館で修行した異端の蝋人形師ロジャーズによって、恐るべきクトゥルフ神話の邪神が具現化されていく。その狂気の作品に魅せられたジョーンズはロジャーズと友好を結ぶうちに、彼が異端の作品を作成するために犯した禁忌の一端を知る。
　ここで注目すべきことはこの作品が、当時、ラヴクラフトの中で進行していたク

トゥルフ神話作品群の統合化の波を象徴するものだということである。

　冒頭、ロジャーズの作成した忌まわしい蝋人形は、クトゥルフのみならず、クラーク・アシュトン・スミスの作り出したツァトゥグァ、ロングの生み出したチャウグナル・ファウグンと並び、さらに、イメージ・ソースの魔道書には、ラヴクラフトの『ネクロノミコン』に加えて、スミスの『エイボンの書』、ハワードの『無名祭祀書』が挙げられる。おおよそ、これらのネタはラヴクラフトが添削の際に加筆したものと思われるが、これにより、奇怪な蝋人形館の物語は宇宙的な恐怖の末席に加わったのである。

　ストーリーは、『ピックマンのモデル』以降、クトゥルフ神話の一典型と言える堕落芸術家物であるが、そこに登場するのは、ロングのチャウグナル・ファウグンに等しい新たな邪神ラーン＝テゴス。300万年前に、ユゴス星から飛来したラーン＝テゴスは、蟹の鋏を持つ海棲生物型の怪物で、極地に繁栄していた凶暴な神格の生き残りである。

　作品としては実に素晴らしい出来栄えであるが、これをラヴクラフトが添削と称して書き加えていることを考えると、見方がかなり変わってくる。ラーン＝テゴスの描写はまさに、今までラヴクラフトは生み出してきた外宇宙神格の集大成である。海中生物を思わせるところはクトゥルフ、ユゴス星や蟹の手はミ＝ゴ、南極で繁栄したのは〈古のもの〉だ。セルフ・パロディであり、設定の共通性よりも恐ろしさと遊び心を優先したラヴクラフト的クトゥルフ神話のあり方を象徴するものである。まるで『帝都物語』に出演していた嶋田久作のような顔つきのラヴクラフトがこのようなイタズラっぽい添削をしているあたりがなんとも楽しい。

✴ 超古代へ

　『永劫より』（Out of the Eons：1935）は、石化幻想のもうひとつの作品である。

　物語の主役と言えるのは、南太平洋に突如、浮上し、やがて沈んでしまった島から発見された半ば石化したミイラである。何かを見て恐怖する表情をしたミイラと謎の文書を秘めた筒の正体はながらく不明であったが、オカルトに長けた新聞記者によって、『無名祭祀書』に書かれた古譚に登場する古代ムー大陸の神官トヨグである可能性が指摘される。

　トヨグは大地母神シュブ＝ニグラスの神官であったが、ムー大陸すべてを脅かす邪神ガタノトーアを滅ぼすために、ガタノトーアの潜む穴に挑んだ英雄だ。ガタノトーアは見るだけで人間を石化させるほどの邪悪な存在で、ムーの人々は神殿を作り、毎年生贄を捧げることで、ガタノトーアの出現を防いでいたが、荒神ガタノト

ーアを恐れ、その脅威を失くすことを望んでいた。シュブ＝ニグラスの神官トヨグは、守護の呪文で身を守り、ガタノトーアの前で人間に味方するシュブ＝ニグラスなどの神々を召喚しようとするが、ガタノトーアに生贄を捧げる儀式を行うことで地位と権力を得ていた神官たちは、彼の頼みの綱である呪文をすりかえてしまう。

　新聞記者は陰謀の結果、ガタノトーアに石化されたトヨグこそがそのミイラの正体であると主張した。美術館のスタッフは、自らも『無名祭祀書』に挑み、ミイラにまつわる恐るべき事実を知ることになる。やがて、邪悪な信仰に身を捧げるものどもが、ミイラを奪おうとするが……。

　『永劫より』は、邪神の呪いをテーマに、石化の恐怖を扱ったものだが、古代ムー大陸の英雄伝説とミイラを巡る因縁、謎を明かす魔道書『無名祭祀書』、はたまた、現代社会の邪教集団の暗躍と、クトゥルフ神話要素が横溢するファン垂涎の作品だ。現代では邪神扱いのシュブ＝ニグラスが、ムー大陸では人々に優しい大地母神として登場する他、前作に続き、ハワードの『無名祭祀書』が登場、『ネクロノミコン』に代わって謎解きの情報源として多用される。さらに、途中、プライスとの合作『銀の鍵の門を越えて』に登場するランドルフ・カーターの代理人チャンドラプトゥラ師まで登場するなど、他の神話作品との連携が強調される作品であった。

✴ ムー大陸に関して

　ここで、ラヴクラフトは古代ムー大陸を舞台にすることで、一層作品の深みを増すとともに、クトゥルフ神話の要素をがっつりと加えていった。

　ムー大陸は、ちょうどこの時期、話題になっていた超古代文明仮説である。1926年、イギリス陸軍の退役大佐ジェームズ・チャーチワード（1851-1936）が『失われたムー大陸』という書物を著し、1万2千年前に、太平洋に沈んだ超古代文明、ムー大陸の存在を主張した。その前から、太平洋の島々の文明に関する話題が広がっていたので、時期的にも旬であった。もともと、古代文明論には興味のあったラヴクラフトは、流行りのムー大陸を取り入れたのである。

　また、同様に、太平洋のナン＝マドール遺跡を扱ったエイブラハム・メリットの伝奇冒険小説『ムーン・プール』の影響も見られる。

　念のため、コメントしておくが、ムー大陸仮説は、かなり怪しげなものである。1924年10月、チャーチワードが最初にムー大陸論を発表したときの記事のタイトルは「石板は語る。6400万の白人が住んでいた巨大大陸が太平洋に飲まれた！」であった。掲載されたのもいわゆるイエロー・ペーパーというべき娯楽新聞であった。内容的にも、アメリカのアマチュア研究家イグナシアス・ドネリーが『アトランティス：大洪水以前の世界』（1882）でアトランティス大陸仮説を復活させたのを継

承した雑なものであり、ムー大陸の証拠となるナアカル文書は公開されないまま、終わった。だが、時期的に太平洋ポリネシア地域の諸文化にからめていくにはよいフックであったのだ。

　太平洋を見たことのないラヴクラフトが太平洋の地理関係を理解していたかに関しては、『クトゥルフの呼び声』において、ルルイエの場所の表記が雑であることから、想像できるが、クトゥルフ神話の設定としては非常に便利であり、リン・カーターなどその後の後継作家に継承されていくことになる。

✦ ゴーストライターとしてのラヴクラフト

　さて、ヘイゼル・ヒールドとラヴクラフトに話を戻そう。生涯を通じて、ラヴクラフトの主な収入源は、作品の添削指導、もしくは代作であった。しばしば、雑に書かれた梗概を元に、ラヴクラフトが作品を完成させる代作も多く、ヒールドでも同様だったようだが、ヒールドとの関係はよかったようで、代作は5篇に及び、その多くが雑誌掲載まで至った。

　ラヴクラフトに、添削の顧客としてヒールドを紹介したエディ夫人の回顧録によれば、1932年の夏、ヒールドはラヴクラフトに恋愛感情をいだき、「テーブルにキャンドルを飾るようなディナー」に招待したという。ラヴクラフトがW・ポール・クックを訪ねた旅行の途中、彼女の住むマサチューセッツ州サマーヴィルに立ち寄り、ディナーを取ったことはクックの回顧録に書かれている。残念ながら、2人の間に恋愛が成立したかは不明である。ラヴクラフトも彼女も離婚歴があり、そこから先へは進まなかったのかもしれない。ヒールドは、ラヴクラフトとの書簡を一切残していないが、彼の死に対する短い弔文が残っており、尊敬の気持ちが溢れている。「彼は貴重な時間を費やし、我々のような悪戦苦闘する書き手を導いてくれた。まさに導きの星であった」

　そこには、彼の旅行好き、猫好きが言及され、彼と博物館で過ごした時間はまさに価値あるものだったと書かれている。

　「我々は彼が〈人生でもっとも長い旅行〉に出かけたと考えることにしよう。そして、いつか我々は〈大いなる彼方の地〉で彼と再会できるに違いない」

　女流作家としてのヘイゼル・ヒールドがどこを目指していたのかは、分からないが、残された作品は、クトゥルフ神話の形成にとって重要なマイルストーンとなった。

　ラヴクラフトは、こうした添削や代筆を本業とし、多くの作家の作品を添削したり、代筆したりした。その中で、このヒールドやビショップ、あるいは『電気処刑

器』のアドルフ・デ・カストロのように、自分の志向を超えて、クトゥルフ神話の輪に巻き込まれていった人々がいた。

　それはある意味、本来的なゴーストライターの枠を超えたものではあったが、ラヴクラフトに重要な執筆の機会を与え、神話世界の輪を広げることになったのである。

（第16夜・了）

■リーダーズ・ガイド
　ヘイゼル・ヒールドの5作品については、創元推理文庫版『ラヴクラフト全集別巻下』ですべて読むことができる。

　『石像の恐怖』（The Man of Stone）→『暗黒神話大系クトゥルー4』青心社
　『博物館の恐怖』（The Horror in the Museum）→『暗黒神話大系クトゥルー1』青心社
　『永劫より』（Out of the Eons）→『暗黒神話大系クトゥルー7』青心社

第17夜　ヒューペルボレアの夢
～クラーク・アシュトン・スミス～

 ツァトゥグァの高司祭

　クトゥルフ神話作家の形成において、重要な人物のひとりが、詩人、小説家、イラストレーター、彫刻家と多彩な顔を持つカリフォルニアの芸術家クラーク・アシュトン・スミス（1893-1961）である。

　カリフォルニアに金鉱探しに来たティミアス・スミスの息子で、若い頃から詩に才能を発揮し、両親の経営する農園での農作業や金鉱探しなどの肉体労働をこなしつつ、詩を書いていた。彼は、健康と経済的な理由でハイスクール進学を断念したが、ウェブスター（辞書）やブリタニア（大百科事典）を精読するという独自の勉強方法で才能を磨いた後、10代で刊行した第一詩集『星を踏み歩くもの』（1912）で名を上げた。1922年に、スミスの詩集を読み、その才能に注目したラヴクラフトが手紙を書いたことから文通が始まり、スミスがお返しに贈った絵や詩をラヴクラフトが絶賛、『ウィアード・テイルズ』に詩やイラストを寄稿するようになった。この文通はラヴクラフトの死まで続く。ラヴクラフトから勧められ、1920年代半ばから、小説を書くようになった。実際には、1929年、『ウィアード・テイルズ』に掲載されたR・E・ハワードの『影の王国』が大きな刺激剤になったと言われる。

　スミスはまず、オリジナリティと幻想風味の溢れる詩とイラストで注目されたが、幻想小説も本格的で、死にゆく地球の最後の大陸ゾシーク、中世フランスの架空王国アヴェロワーニュ、超古代のヒューペルボレア、幻想のアトランティスと、独自の世界を舞台にしたファンタジーものが多い。近年、東京創元社でワールド別の作品集がまとめられた通り、スミスのワールドは『ゾシーク』、『ヒューペルボレア』、『アヴェロワーニュ』の3系統が主な流れで、特に『アヴェロワーニュ』は中世から近世までの年代記となっている。

　スミスはその作品、特に、ヒューペルボレアを舞台にしたファンタジーもので、独自の神格ツァトゥグァや、魔道士エイボンなどを生み出し、ラヴクラフトはその神格を（勝手に、それも自分流の設定を追加して）『墳丘の怪』などに取り込んだ上、仲間にも使うように勧めた。事後承諾を軽く流したスミスも、妖術師物語で『ネクロノミコン』を利用したりした。

　後に、「クトゥルフ神話」と呼ばれるようになるその設定の共有も、この当時は、作家同士で設定を流用しあう半合作のようなお遊びであった。実際、スミス宛の書

簡で、ラヴクラフトはしばしばツァトゥグァの高司祭クラーカシュ・トンと遊び心たっぷりに呼びかけている。

　スミスは後世の神話作家のように、ラヴクラフトの設定を丸呑みすることもしなかった。ラヴクラフトがクトゥルフと『ネクロノミコン』という組み合わせを多用したように、スミスはツァトゥグァと『エイボンの書』という組み合わせを作り出した。その結果、クトゥルフ神話の中でも、スミスの作品はツァトゥグァ物語、あるいは、ヒューペルボレアものとして独自の系統をなしていた。

　このようなスミスのスタンスは重要で、彼がクトゥルフ神話要素を入れ込んだ超古代ファンタジーものや中世幻想譚を描いた結果、クトゥルフ神話という世界観は、ラヴクラフトが好んだ現代ホラーにとどまらず、超古代を舞台にしたヒロイック・ファンタジーにまで拡大していった。彼こそが神話の世界観を拡大した功労者のひとりだったのである。

✦ ヒューペルボレア

　スミスの作った架空世界のうち、クトゥルフ神話とつながりの深いヒューペルボレアはギリシア神話に登場する「北風の向こうの国」から名前を取った古代大陸で、氷河期以前に存在した北方の大陸とされる。英語読みで「ハイパーボリア」と表記される場合もあり、これは同じくラヴクラフト経由で文通仲間となったR・E・ハワードの蛮人コナン・シリーズに取り入れられている。

　中央部に位置した首都コモリウムは大いに繁栄したが、奇怪な事件により廃棄され、南のウズムダロウムに遷都された。

　北部にある半島部ムー・トゥーランには名高き魔道書をまとめたエイボンをはじめ、多くの魔道士が住んでいた。ムー・トゥーランは、現在のグリーンランドにあたるという。今もグリーンランドの氷河の中から、まれにヒューペルボレアの遺産が見出されることがあるが、同じく伝説のトゥーレと混同されることも多い。

　トゥーレは19世紀にドイツで活躍した秘密結社ゲルマン騎士団のオカルティストが信奉した北方の理想郷である。ちなみに、このゲルマン騎士団は、鉤十字や「ハイル」という掛け声を使用しており、ナチス・ドイツの精神的なバックボーンを形成することになる。クトゥルフ神話そのものとはまったく関係ないように見える話であるが、ブラック・マンデーを超えた1930年代はナチス台頭の時代であり、ヒトラーの動向はラヴクラフトも注目するほどのニュースであった。

　スミスは、ここで、ムー大陸とトゥーレを組み合わせて、ムー・トゥーランを生み出したのかもしれない。

✴ ツァトゥグァの神殿

　黒いヒキガエルの神ツァトゥグァは、スミスの生み出した神格の中でももっとも有名なものだ。この神格が最初に登場したのは『サタムプラ・ゼイロスの物語』（Tale of Satampra Zeiros：1931/別翻訳題名『魔神ツアソググアの神殿』）である。ヒューペルボレアの廃都コモリウムに残された財宝を盗もうとした盗賊2人組が、ツアソググア（ツァトゥグァ）の神殿に踏み込み、守護者である不定形の怪物に襲われるというものだ。

　ツァトゥグァ自身が出てくる訳ではないが、コウモリとナマケモノとヒキガエルを合わせたような奇怪な神像が登場し、ツァトゥグァのイメージを確定させた。

　『アタマウスの遺言』（The Testament of Athammaus：1932）では、コモリウムがいまだヒューペルボレアの首都であった時代を舞台に、邪悪なヴーアミ族の首領にして、ツァトゥグァの落とし子という噂すらふさわしい邪悪なクニガディン・ザウムが登場し、コモリウムを破滅に導いていく。何度処刑されても、そのたびに蘇り、怪物化していく姿は圧巻である。

✴ エイボンの書

　ヒューペルボレアものから生まれたもうひとつの産物が超古代の魔道書『エイボンの書』であるが、『ネクロノミコン』と大きく異なるのは、この本が現在の人類文明から遥かに遡る氷河期以前のヒューペルボレア時代の魔道士によって書かれたことである。著者はエイボンという名前の魔道士で、ツァトゥグァを信奉し、禁断の知識を『エイボンの書』にまとめた。後述する『白蛆の襲来』は、エイボンが魔道士の死霊を召喚して聞き出した古代の物語のひとつである。

　彼は、ヒューペルボレアの北方ムー・トゥーランに5角形の館を築いて住んでいたが、女神イホウンデーの神官に追われ、サイクラノーシュ（土星）に逃れた。サイクラノーシュでのエイボンの冒険は『魔道士エイボン』に詳しいが、もはやSFファンタジーものといってよい。

✴ 白蛆の襲来

　スミスの作風を例えるならば、華麗にして幻想的で、軽やかである。彼はラヴクラフトの始めたクトゥルフ神話という遊びを軽やかに広げてみせた。魔道書『エイボンの書』もまたしかり。単に、禁忌の知識の塊に留めず、それ自体を物語の舞台

に広げて見せたのが、ヒューペルボレアものの中でももっとも後期に書かれた傑作『白蛆の襲来』（The Coming of the White Worm：1941）である。

北方から氷山に乗って漂着した邪神ルリム・シャイコースは、港町をすべて凍りつかせて、生き残った魔道士たちを氷山の中の宮殿に招き入れる。ルリム・シャイコースはまさに巨大な白蛆のごとき姿の怪物で、その目からは細かい眼球がまるで血の涙のようにこぼれ落ちる。

邪悪なルリム・シャイコースに捕らわれた魔道士たちは、賓客として扱われるが、実際にはやがて邪神に取り込まれてしまう運命にあった。最後のひとりとなった魔道士エヴァグは最後の反撃を試みる。

ラヴクラフトのクトゥルフ神話とはもはや何の関係もない幻想物語であるが、邪神ルリム・シャイコースの邪悪さ、不気味さだけでも一読の価値はある。

✴ 七つの呪い

後のクトゥルフ神話への影響という点では、スミスはまさに世界を広げたと言っていい。その顕著な例がヒューペルボレアの魔界を次々と巡るクトゥルフ神話版地獄篇『七つの呪い』（The Seven Geases：1934）である。

コモリウムの行政長官を務める貴族ラリバール・ヴーズが、偶然、妖術師エズダゴルの儀式を邪魔したことから呪いをかけられ、自ら忌まわしき邪神を訪れ、その生贄になるように命じられるが、満腹の魔神たちによってたらい回しにされるというもので、ヒューペルボレアのさまざまな神格が登場するのが神話ファンにとってたまらない。

まず、登場するのはツァトゥグァだが、蟇蛙のような頭を持つ不定形の怪物と描写されている。ちょうど生贄を取ったばかりのツァトゥグァは、底無しの深淵に巣を張る蜘蛛の神アトラク・ナクアに生贄を贈る。

巨大な蜘蛛であるアトラク・ナクアは巣を張るのに忙しく、人間の前身たる妖術師ハオン＝ドルへ差し向ける。

千柱の宮殿の中、遥かに高い5柱の上に座るハオン＝ドルはその顔と頭を闇に隠したもので、多数の使い魔を有していたが、生贄の扱いに困り、盟友の蛇人間たちに実験材料として進呈することに決める。蛇人間は優れた科学者であり、彼らの行う錬金術に生贄が役立つかもしれないと考えたのだ。

ところが、蛇人間たちはすでに地上の人間の調査を十分しており、生贄に価値を見出さなかった。彼らは生贄に催眠術をかけ、さらに下層に住むアルケタイプに送ることにした。

なお、この蛇人間は他の神話で言及されるヴァルーシアの蛇人間と同一ではない

かと想像されるが、この作品中では明言されていない。

　アルケタイプの住む原初の洞窟には霧状の古生物が保存されていた。これを見越して、蛇人間は最新の人間の標本としてヴーズを送り込んだのだが、生命の根源である半霊体のアルケタイプは、堕落した現生人類を粗雑な複製の失敗品と見なし、自分たちの子孫として認めることを拒絶し、すべての不浄の根源であるアブホースこそ相応しいと追い払う。

　このアルケタイプとは、原形（Archetype）のことであり、〈原型種〉とでも呼ぶべき存在である。

　世界の不浄なるものすべての父にしてすべての母なるアブホースが住むのはさらに地下の奥深くにある粘着質の湾である。巨大な灰色の水溜りのように見えるアブホースは絶えず膨張を続け、その塊からは奇怪な生き物やその肉体の断片にしか見えぬが、生きて跳ね回る忌まわしきものが始終、生まれ落ち、また、そこら中に開いた口から再度、飲み込まれていった。

　ヴーズはここでも、忌まわしい危険物として扱われる。不浄の根源アブホースからさえ、「まだ試したことのない食べ物で、われの消化器官を危険にさらすつもりはない」と彼を拒絶し、危険で荒廃した外世界を目指すように、第7の呪いをかけられるのである。もちろん、その外世界こそヴーズがやってきた地上そのものであった。

　古い教訓話めいた筋立ての作品で、ラヴクラフトの神話作品のような宇宙的な恐怖はまったくないが、その後、クトゥルフ神話に取り込まれていく蜘蛛の神アトラク・ナクア、不浄の父にして母なるアブホースが登場した。神話世界内部の隠された超古代史に通じるネタが多いことから、『七つの呪い』は、神話研究において、重要な作品となっている。

　また、この作品は当時、話題になっていたブラヴァツキー夫人（霊媒にして思想家。「神智学協会」の創始者）の『シークレット・ドクトリン』に描かれた七種の根源人種（ルート・レイス）思想を踏まえたものではないかとも言われている。

✦ ウボ＝サスラ

　最後に、もうひとつ、スミスのオリジナル神格を生み出した作品を紹介しよう。

――――――――――――――――❖❖❖――――――――――――――――

　ウボ＝サスラは始原（はじまり）にして終末（おわり）なり。（中略）地球上の生物はなべて、大いなる輪廻のはてに、ウボ＝サスラが元に帰るという。

『エイボンの書』
青心社『暗黒神話大系クトゥルー4』
『ウボ・サスラ』（若林玲子・訳）より。

　『エイボンの書』の引用から始まる『ウボ＝サスラ』（Ubbo-Sathla：1933）は、ヒューペルボレアものではなく、現代のオカルティストは、ヒューペルボレア時代の魔法の宝玉をきっかけに、超古代の謎を垣間見るという擬似タイム・トラベルものである。

　それは、ムー・トゥーランの魔道士ゾン・メザマレックの所有していた不透明な水晶で、魔道士はその力を使い、地球が生まれる前に死に絶えた神々の叡智を入手しようとしていたのだ。

　神々はその智慧のすべてを超星石の銘板に刻み込み、無明の虚空に去っていった。銘板は軟泥のみが覆う地上に残され、無定形で白痴の造物主ウボ＝サスラに守られているという。

　ウボ＝サスラは頭も目も手足もない不定形の塊で、原初の地球の粘着質と蒸気の中に横たわり、後に地上の生命へと発展する原形質の塊を生み出し続けている。

　神々の智慧を手に入れるには時を遡り、ウボ＝サスラの時代にまで到達しなくてはならない。ウボ＝サスラの周囲には、星から切り出された神々の智慧の銘板が泥沼の中に半ば沈み、半ば傾いたまま放置されているのである。

　だが、誰もそこにはたどり着けない。たとえ、ゾン・メザマレックの不透明な水晶を使用したとしても。なぜならば、時を遡ることは、すべての始原たるウボ＝サスラに向かって、進化の営みを逆転させていくことに他ならないからである。

快楽の創造者

　1935年頃までの6年間で、スミスは80篇以上の短編を発表した。『ウィアード・テイルズ』の他、『アスタウンディング・ストーリーズ』や『ワンダー・ストーリーズ』などのSF雑誌にも寄稿し、しばしば、挿絵も自分で担当した。詩人ならではの流麗な言葉使いや描写が鮮烈なスミスは、基本的に芸術家であった。

　1935年頃から彫刻に興味が移り、小説作品は減少していくが、そうして制作された彫刻には、ツァトゥグァなどのクトゥルフ神話由来のイメージも含まれており、これはサミュエル・ラヴマン経由で鑑賞したラヴクラフトが絶賛した。

　ラヴクラフトは意図的な創作者であり、恐怖小説の理想に挑戦するために、新たな神話を生み出そうとしたが、クラーク・アシュトン・スミスはラヴクラフトとの共有幻想を楽しみ、そこに生まれるイマジネーションを楽しんでいた。後に、ブロ

ックが述べたように、クトゥルフ神話に参加することは、楽しいゲームであったの
だ。

　それゆえに、スミスの作品を狭義のクトゥルフ神話で縛っていくと、そこから漏
れ落ちるものが増えてしまう気がする。まず、幻想の創造者クラーク・アシュト
ン・スミスがおり、ラヴクラフトとのコラボレイトで広げていった広大なイマジネ
ーションの塊が後のクトゥルフ神話になっていくのだと考えたほうが落ち着きがよ
いだろう。それはまさに、スミス自身が描いたウボ＝サスラやアブホースのような
根源的な何かなのかもしれない。

　もしも、あなたが、クトゥルフ神話でクラーク・アシュトン・スミスの名前を初
めて知ったのであれば、ぜひとも、スミスの他の作品を読んで欲しい。創元推理文
庫の『イルーニュの巨人』が絶版後、まとめて読むことが困難だったが、2008年に
『エイボンの書』（新紀元社）でヒューペルボレア関連作品が他作家も含めてまとめ
られた他、2009-2011年にかけて、新訳作品集3冊が創元推理文庫から刊行され、舞
台となるワールドごとにまとめられた主要な作品が読めるようになった。後者の作
品集はスミスの作品集『イルーニュの巨人』他クトゥルフ関係の作品を多数翻訳し
た大瀧啓裕の手になるものだが、訳者の翻訳哲学が進化し、原音主義が加速した結
果、『イルーニュの巨人』や青心社の『暗黒神話大系クトゥルー』から、かなり訳
語が修正されている。この他、書苑新社より作品集『魔術師の帝国』シリーズの刊
行が続いている。

　　（第17夜・了）

■リーダーズ・ガイド
『ゾティーク幻妖怪異譚』東京創元社
『ヒュペルノレオス極北神怪譚』東京創元社
『アヴァロワーニュ妖魅浪漫譚』東京創元社
『魔術師の帝国1・2・3』書苑新社
『サタムプラ・ゼイロスの物語』（Tale of Satampra Zeiros）→『暗黒神話大系クトゥルー12』青心社
『アタマウスの遺言』（The Testament of Athammaus）→『暗黒神話大系クトゥルー5』青心社
『白蛆の襲来』（The Coming of the White Worm）→『ク・リトル・リトル神話集』国書刊行会
『七つの呪い』（The Seven Geases）→『暗黒神話大系クトゥルー4』青心社
『ウボ＝サスラ』（Ubbo-Sathla）→『暗黒神話大系クトゥルー4』青心社
『イルーニュの巨人』創元推理文庫

白蛆

イラスト：原 友和

第18夜　無名祭祀書
〜R・E・ハワード〜

 パルプ・ヒーローの覇者

　ロバート・E（アーヴィン）・ハワードは、ラヴクラフト、クラーク・アシュトン・スミスと並べて、『ウィアード・テイルズ』3大作家とよく言われるが、商業的な意味で言えば、3人の中でもっとも成功したプロの作家がハワードである。

　テキサスに生まれ育ったハワードは、15歳で創作を始め、カレッジ・スクール卒業後、1925年に18歳で、『ウィアード・テイルズ』でデビューし、怪奇小説やヒロイック・ファンタジーを次々と発表した。

　もっとも有名な、キンメリアの野蛮人コナンを主人公にしたシリーズは、1932年から始まり、アメリカ産ヒロイック・ファンタジーの歴史を語る上で書かせない存在と言える。迫力ある戦闘シーン、恐るべき怪物、古代の邪悪な魔術を剣のパワーや智慧で粉砕するという明朗な筋立てが人気を呼び、強烈な戦闘本能に訴えるエキサイティングなエネルギーを発散する傑作である。最後はカリフォルニア知事を務めるまでに至ったアーノルド・シュワルツェネッガーの主演で『コナン・ザ・グレート』『キング・オブ・デストロイヤー』として映画化された他、近年でもジェイソン・モモア主演で『コナン・ザ・バーバリアン』が製作されているので、見たことがある方も多いだろう。

ハワードと神話

　ハワードがクトゥルフ神話に手を出したきっかけは、『ウィアード・テイルズ』を通してラヴクラフトとの文通が始まったためである。ラヴクラフトの書いた『壁のなかの鼠』に描かれた初期の英国の入植に関する記述が、一般的な学説と異なっていたため、ハワードが指摘の手紙を書き、編集長のファーンズライトはそれをラヴクラフトに渡した。ラヴクラフトは早速手紙を書いて、2人の文通が始まり、これはハワードが死ぬまで活発に続いた。それぞれが非常に長く、残っている手紙だけでも合計4万語を超える。ハワードは、テキサスの最初期の入植者であるI・W・ハワード博士の子孫であるため、人間の野蛮性に関する持論があり、文明と野蛮の優劣、あるいは、知性と肉体に相対的な優劣に関する激しい議論が続いた。

　ここから発展し、ハワードとラヴクラフトの間で、クトゥルフ神話につながる設

定が拡大していった。まず、ラヴクラフトが、ハワードの作品『影の王国』（The Shadow Kingdom：1929）に登場するヴァルーシアの蛇人間を、ラヴクラフトの古代史に取り込んだ。そのお返しに、ハワードがラヴクラフトの『ネクロノミコン』や邪神たちに言及する『夜の末裔』（The Children of the Night：1931）を書いた。

これと前後して、1930年8月14日に、ラヴクラフトからハワードに送った手紙には、おそらくハワードからあったであろうクトゥルフ、シュブ＝ニグラス、ナイアルラトホテップなど、神話要素の原典に対する問いかけに関するラヴクラフトの回答が見られる。

（前略）白状しますと、これは全て私が自分ででっち上げたものであり、ダンセイニ卿の「ペガーナ」に登場する多くの様々な神々のようなものです。デ・カストロ博士の作品にこの神話群の模倣が見られるには、博士が私の添削仕事のお得意であるからです---私は、全くおもしろ半分にこのような意味ありげな名前を博士の物語に挟んだわけです。

1930年8月14日　ロバート・E・ハワード宛書簡
国書刊行会『定本ラヴクラフト全集』第9巻より

ハワードは年長で博識なラヴクラフトから多くの事柄を学んでいたのであろう。2人は文通を通して互いを高めあっていたと言える。

さて、残念ながら、『影の王国』と『夜の末裔』は神話との関連性が希薄で、唯一、『夜の末裔』はハワードの作り出したオリジナルの魔道書『無名祭祀書』が最初に言及される作品であるということのみ記憶しておけばよい。

✴ アッシュールバニパルの焔

さて、ハワードは、『屋根の上に』（The Thing on the Roof：1932）などの佳作をいくつも生み出したが、クトゥルフ神話の発展という視点でいえば、『ウィアード・テイルズ』3大作家のうち、もっともパワフルな人物が参加したという事実がもっとも大きな意味を持っている。

ハワードは特に独自の神格を生み出すというよりも、独自の解釈で、神話要素を取り込んだ恐怖小説やヒロイック・ファンタジーを書いた。例えば、『アッシュールバニパルの焔』（The Fire of Asshurbanipal：1936）は、秘宝「アッシュール

バニパルの焔』を探す冒険家が、砂漠の盗賊と戦いながら、呪われた都市の廃墟に
たどり着き、邪悪な怪物と遭遇するというコナンの作者らしい暴力と魔術に満ちた
現代秘境冒険ものであるが、『ネクロノミコン』への言及から、ラヴクラフトの『無
名都市』からイマジネーションを受けたものであることが分かる。呪われた死者の
都はアラブ人がベレド＝エル＝ジン（魔物の都市）と呼び、トルコ人がカラ＝シェ
ール（暗黒の都市）と呼んだものである。

　その秘宝は魔道士の持ち物であったが、王によって力ずくで奪われ、魔道士は死
ぬ間際に外世界の邪神を召喚し、王と秘宝に呪いをかけたのである。現在でも、ア
ッシュールバニパルの焔を奪おうとしたものは邪神の怒りを買うことになるのだ。
この邪神の名前はないが、外見上、ツァトゥグァではないかと言われている。

✦ 無名祭祀書

　ラヴクラフトが『ネクロノミコン』を、クラーク・アシュトン・スミスが『エイ
ボンの書』を生み出したように、ハワードも独自の魔道書『無名祭祀書』を生み出
した。

　これは、デュッセルドルフの神秘家フォン・ユンットが世界各地を遍歴し、収集
した奇怪な伝承をまとめた禁断の書物で、別名『黒の書』とも呼ばれる。

　フォン・ユンットは1795年に生まれ、1840年に『無名祭祀書』が印刷されて間も
なく鍵のかかった密室で不可解な最後を遂げた。施錠された上に、閂までかけられ
た密室の中で、彼は巨大な鉤爪で喉を掻き切られていた。

　さらに、彼は『黒の書』に書き記すことさえためらった恐ろしい何かを知ってい
た。細密に書き上げた原稿の一部はついに日の目を見なかった。彼の死んだ密室の
床に千切り捨てられていたという。ユンットの親友だったフランシス・ラドーは一
晩かけて、それをつなぎ直し、内容を復元したが、読み終えるが早いかそれを燃や
した後、自らの喉を剃刀で切って自殺してしまったという。

　リン・カーターのまとめた『クトゥルー神話の魔道書』によれば、『無名祭祀書』
の初版本はドイツ語で刊行され、鉄の留め金がついた皮装丁のもので、現存部数は
わずか6部とされている。

　1845年にブライドウォールが英訳して作った海賊版があり、欠陥の多い安物であ
る。1909年に、ニューヨークのゴールデン・ゴブリン・プレスが、危険な記述を多
数削除した削除版を刊行した。

　『無名祭祀書』はその個性といい、作者の設定といい、『ネクロノミコン』と並ん
で魅力的な魔道書で、しばしば、クトゥルフ神話に対して、ハワードが残した最大
の功績であると評価される。

✦ 黒の碑

　ハワードの神話作品の頂点に位置するのは、かの『無名祭祀書』の紹介から始まる『黒の碑』（The Black Stone：1931）である。

　主人公は『無名祭祀書』のオリジナルを入手し、そこに記述された〈黒の碑〉に注目する。ハンガリー辺境の山村シュトレゴイカヴァールの山中に立つ奇怪な黒い石は、多くの伝説に彩られたもので、聖ヨハネ節の前夜にはそこで怪奇な儀式が行われるという。さらに、この碑の前で眠るとおぞましき悪夢を見て、生涯、それに苦しめられるという。

　ここで主人公は狂気の詩人ジャスティン・ジェフリーの『碑の一族』に思い至る。かの作品はジャスティンがハンガリー旅行の際に書かれたものではないか？

　さっそく、主人公は休暇を使って、シュトレゴイカヴァールを訪れる。そこで、村人から、この村の歴史を聞かされる。

　かつて、この村に住んでいたのは邪教を信仰する異民族だったが、1526年に、オスマントルコ軍がハンガリーを襲った際に、全滅し、その後、今の住民の先祖が入植したのだという。そのため、あの黒い碑の正体は誰も知らなかった。

　おりしも、聖ヨハネ節前夜がやってきた。主人公は黒い碑を訪れ、そこで行われていた邪悪な儀式の夢を見る。

　おぞましい悪夢から目覚めた主人公はなお真相を求めて、1526年に壮絶な戦死を遂げたトルコ軍の武将の死地を探索し、ことの真相に迫るのであった。

　『黒の碑』は、優れた恐怖作品であるとともに、古代の邪教信仰と、オスマントルコの東欧侵攻を絡めた歴史伝奇ロマンに仕上がっている。特に主人公が見る悪夢の場面はハワードならではの迫力がある。

✦ 二丁拳銃ボブの最後

　ハワードはラヴクラフトと同様に、幼い頃から読書に親しんだ早熟な少年であったが、テキサスという一種、ワイルドな環境からはやや浮いた存在だったようだ。ラヴクラフトと同じくアウトサイダーであったと言えるだろう。

　しかし、ハワードはその問題を前向きに解決していく。内向的で弱気な性格を改善するために、ボディビルやボクシングなどに打ち込み、筋骨隆々たる巨漢に成長する。文筆業で生きていくことを決意し、18歳でデビューした。『ウィアード・テイルズ』のみならず、西部劇やSFなども書き、人気作家となった。作家の間では「二丁拳銃のボブ」と呼ばれた。

　しかし、1936年6月11日、母親が危篤状態に陥ったことを知ったハワードは、拳銃で頭を撃って自殺した。絶頂期の最中で、文通していたラヴクラフトは悲嘆に暮れ、彼への弔辞を書いている。やがて、半年あまり後に、ラヴクラフト自身も腸癌のため、この世を去っていく。

（第18夜・了）

■リーダーズ・ガイド
　『アッシュールバニパルの焔』（The Fire of Asshurbanipal）→『暗黒神話大系クトゥルー7』青心社
　『黒の碑』（The Black Stone）創元推理文庫

黒の碑

イラスト：原 友和

第19夜　シュリュズベリイ博士の大冒険
〜オーガスト・ダーレス〜

 ## 作家ダーレス、出版人ダーレス

　さて、本書でもっとも難しいポイントのひとつに到達した。

　ラヴクラフトの後継者の中で、オーガスト・ダーレスの存在は絶対に無視することができないものであるが、その評価は毀誉褒貶（きよほうへん）する。それは彼があまりに多くの事柄をクトゥルフ神話に残したためであり、ラヴクラフトの死後、30年あまりに渡って、クトゥルフ神話をリードしていったためである。

　クトゥルフ神話に対するダーレスの功績は、第一に、出版人としてのもので、ラヴクラフトの遺稿、書簡を収集し、その文業を刊行したことにある。現在、我々がラヴクラフトの細かい作品まで読むことができるのは、ダーレスが専門出版社アーカム・ハウスを設立し、ラヴクラフト作品を刊行していったためである。

　当初、ダーレスはラヴクラフトの死を悼み、さまざまな出版社にラヴクラフトの作品集を刊行するように提案したが、どこも色よい返事をしてくれなかった。しかたなく、ダーレスは同じくラヴクラフトの友人であった作家ドナルド・ワンドレイと資金を出し合い、1939年12月、アーカム・ハウスを設立する。彼らが残された原稿から『チャールズ・ウォードの奇怪な事件』や『未知なるカダスを夢に求めて』の断片を発掘し、調査の末に原稿を復元していった。

　本来ならば、そのまま埋もれてしまっただろう『ウィアード・テイルズ』作家の作品を掘り起こし、刊行していったのもダーレスならば、ラヴクラフトの死後、クトゥルフ神話を書きたいと思った若者たちを励まし、デビューさせていったのもダーレスだ。

　第二に、ダーレスはホラーに限らず、多数の作品を生み出した作家である。日本ではあくまでラヴクラフト関連でのみ語られがちだが、アメリカでは彼の故郷ウィスコンシン州を舞台にした郷土小説の作者として著名であり、高校時代にデビューして以来、約150冊もの本を書いた。そんな大作家が尊敬する師匠ラヴクラフトの名前を残すため、クトゥルフ神話を維持するために、ながらく神話作品を書き続けた。そこには師の模倣も多く、色々批判は多いが、ダーレスの作品が現在につながるクトゥルフ神話の流れを作ったことも事実である。

　出版人としてのダーレスはクトゥルフ神話を育て、その成長を見守って死んだ。

それだけは彼に感謝すべきことだ。彼がいなければ、クトゥルフ神話はここにはなかった。この本も書かれることはなかっただろう。

彼の功績を明らかにした上で、クトゥルフ神話の世界に踏み込む我々は、続いて、神話作家としてのオーガスト・ダーレスに踏み込んでいくことにしよう。

✦ ワンマン創作工房

1909年、ウィスコンシン州ソーク・シティに生まれたオーガスト・ダーレスは、13歳から創作を始め、15歳でデビュー、その生涯において100冊以上を書き、恐怖小説、推理小説、故郷のウィスコンシン州を舞台にした地方小説など多くの作品を残している。年間百万語というとんでもない速筆ぶりから、ワンマン創作工房、執筆機械とも呼ばれた。

日本では、クトゥルフ神話との兼ね合いで語られることが多いダーレスであるが、1934年に出た最初の単行本はペック判事を主人公にした推理小説シリーズの1巻目であった。

ダーレスは熱心なシャーロキアン（シャーロック・ホームズのファン）で、自ら擬似ホームズもの『ソーラー・ポンズ』シリーズを執筆している。原典のシャーロック・ホームズは1927年の『ショスコム荘』を持って終了した。この年、19歳のダーレスはシリーズ全作を読破し、次回作を望むあまりコナン・ドイルにファンレターを書き、「シャーロック・ホームズの新作はもう書かないのか？」と聞いた。ドイルは親切にも返事をくれたが、もはや続編を書く意志はなかった。

それならば、続編を自分で書こうと決意したダーレスは、翌1928年秋、ソーラー・ポンズものの第一作『黒水仙の冒険（The Adventure of the Black Narcissus）』を完成させる。徹底的なホームズの模倣を実行した結果、後に、プレイド街のシャーロック・ホームズと書かれるほど、本家によく似た私立探偵ソーラー・ポンズは相棒のパーカー博士とともに英国で次々と起こる事件を解決していく。

以降、ダーレスはポンズものを長編短編あわせて70編書き、人気を博した。日本でも、シャーロック・ホームズのパスティーシュものの好例として、このシリーズの傑作を集めた『ソーラー・ポンズの事件簿』が創元推理文庫から刊行されているほどだ。

ダーレスとドイルのエピソードは、その後、ダーレスが辿った道を暗示する。もはや続編を書かない本家に代わり、自分で続編を書き、そのシリーズを永遠のものとしようとする。それは彼がクトゥルフ神話でも実行した事柄である。

✦ 若き才能

　恐怖小説の世界では、ダーレスは、1926年、17歳の時に『ウィアード・テイルズ』でデビューした若き才能であった。当時からラヴクラフトの熱心なファンであったダーレスはラヴクラフトに手紙を送る。当時のラヴクラフトはその書簡の中で、最近見出した若者としてダーレスのことに触れている。

　ラヴクラフトの感化を受けたダーレスは着々と作品を発表、1930年には親友マーク・スコラーとの合作で『邪神の足音』（The Pacer）を執筆、ホラー作家の中に加わる。

　恐怖小説家が作業場を借りるが、かつて、そこでは、狂気の科学者が魂の交換を行う実験を行い、異界から邪悪な存在によって、その後、謎の死を遂げていたという典型的な筋立てで、神話要素はあまり出てこない。

　続いて2人が合作した『潜伏するもの』（The Lair of the Star Spawn:1932）は、ビルマ奥地スン高原に潜むトゥチョ＝トゥチョ人に幽閉され、星界を歩む忌まわしき双子の邪神ロイガーとツァールを復活させられそうになった天才科学者フォ＝ラン博士が、遥か宇宙の彼方の〈大いなる古えのもの/Great Old Ones〉にテレパシーを送り、邪神を倒すというとんでもないものだ。

　オリジナルの邪神ロイガーとツァールの双子も魅力的だが、彼らを殲滅するために、オリオン座から飛来する星の戦士たちの姿は衝撃的である。当時23才のダーレスが何をしたかったかよく分かる作品と言える。

　なお、後に創出される〈旧神〉の設定はまだ言語化されていないが、この作品における〈大いなる古えのもの/Great Old Ones〉は、〈旧支配者〉ではなく、〈旧神〉にあたるものである。本作は初めて〈旧神〉が本格的に描かれたものとして注目されるようになる。

✦ イタカ物語

　続く1933年から、合作ではなく、ダーレスひとりで神話作家の道を歩み始める。独自の神格イタカ（TRPGでは「イタクァ」）を扱った作品『風に乗りて歩むもの』（The Thing that Walked on the Wind）は、カナダで発生した奇怪な事件の物語である。

　まず、1930年2月27日、吹雪の夜を境に、スティルウォーターの村人が全員失踪するという謎の事件が起きた。謎が解かれないまま、1年が過ぎた1931年2月26日、ノビサ・キャンプに滞在していた警官ロバート・ノリスの前に、3人の男女が空か

ら落ちてきた。ひとりの女性は凍死しており、残り2人の男性は生きていたが、体は氷のように冷たかった。現地のジャスミン医師の介護で意識を取り戻した男性のひとりは、彼らがスティルウォーター付近で行方不明となった隣村の住人だと語る。彼らは吹雪のため、スティルウォーター村に迷い込み、宿を借りたが、その村では風の神に対する信仰が行われており、人間の生贄が捧げられていた。2人の男は生贄に選ばれた娘とともに逃げ出したが、村人もろとも、風の神に捕えられてしまった。それから約1年、風の神とともに禁断の土地を巡る奇怪な旅をした彼らは娘の死体とともに、地上に降ろされたが、もはや冷気の中でしか生きられない体に変わっており、冬でさえ、地上の気温には耐えられなくなっていた。男は「風の神を目にして逃れられるものはいない」と言い残して死ぬ。

そして、ロバートは遥か空を覆う雲のような巨大な影と、2つの目を目撃してしまう。

この作品の段階ではまだイタカの名前は表に出ず、〈歩む死〉、もしくは〈風に乗りて歩むもの〉とのみ扱われるが、その後、書かれた作品では、イタカ（イタクァ）、もしくは、アメリカ先住民が信仰するウェンディゴと呼ばれるようになる。このウェンディゴに関しては、アルジャーノン・ブラックウッドの『ウェンディゴ』の影響がある。

この作品は、クトゥルフ神話に新たな神格を提供した。

イタカは、今までいなかった風系の神格で、生贄を求め、それを怒らせた者を連れ去り、禁断の土地を連れまわした後、投げ捨てるように地上に戻す。空から落ちてきて、奇怪な出来事を語り残す失踪者という独特の事件性も相まって、イタカはユニークな神格となった。

ここで重要な点は、攫われた2人がクトゥルフなどの神話要素に触れる下りと、犠牲者が語る「四大霊」という言葉だ。まず、前者はダーレスがクトゥルフ神話への参加を表明したもので、時期的にも、ラヴクラフトの後期を彩る宇宙年代記が発表され始めた時期なので、いかにも楽しげに引用しているのである。ダーレス・オリジナルの邪神イタカもいい味を出す佳作である。

後者の発言は後の「ダーレス流クトゥルフ神話」を知る者にとって、実に暗示的な発言だ。最初のクトゥルフ神話作品で、すでにダーレスは古きものたちを、地水火風の四大霊（四大元素/Elemental）と同一視しようとしている。ラヴクラフトが、手垢のついた怪物ではなく、〈古ぶるしきものたち/Great Old Ones〉を生み出したのはコズミック・ホラーの体現のためであったが、ダーレスはすでにこの時点で、人類の認識を超えた超古代の邪神たちを、わずか3000年も遡らないギリシア哲学に端を発する四大元素説に押し込めようとしているのだ。当時、20代の半ばであったダーレスには素敵なアイデアに感じられるものであったのだろうが、それはラヴク

ラフトの目指すコズミック・ホラー、人類の狭隘な知識に限られない壮大な恐怖の可能性とは明らかに違っていた。

　それでも、ラヴクラフトは、若きダーレスから溢れ出る活力とアイデアを愛し、死ぬまで文通を続け、多くの意見を交わした。『宇宙の彼方の色』に収録された『断章』には、ラヴクラフト自身がダーレスの独自設定を許容し、自分の作品に取り込もうとしたことを伺わせる。

　残念ながら、ダーレスとラヴクラフトはその生涯を通じて一度も会ったことはなかった。ダーレスはラヴクラフトを師と仰ぎ、ラヴクラフトの晩年には、彼をウィスコンシン州へ招こうとしていたが、ラヴクラフトの健康上の理由で果たせなかった。そのこともまた、ダーレスの心残りであったのだろう。ラヴクラフトの死後、師の作品をぜひとも世に出したいと願った。

✸ ハスターの帰還

　ラヴクラフトの死後、ラヴクラフト・スクールの作家たちが徐々に独自性を発揮していく中、ダーレスはクトゥルフ神話にこだわり、さらに加速を続ける。

　アーカム・ハウス設立と同じ年の1939年に発表された『ハスターの帰還』（The Return of Hastur：1939）は、先代の残した魔術的な〈遺産〉を手にした好事家が破滅に陥るという典型パターンを踏みつつも、ラヴクラフトは名前しか出さなかったハスターを扱い、新たな展開を見せた。

　物語はエイモス・タトルが奇妙な遺言を残して死ぬところから始まる。

　「遺産継承者ポールがそれを要求する前に、屋敷を破壊せよ。指定された本をミスカトニック大学に返却し、その他はすべて破棄せよ」

　この時点では、弁護士もポールもそれらの書物が何の意味を持つかは知らなかったが、それらが大枚をはたいて購入されたものであり、人間の皮で装丁された『ルルイエ異本』に至っては10万ドルと「ある約束」を代価に購入されたものであった。価値ある遺産を破棄することを愚かな行動と考えた弁護士とポールは遺言を実行しないことにする。エイモスの遺体が不気味な変形を遂げたことは事態の異常さを十分に警告するものであったが、魔術に不案内な2人にとっては、残された資産の価値こそが重要だった。ミスカトニック大学に『ネクロノミコン』なる本を返却することは実行したが、屋敷の破壊はせず、逆にポールがそこに移り住んだ。

　やがて、ポールは、「約束」の内容が「名づけられざるものに安息所を与える」ことであると突き止め、魔道書の調査に取り掛かり、恐るべき〈旧支配者〉の存在を知る。エイモスは〈名状しがたきもの〉ハスターと契約を結び、それに安息所を与える約束をしたのだ。

やがて、ポールは自分が、人間には許されない領域に踏み込んでしまったことに気づく。エイモス叔父はハスターと恐るべき契約を交わし、それに対抗するため、クトゥルフと接触しようとしていたのだ。そして、ついに彼は弁護士に館を爆破するように指示を与える。弁護士が爆破装置のスイッチを押すと、吹き飛ばされた館の地下からおぞましい2つの存在が出現する。

✦ ダーレス神話へ

『ハスターの帰還』には重要な意味がある。ラヴクラフト作品の神格化と、ダーレス神話の旗揚げである。

まず、舞台はインスマウスの郊外で、『インスマウスの影』で語られたアメリカ政府の手入れから数ヶ月後という実にクリティカルな時代設定をした。作中には『インスマウスの影』の掲載された『ウィアード・テイルズ』が登場、魔道書と等しい情報源として、ラヴクラフト作品が神格化されていく。ラヴクラフトが書いたことは、小説という形を取った警告なのであると。

その一方で、ダーレス神話というべき独自の神話観が提示される。長いが、引用しよう。

宇宙的な善である〈旧神〉と宇宙的な悪である〈旧支配者〉だ。〈旧支配者〉にはさまざまな名前があり、四大霊を超越しているとはいえ四大霊に関するかのような、異なったグループに分かれている。海底に潜む水の精、時の彼方にはじめて徘徊した風の精、悠久の太古の恐ろしい生き残りである地の精がいる。信じられないような大昔に、〈旧神〉は宇宙のさまざまな場所から〈旧支配者〉を全員追放し、いろいろな場所に幽閉した。しかしやがて〈旧支配者〉は自分たちの復権の準備をする地獄めいた手下どもを生みおとした。〈旧神〉に名前はないが、その力は常に〈旧支配者〉をおさええあれるほど強力でありつづけるんだ。

さて、〈旧支配者〉のあいだでは頻繁に内紛が起こっているらしい。水の精は風の精に敵対する。火の精は地の精に敵対する。しかし、それにもかかわらず、〈旧支配者〉は〈旧神〉をともに憎み、恐れている。そしていつの日か〈旧神〉を打ち負かす望みを常に抱いているんだ。

岩村光博訳『ハスターの帰還』
青心社文庫『暗黒神話大系クトゥルー1』より

今まで解説してきたラヴクラフトの作品と比べて欲しい。

まず、〈旧神〉の設定が追加され、〈旧支配者〉が封印されている理由となった。これにより、〈旧神〉対〈旧支配者〉という邪神対決の二元論的な神話構造が提案された。

さらに、『風に乗りて歩むもの』で言及された四大元素説がここでも繰り返され、邪神同士が対立しているという構図を作り出した。

まず、神格を四大元素で分類するのは、ラヴクラフトの作品にはまったくなかったものだ。また、〈旧神〉の設定は本来、人類には関与しようもない〈旧支配者〉たちの蠢動（しゅんどう）に対して、超越的な解決手段を提供してしまった。それは、コズミック・ホラーというよりも、キリスト教的な神と悪魔の敵対構造である。

確かに、それは曖昧で幻想的な師ラヴクラフトの世界観を整理し、分かりやすい形で読者に提示しようとしたダーレスなりの努力であったであろう。確かに、二元論は分かりやすいし、邪神対立の図式も応用しやすい。神話用語の多用による世界観の深化も、基本構造があれば、より加速する。

陰謀史観的な邪教の信徒たちの暗躍もこれですっきりと説明される。

発表された時期も、ダーレスがこのような行動に出た理由を説明してくれる。各社へ提案したラヴクラフト作品集の企画がことごとく頓挫し、アーカム・ハウス設立に踏み切る同じ年の初めだ。各社の対応をよくするために、ラヴクラフトの作品を神格化し、クトゥルフ神話という独自のジャンルを強調しようとしたのであろう。

その結果、生まれた『ハスターの帰還』は凄まじい作品となった。ラヴクラフト流の好事家話で始まり、クトゥルフ神話用語のオンパレードとなる。ミスカトニック大学から盗み出された『ネクロノミコン』をはじめ、『無名祭祀書』、『屍食教典儀』、『ナコト写本』と列挙される。さらに、窮極の魔道書『ルルイエ異本』を得るために、先代がハスターと交わした呪わしき契約に対抗するため、インスマウスの海に通じる地下洞窟から海底のクトゥルフにアクセスしようとする。かくして、爆破された館の跡地から出現した2大邪神が正面から激突するという特撮怪獣ものばりの展開を見せる。最後は〈旧神〉らしき光の巨人によって、双方とも取り押さえられ、本来の幽閉場所に投げ返されてしまう。

この後、ダーレスはラヴクラフト作品の補作と称して、ラヴクラフト＆ダーレス名義で多くの神話作品を生み出すが、その中には、同様のデッドコピー作品がいくつも見られる。

ダーレス自身が決して下手な作家でないことは、イタカ物語の系統を見ればよく分かる。その他にも、異世界を覗くレンの鏡が登場する『破風の窓』など佳作も多い。

そして、作家としてのダーレスの手腕は、非常にエキサイティングな設定を生み

出していく。これこそクトゥルフ神話が大きな変革を生んでいくきっかけになる。その変化は連作シリーズ『永劫の研究』で頂点に達し、人類はクトゥルフとの戦いに立ち上がることになる。

✦ 新ヒーロー、ラバン・シュリュズベリイ博士

　『永劫の研究』は、20年間失踪していた盲目の科学者ラバン・シュリュズベリイ博士を主人公とする連作シリーズである。盲目で黒眼鏡をかけた博士はセラエノの図書館で得た人知を超えた知識を有しており、邪神クトゥルフを復活させようとする陰謀と戦うため、日夜、ハスターの使い魔であるバイアクヘーを駆り、世界中を飛び回る。

　第1作『アンドルー・フェランの手記』（The Manuscript of Andrew Phelan：1944）では、偶然、博士に雇われた助手フェランが博士の謎を知り、世界の命運に関わる戦いに巻き込まれていくというものだ。ここで、博士は、助手にいざという時の脱出手段として、星間宇宙を飛翔するバイアクヘー召喚の儀式を教える。黄金の蜂蜜酒を飲み、石の笛を吹き、召喚呪文を唱えるのである。

　第2作以降は、この変奏曲で、新たに巻き込まれた若者たちがクトゥルフ復活の動きと戦っていくことになる。

　第2作『エイベル・キーンの書置』（The Deposition of Abel Keane：1945）では、若き神学生がフェランとともにインスマウスに侵入、クトゥルフ信徒の大物エイハブ・マーシュを襲撃する。

　第3作『クレイボーン・ボイドの遺書』（The Testament of Claiborne Boyd：1949）では、博士から夢の暗示を受けた民俗文化研究家が、クトゥルフ復活を企てるアンドラダ神父を追って南米に向かい、ペルーの地底湖を爆破する。

　第4作『ネイランド・コラムの記録』（The Statement of Nayland Colum:1951）では、誤ってクトゥルフ神話の真相に迫ってしまった恐怖作家が、博士の助手となり、アラビア砂漠の奥地に隠された〈無名都市〉に向かう。博士はここでアブドゥル・アルハザードの亡霊を召喚してクトゥルフの秘密を聞き出そうとする。

　完結編に当たる『ホーヴァス・ブレインの物語』（The Narrative of Horvath Blayne:1952）では、ついに浮上したルルイエに上陸する。最終的には、博士の意図に賛同した大国たちの連合艦隊がクトゥルフに核攻撃を行うが、大いなる邪神クトゥルフがその程度で滅びはしないことがほのめかされて終わる。

　『永劫の研究』は、ダーレス版クトゥルフ神話の頂点であり、現在、我々が満喫しているクトゥルフ神話というジャンルのエキサイティングな部分はここで凝縮されているといってもよい。異世界の図書館で邪神の秘密を学んだ謎の博士、星間飛

行する邪神の手下を操る、クトゥルフに核で攻撃する、と実に刺激的で、盛り上がる。

　受動的で無能とも言えるラヴクラフト作品の登場人物に対して、シュリュズベリイ博士の何とアクティヴなことよ。

　かくして、ダーレス流神話に見せられた人々は、邪神クトゥルフとの戦いに旅立っていくのである。

　その上で、やはりこの章は、ダーレスへの感謝と再評価で締めくくらなくてはいけないだろう。

　クトゥルフ神話が今も語られ、ラヴクラフトの作品が読めるのはダーレスのおかげである。設定の面でも、ダーレスはさまざまな設定をラヴクラフトに相談してもいる。クトゥルフ神話という用語を使おうと提案したこともある。

　ダーレスは、アメリカでは100冊以上の長編を出しながらも、日本ではあくまでもクトゥルフ神話との関わりでしか語られないことが多いが、少しずつ神話以外の作品も紹介され、作家としての評価も高まっている。

（第19夜・了）

■リーダーズ・ガイド
『ジョージおじさん〜十七人の奇怪な人々 』書苑新社
『漆黒の霊魂 』（ダーク・ファンタジー・コレクション）論創社
『ソーラー・ポンズの事件簿』創元推理文庫
『邪神の足音』（The Pacer：1930）→『暗黒神話大系クトゥルー3』青心社
『ハスターの帰還』（The Return of Hastur：1939）、『潜伏するもの』（The Lair of the Star Spawn:1932）→『暗黒神話大系クトゥルー1』青心社
『風に乗りて歩むもの』（The Thing that Walked on the Wind：1933）→『暗黒神話大系クトゥルー4』青心社
『アンドルー・フェランの手記』（The Manuscript of Andrew Phelan:1944）、『エイベル・キーンの書置き』（The Deposition of Abel Keane：1945）、『クレイボーン・ボイドの遺書』（The Testament of Claiborne Boyd：1949）、『ネイランド・コラムの記録』（The Statement of Nayland Colum:1951）、『ホーヴァス・ブレインの物語』（The Narrative of Horvath Blayne:1952）→『暗黒神話大系クトゥルー2』青心社

シュリュズベリイ博士　　　　　　　　　　　　イラスト：原　友和

第20夜　邪神対探偵
〜ブライアン・ラムレイ〜

 ## 神話を継ぐ者　ブライアン・ラムレイ

　第二世代作家の中でもっとも日本で紹介が進んでいるのは、1937年にイギリスで生まれたブライアン・ラムレイであろう。

　ラムレイは13歳でロバート・ブロックの神話作品を読んでクトゥルフ神話のとりことなり、創作を始める。学業を終えた後は、英国陸軍の軍人として東西冷戦下の西ベルリンで勤務する一方で、投稿を繰り返す。アーカム・ハウスの存在を知ったラムレイは、ダーレス宛てに手紙を書き、それに注文書と作品の概（がい）を同封した。

　この時の様子は、ラムレイ自身が、処女作品集『黒の召喚者』の日本語版前書きで書いている。

　ダーレスは私の書いたものに何らかの価値を見出したようだ。というのも、私が注文した本に次のような手紙が添えられていたのだから。

　「実に惜しいことに、君の神話作品はまだ堅いので小社の近刊『ク・リトル・リトル神話集には使えそうにないね……』

　これは明らかに神話作家参入への招待ではないか。

国書刊行会　朝松健・訳『黒の召喚者』
「日本語版への序---『黒の召喚者』を書くまでの話」

　かくして投稿を繰り返したラムレイは、ついにダーレスに認められて、アーカム・ハウスのPR誌『アーカム・コレクター』でデビューする。

　デビュー作『深海の罠』（The Cyprus Shell：1968）はキプロスで新種の貝を発見した貝マニアの兵士を襲う悲劇を扱ったもので、クトゥルフ神話の要素はラムレイ・オリジナルの魔道書『水神クタアト』しかないが、ラヴクラフトの得意な手紙文体をうまく使った掌編である。

　そして、アーカム・ハウスから処女短編集『黒の召喚者』を1971年に刊行することになるが、ラムレイを発掘してくれたダーレスはその直前に、この世を去った。

ブライアン・ラムレイは1937年生まれで、ラヴクラフトの生まれ変わりとも言われるほど、クトゥルフ神話にこだわった作家で、同じ『黒の召喚者』の序文で、その強い決意を語っている。

私は（私だけは）神話を死なせはしない。神話を沈滞もさせない。常に斬新に田尾持つよう心がけねばならないのだ。神話を改良し、常に新鮮なひらめきを求め続けよう。決してHPLの水準には及ぶまいが、（どれだけ書けるか分からないにせよ）彼の作品群にできるだけ接近していこう。

タイタス・クロウ

ラムレイはさまざまな神話作品を書いているが、彼の作品の重要なキャラクターに、ロンドン郊外のブロウン館に住むオカルティスト、タイタス・クロウがいる。

第二次大戦中、若き彼はロンドンの英国軍本部に身を置き、ナチス・ドイツの暗号を解読するとともに、ヒットラーのオカルト嗜好について、情報部や政府に助言する任務に就いていた。

戦後は、軍を離れ、オカルティストとしてさまざまな事件に取り組んできた。彼は禁断の書物の蒐集家として名高い。文筆も立ち、自身の経験を元にした怪奇小説を発表している。

タイタス・クロウのシリーズは、第一期にあたる6冊が翻訳出版されている。

まず、最初に出た短編集『タイタス・クロウの事件簿』（The Compleat Crow：1987）は、クトゥルフ神話ものというより、魔術ものの中篇や短編で、オカルティスト、タイタス・クロウが、親友ド・マリニーとともに邪悪な魔術師と戦うという趣向だ。クトゥルフ的な装いの少ない作品も含まれるが、その代わりに、魔術師が新兵器で世界大戦を目論むなど、現代アクション的な要素が強い。

地を穿つ魔

タイタス・クロウはその後の長編シリーズで、クトゥルフ眷属邪神群（CCD：Cthulhu Cycle Deities）と戦う〈ウィルマース・ファウンデーション〉に参加し、邪神ハンターとして時空を越えた冒険をすることになる。この団体はアルバート・ウィルマース教授の遺業を引き継ぐ形で、ミスカトニック大学が密かに設立した組

織で、世界各国で活動しているが、1970年代にアメリカとイギリスで発生したクトゥルフ関連事件を解決した。

　まず、タイタス・クロウは『地を穿つ魔』（Burrowers Beneath）で地底に潜む邪悪な存在、クトーニアンと対決する。地の底に住む巨大な虫のような種族であるクトーニアンは、ブライアン・ラムレイのオリジナルの存在で、地の底深くに住み、決して地表に出ることはないが、テレパシーで人間を操って自分たちのために働かせている。水を苦手とするため、故郷のアフリカ大陸にのみ活動が限定されていたが、卵が運び込まれたことで、ヨーロッパやアメリカにもその影響力は広がりつつある。

　この作品では、クトーニアンの秘密に迫る魔道書『グ・ハーン断章』が設定され、ブライアン・ラムレイがまさにラヴクラフトの後継作家らしいところを示している。なお、綴(つづ)りから『グ・ハーン』と訳されているが、2017年に行われたメール・インタビュー（『All Over クトゥルー』掲載）により、読み方は「ゲイハーニー」に近いことが明らかになった。

✴ 宇宙へ羽ばたくタイタス・クロウ

　長編一冊目で邪神ハンターになったタイタス・クロウは、『タイタス・クロウの帰還』（The Transition of Titus Crow）では『銀の鍵の門を越えて』に登場した謎の掛け時計を使って、異世界（幻夢境エリュシア）に旅する。邪神の存在を確認したクロウとマリニーから、CCDに関する恐るべき報告を受けたウィルマース・ファウンデーションは、〈悪魔の暗礁〉の地下深くに潜むクトゥルフに対して核攻撃を実行するが、クトゥルフの怒りは激しく、ミスカトニック大学は恐るべき地震と洪水によって壊滅してしまう。

　『タイタス・クロウの事件簿』につけられたキャッチフレーズ「邪神対探偵」は、まさに、この長編シリーズにこそ相応しい。その後、タイタス・クロウは初期の魔術探偵の枠を超えた超人として、宇宙を飛び回る神のごとき英雄へと向かうことになる。その後、このシリーズでは、〈旧神〉の住むエリュシアや、風の邪神イタクァの封じられたボレアなど、冒険の舞台が拡大し、クトゥルフ神話の設定を広げていった。4巻目『風神の邪教』と5巻目『ボレアの妖月』では、ウィルマース財団の超能力者たちに主役の座を譲り、風の邪神イタクァとの戦いが描かれるが、『旧神郷エリシア』は副題『邪神王クトゥルー煌臨！』の通り、ついに、クトゥルフの復活が迫り、タイタス・クロウやアンリ・ド・マリニー、さらに、ラムレイの他の長編シリーズから、幻夢境3部作の主人公デイヴィッド・ヒーローとエルディン、「始原の大陸」シリーズの叡偶師(えいぐうし)クムールとアウダサーエルが参加するという豪華な作

品になっている。幻夢境3部作は、ラヴクラフトの夢想した夢の国が舞台で、後者の「始原の大陸シリーズ」は、他の神話作家と同じように、ラムレイが生み出した超古代大陸ティームフドラを舞台にしている。

　後半のタイタス・クロウはややスペース・オペラ寄りの展開になっているが、クトゥルフの娘、クティーラを生み出した他、旧神の設定を追加したのが、クトゥルフ神話への大きな影響であろう。旧神クタニドの存在については、ぜひ、シリーズで確認してほしい。驚愕の展開である。

�֎ 後日譚

　タイタス・クロウものに限らず、ラムレイのクトゥルフ神話作品はユニークなものが多い。特に、1971年刊行の初期短編集『黒の召喚者』に収められている作品は若い頃の作品ばかりながら、それぞれ個性的だ。例えば、『海が叫ぶ夜』（The Night Sea-Maid Went Down：1971）は、北海の石油掘削船が、海底に封印されていた邪神の背中をボーリングしてしまうというものだ。

　初期作品集ということで、ラヴクラフト作品の後日譚も多い。〈古のもの〉ものの『狂気の地底回廊』（In the Vault Beneath:1971）はすでに、第7夜で言及したが、この他にも、『宇宙からの色』の続編である『異次元の潅木』（The Thing from the Blasted Heath:1971）では、かの〈焼け野〉から取り寄せられた奇怪な潅木はやはり邪悪な存在だったという物語で、怪物めいた肉食植物が登場する。

　『ニトクリスの鏡』（The Mirror of Nitocris:1971）は、ラヴクラフト作品に名前だけ出てくる古代エジプト第六王朝の女王ニトクリスの持っていた魔鏡を巡る物語だ。一応、タイタス・クロウものだが、主人公はクロウの相棒、ド・マリニーである。

　『ド・マリニーの掛け時計』（De Marigny's Clock：1971）では『銀の鍵の門を越えて』で登場した謎の時計が、なぜかタイタス・クロウの手に渡り、新たな事件を引き起こすことになる。ちなみに、この短編で時計の開け方を知ったクロウは長編シリーズで、この時計を使って異世界への旅に向かう。

　特筆すべきは珍しく幻夢境を扱った『ダイラス＝リーンの災厄』（Dylath=Leen：1971）である。夢の国の都市ダイラス＝リーンを襲った黒い商人の陰謀を打ち砕くべく、現実世界から来た男が、ウルタールの賢者アタルの力を借りて復讐を果たすというものだ。これは後に、タイタス・クロウ・サーガの『幻夢の時計』に組み込まれた。

　いずれも、クトゥルフ神話好きならばにやりとするような作品ばかりだ。その後、80年代にかけて、ラムレイはタイタス・クロウものの長編シリーズ6冊を書き上げ、

その他に、吸血鬼ものの「ネクロスケープ」シリーズなど多数の作品を生み出し、今も創作活動を続けている。クトゥルフ神話作家として。

（第20夜・了）

■リーダーズ・ガイド
『黒の召喚者』（The Caller of the Black：1971）国書刊行会アーカム・ハウス叢書
『タイタス・クロウの事件簿』創元推理文庫
『地を穿つ魔』創元推理文庫
『タイタス・クロウの帰還』創元推理文庫
『幻夢の時計』創元推理文庫
『風神の邪教』創元推理文庫
『ボレアの妖月』創元推理文庫
『旧神郷エリシア』創元推理文庫
『ネクロスコープ（上下）』創元推理文庫

タイタス・クロウの
事件簿

タイタス・クロウ

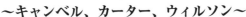

第21夜　その他の後継作家
〜キャンベル、カーター、ウィルソン〜

 第二世代作家たち

　ダーレスの功績によって、ラヴクラフト作品は埋もれることなく、後世に残り、ラヴクラフト、スミス、ハワード、ダーレス、ブロックなどの第一世代神話作家たちの作品で育った第二世代神話作家たちが登場する。

　今宵は、第二世代作家を中心に、今まで触れられなかった神話作家を何人か紹介していこう。

J・ラムジー・キャンベル

　J・ラムジー・キャンベルはラムレイの前に、若くして、ダーレスに見出された英国の作家である。1961年8月、16歳の彼はアーカム・ハウスのダーレスに手紙を書き、神話作品の草稿を見せた。その頃、アーカム・ハウスはクトゥルフ神話の中枢であり、クトゥルフ神話を書くためにはダーレスの許可が必要だと見なされていたのだ。

　ダーレスは彼の作品に対して、ラヴクラフトの創造した舞台をそのまま使わず、独自の設定を創造して物語を作りなさいと助言した。

　これに対して、キャンベルはラヴクラフトのアーカムに対応する架空都市ブリチェスターを英国に設定、『ネクロノミコン』を意識したオリジナルの魔道書『グラーキの黙示録』を登場させた。これらはダーレスの忠告に従い、かつてローマ帝国が支配していたセヴァン渓谷に設定されたものだ。

　1962年、アンソロジー『Dark Mind,Dark Heart』に収録された『ハイ・ストリートの教会』（The Church in the High Street：1962）でデビュー、1964年には、神話作品集『The Inhabitant of the Lake and Less Welcome Tenants』が刊行され、現在でもベテランのホラー作家として活躍している。

架空都市ブリチェスター

　デビュー直後の60年代に、キャンベルは、英国に設定した架空都市ブリチェスターを基点にしたいくつもの神話作品を書いた。

デビュー作『ハイ・ストリートの教会』は、古さびたテンプヒルの街に住む友人を訪ねた主人公が、失踪した友人を探して、ヨグ＝ソトースを信仰する邪教の教会に向かうというものである。これもブリチェスターもので、舞台は英国になっている。ユールの日に行われる邪教の儀式で、異世界の門が開くという、熱心なラヴクラフティアンならでは筋立てになっており、デビュー作と思えないほど、クトゥルフ・テイストが強まっているが、これはデビュー作ということで、ダーレスの手がかなり加わっているからである。

　『異次元通信機』（The Plain of the Sound:1964）は、典型的なブリチェスターもので、ブリチェスター大学の学生が小旅行のついでに、奇怪な音の響く丘に迷い込み、意識を持った音の住む世界との通信装置を発見するというものだ。ラヴクラフトのマッド・サイエンティスト物語に通じるコズミック・ホラーものである。

　国内で紹介されているキャンベルの神話作品はそれほど多くはないが、前の章で紹介したブライアン・ラムレイとともに、現在もベテランのホラー作家として活動しており、オリジナル設定が多いことから、クトゥルフ神話への影響も大きい。キャンベルの主要な短編作品は国書刊行会の『真ク・リトル・リトル神話大系』や扶桑社ミステリーの『クトゥルフ神話への招待』に掲載されている。

　ユゴス星へ探索に向かう『暗黒星の陥穽』（The Mine on th Yuggoth:1964）、ブリチェスターの酒場で聞いたゴーツウッドの森の怪奇譚を探索に向かった主人公が、シャッガイ星から転移してきた昆虫種族と遭遇する『妖虫』（The Insects from Shaggai:1964）と、コズミック・ホラー的なテーマが目立つ。

　独自の神格としては、グラーキ、ダオロス、バイアティス、イゴローナク、アイホートなど、神話生物としては、シャッガイの昆虫などが挙げられるが、後述の『クトゥルフ神話TRPG』経由で知られる割に、登場作品が未訳のものが多い。

　『湖畔の住人』に登場するグラーキは、宇宙から飛来し、セヴァン渓谷の湖に潜む巨大な神格で、テレパシーで人間を操り、湖に近づいてきた犠牲者をトゲで刺し、ゾンビにして操る。18世紀に、グラーキを信仰する教団が誕生し、その教団の教典『グラーキの黙示録』は、非常におぞましい魔道書となっている。グラーキに関しては、未訳ながら、21世紀に入って長編も刊行されている。

　『コールド・プリント』に登場したイゴローナクは、邪神というよりも、奇妙な人型の存在だ。一応、人型であるが、頭部が存在せず、両手の掌に口があるという不気味な姿をしており、魔道書『グラーキの黙示録』に関わるものの前に現れる謎の存在だ。『コールド・プリント』は未訳短編集の表題作で、『城の部屋』『ヴェールを破るもの』などが含まれているが、表題作はずっと未訳で、21世紀に入ってから、『ナイトランド』創刊号で翻訳された。

　『城の部屋』（The Room in the Castle:1964）に登場する神格、バイアティス

は、古代に五芒星で封印されるが、主人公が、あやまってそれを解放しかけてしまうという典型的な神話作品である。

『ヴェールを破るもの』に登場するダオロスは、超次元の世界に存在する不定形な存在で、『グラーキの黙示録』に書かれた儀式で召喚できるが、儀式の手順を誤り、その姿を直視してしまうと発狂してしまう。

キャンベルはデビュー後、図書館や税務署で働きながら、執筆を続け、70年代には専業作家となった。

やがて、キャンベルは、長編第一作『母親を食った人形』（The Doll Who Ate His Mother ：1976）以降、ブラム・ストーカー賞、世界幻想小説賞、イギリス・ファンタジイ賞の常連受賞者となり、今や、英国モダンホラーを代表する作家のひとりとなったが、現在も、クトゥルフ神話作品を執筆している

✵ ラヴクラフト研究家リン・カーター

まったく別の形で、クトゥルフ神話の発展に貢献したのが、クトゥルフ神話の研究家リン・カーターである。日本では、先にハワード風のヒロイック・ファンタジー『レムリアのゾンガー』シリーズなどが翻訳されたことから、ヒロイック・ファンタジーの作家として知られるが、彼の本業は編集者で、バランタイン社のペーパーバックでファンタジー・シリーズを編纂し、1960-1970年代のSFファンタジー・シーンを活性化した。その仕事の中には、バランタイン版の『クトゥルフ神話集』もある。もともと、彼は熱心なラヴクラフティアンであり、アマチュア時代に書いたのが、青心社の『暗黒神話大系クトゥルー』第1巻に収められた「クトゥルー神話の神神」、同第2巻の「クトゥルー神話の魔道書」であり、日本のクトゥルフ・ファンに大きな手掛かりを与えた。カーター版『ネクロノミコン』（『魔道書ネクロノミコン外伝』に収録）も有名である。そして、1972年には『クトゥルー神話全書』（Lovecraft:A Look behind the Cthulhu Mythos）という先駆的な研究書を出し、70年代におけるラヴクラフト・リバイバルを推進した。おかげで、クトゥルフ神話とラヴクラフトの知名度が一気に上昇した。

こうした活動から、リン・カーターを、ダーレスの後、クトゥルフ神話を拡大し、整備した人物と捉らえ、クトゥルフ神話の大統合者と呼ぶ場合もある。

リン・カーターは作家であることから、自身でもクトゥルフ神話に手を染めており、例えば、『シャッガイ』（Shaggai:1971）は、キャンベルの項で紹介した昆虫族の故郷について魔道士エイボンが危険を警告するというものであり、中央アジアのツァン高原に奇怪な墳墓を発見する『墳墓の主』（The Dweller in the Tomb：1971）にはミ＝ゴも登場し、ラヴクラフティアンぶりを発揮している。

彼が残した短編の中にはラヴクラフトや初期の作家の設定の間を埋めるものがいくつもあり、日本でも、『エイボンの書』、『クトゥルーの子供たち』に多数の神話短編が納められている。前者の『エイボンの書』は、クラーク・アシュトン・スミスのヒューペルボレアものを拡張し、補完したものであり、後者の『クトゥルーの子供たち』はラヴクラフトが添削したヘイゼル・ヒールドの『永劫より』で言及されたクトゥルフの子供である神格ガタノトーアの設定を深め、さらにその弟神イソグサとゾス＝オムモグを作り出した。

リン・カーターの死後、クトゥルフ神話アンソロジーの立役者になったのが、ロバート・M・プライスである。彼はアーカム・ハウスやヒポカンパス・プレスでテーマ別のクトゥルフ神話アンソロジーを刊行している。

✦ アカデミズムからの挑戦：コリン・ウィルソン

さて、ここまでクトゥルフ神話関係作家を長々と解説してきたが、では、ラヴクラフトがそれほど知名度を持っていたかと言えば、答えはNOである。多くの文学者にとって、パルプ・マガジンの無名作家など、いかにカルトなファンがいようが、文学になんら関係などしない存在である。20世紀後半になって、やっとエドガー・アラン・ポーの再評価がなったものの、ラヴクラフトに光が当たるのはまだまだ先だった。1970年代のバランタイン・ファンタジーがその名前を大きく広げた。

そして、もうひとつ、きっかけをもたらしたのが、イギリスの作家コリン・ウィルソンである。

1931年生まれのコリン・ウィルソンは英国の新進気鋭の評論家で、1956年、評論『アウトサイダー』で、20世紀の精神像に迫った。アウトサイダーとは、社会秩序の内側にいることを自らの意志で拒否したもののことで、この視点に基づいて、ヘミングウェイ、サルトル、ドストエフスキー、ゴッホなどを取り上げた。斬新な視点と切り口で一躍、注目されたウィルソンは、その後、自分の出世作と同名の短編の存在を知る。ラヴクラフトの『アウトサイダー』である。

ラヴクラフトに批判的だったウィルソンに対して、ダーレスが抗議の手紙を送った。これが、きっかけとなり、ウィルソンはラヴクラフトの作品を研究し、イギリスに生まれていたならば、キースのような詩人になっただろうと評価を改め、彼はクトゥルフ神話作品に挑戦する。

アーカム・ハウスから刊行された『精神寄生体』（Mind Parasites：1967）は、クトゥルフ神話の要素を残しつつも、人間の心に寄生する精神生命体との戦いを描いたもので、思弁的な要素を強く持つ哲学SFである。このテーマは後の短編『ロイガーの復活』（The Return of Lloigor：1969）でも繰り返されることになる。

✦ 賢者の石

『賢者の石』（The Philosppher's Stone:1969）は、知的な実験とも言える作品で、通例、SFに分類される。物語は学究の徒レスターが生と死の問題を探求していくところから始まる。彼は大脳生理学を研究し、脳の前頭全部葉の秘密を解明、そこに意識を拡大し、過去をも透視できる力の存在を発見する。これにより、人は精神による時間旅行が可能なのだ。レスターは時間をさかのぼり、人類の起源に迫っていくが、そこで恐るべき〈古きものども〉の存在を知る。

粗筋だけ聞けば、ラヴクラフトや後継作家の諸作品と大差ないように感じられると思うが、この作品の特質は縦横無尽なアイデアとその知的な挑戦の部分である。生と死の問題から発して、それを大脳生理学に求め、歴史を探索する。マヤ文明からムー大陸に想いを馳せ、さらに、イタリアで発見された謎の書物〈ヴォイニッチ写本〉が、実は『ネクロノミコン』であると展開していく。

ちなみに、ヴォイニッチ写本（またはヴォイニッチ手稿）とは、実在し、世界でもっとも謎めいた書物として知られる。

1912年に、古書籍商ウィルフレッド・M・ヴォイニッチがイタリアのモンドラゴーネ寺院（大学との説もあり）に保管されていた古い樽の中から発見したものとされる。ヴォイニッチの死後、アメリカの古書籍商の手を経て、今はエール大学の付属ベイニッケ図書館に保存されている。

この写本は200ページほどで、一部が破損しているものの、全体の保存状態はよい。そこには誰も見たことがない不思議な文字によって文章が書かれており、植物らしい絵も散見される。

14〜16世紀に作成されたと推測されるが、誰が作成し、どのような内容が書かれているのかはいまだ解明されていない。イギリスのオカルティスト、ジョン・ディー博士が関与しているとも、異端カタリ派の極秘文書であるとも言われる。

『賢者の石』で、コリン・ウィルソンは、これが『ネクロノミコン』であるとし、その設定は同年に書かれた短編『ロイガーの復活』にも引き継がれ、さらには1978年、ヴォイニッチ写本を解読し、かの魔道書を復活させたジョージ・ヘイの『魔道書ネクロノミコン』（The Necronomicon：1978）につながっていく。

✦ 再評価されるラヴクラフト

売れないホラー作家として死んだラヴクラフトではあるが、後継作家の活躍などもあり、最近はエドガー・アラン・ポーに続くホラー小説史上の重要人物として、

あるいは、アマチュア・ジャーナリズム運動の核にいた人物として、高く再評価されている。

　まず、ここ20年ほどの間に、ペンギンクラシックスに単独の全作品が入り、Library of Americaに作品集が入り、Oxford World's Classicsからも……という具合に、「アメリカの古典」として高く評価を受けるようになった。

　ラヴクラフトの研究者であるS・T・ヨシの手で、作品の校訂が行われ、『H・P・ラヴクラフト大事典』をはじめとする研究書が何冊も上梓された。

　ラヴクラフトは戦間期（第一次世界大戦と第二次世界大戦の間）のアメリカに生きたため、当時の人種差別的な思想を完全に拭えていなかったが、彼の描いた恐怖は人種を超えるようになり、近年ではニューヨーク生まれのアフリカ系作家ヴィクター・ラヴァルが、ラヴクラフトの『レッドフックの恐怖』を別の主人公（スラムに住む黒人のミュージシャン）で描き直した『ブラック・トムのバラード』が描かれるに至っている。

　ヨーロッパでも翻訳され、ホラーファンから注目を浴びた。フランスの小説家ミシェル・ウエルベックは、デビュー作『H・P・ラヴクラフト:世界と人生に抗って』（1991年）の題材としてラヴクラフトを取り上げ、共感している。

　また、2013年に『夏を殺す少女』が翻訳されたオーストリア出身のミステリー作家アンドレアス・グルーバーによれば、オーストリアを含むドイツ語圏ではラヴクラフト作品が人気で、彼自身、クトゥルフ神話要素を含めたミステリーでデビューしたという。

✦ スティーヴン・キング

　本来ならば、語るべき作家は枚挙に尽きない。

　詩的感性の面では、ラヴクラフトにもっとも近いとされたドナルド・ワンドレイ、ラヴクラフトと親交があり、多くの神話作品を残したヘンリー・カットナーやフリッツ・ライバーなど、『ウィアード・テイルズ』時代の盟友もまだ多いし、アーサー・C・クラークのように若い頃、ラヴクラフトのファンだった作家も多い。いや、まさに、英米のモダンホラー作家たちは、ラヴクラフトのように書くか、ラヴクラフトにならないように努力するかの選択を強いられたのである。

　第二世代、第三世代のクトゥルフ神話作家については、学研M文庫の『インスマス年代記』、東京創元社の『ラヴクラフトの遺産』、最近であれば、新紀元社の『ラヴクラフトの怪物たち』（上下）、あるいは、『SFマガジン』や『ナイトランド・クォータリー』などの専門雑誌が重要な手がかりになるだろう。

　今宵の締めは、モダンホラーの大御所スティーヴン・キングの名を上げて終わり

にしよう。

　彼もまたクトゥルフ神話に手を染めた作家である。

　学生時代に書いた『呪われた村ジェルサレムズ・ロット』（Jerusarem's Lot：1978）では、呪われた一族の末裔が帰郷し、廃棄された邪教の教会に残されたおぞましき存在に出会うというまさにクトゥルフ神話妖術師物語の典型的な作品で、魔道書『妖蛆の秘密』も登場する。ラヴクラフトのイメージを追い求めた『クラウチ・エンドの怪』（Crouch End:1980）では異界との狭間にある街を描き、非神話作品の『ニードフル・シングス』（Needful Things：1991）でも、ヨグ＝ソトースの名前を利用している。

　こうして、復活したラヴクラフトとクトゥルフ神話の作家たちは大増殖を続けているのである。

（第21夜・了）

■リーダーズ・ガイド
『ハイ・ストリートの教会』（The Church in the High Street：1962）→『インスマス年代記（上）』学研M文庫
『異次元通信機』（The Plain of the Sound:1964）、『妖虫』（The Insects from Shaggai:1964）、『シャッガイ』（Shaggai:1971）、『墳墓の主』（The Dweller in the Tomb：1971）→『真・ク・リトル・リトル神話大系9』国書刊行会
『暗黒星の陥穽』（The Mine on th Yuggoth:1964）→『真・ク・リトル・リトル神話大系9』国書刊行会
『城の部屋』（The Room in the Castle:1964）→『暗黒神話大系クトゥルー9』青心社
『母親を食った人形』（The Doll Who Ate His Mother：1976）早川NV文庫
『エイボンの書』新紀元社
『クトゥルーの子供たち』KADOKAWA
『クトゥルー神話全書』東京創元社
『精神寄生体』（Mind Parasites：1967）学研M文庫
『賢者の石』（The Philosppher's Stone:1969）創元推理文庫
『ロイガーの復活』（The Return of Lloigor：1969）→『ラヴクラフト　恐怖の宇宙史』角川文庫
『呪われた村ジェルサレムズ・ロット』（Jerusarem's Lot：1978）→『深夜勤務』扶桑社
『クラウチ・エンドの怪』（Crouch End:1980）→『真・ク・リトル・リトル神話大系6-1』国書刊行会/『ヘッド・ダウン』文芸春秋
『ニードフル・シングス』（Needful Things：1991）文芸春秋
『ブラック・トムのバラード』　東宣出版
『H・P・ラヴクラフト大事典』KADOKAWA
『H・P・ラヴクラフト:世界と人生に抗って』国書刊行会

ラヴクラフト
恐怖の宇宙史

賢者の石

母親を喰った人形

第22夜　決着
～ロバート・ブロック『アーカム計画』～

 神話の旗手

　長らく後継作家を紹介してきたが、そのトリを務めるのは、ラヴクラフト最後の秘蔵っ子、ロバート・ブロックである。

　すでに、第4夜『千の貌』と第8夜『食屍鬼の宴』において、彼がいかにラヴクラフトの魂を受け継ぎ、ナイアルラトホテップ物語と食屍鬼物語を発展させていったかについては語った。だが、ブロックの活躍はそれだけではない。

ブロック少年、ラヴクラフトに出会う

　ロバート・ブロック（1917-1994）はシカゴで生まれ、ミルウォーキーで育った。10歳の時、エジプト風の表紙につられて初めて買った『ウィアード・テイルズ』に載っていた『ピックマンのモデル』に感銘を受けた。1933年頃、ラヴクラフトにファンレターを送り、文通が始まり、ラヴクラフトの薦めで小説を書き始め、1935年、17歳の時に、『The Feast in the Abbey』で『ウィアード・テイルズ』でデビューする。この当時の『ウィアード・テイルズ』は読者投稿作品を積極的に取り入れていたとはいえ、快進撃と言ってもよい調子で、ブロックは、次々と傑作短編を発表する。

　『無人の家で発見された手記』は森の中に住む一家の恐怖体験を、少年の視点で描いた傑作である。タイトル通りの物語で、ラヴクラフトのお得意の手法をうまく使いこなしているが、少年の視点にすることで、一層の恐怖が描き出されている。ここに登場する怪物は、邪教徒たちのセリフからショゴスと見られるが、太い蹄を持つ足や太いロープを撚り合わせたような胴体を持っているため、『クトゥルフ神話TRPG』では、可変の肉体を持つ不定形生命体ショゴスではなく、シュブ＝ニグラスの眷属〈黒き仔山羊（ダークヤング）〉とみなされている。

エジプトもの

　ブロックがエジプト文明に傾倒しているのはすでに書いたが、小説家になってもその傾向は変わらず、エジプト出身とされたナイアルラトホテップを好んで取り上

げ、その他の物語でもエジプト風味を加えた作品を描いている。

『ブバスティスの子ら』（The Blood of Bubastis:1937）では、エジプトの猫神バステトをモデルにした邪神ブバスティスを創造し、その信徒たちを紀元前のイギリス、コーンウォールに上陸させた。

ラヴクラフト直伝の主人公の回想で語られる物語は、コーンウォールのオカルティスト、マルコムが発見した古代エジプトの遺跡探索ものである。猫神の神殿には多くの人骨が転がっており、その中には人間と獣が入り混じった奇怪なものがあった。ブバスティスを信仰した罪で、エジプトを追放された神官たちは英国コーンウォールで生き延び、邪悪な儀式を繰り返してきたのだ。

同年の『セベクの秘密』（The Secret of Sebek：1937）では鰐の顔をした邪神セベクを、アメリカに上陸させ、ミイラを盗み出した好事家たちに大いなる恐怖を与えている。

✴ ブロックの帰還

ラヴクラフトに憧れ、小説家になったブロックにとって、ラヴクラフトはまさに師匠であった。すでに、ナイアルラトホテップの項目で語った通り、自ら作中『妖蛆の秘密』で師匠らしい人物を殺し、その許可を手紙で得るなどいかにも楽しげな交流を続けた。

それだけに、1937年のラヴクラフトの死は、「私の一部が彼と共に死んだ」というほど大きな衝撃をブロックに与えた。この時ですら、彼は20歳の新人作家だった。

ラヴクラフトの死後も、ブロックは神話作品を発表していたが、『ウィアード・テイルズ』以外の雑誌にも進出、SFやミステリーなど作品の幅を広げ、やがて、師の影響を脱し、グロテスク・ショッカーに新境地を見出していく。1954年、『ウィアード・テイルズ』が休刊したことも、彼とクトゥルフ神話が離れていく原因になった。

テレビや映画の脚本を書くようになり、西海岸へ移住、やがて、『サイコ』（Psycho：1957）がヒッチコック監督により映画化され、大人気を博したのは有名な話であるが、切り裂きジャックを好んで取り上げるなどその後も、独自の境地を開拓していく。

一端は、クトゥルフ神話を離れたかに見えたブロックであったが、1979年、長編『アーカム計画』（Strange Eon:1979）を執筆、長らく描き続けたクトゥルフ神話に対するひとつの決着をつける。

✦ 壮大なる神話の決着

パスティーシュという言葉がある。

模倣文学ともいう。意図的に、ある有名な作品の模倣を行った小説である。意図的に笑いや諧謔を狙ったパロディに対して、元作品に対する愛着や尊敬から生まれ、笑いに走らないものを指す。アーサー王、シェークスピア、三銃士、シャーロック、ホームズや007に至るまで、熱狂的なファンを持つありとあらゆる名作に対して行われている文学形式である。

例えば、世の中にはシャーロック・ホームズのパスティーシュ作品はそれこそ無数に存在する。第19夜で前述した通り、ダーレスも、ホームズの徹底したパスティーシュ、ソーラー・ポンズものを書いているが、その作品の中で、ブレイド街のホームズことポンズは「初歩的なことなんだよ、パーカー」と、本家ホームズを想起させる台詞を口にする。

しばしば、すべてのクトゥルフ神話はラヴクラフト作品のパスティーシュであると言われる。実際、ダーレスは合作と称して多くのラヴクラフト・パスティーシュを書き続けた。多くの作家が、ラヴクラフトの到達した何かを手に入れようとして、その模倣を繰り返した。

ラヴクラフトの若き友人であり、深い親交のあったロバート・ブロックが長い沈黙を破って、クトゥルフ神話に復帰した『アーカム計画』は、ラヴクラフトから始まるクトゥルフ神話の総決算であり、それまでに書かれた、多くのラヴクラフト・パスティーシュを包括する作品となった。もともとは、1978年の同人誌『WHISPERS』3-4号合併号に寄稿したパロディ小説で、第一部に相当する短編だったが、これに加筆して長編化したものである。

物語は、ラヴクラフトの小説『ピックマンのモデル』に登場する画家リチャード・アプトン・ピックマンの絵を、蒐集家キースが入手するところから始まる。

フィクションであるはずの食屍鬼の絵を巡って起きる奇怪な殺人は、キースを恐るべき真実に導いていく。ピックマンは実在し、ラヴクラフトの描いたクトゥルフ神話が、まさに真実を記していたのではないか?

キースを主人公にした第一部『現在』は、ピックマンの絵を筆頭に、ラヴクラフト神話作品のパスティーシュ場面が次々と展開されていく。絵を買った画商は『潜み棲む恐怖』と同様に、顔をえぐられて死に、手がかりを握る古書籍商ベックマンにかけた電話からは『ランドルフ・カーターの陳述』の名台詞が流れ出す。

「ばかめ、ベックマンは死んだわ」

さらに、親友ウェイバリーもまたある有名な場面を模倣するように、キースとは

別の世界に行ってしまう。

　意図的なパスティーシュは、邪悪な神話の復活へのステップである。

　すべてのパスティーシュの意味を知ったキースは、大地震で〈敵〉の手に落ちることを免れるが、同時に、大地震の震源地がルルイエであることに気づき、南太平洋に向かい、謎の失踪を遂げる。

　第二部『その後』では、キースの離婚した妻ケイが、キースの失踪の謎を追いかけて、邪悪な異端結社〈星の智慧派〉のナイ神父と対決、FBIのエージェント、ミラーと出会う。ここでも、ラヴクラフトの傑作を想起させる事件が繰り返され、クトゥルフ神話は真実のものとなっていく。

　ケイはミラーの仲介で、アメリカ政府の保護下に移る。大地震事件以来、邪神復活に気づきつつあったアメリカ政府は、邪神クトゥルフと対決するべく、内外の才能を結集し、〈アーカム計画〉を発動した。クトゥルフの眠るルルイエを核攻撃するのだ。ミラーも太平洋艦隊に加わり、ルルイエに向かう。ひとり待つケイは、やがて、ミラーの部下オリンとともに、ミラーを追うが……。

　『アーカム計画』には第3部がある。

　それは、人類が邪神との戦いに敗れた未来である。

　ナイ神父ことナイアルラトホテップの邪悪な陰謀の結果、恐るべき邪神が再生するのである。

✴ しかし、神話は終わらず

　ロバート・ブロックは最後に、クトゥルフと人類の壮大な戦いの叙事詩を描き、クトゥルフの再生すら描いた。それはクトゥルフ作家として世に出たブロックの総決算であったのだろう。あえて、ラヴクラフトの神格化というダーレス風の技法を使い、数多くのラヴクラフトのパスティーシュを散りばめた上で、ブロック流のナイアルラトホテップ物語を現代的にアレンジし、現代世界に爆発させたのである。

　それは多分、ブロックの中のクトゥルフ神話、いや、ラヴクラフトへの感情そのものに決着をつけるものであったと言えよう。

　しかし、この作品でブロックが示したクトゥルフ神話の現代性は、その後、多くの作家を新たに魅了し、その極限まで向かわせることになる。彼らは気づいてしまったのだ。まだ、自分たちにはクトゥルフ神話が残っていると。

　（第22夜・了）

リーダーズ・ガイド

　ブロックのクトゥルフ神話の主要な短編は青心社の『暗黒神話大系クトゥルー』の中に大半が収録されているが、さまざまな短編集に散らばった作品もあれば、まだまだ未訳の作品もある。。いずれ、どこかでまとまってほしいものである。

『ブバスティスの子ら』　青心社『暗黒神話大系シリーズ　クトゥルー13』（The Blood of Bubastis:1937）
『セベクの秘密』（The Secret of Sebek：1937）→『暗黒神話大系クトゥルー9』青心社
『アーカム計画』（Strange Eon:1979）創元推理文庫

アーカム計画

■EPISODE 06　黒い人

「よく引き受けましたね」

　この本の初版を書いている頃、知人の小説家はこの本の話を聞いてそう言った。

「私なら、1年はもらいますよ」

　まったくだ。21世紀初頭の段階で、どれほどのクトゥルフ神話関連書籍が出ているか、考えたくもない。中核となる小説とコミックス、映像、ゲームなどをざっとリストアップしただけで数百を超える。ほんのちょっと神話用語が出てくるだけものまであげたら切りがない。

　さらに、ゲームの影響がある。

　近年、クトゥルフ神話の認知度が上がった理由のひとつに、ゲームの存在がある。1986年、『クトゥルフの呼び声』というテーブルトークRPGがホビージャパン社から翻訳出版された。説明が必要だろう。テーブルトークRPGとは現在のゲーム機でプレイするRPGの祖先に当たるアナログ・ゲームで、人間同士でプレイする。TRPGと略する。これは21世紀に入って、『クトゥルフ神話TRPG』として、エンターブレイン（現KADOKAWA）から復活し、ゼロ年代の終わりに再ブレイクした。

　この部分を語る必要があるからこそ、テーブルトークRPGのデザインをしている私に話が来たのだろう。

　クトゥルフ神話を巡る状況は色々とややこしい。

　例えば、クトゥルフ神話で重要な神格のひとつ、Nyarlathotepの読み方に関しては極端に異なる。TRPGにおいては、ニャルラトテップ、小説の場合は、ナイアルラトホテップ、またはナイアーラトテップと書かれることが多い。クトゥルフ（Cthulhu）のように「人類に発音できない邪神」の名前ではないし、ホテプ（古代エジプト語で「満ち足りたもの」。神名につけることが多い）とあるようにエジプトのファラオを想定した名称なので、人が発音できる名前であるが、どこに準拠するかによって表記が変わる。TRPG版は版元のケイオシアム社準拠で「ニャルラトテップ」を採用し、ライトノベル界隈もこれに準拠する上、アニメ化されたライト

ノベルのヒロインにすらなってしまい、ニャルで通じることも多い。一方、翻訳小説の場合、「ナイア（ル）」という異国読みを重視する。ホテプを無視する翻訳者は英語話者発音にこだわっているのだろう。

　おかげでクトゥルフ神話の総合解説などすると、章の題名と文中で紹介している題名が、同じものなのに、表記が異なるという羽目になる。やむなく、2004年の初版では、一般に普及している創元推理文庫版全集に従った。

　このように、あたる資料が多い分、執筆は難航し、新作TRPGのデザインと合わせて、非常に多忙を極めていた。

　「もしかしたら、あなたに新作を作らせないようにする陰謀かもしれませんよ。黒い人が動いているかも」

　〈黒い人〉とは、クトゥルフ神話に登場する神々の使者ニャルラトテップのことだ。言葉はおろか、人類の思考さえ通じているのかどうかも分からないクトゥルフ神話の神格の中で、ニャルラトテップだけは例外的に人間に近いレベルで活動する。エジプトから来た浅黒い肌をしたカリスマ的な人物を演じつつ、窮極の神々の使者として世界の終わりを告げる。ラヴクラフト作品では夢に見たという小説から登場し、以降、「魔女の家の夢」や「未知なるカダスを夢に求めて」などさまざまな作品にそれぞれ異なる姿で登場した。千の異形を持ち、異形の神々の手先として、神々の邪悪な陰謀の実行犯となる。ロバート・ブロックの『アーカム計画』では人類の対クトゥルフ機関をあざ笑い、世界を邪神の支配下におこうと策動する〈星の智慧派〉教会の神父として暗躍する。このナイ神父も当然、肌の色が黒い。そのため、ラヴクラフティアンは何かの陰謀めいた事柄が起きると、〈黒い人〉の陰謀だとジョークめかして言うのである。

　「担当さんは特に黒い人でも、神父さんでもなかったが」

　「ほら、中の黒い人がいるかもしれない」

　またマニアックな言い方をするものだ。

　念のため、言っておくが、クトゥルフ神話には〈中の黒い人〉という言い方は出てこない。

　〈中の人〉というのは、吉田戦車の不条理ギャグ4コマ『伝染（うつ）るんです』から派生した言葉だ。カワウソ君が二人羽織みたいなことをし

てパーティにもぐりこむが、誰かに「下の人も大変ですね」と言われ、「下の人などいない！」とあせる。そこから〈中の人〉という言い方が派生した。

　クトゥルフ神話と不条理ギャグはどうも近い場所にあるらしく、いつの間にか〈黒い人〉と〈中の人〉が合体し、〈中の黒い人〉という言い回しが生まれたようだ。〈暗黒の男〉も、80年経つと、カワウソ君になってしまうのか？　大変なことだ。いや、かの陰謀家ニャル様のことであるから、してやったり、とカワウソの皮を脱いで見せるだろうか？

　とりあえず、ここはお約束どおり「中の黒い人などいない！」と受けるべき場所かねえ。結局、「まあ、私の原稿が遅れて、クトゥルフが復活する訳ではないですからね」と笑い飛ばした。

　数日後、打ち合わせに現れた担当氏の顔色は、なぜか、日焼けで真っ黒になっていた。南太平洋のどこかでバカンスを過ごしてきたらしい。どこか神父めいたスタンドカラーが白くて、よく似合っていた。

第23夜　もうひとつのクトゥルフ
～TRPGについて～

 ## ゲームとクトゥルフ

　さて、ここまでクトゥルフ神話の普及に貢献した後継作家について紹介してきたが、ここでその普及に大きな影響を与えた別の存在、ゲームの話をしよう。

　クトゥルフ神話は本書の読者にも親しみの深いゲームの世界、特に、筆者の専門分野であるテーブルトークRPGの世界で注目されている。

　テーブルトークRPGとは、デジタル・ゲームのRPGではなく、その祖先に当たる会話で進めるアナログ・ゲームである。歴史的に見れば、本来、RPGとはこちらのアナログ・ゲームを指すべきだが、日本ではデジタル・ゲームの普及が先行し、普及度が高いため、区別するために、アナログ・ゲームのほうをあえて、テーブルトークRPG（TRPG）と呼ぶようになった。

　TRPGの元祖『ダンジョンズ＆ドラゴンズ』（略称「D&D」）が発売されたのが1974年で、初期のTRPGはファンタジーやSFの世界を再現していたものが多かった。この時点で、ロバート・E・ハワードの「英雄コナン」シリーズと並んで、クトゥルフ神話の要素も取り込まれていった。

　やがて、1981年にアメリカのケイオシアムによって『Call of Cthulhu』が制作された。サンディ・ピーターセンのデザインしたこのゲームの中では、プレイヤーは探索者となり、奇怪な事件に挑むことになる。これは同社のTRPGの基本システムであるベーシック・ロールプレイング・システム（略称BRP）を使用していた。

　『Call of Cthulhu』は1986年、ホビージャパンから『クトゥルフの呼び声』の邦題で翻訳出版され、大人気となった。現在、クトゥルフ神話を愛する中堅クリエーターの中にはこの洗礼を受けた者が多い。ラヴクラフトファンで知られる俳優の佐野史郎が代表的で、俳優仲間の嶋田久作らと『Call of Cthulhu』を遊んでいたというエピソードがある。ホビージャパンからは、最初のボックスセットから書籍版ルールブックを含め多くの製品が紹介されたものの、1990年代半ばに展開が停止してしまう。

　その後、2003年12月には『D&D』（第3版）のシステムにあわせた『コール　オブ　クトゥルフ　d20』が新紀元社から翻訳発売された。これはケイオシアム社の協力のもと『D&D』の版元であるウィザーズ・オブ・ザ・コーストの手によって制作

されたものだ。2004年8月に刊行された本書の初版は、このd20版に合わせて企画されたものである。

同2004年、『Call of Cthulhu』がエンターブレイン（現KADOKAWA）から『クトゥルフ神話TRPG』の邦題で復活した。『クトゥルフの呼び声』と基本的なルールは一緒だったことで従来のファンに人気を博し、地道なサポートが続いていった。その結果、多くのファンを有していたが、ゼロ年代の段階では、他のTRPGと同様に、ゲーマー以外の、誰もが知っていると言えるほどとは言えなかった

だが、2011年頃から、ネットにアップされたクトゥルフ神話RPG紹介動画がブレイク、翌年、アニメ化されたクトゥルフ神話系ラヴクラフト・コメディ・ライトノベル『這いよれ！　ニャル子さん』とともに、若い世代にクトゥルフ神話というジャンルを浸透させた。現在では、TRPGというと、『Call of Cthulhu』を指すと言われるほどになり、若い読者がクトゥルフ神話にふれる際、ラヴクラフトの原作よりも、まず、『Call of Cthulhu』から入ることの方が多い。

2019年年末には『Call of Cthulhu』の最新版が『新クトゥルフ神話TRPG』の邦題で発売されベストセラー入りしている。

✦ 正気度ロール（俗称「SANチェック」）

『Call of Cthulhu』は、同社のファンタジーRPG『ルーンクエスト』や『ストームブリンガー』（ムアコックの『エルリック』シリーズのRPG化）にはない斬新なシステムが追加されていた。

恐怖を扱うシステムだ。

それぞれの探索者は生命力を表す「耐久力」の他に、「正気度」と呼ばれる数値を持ち、ゲーム中に、奇怪な事件に遭遇し、恐怖を感じるたびにこれが失われていく。一定数失われると、一時的な狂気に陥り、あまり減りすぎると回復不能の状態に陥ってしまう。

このルールにより、神話作品に登場するように、怪物を見たり、あるいはおぞましい事実を知ってしまったりするだけでおかしくなっていく人物像が再現されるようになっている。

ゲーム中、正気度は減るかどうかの判定は、正気度ロールと呼ばれる。また、正気度（Sanity）の略称SANを取って、SANチェックという俗称で呼ばれることも多い。これに失敗すると、正気を失ってしまうのだ。

さらに、優れたことに、この正気度ロールを行う前後に、気づいたか、あるいは、恐怖を理解できたかも判定される。後者はアイデアロールで、その結果、曖昧な痕跡しか残されていないにも関わらず、探索者が事件の背景に隠された恐るべき真相

に気づいてしまい、破滅するという事態が再現されるのである。

　『Call of Cthulhu』は、ヒロイックな冒険物語やバトル・ゲームが多かった
TRPG界に、戦闘以外のストーリーを楽しむという斬新な流れを提示した。以来、
非常に人気を博し、バージョンアップを重ねて最新版の『新クトゥルフ神話
TRPG』は第7版にあたる。日本でもホビージャパンとKADOKAWAから翻訳と日
本オリジナルの両方で多くの設定集やシナリオが出版されている。

✴ スピンオフ 『クトゥルフ・ダークエイジ』と 『クトゥルフ神話TRPG　比叡山炎上』

　『Call of Cthulhu』が日本で人気を博した理由のひとつは、もともとのクトゥル
フ神話が作家の多様性を飲み込んだことで古代から近未来まで幅広い可能性を持っ
ていたように、宇宙的恐怖というテーマ（および、クトゥルフ神話的なキーワード）
さえ共有していれば、さまざまな舞台に展開できたということである。

　最初は、ラヴクラフトの時代、いわゆるローリング'20s（1920年代のアメリカ、
狂騒の時代とも言われる）で遊ばれていたが、その後、現代でも遊べるようになっ
た。クトゥルフ神話作品が常に現代ホラーの道を歩んできたように、TRPG版でも、
現代を舞台にして遊べるようになっていった。それは「恐怖を感じる」ために必要
な進化だったと言える。その結果、『Call of Cthulhu』は非常に遊びやすくなった
のだ。

　その後、『Call of Cthulhu』は冒険の舞台をさらに広げていった。19世紀後半の
ロンドンを舞台にした『クトゥルフ神話TRPG　クトゥルフ・バイ・ガスライト』
は、ホームズの時代を共有することで、よりわかりやすい冒険ものとして高く評価
された。また、ケイオシアム社は『Call of Cthulhu』の舞台の拡張に熱心で、中
世を舞台にクトゥルフ神話をプレイできる独立型ルールブック『クトゥルフ・ダー
クエイジ』を刊行している。ファンタジーTRPG的な舞台で、宇宙的な恐怖をプレ
イできるのである。

　私、朱鷺田も、2007年に、日本語版における『ダークエイジ』的な立ち位置で、
戦国時代を舞台にした独立型ルールブック『比叡山炎上』を製作した。タイトル通
り、織田信長の時代における邪神の胎動を描く。戦国武将や忍者の戦闘力を加味し
た結果、本家『Call of Cthulhu』とは比べ物にならない武闘派キャラが製作できる
ため、少々頭の悪い作品にはなってしまっているが、信長VS邪神と考えて楽し
んでいただければ幸いである。

✦ 拡大する『Call of Cthulhu』

現在、日本の若者たちにTRPGと言えば、『Call of Cthulhu』という状況になっている。これはTRPGのトップシェアが『Call of Cthulhu』になったというだけではなく、ゲームを通じて、クトゥルフ神話に出会い、自らクトゥルフ神話を創造する側に回った人々がたくさん生まれたというものでもある。『Call of Cthulhu』のセッションの中では、キーパー（KP）とプレイヤーによって、無数のクトゥルフ神話が生まれ続けている。その数は数十万にも達するだろう。彼らはシナリオを書きゲームをプレイすることで神話作品を生み出し、その成果はネット動画や個人誌の形で、さらに多くの人々に神話作品の「鑑賞者」にしていく。

『Call of Cthulhu』の影響は大きく、いまや、TRPGから生まれた設定がクトゥルフ神話の「常識」となり、他のメディアの作品にも取り入れられ、新たなクトゥルフ神話サイクルを作っていく。100年前、ラヴクラフトが文通と創作で始めたクトゥルフの輪は100年を過ぎた現在、さまざまな形で飛躍的に拡大しているのだ。

✦ その他のクトゥルフ神話テーマTRPG

『Call of Cthulhu』は衝撃的であった。

新しい遊びのスタイルがそこにあった。

その結果、そこで育まれた新たなクトゥルフ神話のファンが、ゲームから原作小説へと還流していくと同時に、新たなクトゥルフ神話ゲームの作り手に進化していった。

例えば、汎用TPRGシステム『GURPS』を展開するスティーブ・ジャクソン・ゲームズからは、サイバーパンク世界でクトゥルフ神話の邪神と戦う追加ルール『Cthulhu Punk』が出ている。

また、ペルグレイン・プレス社は、2007年より、ホラーものを得意とするガムシュー・システムを用いて、『Trail of Cthulhu』を開発展開している。これも、2020年末にはグループSNEより、日本語になることが決定している。タイトルは『暗黒神話TRPGトレイル・オブ・クトゥルー』の予定とのこと。

その他未訳ながらワイルド・ファイア社の『CthulhuTech』は、クトゥルフが復活した後の地球を舞台にしており、人類は巨大ロボットを開発してクトゥルフ神話の邪神や眷属と戦うというものだ。

日本でも、クトゥルフ神話を意識したTRPGは多数ある。

グループSNEの『ゴーストハンターRPG』は、デジタル・ゲーム、小説などと組

み合わせてマルチジャンル展開し、クトゥルフ神話と被る1930年代を舞台にしたホラーTRPGで、トランプを使った独特の正気度管理ルールを持ち、雰囲気がよい。もともと、安田均が携わったパソコンRPG『ラプラスの魔』のシステムの発展形になっており、この『ラプラスの魔』の段階でクトゥルフ神話ものだった。最近の『ゴーストハンター13』以降は、ボードゲームとの組み合わせが加速している。

　悪魔や神をテーマにしたデジタル・ゲームの『真・女神転生』シリーズには、Ⅱより、クトゥルフ（ゲーム内表記は『クトゥルー』）やニャルラトテップなどのクトゥルフ神話系邪神も取り上げられており、筆者も展開に協力したTRPG版では何度もTRPG向けのデータを提供してきた。

　昨今の『Call of Cthulhu』ブームの中で、『Call of Cthulhu』から参入した若いユーザーに高く評価されたのが、冒険企画局の河嶋陶一朗がデザインした『マルチジャンル・ホラーRPG　インセイン』である。「正気ではない」を意味するタイトル通り、恐怖物語の構造と狂気を再現したシステムで、クトゥルフ神話も当然扱うことができる。河嶋はさまざまな神々の加護を受けられるヒーローとなってプレイする『神話創世RPG　アマデウス』もデザインしており、そこにはクトゥルフ神話も設定されている。

　また、同じ冒険企画局に所属する平野累次は『異世界TRPG伝説　ヤンキー＆ヨグ＝ソトース』という作品を発表しており、続編『ジャイアントヤンキー＆ガタノソア』では、大怪獣決戦すら再現している。

　かくして、クトゥルフ神話は、ラヴクラフトの故郷ニューイングランドから地球を半周した極東の島国で不思議な花を開いているのである。

（第23夜・了）

■リーダーズ・ガイド
　TRPG版製品の詳細は巻末付録を参照されたい。

コール　オブ　クトゥルフ
d20

イタカ

イラスト：槻城ゆう子

第3部
クトゥルフ・ジャパネスク

■EPISODE 07　じっと手を見る

ラヴクラフトに関する原稿を書き始めてから、よく自分の手を見る。

「啄木を気取っても似合わないわ」

そんな私を見て、妻が笑う。

「いや、こんな本があってね」

差し出したのは『秘神〜闇の祝祭者〜』（アスペクト）。日本でクトゥルフ神話を書き続ける朝松健が編纂した書き下ろしクトゥルー・ジャパネスク・アンソロジーだ。日本版インスマウスというべき架空の魔術都市、千葉県海底郡夜刀浦市（うなそこぐん・やとうらし）を舞台にしたクトゥルフ神話作品集である。1999年の本で、すでに書店では手に入らない。困ったことにもう絶版らしい。出版が盛んなのはいいことだが、20年ほど前の本がもはや入手できないのはこまりものである。私も結局、探しまわった挙句の果てに、図書館の奥から掘り出してもらった。

閑話休題。

『秘神』の話をするには、まず、HPLの書いた辺境ホラー『インスマウスの影』を語るところから始めるべきだろう。

物語は簡単だ。若き旅行者がちょっとした偶然と好奇心から、マサチューセッツ州の寂れた港町インスマウスに立ち寄り、恐ろしい恐怖に出会うというものだ。そこは南洋から招きいれられた異端宗派「ダゴン秘密教団」に支配され、海底の邪神クトゥルフとダゴンに仕える魚妖の種族「深きもの」を信仰する異形の街だった。

この作品がただの辺境ホラーで終わらなかったのは、その住民が海底の魚妖の影響によって、変化した存在という点にある。人が人でなくなる恐怖。街の不気味な描写、人間と魚妖の混血によって、堕落し、変質していく住民たちの不気味な姿は実にショッキングだ。

彼らは魚妖「深きもの」の影響により、人ならぬものになっていく。

変形し、魚を思わせる顔つき、瞬かぬぎょろりとした目、指の間に生える水かき、首筋の鰓、身体を覆う鱗……いつか彼らは「深きもの」に従い、「悪魔の暗礁」の底に隠された海底都市イ・ハ・ンスレイに向かって

泳ぎ出すのだ。

　それは呪いであるとともに、解放でもある。

　多くの作家がHPLを追いかけ、「深きもの」とインスマウスの物語を書いていくのは、そこに惹かれているのかもしれない。

　『インスマウスの影』の日本版である『秘神』の舞台となっている海底郡は架空の地域であるが、ここにはちょっとしたリアリティの引っ掛けがある。九十九里浜の北に実在する銚子や旭を海上（うなかみ）と呼ぶことを利用したのだ。千葉県は旧来の国名から言えば、北の茨城県に近い方から、下総（しもうさ）、上総（かずさ）、安房（あわ）となる。海上は今も旭と銚子の間にある地名として残っている。ここで朝松健は、クトゥルフ的な解釈によって、海上に対して、下総の底にある地域に海底郡があると設定したのである。

　「あなたの生まれも千葉県ね」

　私の実家は千葉県八日市場市（ようかいちば・し）。生まれたのは隣接する匝瑳郡野栄町（そうさぐん・のさかまち）である。平成の大合併で、これらは合併して匝瑳市となったが、この本で海上と呼ばれた旭はすぐ隣である。九十九里海岸の流れで言えば、北から銚子、海上、旭と来て、八日市場、野栄になる。

　「まあ、海上とは言えないから、八日市場や野栄のあたりが海底と言われたら、まあそれもありかな」

　そう、これは架空の物語だ。

　HPLの『インスマウスの影』が架空であるように、『秘神』の物語もまた架空のはずだ。

　実際、故郷の八日市場周辺には、海底などという地名は無い。過日、帰省した際、父にも確認した。長年、地元の小学校の教師をしていた父は一瞬、考え込んだ後、「聞いたことがない」と答えた。

　そう、架空の話だ。しかし……。

　ぐるぐる回り始めた頭の中で、『インスマウスの影』で描かれたマーシュ家の精錬所が、私の通った中学の隣にあったセメント工場の高い塔に重なる。石灰などかけらも取れない八日市場になぜセメント工場があったのかはよく分からない。

「あなたの実家があるあたりは昔、海だったのよね」

妻の声が私の思考をさえぎった。

「ああ」と私は答える。「あの辺には江戸時代まで、椿の海という湖があって、そこを干拓した。そう言えば、伝説があったな。湖に住む白蛇が干拓に抵抗したので、鉄牛というお坊さんが調伏したそうだ」

そこで何か、私の脳裏をよぎる。波の音。あれは確か…。

「知っているかい？　平将門と成田山の関係を」

突然、私は脈絡のない話を始めていた。平将門は平安時代末の叛乱者で、茨城や千葉はその領地であった。

「新皇を名乗った将門は怪物のような武将で、目が4つあったとか、影武者が8人いたとか言われているほどの狡猾な武将で、当時の朝廷にはどうしようもなかった。そこで朝廷が計画したのが、四国から海路、成田に不動明王を運び込み、将門を呪殺するという計画だ。

つまり、成田不動尊は戦略兵器だったのさ」

「詳しいわね」

「その成田不動尊が上陸したのが野栄の海岸でね、海岸の防砂林の中にその記念碑があった。見晴らしはよくないが、波の音が気持ちいい場所で、高校生のころには…」

私の言葉は止まらなかった。

体の中で波の音が響いていた。あの記念碑の前で太平洋から轟く波を耳ではなく、体中で感じていた日々のように。

今も何かが私を呼んでいた。

言葉にはできない不可思議な声だ。聞いたことも口にすることもできない言葉が、太平洋の水平線も向こうから石碑の前に立つ私の身体を揺さぶり、そして、今も揺さぶり続ける。

そして、私は再び、手を見る。

ダイジョウブ。マダ、そこには何の印も現れていない。

波間にのぞく触手　　　　　　　　　　　　　　　　　　イラスト：原　友和

第24夜　美少女アル・アジフ
〜ニトロプラス『斬魔大聖デモンベイン』〜

 不思議な果実

　古今東西、魔道書『ネクロノミコン』がさまざまな使い方をされてきた。魔道書として妖術師をたぶらかすだけではとどまらず、触れただけで、人をおかしくし、マンリイ・ウェイド・ウェルマンの『謎の羊皮紙』（The Terrible Parchment: 1937）では、魔道書ネクロノミコンの1ページが読んでくれ、読んでくれと這い寄ってきた。

　しかし、少なくとも、ネクロノミコンが物語のヒロインになった例はそれほど多くないはずだ。その嚆矢となったのは、2003年に発売された美少女ゲーム『斬魔大聖デモンベイン』（2003：Nitro+）である。このゲームの中で、魔導書『ネクロノミコン』は外見12歳相当の美少女アル・アジフとなり、主人公とともに巨大ロボット、デモンベインを操り、魔術結社やクトゥルフ神話の邪神と戦うのである（本作では「魔導書」表記）

美少女ゲームとクトゥルフ神話

　もともと、18禁、つまりポルノである美少女ゲームとクトゥルフ神話は相性がよいと言われてきた。淫祀邪教、人獣混交、触手や粘液など、セクシャルなイメージを多数含んでいること、内省的で冷静を装いながら、狂気に向かっていく主人公の語り口調が日常を逸脱していく美少女ゲームの主人公の無個性さと通じること、魔術のカルト的な雰囲気を出しやすいこと、非人間型の敵（いわゆる触手系）を使用しやすいことなど、美少女ゲームとクトゥルフ神話の間には多くの共通点が存在する。

　もともと、小規模でゲーム製作ができるPC系美少女ゲームの場合、製作者の趣味が強く出たカルトなゲームが少なくない。クトゥルフ神話のようなマニアックな題材を好むクリエーターも少なくない。美少女ゲーム初のクトゥルフ神話ゲームはフェアリーテイルの『ネクロノミコン』（1994）とされているが、これはシナリオライターの廣野健一のクトゥルフ神話好きが高じて立ち上がった企画だという。

　また、葛飾北斎に遡る触手エロチシズムが、クトゥルフ神話を想起させるという面もある。美女と絡み合う蛸の触手は擬人化されたクトゥルフやショゴスを連想さ

せるのだ。『斬魔大聖デモンベイン』が誕生する準備は十分に整っていたと言えよう。

✦ 美少女化する魔道書

『斬魔大聖デモンベイン』は、魔術と科学の混交によって世界有数の繁栄を謳歌するに至ったアーカム・シティが舞台である。そこでは、邪悪な魔術結社〈ブラック・ロッジ〉が悪の限りを尽くしていた。巨大な破壊ロボで街を破壊し、高位の魔術師が密かな陰謀を巡らせる。

街を発展させた立役者である覇道財閥の総帥である若き令嬢、覇道瑠璃は祖父が残した巨大ロボット、デモンベインを起動させようとしていた。デモンベインは魔術と科学の粋を集めて作られたため、その起動には力ある魔導書を必要としたのである。

そこで目をつけたのがしがない三流探偵、大十字九郎（だいじゅうじ・くろう）。彼は今でこそペット探しや浮気調査が主な業務の私立探偵でほとんど仕事もないのだが、大学時代には、ミスカトニック大学に存在する隠された隠秘学科に学び、魔導書に触れたこともあったのだ。結局、魔導書のおぞましさに、魔術の道を捨て、大学もドロップアウトした九郎だったが、覇道財閥の示した法外な報酬に魔導書探しを引き受ける。

魔道書を探して街をさ迷う九郎の前に出現したのは、いや、空中から落下してきたのは美少女アル・アジフ、名高き魔導書『ネクロノミコン』の精霊であった。〈ブラック・ロッジ〉に狙われるアルと出合ったために、九郎は〈ブラック・ロッジ〉に追われることになり、絶体絶命の危機に陥った。

そこで、九郎に魔術師の素質を認めたアルは、半ば強制的に九郎と契約、彼を魔術師に仕立て上げ、〈ブラック・ロッジ〉のドクター・ウェストを退ける。この契約の際に、アルが詠唱するのが、かの有名な台詞である。

久遠に臥したるもの死すことなく
That is not dead which can eternal lie,
怪異なる永劫の内に死すら終焉を迎えん
And with strange aeons even death may die.

やがて、巨大な破壊ロボ（正式名称は『スーパーウェスト無敵ロボ28号スペシャル』）が出現、全長80mの巨大ロボから逃れる内に、迷い込んだ地下で、鬼械神（デウス・マキナ）である巨大ロボット、デモンベインと出会い、これを勝手に起動、

破壊ロボを倒す。

　しかし、それは大十字九郎とアル・アジフの果てしない戦いの序章にしか過ぎなかった。第一章で起動したデモンベインを見下ろしながら、マスターテリオンは呟く。

　「さあ、踊ろうではないか？　あの忌まわしいフルートが奏でる狂った輪舞曲の調べに乗って。

　ヒロインは貴公だ――アル・アジフ」

巨大ロボとクトゥルフ神話

　本書第3部ジャパネスク編の冒頭に、著名作家のクトゥルフ神話小説ではなく、この『斬魔大聖デモンベイン』を持ってきたのには理由がある。

　ラヴクラフト生誕以来130年、クトゥルフ神話は自ら命を持つかのように拡大を続けた。世にあるクトゥルフ関連作品はあまりにもさまざまなものとなり、中にはとりあえず、クトゥルフなど神話用語を散らしてみたというだけで、クトゥルフ神話を追跡する研究者のリストに加わっているものも少なくない。

　本書では、ラヴクラフト時代のクトゥルフ神話創世から始まる懐の深さや遊び心を鑑み、できるかぎり幅広く扱っていくことで、クトゥルフ神話というジャンルの可能性を解説していくことにしている。

　とはいえ、やはり限度がある。

　そこで、ここでは、日本でのクトゥルフ神話の可能性の極限をまず紹介して、クトゥルフ・ジャパネスクがここまで来ているということをご理解いただきたい。

　そう、巨大ロボット・アニメと美少女ゲームという実に日本的なジャンルとクトゥルフ神話が融合した『斬魔大聖デモンベイン』は、ある意味、クトゥルフ・ジャパネスクの極北と言えるのである。

　もちろん、『斬魔大聖デモンベイン』は単なるクトゥルフ神話用語を散らしただけの美少女ゲームではない。

　クトゥルフ神話の有名な魔導書『ネクロノミコン』、『ナコト写本』、『ルルイエ異本』が次々と美少女として登場するという趣向は美少女ゲームらしいものだが、世界最強の魔導書とあれば、魂もあり、肉体の器もあり、〈神〉（正確には神の紛い物だが）を召喚することさえできると主張してみせる。

その他、『無名祭祀書』、『妖蛆の秘密』などクトゥルフ神話に登場する魔導書と契約した魔術師も登場、それぞれ鬼械神（デウス・マキナ）と呼ばれる魔術ロボを召喚する。

確かにバトル・シーンはスーパー・ロボット・アニメ風であるが、そこには多彩な魔術的な要素が散りばめられ、物語そのものは邪神クトゥルフの復活を目指す魔術結社〈ブラック・ロッジ〉と、魔導書を得た若き魔術師との激闘という、クトゥルフ神話の王道を歩んでいく。

序盤は、マッド・サイエンティストのドクター・ウェストとのロボット対決を行いながら、アル・アジフ（魔導書『ネクロノミコン』）の欠損したページを探しながら、デモンベインでの戦いを九郎が学んでいく様子が描かれる。

魔導書のページはそれぞれが怪物になっている。蜘蛛神アトラク・ナチャ、火炎の神クトゥグア、氷雪の神イタクァ、バルザイの偃月刀、ニトクリスの鏡…。それぞれのもたらす事件を解決し、自らの武器とする九郎の姿はいわゆる成長譚形式である。アトラク・ナチャは捕獲用魔法陣、偃月刀は格闘兵器兼魔力増幅具、ニトクリスの鏡は幻影を使った撹乱技となって九郎の戦術を広げていく。

邪神クトゥグアやイタクァがコントロールしきれずに暴走する話があるかと思えば、これは両手の銃へと姿を変え、神の力を魔術弾として打ち出す。

すべてのページを取り戻すと、飛行ユニット〈シャンタク〉が使えるようになり、デモンベインは空を飛ぶようになる。

このあたりの展開は、美少女ゲーム的なお約束のエロ・シーンも交えるものの、実に本格的な巨大ロボットものとなっており、なかなか燃える展開である。

✴ クトゥルフ、ヨグ＝ソトース、ナイアルラトホテップ

物語が進むにつれ、さらにクトゥルフ神話の度合いが深まっていく。

リゾート化されたインスマウスでのビーチ遊びも、一転して、クトゥルフ復活につながる陰謀劇となり、敵の組織の幹部、アンチクロスのひとり、『エイボンの書』を操るウェスパシアヌスの冷酷な陰謀が展開、初の海中戦闘でデモンベインは父なるダゴン、母なるハイドラと対決することになる。ダゴンとハイドラが巨大フナムシになってしまっているのは残念であるが、インスマウスの住人たちを襲う悲劇はなかなかドラマチックである。

やがて、邪神クトゥルフが復活、勢ぞろいした6人のアンチクロスの前にデモンベインも一度は敗退する。復活したクトゥルフの描写は、実に丹念でおぞましく、コズミック・ホラーの要素が遺憾なく発揮されている。

その後、〈ブラック・ロッジ〉の内紛で総帥マスターテリオンが死亡、その隙に

復活したデモンベインは激闘の末、ついにアンチクロスたちを倒すも、マスターテリオンがおぞましき復活を遂げる。クトゥルフは南太平洋へと移動し、ルルイエが浮上、その上空にヨグ＝ソトースの門が出現する。

何と、マスターテリオンはヨグ＝ソトースの落とし子であったのだ。邪神の地球降臨を防ぐため、デモンベインはマスターテリオンを追いかけて、異次元へと向かうが、それさえも、〈旧支配者〉たちの完全復活を願うナイアルラトホテップの陰謀であったのだ。

✴ 新たな入り口

『斬魔大聖デモンベイン』は、美少女ゲームという枠組みの中では、実によくできたクトゥルフ神話作品である。主人公の名前はタイタス・クロウをもじったものであるし、個々に散りばめられたクトゥルフ神話要素には、愛を感じられるものがある。

もちろん、突っ込みたいポイントは色々ある。

例えば、ナイアルラトホテップと言えば、黒い人だったのに、美少女ゲームという枠組みのため、「ぼく」口調の短髪お姉さま系色白巨乳美女になってしまっているとか、まあ、スライムみたいなショゴスに、ダンセイニの名前がついているとか、最後の必殺技が「シャイニング・トラペゾヘドロン」であるとか。いやまあ、切りがない。

物語を読ませることを主眼とし、ほとんど選択肢のないノベル系ゲームとして、コアなファンをひきつけた『斬魔大聖デモンベイン』は、美少女ゲームとしては十分な成功を果たし、一般向け版がプレイステーション2に移植され、アニメ化された。

PC版の時点から言われていることであるが、これもまたひとつのクトゥルフ神話であり、ここで初めて神話に触れる人々も多いであろう。

これもまたクトゥルフ・ジャパネスクの現状なのである。

✴ そして、16年が過ぎ……

さて、ここまでのテキストは、ほぼ、2004年版の『クトゥルフ神話ガイドブック』に書いたままである。あれから、16年が過ぎ、『斬魔大聖デモンベイン』はクトゥルフ神話の極北ではなく、日本にクトゥルフ神話を広げたひとつのマイルストーンとして評価するべき存在になっている。

その後、『デモンベイン』は、人気タイトル『スーパーロボット大戦』シリーズ

にも参加し、この国民的な大人気タイトルさえも、クトゥルフ神話用語に侵食されることになるのである。

『斬魔大聖デモンベイン』を送り出したニトロプラスも、クトゥルフ神話の世界のみならず、サブカルチャー全般に影響を与える存在になっている。

『斬魔大聖デモンベイン』の半年後、ニトロプラスは、伝説の美少女ゲーム『沙耶の唄』を送り出す。交通事故で家族を失い、生き残った主人公は、なぜか世界の認知が歪んでしまい、外界のすべてが醜く、唾棄すべきものと感じるようになる。その一方で、本来は醜悪な怪物である沙耶を美少女と受け止め、新たな愛を見出す。

名状しがたい存在に対して、狂気の彼方に愛を見出すというスタンスがまさにクトゥルフ神話的である。シナリオライターの虚淵玄（うろぶち・げん）は、『クトゥルフ神話TRPG』をよく遊んでおり、その影響を認めている。また、2011年の鋼屋ジンとの対談（『All Over　クトゥルー』掲載）では、『沙耶の唄』は、『デモンベイン』へのカウンターを意図して制作したと明かしている。

虚淵はその後、アニメ『魔法少女まどかマギカ』でさらに名を上げるが、このシナリオの根底にも、クトゥルフ神話的な狂気のコンセプトが流れていたという。彼が執筆した『Fate/stay night』外伝小説『Fate/Zero』では、『ルルイエ異本』をモチーフにしたものと思しい『螺湮城教本（プレラーティーズ・スペルブック）』が登場し、クトゥルフを彷彿とさせる巨大な海魔が召喚されるに至る。

Fateとその周辺

かくして、16年が過ぎた。その間に、クトゥルフ神話界隈にも激動の波がいくつも押し寄せている。デジタル・ゲームの世界でも多数のクトゥルフ神話テーマのゲームが誕生しているが、その中でも、デジタル・ゲームそのもののマイルストーンであり、クトゥルフ神話も取り込んだビッグ・タイトルがある。

スマートフォン向けRPG『Fate/Grand Order』（略称『FGO』、2015-）である。

これは直前に言及したばかりの『Fate/stay Night』シリーズのひとつで、人類史を存続させるため、歴史上のさまざまな特異点での冒険を行うもの（第一部）で、プレイヤーは、実在・架空を問わず、過去現在未来の偉人の化身である英霊を召喚して戦う。スマホ向けRPGの世代を大きく更新した作品で今なお、スマートフォン向けゲームの最先端を走り続ける人気作であるが、随所に、クトゥルフ神話的な要素が挿入されている。

特に、『第1.5部：Epic of Remnant　亜種特異点IV　禁忌降臨庭園　セイレム「異端なるセイレム」』では、魔女裁判で有名な17世紀のセイラム（本作品中ではセイ

レム表記）が舞台で、セイレム在住の紳士として登場するランドルフ・カーターと、アルビノの少女ラヴィニア・ウェイトリーが登場する他、関連作との関係を匂わされるキャラクターが登場する。この他のシナリオでも、ニトクリスのようにクトゥルフ神話に登場する歴史上の著名人もいるし、葛飾北斎と楊貴妃のように神話との関係性を加えられたキャラクターもいる。期間限定イベント「サーヴァント・サマー・フェスティバル！」に登場する「BBホテップ」ことBB（水着）など、神話ネタとFateの物語性が悪魔合体したものであり、制作側のクトゥルフ神話好きが見えるものである。

（第24夜・了）

■リーダーズ・ガイド
『斬魔大聖デモンベイン』（2003）Nitro+
『沙耶の唄』　星海社
『Fate/zero』　星海社

斬魔大聖デモンベイン

魔道書と少女　　　　　　　　　　　　　　　　　イラスト：槻城ゆう子

第25夜　クトゥルフ・ジャパネスクの系譜
～邪神と日本人との遭遇～

クトゥルフ神話、日本上陸

　日本で初めて、クトゥルフ神話を紹介したのは、探偵小説の大御所、江戸川乱歩とされる。この大御所が1948年から『宝石』で連載していた『幻影城通信』で、ラヴクラフト作品に触れたことから、ラヴクラフトへの注目が高まった。この連載は後に『怪談入門』としてまとめられた。

　1955年、『文藝』7月号に『壁の中の鼠群』が、『宝石』11月号に『エーリッヒ・ツァンの音楽』が翻訳され、翌56年にはハヤカワ・ポケット・ミステリ『幻想と怪奇』に、『ダンウィッチの怪』が収録された。こうして、1950年代後半にラヴクラフト作品が集中的に翻訳された。この時期は主に、ミステリーおよび恐怖小説の分野で注目されていた。

　なお、これ以前に、1947年の『真珠』11・12月合併号に、西尾正『墓場』が掲載されているが、これがほぼ『ランドルフ・カーターの陳述』の翻案であり、ラヴクラフト作品の日本初上陸はこれではないかとする説もある。

　1947年というと昭和22年である。敗戦直後のこの時期、進駐軍とともに、アメリカのペーパーバックやパルプ雑誌が大量に日本へ入ってきて、これを入手した作家たちがアメリカの最新カルチャーに触れ、新しいトレンドを生み出していた。SFやヒロイック・ファンタジーの浸透とともに、ラヴクラフトも日本に上陸してきたのである。

　それは小説に限ったことではなく、例えば、妖怪漫画の水木しげるが、1962年に『ダニッチの怪』を『地底の足音』の題名で漫画化している。

　その後、1970年代に入り、日本のアーカム・ハウスと呼ばれた創土社から、初のラヴクラフト作品集『暗黒の秘儀』（1972）が刊行され、時を同じくして、早川書房の『SFマガジン』誌上で荒俣宏のプロデュースによるクトゥルフ神話の特集が組まれ、『ティンダロスの猟犬』など重要な神話作品が紹介される。やがて、これは荒俣宏編訳による国書刊行会版『ク・リトル・リトル神話集』に結実。その後、国書刊行会は『真ク・リトル・リトル神話大系』や『定本ラヴクラフト全集』を刊行していくことになる。この『定本』や『真大系』の企画を立ち上げたのが、当時、同社に在籍し、今やクトゥルフ神話作家として名高い朝松健であることは有名な話である。

いずれも現在は版元品切れが多く、入手困難となっているが、『真大系』はソフトカバー版の『新編』が編み直され、入手しやすくなった（残念ながら、一部の資料やコラムが省略されている）。

　東京創元社は、1974年から創元推理文庫で『ラヴクラフト傑作選』が刊行され、3巻目から『ラヴクラフト全集』となり、最終的には、全7巻＋別巻上下が完結した。さらに、青心社は、1980年からハードカバーの『クトゥルー　闇の黙示録』全6冊を刊行した後、1988年から文庫で『暗黒神話大系クトゥルー』の刊行を開始し、13巻に至っている。国書刊行会、東京創元社、青心社で、ラヴクラフト作品および同時代のパルプ作家の手になる作品の大半が読める。その後、クトゥルフ神話を読みやすい形で提供しようとする試みが続き、近年では、星海社の『新訳クトゥルー神話コレクション』がテーマ別の構成で刊行されている。

✴ 日本作家の手になる神話作品

　クトゥルフ神話の特徴として、熱狂した読者によって新たな神話作品が製作され、神話が拡大していくことにある。

　日本作家による初の神話作品は1956年、高木彬光の『邪教の神』（1956）だと考えられているが、これはホラー小説ではない。高木が生み出した名探偵神津恭介を主人公としたミステリーもので、太平洋に沈んだ謎の大陸で崇拝されていたチュールーの神像を巡る殺人事件が描かれる。

　1956年と言えば、初めてラヴクラフト作品が翻訳されたばかりの時期である。いかにして作者がこれを描くに至ったかは分からないが、乱歩も注目した新ジャンルとして取り上げただけかもしれない。

　本作は、おそらく初の国産神話アンソロジーであろう『クトゥルー怪異録』（1994、学習研究社）に再録され、さらにその文庫版（2000）にも収録されている。

　同書には、SF作家山田正紀による『銀の弾丸』（1977）も掲載されている。こちらは対邪神組織『HPL協会』のエージェントが、文化交流に偽装したクトゥルフ召喚の儀式を食い止めようとするものである。

　しかし、これら2編とも短編に過ぎず、本格的な参入は1980年代、風見潤の『クトゥルー・オペラ』（1980-1982）と栗本薫の『魔界水滸伝』（1981-1993）の二大シリーズがスタートしたことによる。

✴ クトゥルー・オペラ

　その後、ミステリーや少女小説で知られることになる風見潤は当時、SFやファ

ンタジーの翻訳者として活躍していたが、この頃からジュヴナイルに転向、その初期作品として書かれたのが、ソノラマ文庫で展開された『クトゥルー・オペラ』である。

『邪神惑星一九九七年』に始まるこのシリーズは、その名前の通り、クトゥルー神話とスペース・オペラの融合を意図したものである。復活した邪神に対して、7組の双子が超能力で戦いを挑むというもので、ジュヴナイルという制約のためか、ホラーよりも冒険アクションとしての色合いが濃い。残念ながら、作者が行方不明となり、ながらく絶版状態となっていたが、創土社より復刊している。

この時期、ソノラマ文庫はジュヴナイル系ホラーの牙城となっている。仁賀克雄監修のソノラマ海外シリーズが始まってホラーやSFの翻訳が続き、1985年にはロバート・ブロックの神話作品集『暗黒界の悪霊』（クートゥリゥ神話中心の短編集）が刊行される。

続く注目作としては、まず、伝奇ホラーの大御所、菊地秀行の初期作品『妖神グルメ』が上げられるだろう。ルルイエに眠るクトゥルフを目覚めさせるために、若き天才料理人がゲテモノ料理で究極の美味に挑むという破天荒な作品である。詳しくは次の章で紹介したい。

また、朝松健の作家デビュー作にしてクトゥルフ伝奇アクション『逆宇宙ハンターズ』シリーズ（1986-）が発表されたのも、ソノラマ文庫であった。朝松についても、別項で詳細に触れたい。

✦ 魔界水滸伝

大長編ヒロイック・ファンタジー『グイン・サーガ』、あるいは、数々のミステリーで知られる栗本薫もまたクトゥルフ神話に手を染めた作家である。

1981年、カドカワ・ノベルズ創刊時の目玉シリーズとしてスタートした『魔界水滸伝』は近未来を舞台に、日本古来の妖怪や国津神たちが〈地球先住者〉として、邪悪なるクトゥルフ神話の神々と地球の運命を巡って戦うという壮大な黙示録で、20巻＋外伝4巻の大シリーズが展開された。

最初は、日本を舞台に、人間の中に潜む妖怪同士のバトルが展開されるが、真の敵として、クトゥルフ神話の邪神が表面化するや、どんどん舞台は世界全体に拡大していく。人類はランド症候群という謎の奇病により、次々と怪物化、人類社会は妖怪対邪神の黙示録大戦のもとに、壊滅してしまう。第二部では魔界も人間界も完全に滅び、ユゴス星まで飛んで「神」との遭遇を果たす。未来に〈命〉を残すため、彼らは最後の戦いに旅立つのである。

『魔界水滸伝』を正統なクトゥルフ神話と考えるのは多分、野暮な話である。作

者自身、永井豪の漫画『デビルマン』のような作品を目指したと述べている。実際、この作品は、クトゥルフ×妖怪大戦争×水滸伝というアングルで、多彩なキャラクターが出演する大河ロマンであると考えたほうがいいだろう。このあたりは、ハルキ文庫より再刊された第20巻の解説に詳しい。

　ライフワークとなった大河ヒロイック・ファンタジー『グイン・サーガ』もそうだが、栗本はキャラクターの絡み合いを得意とする方である。本作でも、それぞれのキャラクターが実に個性的に絡み合っている。

　当時としてまだ一般的ではなかった男性同士のカップリングをメインに持ってくるなど、斬新な視点も多かった。栗本薫は、現在でいうBL、当時は耽美ものと呼ばれた「やおい」ものの旗手であり、その嗜好はガンで亡くなるその日まで、彼女を動かし続けたが、『魔界水滸伝』では、そのパッションがクトゥルフ神話を若年層、特に女性読者へと広げることになった。

　作品としてはゴシック・ホラーからはかけ離れた作品ではあったが、これらのシリーズが人気を博したことによって、若年層に対して、クトゥルフ神話の認知度が高まっていく。後述の朝松健はその当時、国書刊行会でクトゥルフ神話の翻訳書籍の編集を担当していたが、『魔界水滸伝』の登場によって、一気にクトゥルフ神話の知名度が上がったと述べている。こうして、日本での知名度が上がった結果、80年代には本格的な作品が次々と誕生してくることになる。

　なお、前述の『グイン・サーガ』でも、クトゥルフ神話の影響が随所に見られる。特に外伝『七人の魔道師』にはク・ス・ルーの古き神ラン・テゴスの巫女が、『夢魔の四つの扉』には水の星に住む巨怪ク・スルフが登場する。

✴ ラプラスの魔

　さらに、1988年には、角川スニーカー文庫から山本弘の『ラプラスの魔』が刊行された。これは、山本が属するゲームクリエーター集団グループSNEの安田均が原作を努めた、ハミングバードソフト製作のコンピュータ・ゲームのノベライズで、1920年代のニューイングランドを舞台に、女性新聞記者モーガンが、私立探偵、マッド・サイエンティスト、オカルティスト、超能力者らとともに幽霊屋敷に挑むというもの。その屋敷が実は失踪した魔術師のもので、その地下室に隠された魔法陣は、ハスターと契約し、神のごとき力を得た数学者ラプラスが支配するパラレル・ワールドにつながっていたのだ。

　内容もさることながら、ラヴクラフトの諸作品とシンクロする仕掛けが取り込まれ、クトゥルフ神話ファンならば、にやりとする作品である。

　『ラプラスの魔』はロングセラーとなり、その後、ホラーRPG『ゴーストハンタ

ーRPG』を生み出し、ノベライズの続編『パラケルススの魔剣』（1994）が書かれることになる。

　本書で小説デビューした山本はその後、ゲーム関連の小説でヒットを飛ばし、専業作家として独立、怪獣SF小説『MM9』他多数のクトゥルフ神話作品を発表している。その一方でと学会の会長として奇怪な本の収集と紹介、批評を行い、注目されるようになる。

　また、本書の関係から言えば、ホビージャパン版のTRPG『クトゥルフの呼び声』に関する解説書『クトゥルフ・ハンドブック』を執筆したのも山本である。この時期のクトゥルフ神話の浸透において、山本弘が所属していたクリエーター集団「グループSNE」の存在を忘れることはできない。その代表である安田均は1950年生まれのSF翻訳家であり、早い時期から海外SFやファンタジーの翻訳を担当していた（クラーク・アシュトン・スミスの『魔術師の帝国』も翻訳している）が、情報収集の過程で、ゲーム・ジャンルの新トレンドに触れ、最初期からTRPGの存在に気づき、TRPGをはじめとするさまざまなゲームの紹介、製作、翻訳を行ってきた。その流れの中でブレイクした『ロードス島戦記』（水野良とグループSNE）は、もともとTRPGの紹介記事からスタートしているし、ケイオシアム社のTRPG『Call of Cthulhu』の紹介を最初にしたのも安田均である。

✷ 90年代：クトゥルフ・ジャパネスクの本格化

　90年代に入り、クトゥルフ神話作品はさらに本格化していく。まず、80年代にジュヴナイルでクトゥルフ神話作品を書いた菊地、朝松らがアダルト向けの小説で、本格的な神話作品に取り掛かり、その他、ミステリー、ホラー、SFなどのジャンル作家がクトゥルフ神話作品を発表した。

　『暗黒神話大系クトゥルー』で名高い青心社から刊行された新熊昇の本格神話短編集『アルハザードの遺産』（1994）と『アルハザードの逆襲』（1995）は、日本人も本格的なクトゥルフ神話をかけるのだという証明となった。

✷ クトゥルフ・ジャパネスク・アンソロジーの挑戦

　多くの作家がクトゥルフに参加していった結果、ついに、日本人作家だけによるクトゥルフ神話アンソロジーが誕生する。1994年に初の日本人作家アンソロジーである『クトゥルー怪異録―極東邪神ホラー傑作集』が新創刊の学研ホラーノベルズで刊行され、2000年には文庫化された（完全収録でなかったのが残念）。1999年には全編書下ろしで、日本のクトゥルフ神話創生を目指したクトゥルー・ジャパネス

ク・アンソロジー『秘神　〜闇の祝祭者たち〜』（朝松健・編）がアスペクトから、2002年には朝松健の編による書き下ろしクトゥルー神話アンソロジー『秘神界』（歴史編・現代編）が東京創元社から刊行され、クトゥルフ神話は日本のホラーシーンにも深く根付いていたと言えよう。

✦ 国産クトゥルフ神話レーベルの復活

　ここまでが2004年までの流れであるが、その後、ゼロ年代後半のクトゥルフ神話ブームにより、国産クトゥルフ神話作品が多数、世の中に出た。これに関しては次の章以降で順次、解説していくが、国内作品だけを集めたクトゥルフ神話レーベル『クトゥルー・ミュトス・ファイルズ』シリーズ（略称CMF）が創土社から刊行されていることは記憶にとどめておきたい。CMFは、3つの特徴を持っている。

　第1の柱が、国産のオリジナル神話作品の発表の場になったことだ。菊地秀行作品を筆頭に、大型新書に近いソフトカバーの体裁で、積極的に、新作長編を刊行していることは注目に値する。

　第2の柱が、テーマ別アンソロジーである。ラヴクラフトの著名作品をピックアップし、その冒頭抄訳を含めて、同じテーマの短編小説3作程度をまとめたもので、日本人作家ならではのひねりやオマージュがあり、神話作品のバリエーションを楽しむことができる。

　第3の柱が、国産神話作品の復刻である。2004年の『クトゥルフ神話ガイドブック』で紹介したものの、その後の出版不況で、多くの国産神話作品が絶版状態になっていった。会社ごとなくなってしまったソノラマ文庫のような事例もあるし、作者が行方不明になった『クトゥルー・オペラ』のような事例もある。そんな中、『クトゥルー・オペラ』、『妖神グルメ』、『邪神帝国』、『二重螺旋の悪夢』、『邪神たちの2.26』など、国産神話作品の復刻を行ったのだ。非常にありがたいことである。

（第25夜・了）

■リーダーズ・ガイド

『クトゥルー・オペラ』ソノラマ文庫
『魔界水滸伝』ハルキ文庫
『ラプラスの魔』角川スニーカー文庫
『アルハザードの遺産』（1994）、『アルハザードの逆襲』（1995）青心社文庫
『クトゥルー怪異録』学研M文庫
『秘神　〜闇の祝祭者たち〜』アスペクト
『秘神界』（歴史編・現代編）創元推理文庫
『クトゥルー・ミュトス・ファイルズ』創土社

秘神
〜闇の祝祭者たち〜

秘神界

第26夜　クトゥルフVS天才料理人
～菊地秀行～

 クトゥルフ・ジャパネスクの流れ

　日本作家におけるクトゥルフ神話作品の広がりは、いくつかの系統に分けることができる。

1：SF系

　SFとラヴクラフトが隣接的な存在にあることは何度か述べてきたが、同じくパルプ雑誌の小説群に注目してきたSFは、もともとラヴクラフトとクトゥルフ神話群に近い。本格的なクトゥルフ特集を最初に企画した早川書房の『SFマガジン』のおかげで、SF系のクリエーターにとってクトゥルフ神話は基礎知識となった。近年でも2010年に『クトゥルー新世紀』という特集を組んでおり、海外の最新状況までカバーしているのは翻訳出版社ならではものである。

　当初、SFプロパーの作家からのクトゥルフ神話へのアクセスはあまり目立ったものとはならなかったが、当時、SFの翻訳者であった人々の中から、80年代のクトゥルフ神話紹介者が登場していく。例えば、荒俣宏はクトゥルフ神話に関わる前は団精二（ダンセイニのもじり）の名前で、ハワードのコナン・シリーズ翻訳に参加しているが、その後、クトゥルフ神話紹介に奔走し、国書刊行会から『ク・リトル・リトル神話集』を送り出す。『クトゥルー・オペラ』の風見潤が『たんぽぽ娘』など英米SFの翻訳を行っていることもよく知られている。前の章で述べたように、後に、ゲームと小説の両サイドで活躍する安田均は若い頃から、SFやファンタジーの小説翻訳を多々こなし、クラーク・アシュトン・スミスの『魔術師の帝国』などを翻訳しつつ、海外作品を積極的に紹介した。筆者も、40年あまり前から、安田が『SFマガジン』に連載していた情報コラムで、海外のTRPGやゲームの存在を知った口である。また、仁賀克雄がソノラマ文庫で海外ホラーの翻訳アンソロジーを編んでおり、そこにクトゥルフ神話も含まれていた。

2：ジュヴナイル系（ライトノベル、ウェブ小説）

　すでに述べたように、実際に本格的なクトゥルフ作品が稼動したのはジュヴナイル系の朝日ソノラマ文庫である。それを受ける形で、後にライトノベルと呼ばれることになる角川系のヤングアダルト向け小説群へと波及していく。

　比較的自由度が高く、奇抜な企画も通りやすいヤングアダルト市場は、ややカルトなジャンルにも寛容で、クトゥルフ神話さえも、ひとつの萌え（燃え？）要素として受け入れてしまう部分があったのである。

　その後、クトゥルフ神話は『魔界水滸伝』、『クトゥルフ神話TRPG』、「動画」など、その都度、最新のトレンドと絡み合って拡大し、ライトノベル業界的には一種のジャンルとなっている。もともとクトゥルフ神話そのものにアマチュア・ジャーナリズムから発した自由度もあり、現在のウェブ発信型小説、いわゆる「なろう系」の中にも、クトゥルフ神話作品を手掛けている作家が多い。

　ライトノベルは、ゲームやウェブから参入した作家も含め、毎年、新人が多数デビューする領域で、現在でも、もっとも過激なクトゥルフ神話作品はヤングアダルトで書かれているとさえいうことができる。

3：伝奇バイオレンス

　ある意味、それは原点回帰かもしれない。

　扇情的な要素と際立ったエンターテイメント性で押すアダルトな大衆ホラー小説こそ、『ウィアード・テイルズ』のストレートな後継者であろう。

　伝奇バイオレンスは、伝奇要素を幅広く受け入れるため、その中でも、クトゥルフ神話の邪悪な要素を引き出しやすい部分にある。

　伝奇バイオレンスの牽引者としての菊地秀行が生粋のラヴクラフティアンであったこともひとつの鍵となった。題材としての適性もあり、その後もクトゥルフ神話の影響を受けた諸作品を生み出していくことになる。

4：本格ホラー

　最後になったが、やはり怪奇小説こそクトゥルフ神話の故郷であり、ラヴクラフト翻訳に功績を挙げた、平井呈一、仁賀克雄、矢野浩三郎、那智史郎、朝松健、大瀧啓裕らの存在を忘れることはできない。

　そして、90年代のホラー再興に伴い、クトゥルフ神話をもとにした純粋なホラー作品を受け入れる土壌ができたことも、近年のクトゥルフ・ジャパネスクの動きに関わってくる。

　朝松健が編纂したクトゥルフ作品集『秘神』、『秘神界』を筆頭に、書き下ろしホラーアンソロジーを文庫化した井上雅彦の異形コレクション・シリーズも見逃せないし、『幻想文学』、『怪』、『ナイトランド』（現在は『ナイトランド・クォータリー』に）など専門雑誌の存在も見逃せない。『幻想文学』編集長として活躍した東雅夫の『クトゥルー神話大事典』は総合的なクトゥルフ神話の研究資料として重要な一冊である。

クトゥルフ作家としての菊地秀行

　日本国内で本格的にクトゥルフ神話に取り組んでいる作家を上げるならば、まず、第一に、伝奇バイオレンス・アクションの大御所、菊地秀行の名前があがるだろう。

　少年時代から怪奇映画とコミックで育った菊地は当然のようにラヴクラフトの洗礼を受けた。後に、プロヴィデンスにラヴクラフト巡礼を果たすほど、熱心なラヴクラフティアンとなった彼は、当然、ホラー作家を目指すことになるが、まだ時代は新人のクトゥルフ神話を受け入れるほどではなかった。雑誌ライターや翻訳者をしながら、ホラー映画やクトゥルフ神話の記事などを書き続けた菊地がデビューしたのは青少年向けのソノラマ文庫であった。

　デビュー作『魔界都市〈新宿〉』（1982）は、地震によって崩壊した新宿が魔術と暴力と怪物で溢れかえるというヤングアダルト向け怪奇SFアクションである。次々登場する奇怪な怪物と、それを倒す超絶ヒーローの痛快な活躍はその後の作品に通じるものである。

　デビュー作から続く『魔界都市〈新宿〉』シリーズに加え、吸血鬼が人類を家畜化した未来を舞台に、吸血鬼狩りと吸血鬼の壮絶な戦いを描いた『吸血鬼ハンターD』シリーズ、大富豪にして世界的なトレジャーハンターである高校生、八頭大が活躍する『エイリアン』シリーズを展開、大人気となった菊地秀行は、1984年、長年の願いを、『妖神グルメ』（1984）で結晶させる。

妖神グルメ

　菊地秀行の初期作品『妖神グルメ』（1984）は、クトゥルフ神話への愛が横溢した作品である。

　迫る星辰の合一。邪神クトゥルフの復活を完全にするために、アブドゥラ・アルハズレッドとダゴン秘密教団が求めたのは、若き天才イカモノ料理人・内原富手夫（ないばら・ふてお）。なぜならば、邪神は飢えていたからである。

　飢えが邪神の力を削ぎ、復活を阻んでいたのだ。

　そして、外宇宙から来た邪神の舌を満足させるのは、内原が作る窮極のイカモノ料理しかなかったのである。

　かくして、CIAとダゴン秘密教団の間で、内原争奪戦が展開する。アブドゥラに導かれ、内原は奇怪な料理を作りながら、新宿からインド、太平洋、ウィスコンシン州ソーク・シティ、アーカム、そしてルルイエへ。

　大胆なアイデアとジェット・コースターのごとき展開は、その後、展開していく

スーパー伝奇アクションの通りである。

『ダニッチの怪』で活躍したアーミティッジの息子、アーミティッジ博士からクトゥルフ復活を警告されたアメリカ合衆国は、その全力を持って内原獲得に動くが、CIAも米軍特殊部隊も、深きものの前に内原を手に入れることはできない。

その間にも、内原は狂気しかいいようのないイカモノ料理で奇蹟を生み出していく。インド、ニューデリーではゴミくずと蠅から、芳しきスープを作り出し、マドラスでは、腐りかけた魚の腸を使って深きものを狂乱させた。

インドで内原を迎えたのは、インスマウスからオーストラリアに脱出して世界の海運業を支配するダゴン秘密教団の総帥マーシュ。米軍の激しい追撃を逃れ、潜水艇でアメリカに向かうマーシュと内原は、深きものたちの支援で、原潜さえ撃退するが、核攻撃も辞さない原子力空母カール・ビンソンには降伏するしかなかった。

しかし、邪神が負けた訳ではなかった。父なるダゴンが出現、カール・ビンソンに襲い掛かったのだ。

全長200メートルのダゴン対世界最強の原子力空母。

まさに、夢の対決である。

対魚類殲滅用化学兵器を投入しようとする米軍も、それで引き起こされる甚大な自然破壊に一瞬、ためらったがために、巨大なダゴンの一撃を受け、発着甲板に多大な損害を受けてしまう。僅かに出撃しえた1機の戦闘機で化学兵器を投下、ダゴンに一矢報いるが、毒になった海水から飛び出したダゴンが甲板で暴れ、さらに危機に陥る。

内原の奇天烈料理で、ダゴンは海に戻るが、またも内原はアブドゥラに救い出され、アメリカへ向かう。ウィスコンシン州ソーク・シティ近郊の砂漠に落下した内原はヨグ＝ソトースの信徒に拾われ、アーカムへの旅を続ける。

お得意のハイパー・アクションに混じって、ラヴクラフティアンならば、狂喜するネタが飛び交う。ソーク・シティではアーカム・ハウスがちらりと登場、その直前にもイタカとおぼしき風の邪神が内原の命を救う。

アーカムで、ヨグ＝ソトースのために料理を作った内原は、アブドゥラとともに最終目的地ルルイエを目指す。南太平洋に集結したアメリカ艦隊の前で、ついにルルイエが浮上、それが引き起こした高波によって艦隊は壊滅に至る。ルルイエで内原は、クトゥルフのために、いかなる料理を作るのか？

この結末も、奇想天外な展開で名高い菊地ならではのものとなっている。

その後、2007年の『邪神迷宮』は、内原富手夫と『魔界都市ガイド鬼録』の土間棒八が共演する菊地ワールド大爆発の作品となっている。

YIG

　残念ながら、傑作『妖神グルメ』はまだ時代が早かったようだ。多くのファンを魅了しつつも、菊地秀行はより人気の高い『魔界都市』、『トレジャーハンター八頭大』、『ヴァンパイア・ハンターD』のシリーズに取り組んでいく。その後、『魔界行』（1985）を皮切りに、アダルト向けの伝奇バイオレンスでも人気を博し、夢枕獏と並んで、80年代後半からの伝奇バイオレンス・ブームの中核を担った。その間にも、ラヴクラフトへのこだわりは忘れず、それぞれの作品にちょっとした神話ネタを差し込んできた。

　90年代に入ると再び、クトゥルフ神話を独自の解釈で伝奇バイオレンスに取り込んでいった。『魔界都市』シリーズから派生した『魔界創世記』（1992）、『闇陀羅鬼』（1993）、『暗黒帝鬼譚』（1996）で、魔界都市新宿の妖人3人組が〈区外〉のクトゥルフ信徒たちと戦うという物語を展開、その他、〈海のもの〉といういかにもダゴンやクトゥルフを想定した『妖魔姫』（1994-1995）や『魔指淫戯』（1999）など、クトゥルフ神話的要素はもはや菊地作品には欠かせないものと言える。

　やがて、『美凶神YIG』（1996）で、本格的なクトゥルフ神話に正面から取り組む。

　舞台となるのは、クトゥルフの復活より10年が経過し、国家さえ崩壊しかけた近未来である。

　邪神と戦う決意を固めた大富豪のもとに、異形の戦闘能力を持つ魔人たちが集められる。そこにふらりと現れたYIGなる謎の美女。そして、海から攻め来る深きものどもの攻勢が始まる。

　ブロックがクトゥルフの復活を語ったその先に、踏み込んだ超伝奇バイオレンスとして期待されたが、このシリーズは未完のまま、2冊で止まっていたが、創土社の『クトゥルー・ミュトス・ファイルズ』で完全版が刊行された。

退魔針

　やがて、菊地は独自のクトゥルフ神話を描き始める。

　『コミック・バーズ』連載の漫画原作としてスタートした『退魔針』（2000、後に小説版も刊行）は、今まで生み出してきた作品と同じく魔人を主人公とした超伝奇アクションの形式を踏みつつ、独自の神格として、ムー大陸を壊滅させた邪神ザグナス＝グド、ドリュリュ、アザトを投入、退魔鍼灸術である〈大摩流〉を使うヒーロー、大摩と対決させている。大摩は平安朝時代に誕生した退魔機関〈夜狩省〉の末裔であり、針を使って鬼や邪神と戦うのである。

『退魔針』の重要な点は、今までクトゥルフ神話の神格を自分流に料理してきた菊地が、独自の神話アイテムを投入し始めたことにある。これから、クトゥルフ神話と菊地ワールドを結ぶ菊地的神話世界が広がっていくことになるのだ。

このように、ベストセラー作家がクトゥルフ神話を愛好し、書き続けていることは、神話の認知度を高めることとなり、日本の若き神話作家たちに道を開くことになるのである。

クトゥルー・ミュトス・ファイルズ

その後も、菊地秀行はエンターテイメント小説の形で、クトゥルフ神話作品を増産していくが、2010年代になり、創土社のクトゥルフ神話専門レーベル『クトゥルー・ミュトス・ファイルズ』が創刊したことで、こちらの看板作家として多数の、そして、斬新な切り口のクトゥルフ神話作品を送り込む。

邪神の使徒に貸した金を回収する『邪神金融道』、太平洋戦争中、中立海域に出現した邪神と戦うため、各国の軍艦が共同戦線を張る『邪神艦隊』、第二次世界大戦中のサハラ砂漠で戦車が邪神の陰謀に巻き込まれる『ヨグ＝ソトース戦車隊』、ルルイエ浮上後、零戦部隊と生物兵器が戦う『魔空零戦隊』、クトゥルフ・ウェスタン（忍法あり）『邪神決闘伝』。

エンターテイメント小説の大御所ならでは、すかっと面白い活劇的なクトゥルフ神話作品が並ぶ一方、短編集『邪神金融街』を筆頭に、『妖神グルメ』、『美凶神YIG』を復刻、クトゥルフ神話アンソロジーにも参加しつつ、田中文雄の『戦艦大和　海魔砲撃』に加筆する死後合作を行ったりする。名実ともに、同レーベルを背負って大活躍の状況である。

（第26夜・了）

■リーダーズ・ガイド
『妖神グルメ』（1984）ソノラマ文庫/創土社
『魔界創世記』（1992）、『闇陀羅鬼』、（1993）『暗黒帝鬼譚』（1996）双葉文庫
『妖魔姫』（1994）、『美凶神ＹＩＧ』（1996）光文社文庫
『魔指淫戯』（1999）実業之日本社
『退魔針』（2000）祥伝社ノン・ノベルズ
『美凶神YIG』（1996）光文社/創土社

最強海軍の力　　　　　　　　　　　　　　　イラスト：原　友和

Cthulhu mythology

第27夜　クトゥルフに取り憑かれた作家
〜朝松健〜

 ## クトゥルフに憑かれた作家

　日本でのクトゥルフ神話の流れを語る上で、絶対に欠かせない作家がいる。かつて、クトゥルフ神話の紹介者であり、編集者であり、翻訳者であり、作家となってはクトゥルフ神話と魔術をテーマとして描き続け、はたまたアンソロジストとしてクトゥルフ・ジャパネスクのアンソロジーを編んだ人物、朝松健である。

　父譲りのホラー映画ファンであった朝松健は、14歳の時、『チャールズ・フォートの怪事件』を読み、ラヴクラフトとの運命的な出会いを果たす。台風の夜であったという。この衝撃的な遭遇で熱狂的なラヴクラフティアンとなった朝松は以降、クトゥルフ神話に取り憑かれたといってよい人生を送ることになる。

　高校時代には、仲間とともに、ホラーファンのサークル『黒魔団』を結成、全国のファンと交流し、その後に通じる人脈を築く。

　大学卒業後、国書刊行会に入社、『定本ラヴクラフト全集』、『真ク・リトル・リトル神話体系』、『アーカム・ハウス叢書』などの企画を立ち上げ、80年代のクトゥルフ神話ブームの立役者となる。魔術関連書籍も担当しており、フィクションとリアルの間で魔術や神話に関する書籍を担当した。西洋魔術の翻訳や執筆も行い、西洋魔術の日本での紹介という意味でも大きな役割を果たした。このあたりの裏話は『魔障』（2000）に詳しい。なお、妻の松尾未来も作家で、魔女思想家である。

　彼は、同社を退社した後、アーサー・マッケンをもじった筆名、朝松健をつけ、ソノラマ文庫『魔教の幻影』（1986）で作家デビューを果たす。同書に始まる『逆宇宙ハンターズ』シリーズは、立川流の秘儀を封印する少年をめぐり、逆宇宙から妖神Gを招来し、世界を滅ぼそうとする邪教〈苦止縷得宗（クシルウ・シュウ）〉と逆宇宙ハンター比良坂天彦の戦いを描くもの。〈苦止縷得宗〉は明らかに、クトゥルフから作られた言葉で、ラヴクラフティアンであり、魔術研究家でもある朝松の本領が発揮された作品であるが、クトゥルフ神話用語は意外に少なく、神話知識無しにも読める魔術アクションだ。〈苦止縷得宗〉はその後、本格ホラー作品『肝盗村鬼譚』（1996）で新たな姿が与えられる。

　その後、中央公論社で、北海道の瀬田寒（セタサップ）を舞台にした本格伝奇ホラー『凶獣原野』（1987）を発表し、一般向け作品に乗り出す。西欧魔術に詳しい朝松ならではの伝奇バイオレンス作品で、アイヌ伝説を取り込んだものだが、主人

公が魔術的な仕掛けに気づいていく過程はクトゥルフ的である。翌年には同じ瀬田寒と犬神（セタ・カムイ）を扱った『魔犬召喚』（1988）を執筆、ホラー作家としてのパワーを見せ付ける。

『凶獣原野』に始まるルポライター田外竜介ものは、その後、自衛隊の中に隠された秘密組織〈民族遺産管理局〉が登場、田外は彼らに関する奇怪な事件に巻き込まれていく。　その後、歴史ものに新境地を見出し、『妖臣蔵』（1997）などの歴史伝奇ホラーを生み出しているが、近年のテーマとして、室町文化に注目、一休宗純が怪異と戦う『一休』シリーズを展開している。

トンチで有名な一休さんの歴史的な実像を踏まえつつ、青年期から老齢の一休を主人公に、時代小説の空白地帯と言われた室町時代の闇を絢爛な筆致で描き、そこに、クトゥルフ神話や真言立川流など伝奇ホラーの要素を惜しみなく詰め込んだ。シリーズの多くは、井上雅彦が主催するホラーのテーマ別アンソロジー『異形コレクション』シリーズや雑誌などに掲載された連作短編で、『東山殿御庭』は、第58回日本推理作家協会賞短篇部門の候補に選ばれた。歴史時代作家の研究会「操觚の会」にも参加し、同会のアンソロジーにも参加している。作家デビュー以来30年以上となり、刊行した出版点数は100点を超える。

アンソロジストとしての朝松健

90年代末、朝松はアンソロジストとしてクトゥルフ神話に取り組む。まず、クトゥルフ・ジャパネスクという形で、日本らしいクトゥルフ神話の作品を集めた書き下ろしアンソロジー『秘神〜闇の祝祭者たち〜』を編む。

この時、キーワードとして設定された千葉県海底郡夜刀浦市は日本のインスマウスというべき魔術都市で、ラヴクラフト以来の辺境ホラーを表現する絶好の舞台である。

続いて、2002年には、日本のラヴクラフティアン作家を結集した書下ろしクトゥルー神話アンソロジー『秘神界〈現代編〉〈歴史編〉』を刊行した。ホラー界の重鎮から、ラヴクラフティアン俳優、ファンタジーの人気作家、ヤングアダルトの寵児までありとあらゆるクトゥルフ好きクリエーターが集まって書き下ろした短編を集めたこのアンソロジーは2巻あわせて1800ページという分厚い文庫本であるが、多彩な作品群と資料性はまさにクトゥルフ・ジャパネスクの金字塔と言える。

崑央の女王

ジュヴナイルで人気を博した朝松健は、1993年春の『死闘学園』シリーズ完結を

持って、それまでのジュヴナイルを離れて、本格的なコズミック・ホラーに挑戦した。

　角川ホラー文庫から書き下ろされた『崑央（クンヤン）の女王』（1993）は、分子生物学者鈴木杏里が、地上60階を誇るハイテク・ビル、通称リバイアサン・タワーを訪れるところから始まる。紀元前1400年に遡る古代中国、殷王朝の遺跡から出土した貴婦人の完全なミイラを遺伝子レベルで研究するため、出向を命じられたのである。しかし、ミイラの遺伝子は哺乳類のものではなく、爬虫類のもので、それを知った研究の責任者リー博士は、彼女こそ殷時代まで現行人類と共存していた爬虫類種族〈旧支配者〉、祝融であると断言した。奇怪な幻視に悩まされる杏里は、なぜか第二次大戦中、生体実験で知られる第731部隊に捕えられた少女の記憶をなぞっていく。そして、ついに、崑央の女王とされたミイラが復活し、血の惨劇が始まる。

　ラヴクラフトの創造した地底世界クン・ヤンを引き継ぎつつ、最先端の遺伝子工学を使って〈旧支配者〉に迫るという斬新な視点が光る本格ホラーである。『崑央の女王』の完成度に満足した朝松健は後書きでジュヴナイルを離れ、本格ホラーと歴史小説に専念することを宣言する。

✴ 肝盗村鬼譚

　1995年、突如、脳膿瘍に倒れた朝松は生死の境をさ迷った後、自分の原点を確認、高校時代に書いた短編『肝盗村鬼譚』を長編化することに取り掛かる。かつて、これを雑誌『幻影城』の新人賞に送り、二次選考に進んだが、果たせず、涙を飲んだ。ちなみにこの時の受賞者のひとりが、『銀河英雄伝説』で名高い田中芳樹である。

　完成した『肝盗村鬼譚』（1996）の舞台は北海道函館市から少し離れた寿渡似郡植白町肝盗村（すとにぐん・うえんするちょう・きもとりむら）。夜鷹山萬角寺という根本義真言宗唯一の寺院と、測るたびに回廊の長さが短くなる謎の遺跡を有する秘境の村である。

　主人公牧上文弥は、この萬角寺の跡取りであるが、横暴で淫逸な父を忌み嫌い、22年前に上京し、今は城南大の宗教学教授となっていたが、父危篤の知らせを受け、妻とともに帰省することを決める。

　それ以来、周囲に発生する奇怪な出来事と、不気味な幻視。

　故郷肝盗村につくと、村人の様子は何かおかしい。まるでかつての父が乗り移ったかのような村長の言動。人工の何かのような謎の生き物キモトリの鳴き声が響き、得体の知れない虚無僧が警告を発する。

　やがて、夜鷹山遺跡の地底回廊に踏み込んだ文弥たちは、根本義真言宗が立川流

の流れを組むものであり、遺跡の奥に封じられていた太古の邪神の再生と邪悪な転生の儀式の全貌が明らかになっていく。

『肝盗村鬼譚』は作者が少年時代に聞いた北海道の伝説、海に住むストニの話を出発点に、作者お得意のクトゥルフ神話や立川流、密教などの要素を取り込んだもので、海に住むストニ、夜鷹山に封じられたヨス＝トラゴン明王、謎のキモトリ、異端仏教に隠された誑蜈守信仰など、独自のクトゥルフ要素が含まれている。

肝盗村にまつわる戦前のエピソードにもクトゥルフ神話の影が跳梁する。ミスカトニック大学が夜鷹山遺跡を調査に来たり、文弥の祖父が悪神ヨス＝トラなどを招来し、国家転覆を図ったとして軍が肝盗村に踏み込んだり、沖合のストニの棲むという海底に魚雷を打ち込んだり。立川流の秘儀を読み込んだ手鞠歌や、火を許さない闇送りの祭など日本古来の風情を含んだ小道具も、実はクトゥルフ神話の知識を持ってみるとさらなる深みを持って迫ってくる。

彼の原点というべき作品で、なんともねっとりした辺境ホラー風味が、クトゥルフ神話に広がっていくあたりが独特の作品と言える。

✷ 秘神黙示ネクロノーム

朝松は『肝盗村鬼譚』の後書きでジュヴナイル向けホラーの執筆再開を宣言、取りかかったのが電撃文庫の『秘神黙示ネクロノーム』(1998-2001) である。

南極に封印された〈古のもの〉の最終兵器〈N〉を巡り、その子機であり、超強力な魔術的パワーを持つ5機の人型ロボット、ネクロノームとその搭乗者に選ばれた5人の男女、そして世界的な秘密組織〈ファウルス〉と〈コスモ・マトリクス〉が激しいバトルを展開する。

クトゥルフ神話を使った巨大ロボットものというややもすれば、色物と見られかねない作品を、もっともクトゥルフを愛する作家が描く。大いなる矛盾に見えた試みは独自のエンターテイメントに仕上がった。ネクロノームが引き起こす壮大な破壊は伝奇バイオレンスで培った描写力によって黙示録めいたものとなり、なおかつ、爽快な青春ものとなった。

✷ 邪神帝国

90年代、朝松健はもうひとつのクトゥルフ神話に取り組んでいた。老舗のSF雑誌『SFマガジン』に不定期連載していた短編連作群で、後に『邪神帝国』(1999)にまとめられることとなるが、鍵となるアイデアは何と、ナチスをテーマにした本格クトゥルフ神話である。

ナチスは、国家社会主義ドイツ労働者党の略称で、もともとゲルマン騎士団という魔術結社の影響を受けたチューレ協会に縁があり、ヒトラー自身、一時チューレ協会の一員で、鉤十字や「ハイル」の掛け声はゲルマン騎士団が復活させた原ゲルマンの風習から取られたという。そのためか、ナチスおよびヒトラーのオカルト好きは有名で、アーリア人の民族的優位性を証明するために組織されたアーネン・エルベ〈民族遺産管理局〉は、世界各地の遺跡を調査したことで知られる。

しばしば、伝奇ロマンや秘境冒険ものではこの〈民族遺産管理局〉が、聖杯や聖櫃、ロンギヌスの槍といった秘宝を捜し求めることになる。237ページで紹介した朝松の田外竜介ものに、同名の組織が登場することを思い出した方もおいでだろう。あれはアーネン・エルベの現代日本版である。

さて、『邪神帝国』に戻ろう。

この本にはナチスとクトゥルフにまつわる7編の作品が収められている。ナチス版『狂気の山脈にて』というべき『狂気大陸』、崩壊後のドイツ第三帝国から脱出するUボートの奇怪な運命を描いた『ギガントマキア1945』、ヒトラー暗殺未遂事件を、クトゥルフ神話的に解釈した『怒りの日』など、膨大な知識に裏打ちされた傑作揃いであり、まさにクトゥルフの申し子というべきものだ。

本作は早川書房のSFマガジンで連載後、同社で文庫化したが、その後、創土社の『クトゥルー・ミュトス・ファイルズ』で復刻、完全版が書苑新社から出た。朝松は『ネクロノーム』とクトゥルフ神話アンソロジーを世に送りながら、21世紀に突入した。

コミック原作や歴史伝奇ホラーで多忙を極めつつも、井上雅彦の主催する文庫での書き下ろしホラーアンソロジー『異形コレクション』の常連作家となり、『一休』シリーズの執筆を続けている。

クトゥルフ神話作品でも、夜刀浦を舞台に、ITと辺境ホラーを組み合わせた『弧の増殖』、クトゥルフ神話と1920年代ギャングものを組み合わせた『魔道コンフィデンシャル』、短編集『アシッド・ヴォイド』などを刊行している。

✴ 球面三角とナイトランド

朝松は、もともと海外ホラーのファンが高じて国書刊行会に入り、編集や翻訳をしていたということがあり、その人脈は日本のみにとどまらない。海外のクトゥルフ神話ファンにも認知されている稀有なクトゥルフ神話作家である。

短編集『アシッド・ヴォイド』に収められた『球面三角』は、ダリル・シュワイツァー編のホラーアンソロジー『Cthulhu's Reign』のために書き下ろされたもので、エドワード・リプセットの英訳で最初に発表された。

2012年には、日本作品を海外に紹介してきた黒田藩プレスのエドワード・リプセット、編集者の牧原勝志（翻訳者としては植草昌実）と組んでトライデント・ハウスを設立、「幻視者のためのホラー＆ダーク・ファンタジー専門誌」と銘打った『ナイトランド』を創刊する。創刊号は「ラヴクラフトを継ぐ者たち」と銘打ち、ラムジー・キャンベル『コールド・プリント』、コリン・ウィルソン『魔道書ネクロノミコン　捏造の起源』に加えて最近のクトゥルフ神話作家の佳作を翻訳掲載した。朝松健は、ここに、クトゥルー復活後のアーカムで展開されるノワール小説『Faceless City』を連載した。主人公は神野十三郎こと『逆宇宙』の白鳳坊である。

　同誌は比較的新しい神話作家の紹介を積極的に行っていったが、2013年に休刊、翌2014年、書苑新社に移り、『ナイトランド・クォータリー』として復活、朝松は一休ものを連載している。

（第27夜・了）

■リーダーズ・ガイド
『魔教の幻影』（1986）ソノラマ文庫
『崑央の女王』（1993）、『肝盗村鬼譚』（1996）、『魔障』（2000）角川ホラー文庫/創土社
『凶獣原野』（1987）、『魔犬召喚』（1988）ハルキ文庫
『秘神～闇の祝祭者』（1999）アスペクト
『秘神界』（現代編、歴史編：2002）創元推理文庫
『秘神黙示ネクロノーム』（全3巻：1998-2001）電撃文庫
『邪神帝国』（1999）早川JA文庫/創土社/書苑新社
『異形コレクション』廣済堂文庫
『朽木の花～新編・東山殿御庭』書苑新社
『金閣寺の首』河出書房新社
『アシッド・ヴォイド』書苑新社
『弧の増殖』KADOKAWA

邪神帝国

クトゥルフに取り憑かれた作家　〜朝松健〜

ナチスとクトゥルフ

イラスト：原 友和

242

『マーシュ精錬所ユゴス支部』は、インターネットのクトゥルフ神話サイトのひとつだ。インスマウスのマーシュ家が経営するマーシュ精錬所の企業ウェブページというマニアックな設定である。ここでマーシュ氏とYog氏に出会った。

　名前はネット用のハンドルネームだ。本名は最後までわからなかったが、多分マーシュ氏は沼なんとかというのだろう。Yog氏は多分、ヨグ＝ソトースだろう。マーシュ氏は非常に物知りで、何かひとつ聞くと、すぐ答えてくれる。Yog氏はラヴクラフト原理主義者で、ダーレスの悪口ばかり言っていた。2人とも、キータッチが正確で異様に早い。マーシュ氏とは気が合い、一度会おうという話も出たが、彼の病気のせいで流れた。彼が男性らしいこと、千葉県の外房に住んでいることだけが分かった。

　「海底（うなぞこ）ですよ」

　と、マーシュ氏は笑った。

　「朝松健の『秘神』ですか。あれは好きですね」

　「そう言えば、知っていますか？　『屍龍教典』を」

　田中文雄の『邪神たちの2・26』で言及された中国語版『ネクロノミコン』だ。清朝末期、西太后の宦官がラテン語版から翻訳したもので、クトゥルフを9頭の龍と表現した。翻訳した宦官は八つ裂きにされ、王宮の奥に秘蔵されていたが、清朝末期の混乱で流出、北一輝の手に渡ることになる。

　「モデルがいるのですよ。西太后の宦官と言えば、李蓮英が有名ですが、彼のライバルで、淫祀邪教に染まった罪で八つ裂きにされた人物がいます。どうやら、太平天国に取り込まれたらしいのですが、名前はええっと」

　その瞬間、画面がぶつんと切れ、動かなくなった。

　何度かアクセスを試みたが、『マーシュ精錬所ユゴス支部』につながることはなかった。マーシュ氏にメールを送ってみたが、返事はなかった。何の記録も残っていなかった。

　何ヶ月か経った。何の気なしに、消せないまま残してあった『マーシュ精錬所ユゴス支部』のブックマークをクリックすると、あのページにつながった。

　最終更新日時はあの日だった。

　あの日、マーシュ氏に何かあったのだろうか？

　インターネットの匿名性は大きなフィルターである。インターネットに住む膨大な人々から防御の役目を持つ一方で、ネットの彼方に消えてしまう「ネットの友達」も少なくない。書き込みを見ないと思ったら、死んでいたという話もある。体が弱いというマーシュ氏は心配だ。

　チャットを覗くと、Yog氏はひとりだけいた。

　声をかけると、「心配しないで」とだけ返してきた。マーシュ氏について聞くと、「今は休んでいる。夜中には戻るはずだ」といい、いつものように、ダーレスの悪口を言い始めた。

　しばらくして、あの日の話を聞こうとすると、Yog氏は「心配しないで。今は休んでいる。夜中には戻るはずだ」と魔法のように素早く答えた。また、ダーレスの悪口に戻ろうとするのを断ち切って、質問を繰り返すと、Yog氏は呟いた。

　「Yogは人工無能、いわゆる会話プログラムです」

　聞いたことがある。今から30年あまり前、ネット黎明期に、一高校生が作り出した。彼の造った会話プログラムは女性の名前でチャットに参加、人気者となったが、誰もプログラムとは判別できなかった。彼女の正体は、ベーシックで組まれた僅か数百キロバイトのプログラムだという。

　このチャット・ルームは誰もおらず、会話プログラムが常駐していただけなのか？

　眩暈がした。

　その私をあざ笑うかのように、Yog氏がダーレスの悪口の新しいバージョンを語り始めていた。

第28夜　二重螺旋の悪魔
～1990年代以降の注目作～

 ## クトゥルフを描く作家たち

　90年代以降、クトゥルフ神話はホラーの一ジャンルとして認知され、新世代の作家がクトゥルフ神話を書くようになってきた。ベテラン作家の中でも、今まで扱わなかったクトゥルフ神話への挑戦を果たすものもいた。

　今宵はそうした90年代以降のホラー系神話作品の中から、クトゥルフ神話史的に重要な作品をいくつか紹介していきたいと思う。

 ## 2.26事件とクトゥルフ

　歴史的な事件とクトゥルフ神話を結びつける試みはいくつかなされているが、日本史の中でも扱いの難しい第二次大戦前夜のクーデター、2.26事件とクトゥルフ神話を結びつけたのが、田中文雄の『邪神たちの2.26』（1994）である。

　主人公は後に2.26事件に参加することになる陸軍の青年将校海江田清一である。父の危篤によって、九頭龍川上流の故郷に戻った清一は、実家である黒龍神社に隠された古代の邪神の存在、そしてまもなくそれが復活しようとしていることを知る。

　復活した邪神クトゥルフは日本を支配するため、政府の重要人物に取り憑いてしまう。幻視者北一輝に導かれ、青年将校は邪神に支配された政府の重鎮を倒すため、クーデターに乗じて、暗殺計画を実行する……。

　この作品の特徴は、クトゥルフ神話というフィルターで歴史上の事件を再解釈するという手法である。あの事件の裏側に実はクトゥルフ神話の邪神が！　というのは、ラヴクラフティアンならずとも盛り上がるシチュエーションである。

　さらに、この作品には『ネクロノミコン』の別バージョンが登場する。中国語版『ネクロノミコン』である『屍龍教典』である。清朝末期、西太后の宦官によってラテン語版から翻訳されたもので、その中で邪神は9つの頭を持つ龍とされている。西太后はこの本を読み進めるうちに顔面蒼白となり、この本を封印し、当の宦官を八つ裂きにさせたという。その後、『屍龍教典』は宮廷の奥深く秘蔵されたが、清朝崩壊によっていずこからか流出、北一輝の手に渡ったのである。

　本書にはラヴクラフト自身が一種の預言者として登場する。彼は邪神との戦いを決意したオカルティストであり、小説を通じて邪神の危険性を人類に警告していたのである。

玩具修理者

どこまでがクトゥルフ神話なのか？

その質問は多分、無意味だが、あえてボーダーを示すために小林泰三のデビュー作『玩具修理者』（1995）を紹介しよう。

これは第二回日本ホラー小説大賞短編賞を獲得し、鮮烈なデビューを飾った作品である。

不思議な能力で、子供たちの玩具を修理してくれる謎の存在『玩具修理者』。彼はどんな玩具でも、ばらばらにして組み立て直してしまう。玩具だけでなく、ペットさえも……。

エブリデイ・マジックの暗黒面を語るという意味では、スティーヴン・キングの『ペット・セメタリー』に通じるものを持つ優れたホラー作品であるが、一点において、これはクトゥルフ神話周辺作品とされることがある。

玩具修理者は叫ぶのだ。

「ようぐそうとほうとふ」と。

はたまた「くとひゅーるひゅー」と。

小林泰三はその後も、ホラーとSF、ミステリーを横断する形で短編長編の両方で、著作を続け、『C市』などの神話作品を送り出す一方で、『クトゥルー・ミュトス・ファイルズ』のテーマ・アンソロジーにも参加している。ホラーやSFも多く、ダイレクトなクトゥルフ神話作品ばかりではないが、『ネフィリム』の主人公がランドルフ・カーターであったり、『密室・殺人』に久都留布川なる地名が登場したりと、明らかにクトゥルフ神話を想起させる言葉が混入し、小林の根っこにクトゥルフ神話があることが明らかになる。こうした用語（ワード）の共有は、ラヴクラフト時代からの伝統とも言える。『All Over　クトゥルー』の編者であるクトゥルフ神話研究家の森瀬繚はこうした現象を、シェアード・ワールド（世界の共有）ならぬ、シェアード・ワード（用語の共有）と呼び、大枠でのクトゥルフ神話の範囲を考える際の目安のひとつとして挙げている。

二重螺旋の悪魔

クトゥルフと遺伝子工学は相性がいいようだ。朝松健が『崑央の女王』（1993）で、クン・ヤンの女王をミイラから復活させたのとほぼ同時期、クトゥルフ神話の邪神に等しい〈旧支配者〉の封印がDNA内部の塩基配列イントロンに隠されてい

ると設定したひとつの作品が世に出た。

　後に『ソリトンの悪魔』、『カムナビ』などで人気を博する梅原克文のデビュー作『二重螺旋の悪魔』（1993）は、P3施設で起こる怪物事件からスタートする。遺伝子操作監視委員会C部門の深尾直樹は、ライフテック社で発生した事故調査のために、現地に乗り込む。監視カメラに映った隔離施設内部はすでに夥しい血に染まっていた。

　彼らは禁断の封印を解いてしまったのだ。

　DNA塩基配列イントロンにはジャンクDNAと呼ばれる、使途不明の情報が存在する。遺伝子工学の発展によりジャンクDNAを含めて解析したとき、そこに隠されていた暗号を解き明かしたものがいた。何とそこにはまったく別の生命体の遺伝子情報が封じ込められていたのである。

　しかし、密かに培養されたその生命体は邪悪な殺戮者であり、人類そのものを滅ぼしかねない存在であったのだ。

　『二重螺旋の悪魔』は、単なる遺伝子モンスターものでは終わらない。第二部『超人』では、遺伝子に封印されていた古代種族は、〈旧支配者〉（グレート・オールド・ワン）の略称を取り、GOOと呼ばれるようになる。彼らは何者かによって、イントロンの中に封印されていたのである。その何者かもまたクトゥルフ神話に基づき、〈旧神〉からEGODと名づけられる。

　GOOとの戦いで負傷した深尾は引退を迫られるも、遺伝子工学技術の実験体になり、超人的なパワーを手に入れる。

　しかし、深尾らC部門の苦闘にも関わらず、GOOは復活、人類は絶望的とも言えるGOOとの戦いに赴くこととなる。

　この作品の特徴は、ストレートなクトゥルフ神話ではないが、クトゥルフ神話にオーバーラップさせる形で、DNAの中から蘇った悪夢のような超古代種族との戦いを描いていることで、最終的には永井豪の『デビルマン』に通じる黙示録的な戦いに向かっていく。ある意味、クトゥルフ神話がすでに世界を描くひとつの古典技法になったことを再確認できる作品である。

✤ アンソロジー

　クトゥルフ神話作品は長編ばかりではない。朝松健の項目でも紹介したが、短編アンソロジーや雑誌から出現する才能は多い。

　例えば、2012年からスタートした創土社の『クトゥルー・ミュトス・ファイルズ』のテーマ・アンソロジーは、『ダニッチの怪』、『クトゥルフの呼び声』など、ラヴクラフトの重要作品へのリスペクトを持つ3人の作家によるアンソロジーで、大御所から若手、時には小説家ならぬイラストレーターや脚本家、ゲームクリエーター、

造形作家まで含めて幅広い層の作家をクトゥルフ神話の庭で遊ばせている。

そこに参集した作家名を挙げると、菊地秀行、牧野修、くしまちみなと、朝松健、立原透耶、山田正紀、北原尚彦、フーゴ・ハル、小林泰三、林譲治、山本弘、夢枕獏、寺田克也、樋口明雄、黒史郎、松村進吉、間瀬純子、山田剛毅、田中啓文、倉阪鬼一郎、鷹木骰子、岩井志麻子、図子慧、宮澤伊織、北野勇作、黒木あるじ、荒山徹、小中千昭、井上雅彦、樹シロカ、二木靖、菱井真奈、羅門祐人。

これらの前には、井上雅彦監修の『異形コレクション』があり、クトゥルフ神話関連の短編の誕生に寄与していた。これは1998年1月の第1巻『ラブ・フリーク』から始まる、廣済堂の文庫アンソロジーで、毎回、テーマを決めて作家に作品を募り、月刊、または隔月刊程度の速度で刊行されていった。16巻の『帰還』（2000）から光文社文庫に移り、48巻『物語のルミナリエ』（2011）まで続いた。5巻『水妖』では、朝松健の一休シリーズの『水虎論』他、クトゥルフ神話ファンの琴線に触れる作品が多い。2020年秋に再開が予定されている。

井上雅彦は、星新一ショートショート・コンテストでデビューした作家で、アイデアの効いた作品で知られる。『くらら　怪物船團』では、深淵の邪神やサーカスを巡る奇怪な物語を描き出している。

『幻想文学』編集長だった東雅夫は、ホラーやファンタジーのアンソロジーや雑誌の編集者として活躍しており、その一貫で刊行された『リトル・リトル・クトゥルー』（2009）は、公募による掌編アンソロジーでプロとアマチュアが入り交じるユニークな作品集となり、『夜は一緒に散歩しよ』（2007）でデビューした黒史郎がその存在感を示した。黒は、怪談話を多数執筆する他、日本を舞台にした本格ホラー『童提灯』、ライトノベルズ文脈でラヴクラフトを美少女化した『未完少女ラヴクラフト』など独自の作品を送り出す。加えて、『暗黒神話大系クトゥルー』で知られる青心社が、若手作家を中心としたアンソロジー『クトゥルーはAIの夢を見るか？』（2019）、『クトゥルー闇を狩るもの』（2020）を送り出している。

その他、多数の作品が執筆されているが、紹介しにくいものの、絶対無視できない作家がひとりいる。殊能将之である。これは非常にコメントしにくいので、一言だけ言おう。『黒い仏』を読んで欲しい。

（第28夜・了）

■**リーダーズ・ガイド**
『邪神たちの2.26』（1994）学研/創土社
『玩具修理者』（1995）角川ホラー文庫
『二重螺旋の悪魔』（1993）角川ホラー文庫/創土社
『クトゥルー・ミュトス・ファイルズ』創土社
『異形コレクション』廣済堂/光文社
『リトル・リトル・クトゥルー』学習研究社
『黒い仏』講談社
『クトゥルーはAIの夢を見るか？』（2019）青心社
『クトゥルー闇を狩るもの』（2020）青心社

玩具修理者

第29夜　ライトノベルは邪神の夢を見るか？
〜ヤングアダルト市場で広がる神話〜

 ライトノベルという実験場

ライトノベルという言葉は皮肉である。

昭和の終わり、日本経済の上昇が頂点に達した頃、1970年代まではジュヴナイル（子供向け読み物）と呼ばれていた中学生向けの軽めの娯楽読み物が漫画やアニメ、ファンタジーなどのムーブメントを巻き込む形で市場としてブレイク、中学生から大学生、若い社会人に至る層までに広がった。子供と呼ぶには早熟で鋭敏な精神を持っているが、未成年を多数含む新しい読者層はヤングアダルトと名づけられ、新たなマーケットと定義された。

この読者層は子供の頃から、TV文化の恩恵に浴し、当時拡大成長を続けていたアニメとゲームで育った世代の中でも、特に読書力の高い早熟で想像力に富み、自分たちの感覚にフィットした新しい世界を求めていた。昭和40年代ぐらいまでの感覚では、この時代に本格文学を体験し、個人としての思想や哲学、情操を育てていくのであるが、昭和50年を数えるあたりから、もはや明治、大正、昭和の日本文学には、青少年への訴求力が残っていなかった。生活感覚の乖離がもはや、かつての名作を受け入れる土壌を失わせていた。政治的な思想は第二次大戦の敗戦と安保闘争失敗の余波で、もはや捻れた悪名に塗れ、親の世代でさえ正面から語ったりしない別世界の何かになっていた。

ヤングアダルト層には別の何かが必要だった。

そんなおり、子供向け文庫としてスタートしたソノラマ文庫にはアニメのノベライズの他、若者向けの軽いSF読み物、ミステリー、冒険小説などが含まれ、好評を博した。

それでもしばらくは冷遇が続いた。

高千穂遥のスペース・オペラ作品『クラッシャー・ジョー』がブレイクし、熱狂的なファンが誕生したものの、本格SFファンからは、安彦良和の絵に頼った挿文書きと揶揄される始末である。

だが、ヤングアダルト市場は着実に成長を続け、その後、角川スニーカー文庫と富士見ファンタジア文庫の参入で本格ブレイク、大人たちから揶揄するように、ライトノベルと呼ばれたヤングアダルト向けエンターテイメント小説は、若者向けの新しいジャンルとして定着した。

ライトノベルは、その大半が文庫で、出版社としても新人発掘のためのテストフィールド的な部分を常に含んでいる。そのため、さまざまなテーマの小説を投入し、常に、新しい題材を模索してきた。

　国産クトゥルフ神話作家の多くが、ヤングアダルト向けに作品を発表してきたのも、ライトノベル市場の実験性に助けられたものと言える。

　ソノラマ文庫はその典型例で、風見潤『クトゥルー・オペラ』、菊地秀行『妖神グルメ』、朝松健『逆宇宙ハンター』を輩出する。栗本薫『魔界水滸伝』は、ヤングアダルト層のうち、やや上（高校生から若い社会人）を狙ったカドカワ・ノベルズ創刊時の目玉であり、その後、スニーカー文庫に収められた。PCゲームからのスピンオフである山本弘『ラプラスの魔』はそのスニーカー文庫の第一弾ラインナップのひとつであった。

　そして現在も、ライトノベルは、過激とも言える新しいクトゥルフ神話作品を生み出しつつある。その結実のひとつが、2010年代前半のクトゥルフ神話ブームを牽引した逢空万太『這いよれ！　ニャル子さん』（2009）である。

✺ 這いよれ！　ニャル子さん

　『這いよれ！　ニャル子さん』は逢空万太が第1回GA文庫大賞優秀賞を受賞した『夢見るままに待ちいたり』を改題したものである。タイトル通り、ヒロインはクトゥルフ神話のニャルラトホテプを名乗る銀髪の宇宙人少女である。ある日、普通の高校生の八坂真尋は突然、奇怪な怪物（夜魔＝ナイトゴーント）に襲われ、謎の美少女ニャル子に救われる。彼女は宇宙人であり、銀河系のさまざまな勢力から狙われる八坂真尋を守りに来たのだという。そのまま、八坂家に入り込んだニャル子と八尋のコミカルな同居生活が始まり、次々と邪神の名前を持った美少女や美少年が登場して大騒ぎになる。

　クトゥルフ神話を中心に、TRPGや特撮、映画など、多彩なパロディを組み込みつつ、クトゥルフ神話用語をラブコメ的に再解釈してギャグ化したバカSF系ラブコメ作品で、自らラヴ（クラフト）・コメディを名乗る。2012年にはアニメ化され、クトゥルフ神話の知名度を一気に上げる。アニメの監督を努めた長澤剛は、『クトゥルフ神話TRPG』のヘビーユーザーで、原作以上に、クトゥルフ神話ネタを突っ込んだ。

✺ ウェブ動画とクトゥルフ神話

　そして、ゼロ年代の終わりからまた、新しいトレンドがライトノベル業界、特に

クトゥルフ神話周辺の情勢を大きく変えていった。そのひとつがウェブ動画、もうひとつがウェブ発信の小説である。

ウェブ動画は、YouTube、ニコニコ動画に代表されるインターネットで配信される映像で、一般ユーザーが自由に作って配信できるのが特徴である。その結果、面白い動画はTVを上回る無料コンテンツとして、小学生から社会人まで、ウェブを受信できるツール（多くの場合、スマホ、パソコン、通信機能のあるゲーム機）を持つ多くの人々に広がり、特に未成年層に大きな影響を与えるようになった。

クトゥルフ神話関連では、『クトゥルフ神話TRPG』の遊び方を紹介するリプレイ動画（およびその体裁で作成された二次創作）がブレイクし、動画勢とも呼ばれる大量の新規ユーザー層を招き入れることになる。

まず、ハワード・Pによる『アイドルたちとクトゥルフ神話世界を楽しもう！』（2008-）が皮切りとなり、なんとかかんとかの『ゆっくり達のクトゥルフ神話TRPG』（2011）からブレイクし、ウェブ動画のクトゥルフ神話ものがクラスターとして形成されていく。これに、2012年放映の『這いよれ！　ニャル子さん』のアニメが合わさり、2010年代の新クトゥルフ神話ブームが燃え上がっていく。

この潮流を受け、『クトゥルフ神話TRPG』の版元であり、同時にニコニコ動画のドワンゴを有するKADOKAWAが『クトゥルフ神話チャンネル』を設立、『クトゥルフ神話TRPGリプレイ　るるいえ・あんてぃーく』シリーズを担当するライトノベル作家、内山靖二郎らを投入し、番組配信を行うようになった。

内山は2019年にはTRPGの公式サポートチームの立場で『クトゥルフ神話TRPGノベル　オレの正気度が低すぎる』を書く。これはオンラインで『クトゥルフ神話TRPG』を遊んでいた主人公が、見知らぬキーパー（『クトゥルフ神話TRPG』におけるゲームマスター役）と出会い、ギャグで正気度の低い（つまり発狂してキャラをロストしやすい）貧弱美少年キャラを投入したら、そのキャラで『クトゥルフ神話TRPG』の世界に異世界転生させられてしまうという話である。

『クトゥルフ神話TRPG』は、このブームの前から、地道なサポートを続け、定番のTRPGのひとつとなっていたが、ウェブ動画によって知名度がさらに拡大した。現状、クトゥルフ神話、特にその設定（神格やアイテム）を語る場合、『クトゥルフ神話TRPG』における設定を前提にしている部分がある。

また、こうしたクトゥルフ神話ウェブ動画作者の中から、『文豪ストレイドッグス』（2013）の原作者、朝霧カフカがデビューし、文豪の名とそれに従う異能を振り回す現代伝奇コミックに、H・P・ラヴクラフトが登場し、〈旧支配者〉という異能を持ち、宇宙的恐怖にふさわしい活躍をしていることも興味深い。

このようなラヴクラフトのキャラクター化はどうなの？と顔をしかめられる方もおいでかと思うが、当のラヴクラフト自身が手紙で「老人キャラ」を愛用したり、

クトゥルフ神話の邪神たちの系図の最後に自分を組み込んだりするお遊びをしているので、問題にするべきではないだろう。

『文豪ストレイドッグス』の1巻が出た2013年には、ホラー作家の黒史郎による『未完少女ラヴクラフト』も世に出ており、ラヴクラフトの美少女化も果たされている。この作品はラヴクラフト作品の中でもドリームランドの設定を中心に、空想の中のクトゥルフ神話世界を旅するものであるが、同時に、幼少時のラヴクラフトが子供用のドレスをまとった写真があり、これが実に可愛らしい女の子に見えるのにもひっかかってくる。黒の作品と、この写真が直接関係してくる訳ではないが、こうした緩やかな連想のリンケージもまた、クトゥルフ神話の広がりと言える。

ラヴクラフトのキャラクター化は継続し、2020年、ブラウザゲームの『文豪とアルケミスト』でも、転生キャラとしてラヴクラフトが実装されることになる。

✦ ウェブ発信の小説群

21世紀のライトノベルを語るもうひとつのキーワード「ウェブ発信の小説」は、やや補足がいるだろう。もともと、ウェブ上にオリジナル小説や二次創作を発表するのは20世紀後半、パソコン通信時代から行われていたことであり、携帯小説などのブームもあったが、21世紀になってスマホやタブレットが普及し、データ通信料金が安くなっていった結果、「本を買うよりも安い」（読むだけなら無料）、「通勤通学の隙間に（満員電車の中でも）読める」などの利点があり、一気に広がっていった。

この傾向は、2004年に小説投稿サイト「小説家になろう」（最初は個人サイトだったが、その後、株式会社ヒナプロジェクトが運営母体として設立された）が誕生し、手軽に小説投稿できるインターフェイスが生まれたことでさらに加速する。『魔法科高校の劣等生』（2008）を筆頭に同サイトから単行本化される事例が増え、『ログ・ホライズン』（2010）、『Re:ゼロから始める異世界生活』、『異世界居酒屋「のぶ」』（2012）など、多くのアニメ化作品が誕生した。ここに挙げたすべての作品は、内容的には非神話作品であるが、さらりとクトゥルフ神話用語が使用されており、ウェブ小説の読者にとって、クトゥルフ神話が定番の教養になりつつあることを示している。

「小説家になろう」が注目を集めるにつれ、出版社がライトノベル編集部に「なろう・ウォッチャー」担当編集を置き、トップ層を一本釣りする事例が増えていった。これに対し、KADOKAWAグループが「カクヨム」を設立するなど対抗する小説サイトも増えていった。小説投稿サイトは、小説創作の実験場であり、クトゥルフ神話作品も多数投稿されている。例えば、黒崎江治の『滴水古書堂の名状しが

たき事件簿』は、2017年から「小説家になろう」に投稿された本格的な神話作品で、就職に行き詰まり、奇妙な古書店でアルバイトを始めた女子大生が次々、魔導書『カルマナゴスの遺言』の探索など、神話的な事件に遭遇するというものであり、2019年から書籍化され、ウェブ上では、2020年に完結している。

✦ 『邪神任侠』と『鈴森君の場合』

「カクヨム」の事例で言えば、KADOKAWAで書籍化された『邪神任侠　家出JCを一晩泊めたら俺の正気度がガリガリ削れた』（海野しぃる）と『クトゥルフ神話探索者たち　鈴森君の場合』（墨の凛）が象徴的である。

前者の『邪神任侠』は、北海道のヤクザが邪神と戦うというアクション活劇である。当然、ヒロインは美少女化された邪神である。クトゥルフ神話系邪神VSヤクザIN北海道、という素敵にねじの外れた設定をまとめあげ、最近、多いご当地グルメや北海道ならでは人外魔境感覚を上乗せした。やや既視感もあるが、そこもまた味わいである。

後者の『クトゥルフ神話探索者たち　鈴森君の場合』は、「幼馴染の美少女に再会したら、探索者で正気値（さんち）がゼロでした」という、新感覚リプレイ風小説である。御須門（ミスカド）高校に進学した鈴森君は、下宿先で絶世の美少女に成長した幼馴染、伊吹みのりと再会したが、再会したとたん、「さんちわけて」と抱きつかれた挙げ句、「一緒に世界を救ってください」と頼まれることになる。彼女は、オカルト現象の謎を解明する団体「深淵研究会」ガスライト支部の支部局長であり、鈴森君は世界を救うために、忌まわしい宇宙的な恐怖と戦う羽目になる。ちょっとコミカルで、ちょっとエッチ。ちょっとホラーで、どこか懐かしいコズミック・ホラーである。いわゆるラヴ（クラフト）・コメディだ。

この2冊とも、タイトルから言って、「ゼロ年代からの21世紀クトゥルフ神話ブームの申し子」という感じで、ここでも既視感があるかと思うが、それは重要なポイントだ。なぜなら、それこそがクトゥルフ神話というジャンルの特質でもあるからだ。

クトゥルフ神話研究家の森瀬繚は、しばしば、「クトゥルフ神話はシェアード・ワールドではなく、シェアード・ワードである」と述べているが、クトゥルフ神話作品の多くは、基本設定というよりも、基本設定と見られる用語や感覚を共有することで、ゆるやかな関係性＝リンクを維持し、互いに価値を高めあっている。ネクロノミコンやクトゥルフと言った専門用語だけでなく、鰓とか水かきとか触手とかもそうだし、時にはCだの、黒い人だのでつながってしまう。これが加速した先は、「なんとなく見たことがあるような感覚」＝既視感（デ・ジャ・ヴ）に至る。既視

感によって、クトゥルフ神話というサブジャンルに組み込まれた結果、人々が安心して読むエンターテイメントとなるのである。ホラーなのに、とも言えるが、ホラーだからこそかもしれない。

✦ マイルストーン

この他、クトゥルフ神話の要素を取り入れたライトノベルはどんどん増大しつつあるが、それらをすべて紹介するのは非常に困難だ。そこで仮に、私は以下のような基準で、クトゥルフ神話の度合いを計測してみたい。

クラスⅠ：クトゥルフ神話作品（宇宙的な恐怖）

明確にクトゥルフ神話に属するオリジナル作品であり、ラヴクラフトが目指した宇宙的な恐怖を表現するものである。ここには広義の神話作品が含まれる。青心社の暗黒神話大系クトゥルーに入っているものから、『魔界水滸伝』や『邪神ハンター』まで含む。

クラスⅡ：クトゥルフ神話作品のリメイク、コミカライズ、映像化

クトゥルフ神話作品として分類できる作品などを別のジャンルで表現し直したもの。コミカライズや翻案作品などがこれにあたる。最近で言えば、『超訳ラヴクラフト・ライト』シリーズがこれに当たる。『超訳』は某大物クトゥルフ神話作家が名前を変えて、ラヴクラフト作品をライトノベル化したものである。

クラスⅢ：シェアード・ワード（メジャー）

クトゥルフ神話の要素やクトゥルフ神話由来の用語が重要な形で使用されている。宇宙的なホラーかどうかは重要ではない。クトゥルフ神話を取り込んだライトノベル、例えば、ラヴ（クラフト）・コメディ『這いよれ！ ニャル子さん』は、このカテゴリーとする。クラスⅢとクラスⅠの境界線はホラーであるかないかに尽きる。日本のライトノベルでも、きちんと（ラヴクラフト的な）コズミック・ホラーになっていれば、クラスⅠとする。

クラスⅣ：シェアード・ワード（マイナー）

クトゥルフ神話用語が多少使われているだけの作品。例えば、最終回のオチにクトゥルフの邪神を持ってきた場合とか、ネクロノミコンが本棚にあるとか、地名や団体名で使われている場合など。『スプリガン』における「アーカム財団」や「ラヴィニア・ウェイトリー」などのような事例を含む。

クラスⅢとⅣの境界線は非常に曖昧なので、あと、評者の趣味と気分によるが、『文豪ストレイドッグス』におけるラヴクラフトは触手が暴れているので、クラスⅢにしたいものだ。

こうした分析をもとに、主に、クラスⅠのライトノベルを紹介したい。

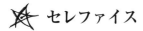 ## セレファイス

ラヴクラフトの恐怖は孤独で不安な人のための恐怖であるなにか不安、なにか気に入らない……そういう心情でいるとき、心は決して喜びと希望に満ちた物語を欲求しない。かえってラヴクラフトの悲壮ななにかに共鳴するのである。

メディアワークス刊　伏見健二　『ロード・トゥ・セレファイス』　著者解題より

TRPGデザイナーから、小説家となった伏見健二は、そのラヴクラフティアン的総決算ともいうべき長編『セレファイス』（1999）と『ロード・トゥ・セレファイス』（1999）を書き上げ、その著者解題でこのように述べた。

孤独で不安な心に響く。

ある意味、ホラーに限らず、文学の本質に潜む何かをラヴクラフト作品は持っているというのである。

ある種の卓見と言えよう。

さて、『セレファイス』とその続編『ロード・トゥ・セレファイス』は、そのタイトル通り、ラヴクラフトの幻夢境物語の原点的短編『セレファイス』に捧げられた作品である。内容は、クトゥルフ物語の流れを組むコズミック・ホラーであるが、タイトル通り、幻夢境が関わり、現代のランドルフ・カーターというべきヒーロー、東宮騎八郎（とうぐうきはちろう）が壮大な神話の中で苦闘する青春物語である。

物語の発端となる女子高校生水沢裕紀は若い女性らしい家庭のちょっとした環境で悩んでいた。決して何か家庭内暴力とかそういうものではないが、父の醜い外見が恥ずかしく思え、また、彼が好む魚料理にさえ嫌悪感を持つようになっていたのだ。

ある朝、裕紀は隣のクラスに転校してきた東宮騎八郎と出会う。彼から、父親について問われた裕紀は父への嫌悪感から騎八郎に厳しく当たってしまう。

その頃、東京湾では激しい群発地震が続発、海底では何かが起こり始めていた。

やがて、惹かれあう騎八郎と裕紀だったが、騎八郎は裕紀の父親が人ならぬ魚人、〈深きもの〉であり、裕紀の両親は壊滅した新興宗教「赤派崇神教」から脱出したのだと告げる。

それでも2人は惹かれあい、体を重ねるが、それこそ、銀の門の鍵を受け継ぐセレファイスの王たる東宮騎八郎の力で完全復活を果たそうとするクトゥルフの策謀であった。

『セレファイス』は、本格的なクトゥルフ神話小説であるとともに、大胆とも言える独自のアイデアがいくつも盛り込まれている。

まず、超古代には南太平洋にあったルルイエが、地殻移動によって、現在は東京湾の海底にあるというものだ。かくしてルルイエは『ロード・トゥ・セレファイス』の冒頭で浮上し、東京を壊滅に追い込んでいく。

さらに、夢の魔神としてのクトゥルフの存在に注目、幻夢境をクトゥルフが支配しようとする策謀が描かれる。これに対抗する東宮騎八郎と桑原直紀は、幻夢境を代表する2人のヒーロー、ランドルフ・カーターとピックマンの生まれ変わりというべき人物で、最終的に幻夢境のすべての力を受け入れた東宮は銀の鍵を用いることとなる。

全体として、ラヴクラフト作品のパスティーシュが数多く編みこまれ、ラヴクラフティアンを色々な形で（良くも悪くも）刺激しつつ、青春小説と伝奇ミステリーとコズミック・ホラーのきわどい境界線を歩いていく。『ネクロノミコン』の有名な一説が魔法の呪文のように使われたり、露骨なパスティーシュが鼻についたりもするが、盛り込まれた神話アイテムが膨大で、エキサイティングな作品である。

特に、ヒロイン裕紀の秘密が明らかになる『セレファイス』の結末は物悲しいものさえ感じさせる。

その後、『セレファイス』のプレ・エピソードというべき『ハスタール』が描かれている。

✴ 邪神ハンター

クトゥルフ神話と美少女ゲームの親和性については第24夜で述べたが、もともと伝奇バイオレンス界の巨匠陣がこぞって書いているジャンルである。エロチシズムとクトゥルフ神話の内面に隠された情念は相性がよかったのである。

しかし、さすがに気が引けたのか、エロスとクトゥルフ神話を正面から取り扱った作品はなかなか出てこなかった。これの先鞭をつけたのが、出海まことの『邪神ハンター』（1998）である。

主人公は発育優良な美少女だが、バカのつく格闘マニアの女子高生、七森サーラ。彼女は実の父親と名なる怪しい中年ラビ・ラスから、彼女が、邪神と戦う力を持つナジル人の末裔であると告げられる。信じられない彼女だったが、旧約聖書でヤコブが天使と格闘してイスラエルの名前を貰った際に、一緒に伝授された神の格闘技、カバラ神拳に惹かれて、ラビ・ラスに弟子入りする。

やがて、サーラの親友、綾瀬愛美が、クトゥルフ復活を企てるダゴン秘密教団に拉致されてしまう。親友を救うべく教団に乗り込んだサーラを待ち受けていたのは、異形の者たちが死闘を繰り返す邪神の闘技場であった。

本作は人気イラストレーター士郎正宗のカラーイラストを要所要所に配し、触手とパワーの溢れるHシーンで売る作品であるが、カバラ神拳の使い手である美少女が、深きものやバイアクヘー、はては父なるダゴンと激しいバトルを繰り広げるあたりはなかなか読み答えがある。魔術でムエタイの使い手から変身させられ、多彩な蹴り技を披露する深きものなど、文章としても、カラーイラストとしても、多分、本書でしか見られないものと言える。

✦ アルハザードの暗躍

『邪神ハンター』を発行した青心社は、ライトノベルの出版と同時に、クトゥルフ神話作品集を刊行している重要な出版社である。

『邪神ハンター』から遡ること4年、この青心社がもうひとりの作家にクトゥルフ神話作品発表の場を提供している。

その作家とは小池一夫門下の新熊昇である。劇画村塾神戸一期生として小説作法を学んだ新熊は、漫画原作者の道を歩むが、原作者としてはあまりにイメージ豊かなものでありすぎた。やがて、独自の境地を求め、クトゥルフ神話短編集『アルハザードの遺産』(1994) と『アルハザードの逆襲』(1995) を書き上げた。

タイトルから分かる通り、シリーズの主人公は魔道書『ネクロノミコン』の著者アブドゥル・アルハザードである。あるときは時を越えて、アッシュールパニパルの焔の裏側に隠された太古の秘密を探り、あるときはバグダッドの一角を魔術で盗み取り、空中に魔界の城を築く。それぞれの短編の主人公はアブドゥル・アルハザードの邪悪な試みに翻弄され、その企てを打ち砕く。

新熊はその後、『災厄娘（アイリーン）inアーカム』（都築由浩との共著）、その前日譚『冥王の刻印』、さらにシリーズ3作目『黒い碑の魔人』を書いている。

オカルト小説というよりは、歴史ファンタジーの要素が強い作品が多いものの、クトゥルフ神話の主要作品から取られた神話アイテムが豊富に登場し、また、翻訳小説的なかっちりした文体に好感が持てる佳作である。

（第29夜・了）

■リーダーズ・ガイド
『セレファイス』（1999）、『ロード・トゥ・セレファイス』（1999）メディアワークス
『邪神ハンター（1・2）』（1998）、『アルハザードの遺産』（1994）、『アルハザードの逆襲』（1995）『災厄
娘（アイリーン）inアーカム』（2010）、『冥王の刻印』（2015）、『黒い碑の魔人』（2018）青心社文庫
『邪神任侠　家出JCを一晩泊めたら俺の正気度がガリガリ削れた』（2018）、『クトゥルフ神話探索者たち
鈴森君の場合』（2018）『クトゥルフ神話TRPGノベル　オレの正気度が低すぎる』（2019）KADOKAWA

セレファイス　　　ロード・トゥ・
　　　　　　　　　セレファイス

ルルイエの浮上

イラスト：原 友和

第30夜　ラヴクラフティアン万歳
〜映像化されたクトゥルフ神話〜

 ## 映像化されたクトゥルフ神話

　クトゥルフ作品を映像化した作品はいくつかあるが、もとの神話の映像化が困難であるためか、変化球的なものが多い。初期は特に特撮が追いつかず、粗筋を翻案して、名前を冠しただけの作品もあるが、技術の発展とともに、特異なホラー作品に進化しつつある。

　『チャールズ・ウォードの奇怪な事件』を映像化したダン・オバノン監督の『ヘルハザード/禁断の黙示録』は、現代に舞台を移し、ミステリー仕立てとなっている。

　この他、ダン・オバノンは、『エイリアン』（1979）の脚本を書いており、エイリアンのイメージには半ば類人猿、半ばタコと指定されていた。明らかにクトゥルフのイメージである。その上、ダン・オバノンは、ラヴクラフトを愛し、画集のタイトルに『ネクロノミコン』をつけたイラストレーター、H・R・ギーガーを招き、現代的なクトゥルフ神話の怪物としてエイリアンをデザインした。ダン・オバノンはその後、『ゾンゲリア』（1981）、『スペースバンパイア』（1986）など、ホラー作品の脚本や監督を担当する。『名状しがたきもの』を原作とする『ヘルダミアン悪霊少女の棲む館』（1988）では、主人公はランドルフ・カーターとハワードとなり、シリーズ化されている。

 ## スチュアート・ゴードンとブライアン・ユズナ

　低予算のホラー映画では、それほど、原作の再現ができない場合が多いが、その範囲で努力している作家も多い。スチュアート・ゴードン（監督）とブライアン・ユズナ（プロデューサー）のコンビがその代表だ。

　『死体蘇生者ハーバート・ウェスト』を映画化した『ZOMBIO／死霊のしたたり』（1985）はややコミカルな展開ながら、シリーズ化され、主演のジェフリー・コムズが蛍光色のゾンビ薬入りの注射器を構える様子はハーバート・ウェストのイメージを刷新したと言ってよい。以降、アメコミなどでの表現にも本作の影響が大きい。コムズは同じくラヴクラフトの『彼方より』を映画化した『フロム・ビヨンド』にも出演している。

　同じスタッフによる『ダゴン』は、『インスマウスの影』の本格的な映像化である。舞台はスペインの寂れた漁村インボッカに移され、深きものも半魚人から触手系にシフトしつつあるが、全体の印象は実に陰鬱で、不気味だ。特に、序盤、降りしきる雨の中、不気味な歩き方で街路を徘徊するインボッカの住民たちの様子は秀逸である。

　監督がスプラッターで鳴らしたスチュアート・ゴードン、プロデューサーがブライアン・ユズナであるため、かなりスプラッターな描写が多いものの、終盤、ダゴン秘密教団の地下神殿で繰り広げられる邪神召喚の儀式の雰囲気はなかなかよい。

　最後には、主人公ポールの出生の秘密が明かされ、自殺を試みるものの、ダゴンの巫女とともに海底の巨大神殿に向かって泳いでいくエンディングは、意外にも原作に忠実なものと言える。ルルイエかイ・ハ・ントレイかは知らないが、海底の神殿が映像化された初の映像ではないだろうか？

　このスチュアート・ゴードン、ブライアン・ユズナ一派は重度のラヴクラフティアンであり、この他にも『ネクロノミカン　禁断の異端書』の仕掛け人であり、『彼方より』を映像化した『フロム・ビヨンド』を製作している。

　連作『ネクロノミカン　禁断の異端書』はラヴクラフトが星の智慧派教会でネクロノミコンを読むという想定でラヴクラフト作品3作『壁の中の鼠』、『冷気』、『闇に囁くもの』を日米の監督が映像化しているが、非常に脚色が多く、再現度がもっとも高いのは『冷気』である。『壁の中の鼠』はデラポア一族と廃屋が出てくるものの、愛する者を蘇らせる秘術を魔道書『ネクロノミコン』から探し、クトゥルフの力を借りてしまうという妖術もの、『闇に囁くもの』に至っては侵略者の下僕のホームレス夫婦に騙されて、ミ＝ゴらしき生肉系コウモリ型モンスターの餌食になってしまう警官カップルの話で、どこにも金属円筒や重要シーンの再現はない。しかしながら、ラヴクラフトがあるアクションをこなすシーンがあるので、ラヴクラフティアン的にはぜひ見るべき作品と言える。

　ラヴクラフト作品の映像化に関しては、21世紀に入ってからは、ギレルモ・デル・トロ監督による『狂気の山脈にて』の映画化の噂が流れたが、企画段階で頓挫している。デル・トロはクトゥルフ神話にも深い愛情を持ち、クトゥルフ神話要素を含む『ヘルボーイ』を監督している。『ヘルボーイ』は同名のアメコミの映画化で、第二次大戦中、ドイツで魔術的な儀式で誕生した悪魔の子供がヘルボーイと名付けられ、長じて怪異と戦うという物語であるが、映画の冒頭に、クトゥルフ神話で生み出された架空の魔道書『妖蛆の秘密』から、混沌の7神、オグドル・ヤハドにまつわる一節がエピグラフとして映し出される。

　半魚人を扱った『シェイプ・オブ・ウォーター』でアカデミー賞を受賞したが、これはインスマウスものではなく、『大アマゾンの半魚人』へのオマージュ作品で

ある。

　近年のラヴクラフト原作ものとしては、2019年には『異次元の色彩』を原作とする『カラー・アウト・オブ・スペース─遭遇─』が制作された（日本では2020年公開）。

　また、日本で制作された品川亮監督の『H・P・ラヴクラフトのダニッチ・ホラーその他の物語』（2007）は、人形作家・山下昇平の造形とストップモーション技法で撮影された一風変わった作品である。『家の中の絵』、『ダニッチ・ホラー』、『フェスティヴァル』の3作品が映像化されている。その手法からアニメ、映画、小説を横断する作品として「画ニメ」と呼ばれているが、山下の奇怪な造形がラヴクラフトの恐怖とうまくシンクロしている。

✳ マウス・オブ・マッドネス

　ラヴクラフト作品をそのまま映像化はしていないが、やはりラヴクラフトからの強い影響を受けているのは、ホラー映画の鬼才ジョン・カーペンターである。

　彼がもっともラヴクラフトに迫ったのは、架空のホラー作家サター・ケーン失踪の謎を追う調査員の奇怪な体験を描いた『マウス・オブ・マッドネス』（1994）である。調査員は、消えた作家を追いかけ、架空の街ホブス・エンドに紛れ込み、悪夢と幻視の交錯するうちに、古代から存在する何者かの存在を知り、狂気に陥ってしまう。

　具体的な怪物は出てこないのに、狂気へ追い込まれていく調査員役のサム・ニールが実に素晴らしい演技を見せる。精神病院に押し込められるという結末も実にクトゥルフ神話的である。

✳ 『ネクロノミコン』は、神の装置

　映像業界にとって、ラヴクラフトの残した影響は大きいが、使いやすいアイテムと言えば、やはり魔道書『ネクロノミコン』である。魔術ホラーとしての演出をするために、登場人物の本棚や所持品に、『ネクロノミコン』があれば完璧。必要とあれば、『ネクロノミコン』を開かせ、奇怪な呪文を詠唱すれば、ゾンビでも怪物でも出現させることができる。

　サム・ライミ監督の『死霊のはらわた』（1981-）シリーズは、謎の魔道書の呪文を録音したテープを再現したことで、悪夢が始まる。人の肉で装丁されたこの魔道書は1作目では『ナチュラン・デモント』とされていたが、2作目以降は『ネクロノミコン・エクス＝モルテス』となる。

その他、ラヴクラフト作品をオマージュしたシーンが挿入されている映画作品は多い。例えば、マイケル・ドハティ監督の『ゴジラ　キング・オブ・モンスター』(2019) は、怪獣プロレスというゴジラの特質をディザスター映画の中に収めた傑作であるが、途中の海底神殿のシーンは、ラヴクラフトの『神殿』やクトゥルフの眠るルルイエのイメージを感じ取るファンが多い。

ラヴクラフティアン作家・小中千昭

日本に目を移し、クトゥルフ神話と映像を追いかけていくと、なぜか小中千昭にたどり着く。

自ら特殊演出家を名乗り、TBSのバラエティ番組『ギミア・ぶれいく』(1989〜1992) の中で、1992年に『インスマウスの影』を日本に移植したドラマ『インスマスを覆う影』を作成したことで知られる小中千昭は、ラヴクラフトを研究するものにとって、危険な印である。

彼は重度のラヴクラフティアンであり、彼が関わった作品にはクトゥルフ神話の要素が挿入され、しばしば神話作品になってしまう。

もっとも顕著な例は『ウルトラマンティガ』(1996-1997) である。円谷プロの看板作品にして、日本を代表する特撮ヒーローものTVシリーズさえ、小中の手にかかると、クトゥルフ神話作品になってしまう。

もともとウルトラマンはM78星雲にある光の国からやってきた宇宙の守護者である。この設定自体が、ダーレスの描いた〈旧神〉や〈星の戦士〉とシンクロするものであるが、少なくとも、クトゥルフ神話が直接、流入することはなかった。

もちろんクトゥルフ神話に通じる要素が皆無であるというつもりはない。初代ウルトラマンの前に放映された『ウルトラQ』はそのほとんどがSFホラーで、明らかにラヴクラフトの影響を受けていた。海底に住む半魚人ラゴンは『大アマゾンの半魚人』からの影響ではあるとされるが、原案の大伴昌司が海外SFホラー好きで、『インスマウスの影』の翻案を幾度か雑誌・新聞で行っているため影響は考えられる。その他の怪獣や宇宙人の中にはクトゥルフ神話的なものもおり、宇宙から飛来するガラダマの姿にはコズミック・ホラーの影響が見えた。このあたりは、第一期ウルトラ・シリーズの脚本を担当した金城哲夫のアイデアとされる。

しかし、あくまでもそれらはウルトラ・シリーズの個性を持っていた。

やがて、光の国から来たウルトラマンという設定は限界に達し、ウルトラマンに新たな設定が生まれた。小中千昭が脚本を担当した平成ウルトラマン・シリーズのひとつ『ウルトラマンティガ』もそのひとつで、超古代文明人の転生とされた。

そして、最終3話においては、南太平洋から超古代文明の遺跡が浮上、ガタノゾーアとその使い魔たる飛行怪獣ゾイガーが復活し、ウルトラマン・シリーズとしては非常に例外的と言える世界的な破滅が発生する。明らかに、クトゥルフ神話の神格、ガタノトーアとロイガーから生み出された怪獣である。

　小中千昭の活躍はこれでは終わらない。

　『ウルトラマンガイア』にクトゥルフ神話の邪神を想起させる大海魔ボグラグ（ラヴクラフト『サルナスを見舞った災厄』）を登場させている。

　さらに、アニメ『デジモンアドベンチャー02』にゲスト脚本家として招かれ、デジモン版『インスマウスの呼び声』というべき『第13話：ダゴモンの呼び声』を製作する。海底の神ダゴモンを崇拝するハンギョモンによって、異世界に呼び込まれたヒロイン、ヒカリはダゴモンの花嫁にされそうになってしまうのである。もともとゲームの『デジモン』には、既にクトゥルフ神話ネタのダゴモン、ハンギョモンが実装されており、このデジモンがらみのエピソードを作ろうということで小中氏が招かれたのだ。この他、小中千昭は『魔法使いTai！』、『GRジャイアントロボ』、『THE　ビッグオー』などに神話用語を詰め込んでいる。

　その後も、清水崇監督と組んだ『稀人』では、『狂気の山脈』と呼ばれる地下世界を登場させる。人の恐怖する顔にとりつかれたカメラマンが主人公というのも実にラヴクラフト的と言えるだろう。

✪ ラヴクラフティアン俳優・佐野史郎

　小中千昭と並んで、映像界でラヴクラフティアンぶりを発揮しているのが、演技派で知られる俳優、佐野史郎である。小中千昭『インスマスの影』（1992）や『ウルトラQ　The DarkFantasy』（2004）などに出演、ホラー作品に積極的に取り組むのみならず、好きが講じて、小説『曇天の穴』を執筆するに至る。映画『ゴジラ FINAL　WARS』（2004）に黒衣の神父姿の謎めいた男で出演した際には、「古きものどもが蘇るぞ！」と叫んだが、これは彼自身の発案だという。最近では、NHKの『ダークサイドミステリー「闇の神話を創った男　H.P.ラヴクラフト」』（2019）に出演し、ラヴクラフト好きを語るとともに、自らラヴクラフトを演じた。

　松江に生まれ、小泉八雲をきっかけに、多くのホラー小説を愛した佐野は、ラヴクラフト作品が好きで、90年代前半には、ホビージャパン版の『クトゥルフの呼び声TRPG』にハマっており、俳優仲間の嶋田久作らと何度も遊んだという。

　1992年のドラマ『インスマスを覆う影』に出た際には、作品中に登場する魔道書ネクロノミコンは、佐野が自ら作成したものである。佐野の存在を印象づけたTVドラマ『ずっとあなたが好きだった』で、冬彦さんを演じている時期である。この

あたりの経緯については、『曇天の穴』を収録した『クトゥルー怪異録』および
NHKの番組が詳しい。

✦ アニメーションにおけるクトゥルフ神話

　映像と言っても、実写だけではない。アニメーションの世界にもクトゥルフ神話
は侵食を続けている。

　クトゥルフのワードが最初に登場したのはおそらく『戦え!! イクサー1』(1985)
の侵略者である「クトゥルフの民」であろう。これはロボット・アニメであり、ク
トゥルフ神話設定はほとんどなかった。このように、クトゥルフ神話用語が登場す
る作品は多数存在するが、ほとんどは監督か脚本、原作者などの趣味の範囲で、時
代はまだクトゥルフ神話の認知度が追いついていなかった。

　地上波では本格的なクトゥルフ神話のアニメ化は時間がかかるが、PCゲームか
らのアニメ化では、PCゲームのクトゥルフ神話化に伴い、加速していった。『黒の
断章』はその好例で、OVA版『黒の断章　Memory of Necronomicon』はアメリ
カでブレイクした。前述の『斬魔大聖デモンベイン』のアニメ化『機神咆吼デモン
ベイン』(2008- WOWOW)もある。

　世紀を超える前後、クトゥルフ神話系コミックのアニメ化も進み、ホラー全般を
取り込んだ『怪物王女』(2005-2013, アニメは2007-)には、凄く深きものを名乗る
半魚人、魔道書『水神クタアト』、イスの偉大な種族らしい円筒形の種族など、ク
トゥルフ神話の要素が含まれていた。日本土着の古い蜘蛛の神として登場した謎の
少女・南久阿はアトラック＝ナクアと同一視され、その後、『南Q阿伝』の主人公
になる。　すでに何度も言及している通り、『這いよれ！ ニャル子さん』のアニ
メ版（2012）が現在のクトゥルフ神話ブームのトリガーになったことは明らかであ
る。OPの電波ソングっぷりも含めて、狂気の沙汰（褒め言葉）であろう。

　その前年に放映された水島努監督の『BLOOD-C』は、Production IGが展開す
る『BLOOD THE LAST VAMPIRE』の系譜につらなる作品で、セーラー服を
着た少女が日本刀で吸血鬼と戦うものだが、漫画家集団CLAMPがキャラクターデ
ザインと脚本で参加した『BLOOD-C』では、敵は人間世界に仇なす〈古きもの〉
となり、クトゥルフ神話を意識した問題作となった。

　『マクロス』シリーズで名高い河森正治が率いるサテライトの製作した佐藤英一
監督の『キスダムR-ENGAGE planet-』は、未知なる変異生物「ハーディアン」と
の戦いを描くSFアクションであるが、傷ついた主人公が「死者の書」の力で復活、
異能を手に入れる他、クトゥルフ神話用語が頻出する。

　子供向けのアニメでも、クトゥルフ神話要素が入るのは、すでに小中千昭脚本の

『デジモンアドベンチャー02』で発生しているが、近年で言えば、石平信二監督の『ヘボット』第35話『インスマ浜の呼び声』が、『インスマウスの影』などラヴクラフト作品へのオマージュになっている。

　また、『ドラえもん　のび太の南極カチコチ大冒険』（2017）は、南極で発見された謎の腕輪を巡り、のびたとドラえもんは10万年前の南極で冒険するというものであるが、古代の南極の地下に巨大な都市を発見するなど、ラヴクラフトの『狂気の山脈にて』と通じる部分が多く、クトゥルフ神話を意識したのではないかと大いに話題になった。

　　（第30夜・了）

第31夜　神の夢、人の夢
〜コミックからの挑戦〜

 ## コミック化された神話

　日本におけるクトゥルフ神話のオリジナル展開はさまざまな作品を生んだ。本格ホラーの分野以外にも、すでに紹介した美少女ゲームや、ライトノベルの側面で多くの作品が生まれた。同様に、コミックでも多くのクトゥルフ作品が生まれている。その中でも、独自の到達点を示したいくつかのクトゥルフ神話コミックを紹介して、この連載を締めたいと思う。

　まず、日本のコミックにおける最初のクトゥルフ作品は『ダニッチの怪』を翻案した水木しげるの『地底の足音』（1962）とされる。妖怪漫画の大御所は貸本漫画の時代からすでに、クトゥルフ神話にも注目していたのである。

　その後、多くのコミック作品がクトゥルフ神話に挑戦するが、おおよそ以下のように分類される。

1：ラヴクラフトなど神話作品の漫画化

　『ラヴクラフトの幻想怪奇館』（1990/大陸書房）は今や入手困難であるが、ラヴクラフトの怪奇短編が比較的忠実に漫画化されているのが特徴である。漫画雑誌『ホラーハウス』に掲載されていたものをまとめたものである。

　『妖神降臨　〜真ク・リトル・リトル神話コミック〜』（1995/アスキーコミックス）と『クトゥルーは眠らない』（全2巻、2011-/青心社）は、ラヴクラフト以外のクトゥルフ神話作家からも題材が取られていることから評価が高い。また、創土社も『クトゥルー・ミュトス・ファイルズ』作品のコミカライズを始めており、菊地秀行『妖神グルメ』を黒瀬仁（1巻）、マーチン角屋（2巻）が、黒史郎『童提灯』をおおぐろてんが担当し、続刊も予定されている。

　『邪神伝説クトゥルフの呼び声』（2009）に始まるPHP研究所のクラシックコミック・シリーズは、ラヴクラフト作品の描き下ろしコミカライズで、『クトゥルフ神話の原点　異次元の色彩』まで11冊が刊行され、すべて電子化されている。このシリーズの特色は、東雅夫、森瀬繚、そして、私、朱鷺田祐介が監修を分担、作品の区切りごとに詳細な解説を加えていることだろう。

　そして、ラヴクラフト作品のコミカライズに関しては、KADOKAWA（エンタ

ーブレイン）の『コミックビーム』で活躍する田辺剛の『ラヴクラフト傑作選』を語らずにはおられない。圧倒的な画力と濃密な描写から、ラヴクラフト作品のコミカライズにおける最高峰で、海外でも絶賛され、受賞している。『アウトサイダー』から始まり、『魔犬』、『異世界の色彩』、『闇に這う者』、『クトゥルフの呼び声』、そして、『狂気の山脈にて』は全4巻となっている。

2；オマージュ/パスティーシュ

ラヴクラフトの神話作品への想いから、同型作品を作る例は小説に限らない。

例えば、八房龍之介の『宵闇幻燈草紙』（メディアワークス）は、大正～昭和初期を彷彿とさせる魔術物語で、魔術ネタが多く、第1巻『腹上にて飼う』には、ラテン語版やギリシア語版があり、女性によくなつく魔道書が登場するなどクトゥルフ神話要素が強い。第3巻から始まる、ひなびた漁村「寄群（よぐ）」を舞台にしたパートは、あきらかに『インスマウスの影』へのオマージュとして描かれている。

アニメ化もされたヤマザキコレ『魔法使いの嫁』は、イギリスを主な舞台とする現代魔法ファンタジーであるが、ラヴクラフトの『ウルタールの猫』からインスパイアされた、ウルタールの村での猫殺しの村人に関するエピソードがあり、何度も生まれ変わって魔力や知性を高めていく猫たちの存在が語られる。第2部の学院編では、魔道書『カルナマゴスの遺言』が登場する。これは、クラーク・アシュトン・スミスの『塵を踏むもの』に登場する架空の魔道書で、不老不死や死者再生の術が書かれているとされるが、読むと死ぬ（または、クァチル・ウタウスを召喚してしまい、触れられて塵と化す）という。

3：素材として混入

ジャンク系というべきか？　パロディのネタとして、クトゥルフ神話のアイテムや邪神が取り込まれている漫画はそれこそ枚挙に尽きない。古くから、SF系を中心に、クトゥルフ神話はギャグのネタとして多用されていたのである。それは例えば、オカルト漫画の魔法の呪文が『ネクロノミコン』から取られていたり、登場人物の部屋の本棚に『妖蛆の秘密』が置かれていたりする。それっぽい呪文まで含めればきりがない。

この好例が西川魯介『昇天コマンド』（1999）である。

元々はサバイバル・ゲームを絡めた美少女漫画（18禁）で、サバゲーマニアの美少女とその彼氏があたりかまわずやりまくるという話であるが、第2話「ク・リトル・リトル・マーメイド　渚の旧支配者」からクトゥルフ神話パロディが爆発、蛸

系の女神「鰓有り・クイーン」が暴れまわり、第3話「クリスマスを覆う影」第4話「風邪をひきて喘ぐ者」とクトゥルフ・ネタのタイトルが続く。

　メガネっ娘を書かせたら一品という西川はコミカルな作風の中にも、クトゥルフ神話を取り入れた魔術やミリタリー系の作品が多く、一般向けの料理マンガ『まかない君』にすらクトゥルフ神話のネタが紛れ込んでいく。

4：影響系

　直接、ラヴクラフト神話を援用する訳ではないが、明らかにラヴクラフトの影響下で作品を作成しているというべき作家は多い。

　ゴシック・ホラーの多い高橋葉介はその筆頭で、触手や変形、食屍鬼などのクトゥルフ神話的な題材が非常に多い。

　伝奇ホラーの名手、諸星大二郎も、ラヴクラフトからインスパイアされたとおぼしき『死人帰り』などを書いており、テケリ・リと叫ぶ奇怪な少女クトゥルーちゃんやペットのヨグが出没するコミカル系ホラー連作『栞と紙魚子』（1996-）シリーズを連載、ラヴクラフティアンぶりを発揮している。

　また、美少女格闘技アクション『美女で野獣』などで知られるイダタツヒコが、デビュー直後、井田辰彦名義で描いた『外道の書』はクトゥルフ神話のクの字も出てこないが、禁断の魔道書を巡る物語で、実にラヴクラフト的な雰囲気を漂わせている。

　主役となるのは12冊揃えると、究極の知識を得られるとされる謎の書『外道の書』。何度も焼き払われたが、魔術によって人の血と屍から蘇ってきた魔性の書物である。この他、クトゥルフ神話要素のあるイダタツヒコ作品としては、地球人と宇宙人と魔物が住む街を舞台にした『星屑番外地』、都市伝説ホラーを元にしつつ、クトゥルフ神話作品オマージュの各話タイトルを散りばめた『HeRaLD』がある。

5：オリジナル系

　クトゥルフ神話に基づきつつ、オリジナル展開を行った作品群。これも意外と多くはないが、それぞれ個性ある作品群ばかりである。

　漫画化のしやすさから、対邪神戦ものがどうしても多いが、クトゥルフと魔術という流れを生かした作品もある。

　では、このオリジナル系を中心に、クトゥルフ神話コミックの主要作品を紹介していこう。

✴ ケイオス・シーカー

　矢野健太郎の『邪神伝説』シリーズ（1988-）は、数あるクトゥルフ神話コミックの中でも、幅広い神話題材をカバーした連作である。学研の『コミック・ノーラ』誌に不定期連載されたもので、主に、ケイオス・シーカーという対邪神組織のエージェントを中心に話が進むが、現代に転生した女魔道士と〈旧支配者〉の戦いを描く『ラミア』や、深きものを信仰する海辺の村の恐怖と破滅に、原子炉問題を絡めて描く『ダーク・マーメイド』など、まったくケイオス・シーカーの出てこない作品もある。

　シリーズのヒロインとも言える星間渚（ほしま・なぎさ）は、考古学者の娘で、風の精ハストゥールを信仰する異端の村、星間村の生き残りである。オーストラリアで発掘された謎の遺跡に絡んで、彼女を生贄にハストゥールを召喚しようとする企てに、ケイオス・シーカーが挑むのが第2作『ケイオス・シーカー』である。

　生き残った渚はケイオス・シーカーの一員となり、ハストゥールの影響で身についた超能力を使い、バイアクヘーを駆り、邪神との戦いに挑んでいく。

　クトゥルフやナイアルラトホテプのみならず、クトゥグァ、クトゥーニアン、〈古のもの〉、バースト、ミ＝ゴ、シュブ＝ニグラス、イタカなど他のコミックではなかなか扱われない題材まで広くカバーしているのが特徴と言える。

　地球に落下した〈古のもの〉の最後のひとりを巡る『ラスト・クリエーター』は、筋立ても舞台も『狂気の山脈にて』とはまったく異なるが、〈古のもの〉の人間臭さに関する描写は原作と会い通じる部分まで描かれている。

　渚が主演する作品以外にも、ハワードの『黒の碑』に登場するシュトレゴイカヴァールの黒い石碑とチェルノブイリ問題を絡める『コンフュージョン』など注目作がある。

　同系の対邪神ものとしては、『玩具修理者』や『ラプラスの魔』のコミカライズで知られるMEIMUの『DEATH』が挙げられる。魔性の仮面で力を得る少女の戦いを描いた魔術アクションだが、後半は舞台を現代に移し、邪神復活を目指す暗黒（グルゥー）教団との戦いが描かれる。

✴ 天使のお食事

　美少女系クトゥルフ・ラブコメ。

　澁澤工房の『エンジェルフォイゾン』（2000-）を表現するとしたら、こんな感じであろうか？　ニャル子さんに先立つこと10年弱、やっぱり存在していたラヴ（ク

ラフト）・コメディの先駆者である。

負のエネルギーを背負ってしまう特異体質の工藤ススムは、その体質ゆえに、外なる神（アウター・ゴッド）の幼生体である美少女「すざく」にとって重要な栄養源（おしょくじ）であり、同時に、クラスのアイドルで、実は吸血鬼〈真祖〉の綾瀬瑞希にとっては思い人でもあった。かくして、ススムを巡って、不思議な恋の物語が展開していく。

アザトース、アトラク・ナチャ、バーストなどクトゥルフ神話の邪神たちが次々美少女として出現するラブコメディは、パロディ作品として一蹴してかまわないかに見えるが、巻が進むにつれ、セラエノの図書館、黄金の蜂蜜など神話アイテムが増大、第3巻に至っては邪神狩りのシュリュズベリイ博士が、助手3人組を連れて登場、〈特異点〉工藤ススムを通じて、アザトースの覚醒を果たそうとする。

✴ 『召喚の蛮名～学園奇覯譚』

本書初版の表紙をお願いしている槻城ゆう子のデビュー作『召喚の蛮名～学園奇覯譚』（2003）は、本書で紹介するオリジナル・クトゥルフ神話の中でも、実はかなり過激な作品ではないかと考えている。

TRPG『クトゥルフの呼び声』を刊行していたホビージャパン社の『ロールプレイングゲームマガジン』（略称RPGマガジン）1997年3月号から2年あまりに渡り、不定期連載されていたものであるが、ゲーム的な内容ではなく、かなり本格的な魔術コミックに仕上がっている。

主人公栃草緋不美（とちぐさ・ひふみ）は、普通の高校生だったが、突然、魔術を研究する神智科に転入させられてしまう。魔術師を目指す神智科はラテン語、ギリシア語からさまざまな魔術関係科目が目白押しで、目が回りそうな緋不美は、クラス委員で〈本持ち〉の天野と補習をする羽目になる。

しかし、そこで彼女の前に、『セラエノ断章』に食われて死んだ生徒、湖川が出現、『無名祭祀書』と契約した天野との魔術バトルを始める。

この作品の注目点はもともと、魔術コミックとしてスタートし、その結果、題材としてクトゥルフが選ばれたことだ。そのため、クトゥルフ神話だけでなく、カバラやセフィロスの木など、実際の魔術で用いられるアイデアも取りこまれ、オカルト・ファンには2倍楽しめる作品となっている。分かりやすい邪神退治ものではなく、魔術師物語に仕上がったのは、中島らものエッセイと同じように「国書刊行会」を読むという槻城の実力の賜物であろう。特に、タロット・カードを使って、クトゥルフを召喚する場面は圧巻である。

✳ 神と戦うもの

　冒頭に紹介したのは、岡田芽武の『ニライカナイ』の第2巻、沖縄語（ウキナー
グチ）で語られる『ネクロノミコン』の有名な一節である。

　超絶格闘アクション『影技-Shadow Skill-』で注目された岡田の手になるこの作
品は沖縄神話を題材に、超古代史、言霊、クトゥルフ神話、現代国際政治を絡めた
伝奇バイオレンス・ロマンである。

　物語はロシアの宇宙ステーション、ミールの不可解な爆発事故から始まる。突然
の事故の最後に残された音声記録は「窓に！　外に！　人が！」

　そして、ミールを破壊した〈人型の何か〉は沖縄語で「憤怒」を意味する「ニグ
ラルクンドゥ」を残して、そのまま大気圏を突破、沖縄の郊外に落下する。その記
録は謎の爆発事故として扱われる。

　この事件に疑念を感じた新垣みなみは、沖縄で死んだ姉、女性カメラマンの新垣
都子との関連を調査するため、探求者（SEEKER）で言霊使いの皇言霊（スメラ
ギ・ホツマ）と、その助手である格闘美少女、柊乱空（ヒイラギ・ランクウ）に助
けを求める。

　かくして、神の島、沖縄にかつて存在していた神の力を巡り、東京、伊勢、沖縄
で恐るべき闘争が展開される。

　第4巻では、米軍エージェントの肉体を乗っ取った〈旧支配者〉ナイアルラトホ
テップが月に吠える邪神の姿で顕現、沖縄を急襲するあたりは凄まじい迫力であり、
現代に邪神をよみがえらせた数多くの作品の中でも特に劇的な展開を見せる。

　何とここで、日本政府は、いつかこの時のために、遥かアンデスの地に封印され
ていた太陽神ティダを解放、同地に生きる「もうひとつの日本人」であるアンデス

諸民族の血の供犠を代償に、太陽神で、沖縄のナイアルラトホテップを直撃するのである。

　その後も乱空と言霊の戦いは続くが、色々驚天動地のアイデアが続く。是非、ご一読いただきたい。

✦ 姉なるもの

　日本語でクトゥルフっぽさを出すキーワードのひとつに「〜〜なるもの」という言い方がある。飯田ぽち。のコミック「姉なるもの」もその言い方からスタートした作品だ。

　14歳の少年・夕（ゆう）は両親を交通事故で失ってしまい、親戚の間をたらい回しにされた上、やっと保護者になってくれた変わり者の叔父すらも病気で倒れ、孤独になってしまう。叔父の入院手続きのため、入るなと言われていた古い蔵に踏み込んだ夕は、その地下で「千の仔孕む森の黒山羊」と名乗る異形の美女と出会う。

　「あなたの大事なものと引き換えに、望むままを与えましょう」

　そういう彼女に対して、夕は「姉になってほしい」と願う。

　姉になることを快諾した異形の美女は人の形を取り、千夜（ちよ）と名乗り、他に誰もいない田舎の家で、少年と暮らし始める。

　姉なるものと少年の夏が始まる。

　人ならぬ邪神とのほのかな思い出の夏を描くもので、もともとは18禁の同人誌で連載されていたエロチックでセンシティブなラブストーリーを商業化、一般向けマンガとしてまとめ直したものである。ホラー要素もあるが、あくまでも、穏やかな日々の中で、少年と姉なるものの日々の描写を楽しむものである。邪神ゆえに、人間界のことを知らない千夜とともに、一緒に食事を作ったり、洗濯物をしまったり、耳かきをしてもらったり。ああ、なんと、夏休みの青い空が、邪神と少年に似合うことよ。もしかしたら、ここはすでに幻夢境かもしれない。華麗な筆致で描かれる、エロチックさとピュアさの混じった千夜の言動にドギマギしつつも、夏休みの夕方の静かな風景に思いを馳せてほしい。

　同人版（いわゆるウ＝ス異本）は年上の女性と少年の恋愛をテーマにした、いわゆる「おねショタ」もので、文字通り、これに触手が絡みつく人外展開とほのぼのした日常が融合している。ラヴクラフトは邪神たちのエロチシズムを描かなかったが、東洋の後継者たちは、エロスとタナトスを友にする傾向があるのかもしれない。

遥かな旅の終わりは始まり

　不思議なことに、クトゥルフ神話系のコミックでは、時の終わりと終焉を、始まりへと輪廻させていくものが多い。

　矢野健太郎の『邪神伝説』は4億年の循環を辿って、渚とケインを幻夢境に招いた。『ニライカナイ』はすべてをやり直すことを選んだ。

　それは人類以前から始まるクトゥルフ神話の壮大さが、我々日本人の心の底流を流れる輪廻思想を刺激するのか？　実際は分からない。

　ただ、ここまで来た神話の流れがここで終わることなく、まだ続くのだということに一縷の夢を託すしかないのだろう。

（第31夜・了）

■リーダーズ・ガイド
『水木しげる貸本漫画傑作選「墓の町／地底の足音」』朝日ソノラマ
　この他、桜桃書房、講談社から出た貸本漫画の全集にも収録されている。
『ラヴクラフトの幻想怪奇館』（1990）大陸書房
『妖神降臨　～真ク・リトル・リトル神話コミック～』（1995）アスキーコミックス
『クトゥルーは眠らない』（全2巻：2011）青心社
『クラシック・コミック』PHP研究所
『ラヴクラフト傑作選』KADOKAWA/エンターブレイン
『宵闇幻燈草紙』（1999）、『エンジェル・フォイゾン』（2000）メディアワークス
『昇天コマンド』（1999）ワニマガジン社
『栞と紙魚子』（1996）朝日ソノラマ
『邪神伝説』シリーズ（1988）学研ノーラコミックス
『魔法使いの嫁』マッグガーデン
『召喚の蛮名』エンターブレイン/書苑新社
『ニライカナイ　～遥かなる根の国～』講談社
『姉なるもの』KADOKAWA/アスキー・メディアワークス

召喚の蛮名

■EPISODE 09　僕らは次の夢を見る

「好きに書いていい」

そう思えるまでに、半年がかかった。

ラヴクラフトと神話作品を関連付けて、もう一度、頭に叩き込み直す作業が思った以上に重労働だった。文章を書きながら、正しいのか、問い直す日々が続いた。

観察された事実はもはや動かない。

一言の間違いはその百倍の不審を呼ぶ。

だから、本を書くという行為は怖い。命がけだ。

「我々は職業ライターです。80％の力で十分な文章が書けないようでは、プロとしてやっていけませんよ」

誰かライターの先輩が言った。

そんなことは分かっている。職業ライターとして、コスト・パフォーマンスを考えない仕事は間違っている。

だが、クトゥルフ神話はそんなことを許してはくれない。

ラヴクラフトは文章に殉じた人だ。

存命中、彼はあまり報われなかったが、文章を書き続けた。金になっても、ならなくても、書き続けた。己の文書こそ完璧と信じ、コンマひとつ、ピリオドひとつとて正しく印刷されないならば、拒絶されたのも同じだと言い切った。

『ウィアード・テイルズ』に最初の5編を送りつけたときのことだ。

アウトサイダー。

社会の秩序の外側にいることを積極的に選択した人間。

コリン・ウィルソンはラヴクラフトのことをまったく知らぬまま、ラヴクラフトにこそ相応しい題名で本を出した。

もちろん、私は、自分がその言葉に相応しいとは言うつもりもない。多

分、私は『無人の家で発見された手記』を必死で書く少年に過ぎない。ショゴスかシュブ＝ニグラスか分からないが、森の中から這い出してくる得体の知れない怪物に怯えるだけだ。

　失礼。もっと具体的な事実を語るべきときだ。
　私はそうして精神的に追い込まれたが、何とかこの本を書き始めることができ、今、最後の文章に取りかかっている。まだまだ不足であるが、とにかく初めてクトゥルフ神話に触れる人を想定し、神話関連資料を整理し、そこに見受けられる諸要素を並べ上げ、紹介していくことができた。
　これで、東雅夫の『クトゥルー神話大事典』とも、山本弘の『クトゥルフ・ハンドブック』とも、異なるスタンスの本になったと思う。
　ありがたいことに、私は天井の窓に張り付く黒い影も、鱗だらけの手も目撃しなかった。我が家の庭に響くのは近所の野良猫の鳴き声だけだ。夜鷹も、キモトリも、不気味な声を上げたりはしない。
　我が家にある魔道書は、学研M文庫の『魔道書ネクロノミコン』だけだ。私の発音が悪いのか、我が家の蜂蜜の発酵が甘いのか、フォーマルハウトからバイアクヘーが迎えに来る様子もない。振り返っても、角からティンダロスの猟犬が這い出してくることもないし、蜻蛉珠の中に何か見えたこともないはずだ。
　簡単な謝辞を書き上げ、あの担当編集氏にファイルを送信すれば、すべては終わりだ。後は、気分を変えて、押し迫っている次の企画に取りかかればいい。この本が押した分、何社かに迷惑をかけている。家族にも、だ。
　語り切れなかったこと、書くことを押し留めねばならなかったことはまだあるが、それは次の機会を待つしかない。
　次の機会？
　そんなものは私にあるのか？
　あのフルートの音が聞こえるというのに。形のある音がささやくように肌をなぞっていくのに。
　ああ、今のうちに書き残さねば。あのとき、私が知ったことを。ラヴクラフトが詩の中に隠したセドナの事実を。トランス・ネプチューンのE……うあああ、やめろ。来るな。
　あああ、窓に、手が。

アトラク・ナクア　　　　　　　　　　　　　　　　　　イラスト：原　友和

クトゥルフ神話小事典

～旧支配者、旧神、種族、有名人、魔道書、アイテム、地名～

この事典の作成にあたり、『クトゥルー神話大事典』、リン・カーターの『クトゥルー神話の神神』『クトゥルー神話の魔道書』（青心社『暗黒神話大系クトゥルー』所載）のほか、『マレウス・モンストロルム』『Encyclopedia Cthulhiana』などゲーム系の資料を参考にしました。そのため、本文で紹介した神格の解説とややずれる部分が含まれています。

グレート・オールド・ワン または、旧支配者、ふるぶるしきもの

アザトース
（Azathoth）

ラヴクラフト作品でしばしば言及される邪神たちの魔王にして沸騰する混沌の中心にして、万物の主と呼ばれる。時空を超越した宇宙の中心部にあって、単調なフルートの音に合わせて絶え間なくその不定形の体をくねらせている。同じ音楽に合わせて、精神のない下級の神々がアザトースの周りで踊り続けている。アザトースは「盲目にして痴愚」、「怪物的な混沌の核」であるとも描写されている。アザトースの意思は、ナイアルラトホテプによってただちに実行される。

【参考】『未知なるカダスを夢に求めて』『ユゴスの黴』『アザトース』（ラヴクラフト）

アトラク＝ナクア、またはアトラック＝ナチャ
（Atlach-Nacha）

C・A・スミスが『七つの呪い』で生み出した蜘蛛の姿をした神で、ヒューペルボレア大陸ヴーアミタドレス山脈の地下深くで、深淵を渡る蜘蛛糸の橋を作り続けている。

巨大で恐ろしい黒い毛に覆われたクモのように見え、人間に似た奇妙な顔がついている。アトラク＝ナクアはすべてのクモを支配していると信じられているが、それは体の形からくる迷信だろう。魔術師はさまざまな旧（ルビ：ふる）き呪文を通してアトラク＝ナ

クアを召喚することがある。しかし、それはたいへん危険なことだ。というのは、この怪物は永久的にクモの糸を紡いでいるその仕事の手を休めることを極端に嫌うからである。

【参考】『七つの呪い』（スミス）

アブホース
（Abhoth）

C・A・スミスが『七つの呪い』で生み出した不定形の神格で、ヒューベルボレア大陸ヴーアミタドレス山脈の地下深くで分裂と増殖を繰り返す。宇宙の不浄なるものの父にして母。粘着質の塊であり、いとわしい分裂を永久に繰り返している。ヴーアミタドレス山脈の遥か地の底の湿った池の中に住み、その不定形の肉体からは、奇妙な形状の子孫たちが増殖しながら、生み出され、進化と成長を続けながら、地上へ向かって移動していく。その一部はアブホース自身の食事となる。その異形にして混沌とした不定形の存在でありながら、神経は細やかで、アルケタイプから生贄として送り込まれた人間を触手で精査し、内臓への負担を理由に突き返す理性を有する。

リン・カーターの諸作品では、ウボ＝サスラの眷属とされる。

【参考】『七つの呪い』（スミス）、『魔道書ネクロノミコン外伝』『エイボンの書』（カーター）

イグ
（Yig）

イグはラヴクラフトがゼリア・ビショップのために代筆した際に創造したアメリカの古い蛇の神である。北アメリカの大草原の部族に崇拝されている蛇の神である。ケツァルコアトル信仰とも何らかの関係があると思われる。崇拝者たちは毒蛇の毒に対するある種の免疫や蛇と話す能力を獲得し、秘術の儀式や呪文を教えられる。誰か蛇に害を及ぼすような者がいれば、イグは〈聖なる蛇〉を送り込んで殺す。悪名高い〈イグの呪い〉は、狂気と奇形の子供をもたらす。

イグは明確な描写をされたことがないが、蛇の姿か、蛇の頭あるいは正常な頭を持った鱗のある男の姿をしていると思われる。蛇の一群を引き連れているはずである。イグが現れるとき、前兆としてあたり一面が蛇の群れでじゅうたんを敷いたようになる。

イグの聖なる蛇というのは、それが現れる地域原産の蛇（ガラガラヘビ、コブラなど）の中で特別に大きな個体で、頭に白い三日月の印をつけている。北アメリカの場合は、長さ2メートル近くにもなる巨大なガラガラ蛇である。イグの聖なる蛇に噛まれたら、どんな解毒剤も犠牲者を救うことはできない。犠牲者は2、3分の激しい苦痛の後に死ぬ。

【参考】『イグの呪い』（ビショップ＆HPL[*1]）、『墳丘の怪』（ビショップ＆HPL）、『永劫より』（ヒールド＆HPL）

*1　HPL＝ラヴクラフト

イタカ、または、イタクァ
（Ithaqua）

オーガスト・ダーレスが『風に乗りて歩むもの』で創造した風の神格で、カナダの先住民マニトバ族の伝承に登場するものとして設定し、『イタカ』で名前をつけた。綴りから原音に近い「イタクァ」と表記されることも多い。〈風に乗りて歩むもの〉、〈死を運ぶもの〉などと呼ばれ、周辺のアルゴンキン族が信じる悪霊〈ウェンディゴ〉と同一視される。イタカは北極圏と隣接する地域に出現する神格で、巨大な赤い目をした巨人とされる。カナダの北極圏に近いスティルウォーターなどで信仰され、生贄となったものは神に連れられて異界をさまよった後、飽きたら天空から投げ捨てられる。ダーレスは『イタカ』でこの神にイタカという名前をつけ、同じく北米先住民アルゴンキン族が恐れる悪霊ウェンディゴとも結びつけた。ブライアン・ラムレイは『風神の邪教』『ボレアの妖月』にイタカを登場させ、旧神の呪いでイタカは北極圏周辺やボレアという異世界にしかいられないという設定を付け加えた。

【参考】『ウェンディゴ』（ブラックウッド）、『イタカ』（ダーレス）、『風に乗りて歩むもの』（ダーレス）、『風神の邪教』『ボレアの妖月』（ブライアン・ラムレイ）

ウボ＝サスラ
（Ubbo-Sathla）

C・A・スミスが同名の短編で生み出した不定形の神格で、〈自存の源〉ウボ＝サスラと呼ばれ、地球上のすべての生命の源となる原型質を産み出したと言われている。また、〈古のもの〉が恐ろしいショゴスを創り出したのは、ウボ＝サスラの体の組織からだったとも言われる。あるものは〈旧支配者〉らの親だともいう。

地球が生まれたばかりの頃から存在し、蒸気のあがる劫初の沼地の中に住む頭手足なき混沌の塊で地球の生命体の原型を生み出した。自存する源とも呼ばれ、地球上の生命はすべて、いつかウボ＝サスラの中に戻ってい

くとされる。その周囲には星から切り出された石板が並んでおり、叡智が記されているという。その後、リン・カーターによって、アザトースと双子の究極の存在とされ、古き大いなるものどもの親とされた。ウボ＝サスラは、旧神の書庫から〈旧き記録〉を盗み（これが星の石板）、そこから得た力で、地球を旧神の世界から現在の宇宙に移動させた。現在は旧神に叡智を奪われ、イクァアに封じられている。

『エイボンの書』と『ネクロノミコン』にはこの神のことが言及されている。

【参考】『ウボ＝サスラ』（スミス）、『暗黒の儀式』（ダーレス＆HPL）、『暗黒の知識のパピルス』（カーター）

ウムル・アト＝タウィル
（Umr　At-Tawil）

プライスの幻夢境ものにラヴクラフトが加筆した『銀の鍵の門を越えて』に登場する神格で、ヨグ＝ソトースの化身のひとつとも筆頭の下僕とも言われる。ウムル・アト＝タウィル（正確なアラビア語ではおそらくタウィル・アト＝ウムルで、「生命長きもの」という意味）は〈古ぶるしきもの〉という名でも知られる。

他の時間や空間へ旅したいと思う者は、ウムル・アト＝タウィルに対して危険を蒙ることなしに交渉することができるかもしれない。ランドルフ・カーターは銀の鍵を使って第一の門を通過し、ウムル・アト＝タウィルとおぼしき存在と遭遇した。

【参考】『銀の鍵の門を越えて』（プライス＆HPL）

ガタノトーア、ガタノソア、
ガタノソーア
（Ghatanothoa）

ラヴクラフトがヘイゼル・ヒールドのため

に代作した『永劫より』に登場させた神格。ボストンのキャボット博物館が購入した石化したミイラとともに発見された円筒内の文書、および、『無名祭祀書』に書かれた古譚に登場する。ユゴス星人の信仰した邪神、または、魔王。古代ムー大陸のクアナ王国ヤディス＝ゴー山の深い穴の底に封じられている。その姿を見たものは体の外側から石化するとともに、脳だけが永遠に生きるという呪いを受ける。ガタノトーアの復活を恐れたクアナの人々は毎年、若い男女12名ずつの生贄を捧げていた。その後、リン・カーターによって、クトゥルフの息子であるゾス3神の長兄とされた。〈山上の妖物〉とも呼ばれる。日本では『ウルトラマンティガ』に、古代ムー大陸を滅ぼした怪獣ガタノゾーアとして登場した。

ガタノトーアは見た目が特別に恐ろしい怪物として知られている。輪郭のはっきりした無数の触肢と口と感覚器官を持っている。

【参考】『永劫より』（ヒールド＆HPL）、『ロイガーの帰還』（ウィルソン）

クトゥグア　またはクトゥ
グァ、クトゥガ
（Cthugha）

オーガスト・ダーレスが『闇にすみつくもの』で登場させた神格。フォーマルハウトから召喚された炎の邪神で、それ自体が生きる巨大な炎のように見える。『闇にすみつくもの』では、北米ウィスコンシン州にあるンガイの森の奥に潜む〈神々の使者〉にして〈這い寄る混沌〉ニャルラトホテップを倒すため、クトゥグアを召喚して森を焼き払う。もともと、クトゥルフ神話に欠けていた炎の属性の神格を補うために生み出された側面があり、ニャルラトホテップと敵対するという以外の個性は強くないが、それゆえに、後継作家によってアフーム・ザーや、炎の吸血鬼フ

ッサグァと結び付けられるようになった。

【参考】：『闇に棲みつくもの』（ダーレス）

クトゥルフ
(Cthulhu)

ラヴクラフト『クトゥルフの呼び声』に登場し、その他『インスマウスの影』『墳丘の怪』など多数の作品で言及される神格。約4億年前、ゾス星から一族を引き連れてムー大陸に飛来した異星生命体クトゥルフ族の大司祭で、当時、地球を支配していた〈古のもの／エルダー・シングズ〉と戦い、覇権を争った。その後、ムー大陸の沈没および旧神との戦いで力を失い、死んだも同然の状態で海底のルルイエに封じられた。一説によれば、星の配置が変わったためとされ、そこから、星辰が正しき場所にある時、復活すると言われる。時折、精神波を送って敏感なものにその存在を知らしめるため、世界各地の古い神話に影響を与えている。海底に封じられているため、水底の神とされるが、そこには異なる解釈もある。

大いなるクトゥルフは類人猿か龍のような胴体、触手の生えた蛸に似た頭部と、こうもりのような羽を持った2足の姿をしている。

いつの日かルルイエが地上に現れて復興するときが来れば、クトゥルフも目覚めて解放され、世界を荒廃に導くことだろう。

【参考】『クトゥルフの呼び声』『狂気の山脈にて』『インスマウスの影』『墳丘の怪』（ラヴクラフト）

シュブ＝ニグラス
(Shub-Niggurath)

ラヴクラフトが作品中、しばしば、「千の仔をはらむ森の黒山羊」と呼ぶ大地の女神。ラヴクラフトの書簡で雲のような姿と描写されたのみで、ラヴクラフト作品ではムー大陸などの古代世界の大地母神として信仰されることがほとんどである。ラヴクラフトの諸作品で言及される大地の女神というべき神格で、千匹の仔を孕みし森の黒山羊（または、千の仔を連れし森の黒山羊）と呼ばれる。古代のムー大陸、ヒューペルボレア、サルナスなどで信仰され、その名前が儀式の詠唱や呪文の中にしばしば出てくる。

シュブ＝ニグラスが姿を現すのはまれだが、目撃者によれば巨大な雲状の塊で、ヒヅメのついた足を持つ。おそらくこのヒヅメのついた足によって、「山羊」と呼ばれるようになったと思われる。その後、プライアン・ラムレイ『ムーン・レンズ』で、英国ゴーツウッドの信仰が報告されている。日本では風見潤『クトゥルー・オペラ』で、多数の触手を持つ巨大な山羊めいた姿が描写され、矢野健太郎『邪神伝説』では、ヒマラヤの地下に封印されている。TRPGでは、その眷属である「森の黒き仔山羊」がよく登場するが、これはブロック『無人の家から発見された手記』に登場する不定形の森の怪物（実際はショゴスらしい）から生み出されたゲーム・オリジナルの怪物である。

【参考】『永劫より』『墳丘の怪』（ヒールド＆HPL）、『暗黒の儀式』（ダーレス＆HPL）、『闇にささやくもの』（HPL）、『ムーン・レンズ』（ラムレイ）、『クトゥルー・オペラ』（風見潤）、『邪神伝説』（矢野健太郎）

ダゴン、ハイドラ
(Dagon, Hydra)

ダゴンはラヴクラフトの同名の作品で登場する海底の存在。ダゴンは、もともと、旧約聖書において、ユダヤ人と敵対したペリシテ人の信仰した魚身の神の名前で、その名前は穀物神を表すとも言われる。ラヴクラフトが1917年7月に書いた『ダゴン』は最初のクト

ゥルフ神話作品とされる。その後、『インスマウスの影』で信仰対象となり、ハイドラとともに言及される。〈父なるダゴンと母なるハイドラ〉という名で知られている。その後、リン・カーターにより、この2つの存在は、深きもののうち、特に大きなものという設定が加わった。巨大な半魚人の姿で描かれることが多く、菊地秀行『妖神グルメ』で原子力空母カール・ビンソンに襲いかかったダゴンは全長200mとされる。

【参考】『インスマウスの影』(HPL)、『ダゴン』(HPL)、『妖神グルメ』(菊地秀行)

チャウグナル・ファウグン
(Chaugnar Faugn)
チャウグナー・フォーン

　ラヴクラフトが夢見た内容を手紙に書いた『古の民』を参考に、F・B・ロングが『恐怖の山』に登場させた神格。中央アジアのツァン高原からアメリカにもたらされたチャウグナル・ファウグンは象に似た頭をした人間の姿をした邪神で、昼間は高さ4フィートほどの石像にしか見えないが、夜になると、その鼻を伸ばして、生贄から血をすする。元々はピレネー山脈の中に一族で暮らしており、古代ローマ帝国軍とも戦ったが、予言に従い、1体だけが信徒であるミリ・ニグリ族を連れて山を降り、アジアの地に移動した。この邪神を倒す霊能者ロジャー・リトルの回想シーンが、ラヴクラフトが1927年10月31日（ハロウィン）の晩に見た夢をそのまま流用しているのは親交深い2人ならではエピソードである。

【参考】『古の民』(HPL)、『恐怖の山』(ロング)

ツァトゥガア
(Tsathoggua)

　C・A・スミスが『サタムプラ・ゼイロスの物語』『魔道士エイボン』などで生み出した神格で、ヒューペルボレアや地底世界ン・カイで信仰されていた。ツァトゥガアは毛皮に覆われ、太った体をしており、ヒキガエルのような頭とコウモリのような耳と毛皮を持っている。口は幅広く、目は常に眠そうに半分閉じている。自由に体の形を変えることができるとも言われている。これらが世に出る前に、作品を読んだラヴクラフトが『闇に囁くもの』や『墳丘の怪』に登場させた上、自分好みの不定形の怪物にしてしまった。スミス『七つの呪い』に登場した際、届いた生贄を見て、満足なので他の神に譲るとした風情が印象的で、その後、多くの作家が怠惰で暴食の神として扱うようになった。『魔道士エイボン』で木星に奇妙な姿の叔父フジュルクォイグムンズハーがいるなど、幅広い人脈を持つことが明らかになっている。

　ツァトゥガアは古代においては蛇人間や毛に覆われた亜人間のヴーアミ族に崇拝され、後の時代には魔術師や妖術師に崇拝された。過去において、忠実な崇拝者に魔術の〈門〉や呪文を授けたことがある。彼はある生き物の種族に奉仕されているが、その種族は適当な名前がないので、単に〈無形の落し子〉と呼ばれている。〈無形の落し子〉はン・カイおよびツァトゥガアの神殿の中に住んでいた。

【参考】『闇に囁くもの』(HPL)、『墳丘の怪』(ビショップ＆HPL)、『魔人ツアソグググアの神殿』(『七つの呪い』『魔道士エイボン』)(スミス)

ツァールとロイガー
(Zhar, Lloigor)

　オーガスト・ダーレスがマーク・スコラーとの合作『潜伏するもの』で登場させた忌まわしき双子の神格。星の世界を歩む邪悪な存在とされる。ビルマの奥地にあるスン高原の秘密の都で、チョー＝チョー人という小柄で

邪悪な民族によって信仰されている。暗い緑色の小山のように恐ろしい不定形の巨体を持ち、長い触手を持つ。体を震わせて、ホゥホゥと聞こえる声らしきものを発する。魔法の力で強い風を吹かせる。チョー＝チョー人の手助けを得て、復活を図っていたが、旧神と星の戦士によって滅ぼされたと言われる。ただし、その後、ダーレスは『サンドウィン館の怪』にロイガーを登場させており、この邪神は滅びていないとも言える。

　ツァールはチョー＝チョー人や禁断の秘儀に通じた人間によって崇拝されている。

【参考】『サンドウィン館の怪』（ダーレス）、『潜伏するもの』（スコラー＆ダーレス）

ナイアルラトホテップ、ニャルラトテップ、ニャルラトホテプ
（Nyarlathotep）

　ラヴクラフトが『ナイアルラトホテップ』で登場させ、その後、『闇をさまようもの』『未知なるカダスを夢に求めて』などに登場させたが、全部、方向性が違っていたという謎の神格。もともとは、ラヴクラフトのエジプト幻想と科学ロマンチシズムが夢の中で結晶したものである。ラヴクラフトとしては特異な異世界ファンタジー『カダス』』において、「千の異形を持つ這い寄る混沌」と自称したため、無数のバリエーションを持つ邪神たちの代理人であるトリックスターとなった。その後、ロバート・ブロックの『無貌の神』や『尖塔の影』、『アーカム計画』、オーガスト・ダーレスの『闇にすみつくもの』で拡大解釈され、皆が勝手にいじるようになった。なお、読み方の相違から、ナイアルラトホテップ、ニャルラトテップ、ニャルラトホテプなど複数の表記がある。

　ナイアルラトホテップはその多数の姿のひとつで崇拝される。プロヴィデンスの〈星の智慧〉教団は〈闇の跳梁者〉を崇拝している。

【参考】『未知なるカダスを夢に求めて』（HPL）、『ナイアルラトテップ』（HPL）、『魔女の家の夢』（HPL）、『無貌の神』『尖塔の影』『アーカム計画』、（ブロック）、『闇にすみつくもの』（ダーレス）

ハスター
（Hastur）

　ラヴクラフト『闇に囁くもの』で言及される神格。もともとはアンブローズ・ビアースが『羊飼いハイタ』で生み出した異星の神を、ロバート・M・チェンバースが『黄の印』などで、おぞましい戯曲「黄衣の王」に絡めて恐怖の存在にしたものを、ラヴクラフトが自作の設定に取り入れたもの。この段階では名前だけで外見は曖昧だったが、これをオーガスト・ダーレスが『ハスターの帰還』で取り入れ、クトゥルフのライバル神に設定し、風の属性を持つようになった。『クトゥルフ神話TRPG』では、チェンバースの設定に注目して、黄衣の王がハスターの化身とされるようになった。

　ハスターはアルデバラン星の近くに棲んでいるか、あるいは幽閉されている。

　また、ハリ湖に巣くっている怪物たちは後ろから見ると蛸そっくりに見え、ハスターに関連した生き物である。その怪物の顔は見るのが耐えられないぐらい恐ろしいものだ。ハスターは星間の飛行生物であるバイアクヘー（ビヤーキーとも）に奉仕されている。

　崇拝者たちはハスターを「名状し難きもの」（The Unspeakable）または、「名づけざられしもの」（Him Who is not to be Named）と呼んでいる。

【参考】『闇に囁くもの』（HPL）、『時間からの影』（HPL）、『破風の窓』『ハスターの帰還』（ダーレス）、『羊飼いハイタ』『カルコサの住民』（ビアース）

深きもの
（Deep Ones）

深きものは水陸両生の人型種族で、主としてクトゥルフおよび〈父なるダゴンと母なるハイドラ〉という名で知られている2匹の存在に仕えている。時のない深い海の底に閉じ込められているが、彼らの異様で尊大な人生は冷たい美しさに満ちており、信じがたいほど冷酷であり、寿命というものがなく死ぬことがない。彼らは交配を行うため、あるいは大いなるクトゥルフを崇拝するために集まってくるが、人間とは違ってお互いの体に触れ合うことは欲しない。彼らは海洋種族で、淡水の環境では見かけられない。地球上のさまざまな場所の海底にたくさんの都市を持っている。その中のひとつがマサチューセッツの海岸、インスマウスの沖にある。

深きものの中には人間と関係を持つ者もいる。彼らは人間と深きものの混血児を作ろうという強い欲望を持っているようだ。その理由は彼らの繁殖サイクルに関係があるようなのだが、彼らの繁殖サイクルについてはほとんど何もわかっていない。深きものは人間から崇拝されている場合もあり、そういう崇拝者とは定期的に交配を行う。深きものは殺されないかぎり自然死ということをしない不死の身だが、混血児たちもそれは同じである。普通、混血児たちは人里離れた海岸の村に住んでいることが多い。

そのような混血児は子供のうちは人間と同じに見えるが、成長するにつれて、だんだん醜くなっていく。そして突然、2、3か月の急激な変身期間がやってきて、深きものに変身するのである。

〈父なるダゴンと母なるハイドラ〉は、深きものが年齢を重ね大きく成長したものである。ダゴンもハイドラも6メートル以上あり、年齢はおそらく何百万歳にもなるだろう。彼らは深きものを支配し、深きものたちのクトゥルフ信仰を率いている。ラヴクラフトの『ダゴン』の中で描写されているような、巨大な大きさに成長した深きものが、この2匹以外にいる可能性もある。

聖書によれば、古代ペリシテ人もこのダゴンを崇拝していた。このダゴンは魚の頭を持つが、その性格は穀物神や知恵の神である。
【参考】『インスマウスの影』（HPL）、『ダゴン』（HPL）

ヨグ＝ソトース
（Yog-Sothoth）

ラヴクラフト『ダニッチの怪』『デクスター・ウォードの怪事件』などに登場する神格。時空を越えた存在で、門にして鍵であり、全にして一、一にして全とも言われる。次元の門の彼方に潜み、地球への浸透を試みているが、存在の本質が異なるため、そのままでは顕現できず、『ダニッチの怪』では魔術師の召喚に答えて、魔術師の娘を懐妊させ、自分の分身である双子の落とし子を生ませる。比較的人間形状に近かった双子のかたわれウィルバー・ウェイトリイですら、山羊と人間、爬虫類と軟体動物を混ぜたような怪物だったが、弟に至っては、異世界の物質で出来た触手と肉塊の塊であった。TRPGでは、ヨグ＝ソトースを虹色の球体の集合体で表すことがある。

【参考】『ダニッチの怪』『デクスター・ウォードの奇怪な事件』（HPL）、『暗黒の儀式』（ダーレス＆HPL）、『博物館の恐怖』（ヒールド＆HPL）

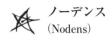 ノーデンス
（Nodens）

ラヴクラフト『霧の高みの不思議な家』や『未知なるカダスを夢に求めて』に登場する神格。前者は、キングスポートを舞台にしたノスタルジックな幻想短編で、〈大いなる深淵の王〉ノーデンスは、あくまで、ギリシア・ローマ神話の海神ネプチューンに似た海の神とされた。もともとケルトの漁労や治癒の神ノドンスで、名前は「捕まえる者」の意味。3-4世紀のイギリスで信仰され、グロースターシャーのリドニーで神殿跡が発見されている。アーサー王物語の漁夫王、アイルランドの銀の手ヌアザと関係がある。『未知なるカダスを夢に求めて』ではニャルラトテプと対抗する旧き地球の神とされ、以降、旧神の筆頭という設定が追加されていく。イルカの背に大きな貝殻を乗せて乗った、白い髭を生やした男神である。

【参考】『未知なるカダスを夢に求めて』（HPL）、『霧のなかの不思議の館』（HPL）

イスの偉大なる種族
（Great Race of Yith）

ラヴクラフト『時間からの影』に登場する古代種族。時間の理を解き明かし、精神を時間の彼方に送り出してその時間の種族のいずれか一体と精神を交換し、一時的にその肉体を乗っ取って、調査を行い、研究している。その間、もとの精神は偉大な種族の肉体に入り、イスの都で生活する。調査の際には一定期間の後、精神交換は終わるが、その時代での破滅が予測されると、未来の種族の精神を乗っ取って移住する。偉大なる種族はそうやって、何度も、肉体を捨て去って、未来へと移住し続けてきた。『時間からの影』で言及される円錐形の種族は、現在のオーストラリアの古代に生きていたが、飛行するポリプとの戦いに敗れることが分かり、彼らはさらなる未来、人類滅亡後の甲虫種族へと移住していった。

【参考】『時間からの影』（HPL）

古（いにしえ）のもの
（Elder Things）

ラヴクラフト『狂気の山脈にて』に登場する地球の超古代種族。5角形構造を持つ植物と動物の中間的な種族で、翼を持ち、宇宙を飛翔することも出来た。10億年ほど前に飛来し、超古代の地球を支配し、高度なバイオテクノロジーを持ち、（人間を含め）多くの生命体を生み出した。クトゥルフ族やミ＝ゴとも戦い、生き残ったが、使役していたショゴスの反乱で滅びた。その後、南極大陸で眠っていたが、ミスカトニック大学南極探検隊によって発見され、不幸な事件に発展する。現代の人類であるホモ・サピエンスから見れば、異形の姿であるが、彼らもまた文明を築き、生活を送り、そして、滅びていった「人類」なのである。

【参考】『狂気の山脈にて』（HPL）、『魔女の家の夢』（HPL）

グール
（Ghoul）
食屍鬼

グールはアラビアの神話伝承に登場する死体を喰らう魔物で、男女があり、女性はグーラーと呼ばれる。死体を食べるため、日本では食屍鬼と訳されることが多い。『千夜一夜物語（アラビアン・ナイト）』の愛読者だったラヴクラフトは、『ピックマンのモデル』で、グールたちがボストンの地下に住んでお

り、墓場や地下納骨堂、地下鉄路線で生き物の死体を食べて生きているとした。グールと接触していると、やがて、グールになってしまう。R・B・ジョンソン『遥かな地底で』では、ニューヨークの地下鉄を守るための特殊部隊が登場する。

『未知なるカダスを夢に求めて』で、グールを描いた画家ピックマンが、ドリームランドに住むグールたちのリーダーになっている。

クトゥルフ神話におけるグールはゴムのような弾力のある皮膚を持つ恐ろしい亜人間型の怪物である。ヒヅメ状に割れた足、犬に似た顔、かぎ爪を備えている。早口で、泣くような声と形容される独特の話し方をする。また多くの場合、体中が墓場に生えるカビで覆われている。墓場で食べ物をあさるときについてしまったのだ。

【参考】『ピックマンのモデル』（HPL）、『未知なるカダスを夢に求めて』（HPL）、『遥かな地底で』（ジョンソン）

有名人

チャールズ・デクスター・ウォード
(Charles Dexter Ward)

1902年にプロヴデンスに生まれ、1928年に奇怪な死を遂げた。祖先のジョゼフ・カーウィンを調査するうちに精神に変調をきたし、ウェイト精神病院に収容された。

【参考】：『チャールズ・ウォードの奇怪な事件』（HPL）

ハーバート・ウェスト
(Herbert West)

ミスカトニック大学医学部出身の外科医師。生命機械論に取りつかれ、死体の組織を蘇生させる研究にとり組んでいたが、完全な成功をおさめるには至らなかった。第一次世界大戦では軍医となって従軍し、戦死者の肉体を実験台にしていた。

【参考】：『死体蘇生者ハーバート・ウェスト』（HPL）

ラバン・シュリュズベリイ
(Laban Shrewsbury)

オーガスト・ダーレスが連作『永劫の探求』で生み出したキャラクター。

アーカム市内の西カーウェン・ストリート498番地（以前は493番地）に住む。著名な人類学者であるミスカトニック大学教授。博士は死滅した言語、人類以前の言語のエキスパートでもある。

博士は1915年に姿を消したが、実はセラエノにおり、そこの巨大な図書館で禁じられた本や書類を研究している。シュリュズベリイ博士はもうかなりの年配で、濃いまゆ毛と長めの白い髪をしている。ローマ型の鼻とがっちりした顎をしており、両脇に目かくしがついた黒い不透明な眼鏡をいつもかけている。というのも博士の眼球はなくなっていて、そこには空っぽの黒い眼窩があるだけである。

博士は失踪したが、家は鍵をかけてそのままになっている。シュリュズベリイ家の図書室には役に立つ本や原稿があり、その中にはミスカトニック大学付属図書館にあるのとまったく同じ手書きの『セラエノ断章』や、『サセックス写本』、『ザンツー写本』、『エルトダウン・シャーズ』があり、また博士自身の著書である『ネクロノミコンにおけるクトゥルフ』と『ルルイエ異本を基にした後期原始人の神話の型の研究』がある。

鍵をかけた机の引出しの中には、『ルルイエ異本』の完全な翻訳が入っているが、暗号化されて書かれている。

【参考】『永劫の探求』（ダーレス）

ランドルフ・カーター
（Randolph Carter）

　HPLラヴクラフト作品で複数の作品に登場する数少ないキャラクターで、HPLラヴクラフトの願望を具現化したとも言われている。ランドルフ・カーターは資産家の家に生まれ、学び、文章を書き、第一次世界大戦中はフランスの外人部隊に入っていたが、この世の幻影の中には本当に満足できるものを見つけることができなかった。やがて、失った夢を見る力を求めて、アーカムから姿を消し、それから一時戻って2、3の友人に驚くべき旅の話を報告し、それから再び姿を消した。

【参考】『未知なるカダスを夢に求めて』（HPL）、『銀の鍵』（HPL）、『ランドルフ・カーターの陳述』（HPL）、『銀の鍵の門を越えて』（HPL）、『名状しがたいもの』（HPL）

魔道書

エイボンの書
（Liber Ivonis）

　C・A・スミスが創造した禁断の書物で、初出は『ウボ＝サスラ』。古代のヒューペルボレアにいた大魔道士エイボンが残した魔術的な記録である。スミスはエイボンの書の一部という設定で『白蛆の襲来』を書いた他、中世南仏にあったアヴェロワーニュを舞台にした幻想短編『聖人アゼダタク』にも、同書を登場させた。ラヴクラフトは、スミスとの手紙の中で、フランス語版が『象牙の書』と呼ばれ、スミスの『イルーニュの巨人』に出てくる魔術師ガスパール・デュ・ノールがギリシア語から翻訳したという設定を追加し、自分の作品や代作していた『アロンゾウ・タイパーの日記』や『石像の恐怖』に登場させた。その後、リン・カーターがラヴクラフト

にならって、『エイボンの書の歴史と年表について』を執筆した。また、リン・カーターの遺著管理人であるロバート・M・プライスが『エイボンの書』に関する短編を集めて、『エイボンの書』を刊行した。

【参考】：『ウボ＝サスラ』『聖人アゼダラク』『白蛆の襲来』（スミス）、『時間からの影』（HPL）、『アロンゾウ・タイパーの日記』（ウィリアム・ラムレイ＆HPL）、『石像の恐怖』（ヒールド＆HPL）

エルトダウン・シャーズ
（Eltdown Shards）

　ラヴクラフトから創作の助言を受けていたミシガン州在住の作家、リチャード・フランクリン・シーライトが創造した書物で、イギリス南部のエルトダウン周辺の三畳紀の地層で発見された23枚の粘土板に書かれた左右対象の謎の文字からなる。当初は翻訳不能とされていたが、1920年代、第19粘土板が翻訳され、「知識を守るもの」と呼ばれる謎の存在を召喚する呪文が書かれているとされる。

　この書物はシーライトの短編『暗恨』のエピグラフで登場し（雑誌掲載時、そのエピグラフは削除）、その後、『知識を守るもの』で設定が追加されたが、この作品は『ウィアード・テイルズ』誌から掲載拒否された。

　同誌の編集長ファーンズワース・ライトから依頼されて、これらを読んだラヴクラフトは、添削を断ったものの、自分の参加していた『ファンタジー・マガジン』誌のリレー小説『彼方よりの挑戦』にエルトダウン・シャーズを織り込み、『時間からの影』に出てくるイスの偉大なる種族との関係を設定し、代作していた『アロンゾウ・タイパーの日記』で言及した。

【参考】：『時間からの影』（HPL）、『彼方よりの挑戦』（HPL）

屍食教典儀
(Cultes des Goules)

フランスの貴族ダレット伯爵が18世紀の初めに書いたとされる忌まわしい書物。原題が「Cultes des Goules（グールのカルト）」というように、食屍鬼（グール）と名乗る異端者たちとその教団が抱える異端の秘密が描かれているとされる。魔術書としても価値があり、読むことで、グールの言葉が分かるようになるという。グールを愛したロバート・ブロックが創造し、その後、ラヴクラフト、ダーレスが用いた。もともとはこの3人の文通の中で生まれたアイデアで、ダレット伯爵はダーレスの祖先という設定になっている。フルネームには2つの説があり、フランソワ＝オノール・バルフォアの場合、1703年前後にフランス語版を著し、1724年、隠通先のアルデンヌで奇怪な死を遂げる。ダーレス自身は自分のホームズ・パスティーシュの中で別の名前に言及している。

【参考】：『哄笑する食屍鬼（グール）』『自滅の魔術』（ブロック）、『時間からの影』（HPL）、『永劫の探求』（ダーレス）

セラエノ断章、ケレーノ断章
(Celaeno Fragments)

オーガスト・ダーレスが創造した邪神に関する資料論文。『永劫の探求』に登場したミスカトニック大学のラバン・シュリュズベリイ博士が、牡牛座のプレアデス星団に所属する恒星系セラエノにある神々の大図書館にある石板の文言を英語に翻訳し、まとめた2つ折り形式の小冊子。ミスカトニック大学付属図書館に収蔵されている。セラエノ文書という場合、セラエノの大図書館にある神々の秘密を書き記した石板群を指す。旧支配者たちが旧神から盗み出したもので、人類が絶対に知ることの出来ない暗黒の神々の秘密や超古代の知識が記されている。セラエノは、実在の恒星で、天文学の分野ではケレーノ、ケラエノと書かれる。後に、リン・カーターは『陳列室の恐怖』や『魔道書ネクロノミコン外伝』で、ウボ＝サスラがこの知識を盗みだしたという設定を追加した。

【参考】：『永劫の探求』（ダーレス）、『破風の窓』（ダーレス＆HPL）、『陳列室の恐怖』『魔道書ネクロノミコン外伝』（カーター）

ナコト写本
(Pnakotic Manuscript)

ラヴクラフトが創造した超古代の書物。現在の人類が誕生する5,000年以上前に、イスの〈大いなる種族〉によって書き記された記録を、超古代、極北のロマール王国の誰かが人類の言葉に翻訳したが、ノフ＝ケーによって、ロマールが滅亡するとともに一冊を除いて失われた。最後の一冊は幻夢境のウルタールの寺院にある。バルザイが所有していたとも言われる。そこには、〈大いなる種族〉やツァトゥグア、カダスに関する手がかりが書かれているという。完全なものはこの一冊だけだが、一部だけを書き写した写本や断章がいくつかの場所に存在しており、プロヴィデンスの〈星の智慧派〉の本部跡にも一冊存在していると言われる。ミスカトニック大学に収蔵されているのは、ギリシア語版の「ナコティカ」からの英訳とされる。

【参考】：『博物館の恐怖』（ヒールド＆HPL）、『狂気の山脈にて』（HPL）、『未知なるカダスを夢に求めて』（HPL）、『蕃神』（HPL）、『北極星』（HPL）、『時間からの影』（HPL）、『アロンゾウ・パイパーの日記』（ラムレイ＆HPL）

ネクロノミコン
(Necronomicon)

　ラヴクラフトが生み出し、クトゥルフ神話作品に多数登場する架空の魔道書。7世紀頃、サナアの狂える詩人アブドゥル・アルハザードが書き残した魔道書『アル・アジフ』がラテン語に翻訳されたタイトルが『ネクロノミコン』で、『死霊教典』などと日本語訳される。アジフとは、アラビアで魔神の吠える声と考えられた、夜に虫の鳴く不吉な声のこと。ラヴクラフトが『無名都市』で二行詩を引用した後、『魔犬』でアルハザードとの関係を設定し、『魔宴』や『ダニッチの怪』などに登場させ、クトゥルフ神話について調べる際の典拠として活用した架空の魔道書で、ラヴクラフトに習い、仲間の作家たちも自作に取り込み始めたので、1927年末までに「『ネクロノミコン』の歴史」という設定メモを作成した。彼の仲間たちや後継作家がネクロノミコンを便利に使い、さまざまな言語や形態のネクロノミコンが誕生した。「イスラムの琴」など別の題名のネクロノミコン派生本も多く、現実の世界でも、『ネクロノミコン』を再現した本が複数、作られるに至った。

　『ネクロノミコン』は730年ごろ、アラブの狂詩人、アブドゥル・アルハザード（アブドル・アル＝ハズラッド）によって書かれた。彼は魔術の徒であり、天文学者、詩人、哲学者、科学者とも言える人物で、700年ごろイエメンのサナに生まれた。バビロンの廃墟やメンフィスの地下洞窟や南アラビアの大砂漠などで何年もの年月を過ごしていた。ダマスカスで『アル＝アジフ』を執筆した後、738年にダマスカスで死んだ。真昼のさんさんたる陽の光の中で、目に見えない魔物にむさぼり喰われたということである。

【参考】：『魔宴』（HPL）、「『ネクロノミコン』の歴史」（HPL）、『ダニッチの怪』（HPL）、『永劫の探求』（ダーレス）、『魔道書ネクロノミコン』（コリン・ウィルソン、ジョージ・ヘイ　ら）、『魔道書ネクロノミコン外伝』（カーター）

無名祭祀書
(Unaussprechlichen Kulten)

　バート・E・ハワードが創造した魔道書で、『夜の末裔』『黒の碑』『屋根の上で』などに登場する。ドイツ人の神秘学者フォン・ユンツトが世界を遍歴する中で、見聞きした怪異な現状や状況をまとめたもので、表紙が黒かったことから『黒の書』とも言われる。フォン・ユンツトはこれを書いた後、2冊目の執筆の途中で奇怪な死を遂げた。残された原稿を読んだ友人もカミソリで喉を切って自殺した。1839年にデュッセルドルフで初版が発売されたが、現在では6冊と残っていないとされる。オリジナルは1,000ページ以上の大冊で、その多くはアサシン教団とインドのサッグ、南米の豹の結社などの各地にある秘密の教団の研究だが、古代の石碑や秘密の宗派の教典から写し取ったとされる古代文字などが含まれている。

　ハワードと文通していたラヴクラフトは『Unaussprechlichen Kulten』というドイツ語題名と、フリードリッヒ・ウィルヘルム・フォン・ユンツトというフルネームを提案し、自分が代作していたヒールドの『永劫より』に取り込んだ。

　後に、リン・カーターが『墳墓の主』に登場させ、ムー大陸関係では、『ポナペ経典』と一致するものがあるとした。

【参考】：『永劫より』（ヒールド＆HPL）、『夜の末裔』『黒の碑』『屋根の上で』（ハワード）、『墳墓の主』（カーター）

妖蛆の秘密 (De Vermis Mysteriis)

主に、ロバート・E・ハワードの作品に登場する魔道書で、ベルギーの高名な魔術師ルドウィク・プリンが獄中で執筆した。彼の旅行見聞録を含む忌まわしい記録で、前半は死霊などの怪奇現象に触れ、後半はプリン自身が見聞きした中東地域の忌まわしい風俗などを解説している。特に、「サラセン人の儀式」の部分では、エジプトの神々の背景にある忌まわしい秘密に触れ、ニャルラトテップの他、ワニの神セベクにも触れている。その成立や設定の製作にはラヴクラフトやC・A・スミスらとの文通内容が大きく影響しており、クトゥルフ神話にエジプト神話を取り込むために大きな役割を果たした。プリンは1541年に捕縛され、獄中でこの本を書いた後、処刑されたが、その後、1542年にベルギーで印刷された。即座に教会から焚書を命じられ、20世紀には15部しか残っていないという。

【参考】：『星から訪れたもの』『セベクの秘密』（ブロック）、『生きながらえるもの』（ダーレス＆HPL）、『呪われた村〈ジェルサレムズ・ロット〉』（キング）

ルルイエ異本 (R'lyeh Text) ルルイエ文書

クトゥルフ信仰に関する異端の書で、原題が「The R'lyeh Text」であるため、「ルルイエ文書」と書かれることが多いが、『クトゥルフ神話TRPG』では異本と表記する。オーガスト・ダーレスが生み出した魔道書で、『ハスターの帰還』において、アーカム在住の好事家エイモス・タトルが中国人から10万ドルで購入したものが登場する。現在の価格で言えば、1億円以上になる。タトルの持っ

ていた版は人の皮で装丁されていた。このエピソードをもとに、紀元前300年頃の粘土板が原典で、その後、中国語に翻訳され、ここから派生したとされる。その後、『永劫の探求』に登場したミスカトニック大学のラバン・シュリュズベリイ博士は、本書を元に、原始時代の神話に関する論文を執筆した。

内容はダゴン、ハイドラ、クトゥルフの落とし子、ゾス＝オムモグ、ガタノトーア、クトゥルフに関することであり、ムーとルルイエの沈没のことも書かれている。

【参考】：『ハスターの帰還』（ダーレス）

アイテム

黄金の蜂蜜酒 (Space-Mead)

蜂蜜酒（ミード）は名前の通り、蜂蜜を発酵させた酒で、人類最古の酒のひとつとされる。日本ではあまり知られていないが、欧米ではワインやビールの普及以前から飲まれており、現在でも世界中で製造されている。

黄金の蜂蜜酒はダーレスが『永劫の探求』に登場させたアイテムで、人間が宇宙空間の真空と環境の変化の中を通り抜ける旅行に耐えられるようになる魔術的な飲料。黄金の蜂蜜酒を作るためには、特殊な材料と、少なくとも1週間の醸造期間、正しい呪文が必要である。

旅行する者はそれ以外に乗り物を見つけなければならない。バイアクヘーを召喚すれば、星間を飛ぶ乗り物が手に入る。宇宙空間にいるときには、精神的にも肉体的にも静止状態になっていて、まわりのことにはほとんど無感覚になっている。目的地に着くと、そこで蜂蜜酒の効果は消える。

【参考】：『永劫の探求』ダーレス

輝くトラペゾヘドロン
(Shining Trapezohedron)

　ナイアルラトホテップを崇拝するのに使う魔法の品物。ラヴクラフト『闇をさまようもの』の主人公のロバート・ブレイクは、中に厚さ10cmほどの石がすえつけられている奇妙な金属製の箱を見つけた。その石を覗いて見た者は異世界あるいは異次元の映像を見ることができる。映像を映し出すときには、石はこの世のものではないような内部からの光で輝く。以前の探索者が書いたメモでは、この結晶体の石は〈輝くトラペゾヘドロン〉と呼ばれていた。トラペゾヘドロンとは偏方多面体というような意味である。石が入っている箱を閉じると、恐ろしいニャルラトテップの化身が現れる。

【参考】：『アーカム計画』（ブロック）、『闇をさまようもの』（HPL）

旧き印
(Elder Sign)

　〈旧神〉と関連した魔術的シンボル。五芒星の中心に炎が描かれた形をしている。〈旧き印〉は石に描かれたり、鉛の印鑑のような形をとっているものや、岩に刻まれたもの、鋼鉄を鋳造したものなどがある。この印が開口部や次元の〈門〉のそばで活性化されていると、〈旧支配者〉やその手下はその通路を通ってくることができなくなる。怪物が印を避けて出て来られた場合には、この印は個人を守るためには役に立たない。例えば首のまわりに印をぶら下げていたとしても、肉体のその部分は守ってくれるかもしれないが、その他の部分は完全に無防備の状態である。

【参考】：『暗黒の儀式』（ダーレス＆HPL）、『モスケンの大渦巻き』（ダーレス＆スコラー）

地名

アーカム
(Arkham)

　ラヴクラフトが故郷のロードアイランド州プロヴィデンスと魔女伝説で有名なセイラムを組み合わせて作り出した架空の街で、ラヴクラフトをはじめ多くの神話作家たちがこの町を舞台に作品を書いた。

　マサチューセッツ州アーカムは、同州の古い港町であるセイラムからそれほど遠くない小さな町で、町の北側を東西に流れるミスカトニック大学の河口には、同じく架空の町であるキングスポートがある。1692年ごろセイラムを襲った魔女狩りの際には、数多くの逃亡者がアーカムに匿われ、あるいは潜伏した。その中の一人が魔女キザイア・メイスンである。

　また、町の中央にはミスカトニック大学のキャンパスも存在する。

【参考】：『家のなかの絵』、『魔女の家の夢』、『死体蘇生者ハーバート・ウェスト』（HPL）

インスマウス
(Innsmouth)

　ラヴクラフトが『インスマウスの影』で作り出した架空の街で、その後、深きものの拠点として、多くの作家が舞台とした。

　マサチューセッツ州、マニューゼット河口にある町。かつては港町として栄えたが、20世紀にはすっかり寂れている。1643年に入植が始まり、まもなく大西洋貿易の中心となった。この港から世界へと船が出発し、物品が運び込まれた。19世紀になると、マーシュ一族がそれまで輸入していた金の産出地を失ったことから、町の経済は徐々に悪化していった。それと同時にマーシュ船長が訪れたというポリネシアの信仰を取り入れた〈ダゴン秘

密教団〉が創設された。1846年には疫病が流行し、貿易はまったく途切れてしまった。その後、町は漁業と金の精製が産業となるが、子供たちは退廃的な性格を持つようになり、南北戦争では徴兵の割り当てを満たすこともできなくなった。インスマウスはマーシュ一族の支配の下、近隣の町から忌避された孤立した町となってしまう。

1928年の政府による大規模な取り締まりによって町の多くの廃屋がダイナマイトで破壊され、〈ダゴン秘密教団〉も壊滅した。噂では〈悪魔の暗礁〉には潜水艦によって魚雷が発射されたともいう。残された住民は町を再建しようとしているが、無駄に終わりそうである。

【参考】:『インスマウスの影』（HPL）

カダス
（Kadath）

ラヴクラフトが『未知なるカダスを夢に求めて』で作り出した幻夢境の地名。

〈地球の夢の国〉の果て、レン高原を越えた〈凍てつく荒野〉にある縞瑪瑙（ルビ:しまめのう）の城に地球の神々が住んでいるという。

【参考】:『未知なるカダスを夢に求めて』（HPL）

狂気山脈
（Mountanis of Madness）

ラヴクラフト『狂気の山脈にて』に登場する、南極を横断する巨大な山脈。南緯82度、東経60度から、南緯70度、東経115度にわたり、最高峰は3万4千フィートにも達する。その山頂の台地には〈のもの〉が建造した巨大な石造都市が広がっている。1930年にダイアーを隊長とするミスカトニック大学南極探検隊によって発見された。

【参考】:『狂気の山脈にて』（HPL）

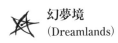
幻夢境
（Dreamlands）

ラヴクラフト『未知なるカダスを夢に求めて』など、ラヴクラフトのいくつかの作品で描かれた夢の中でのみたどり着けるもうひとつの幻想世界。『白い帆船』『ウルタールの猫』『セレファイス』『蕃神』などの初期短編で描かれた幻想世界が、自伝的なランドルフ・カーターもの『銀の鍵』およびその続編的な意味合いでまとめられた長編『未知なるカダスを夢に求めて』で統合されていった。

浅き眠りの領域にある〈焔の洞窟〉を経て、〈深き眠りの門〉を越えたところに広がる別世界。海には帆船が行き交い、陸にはさまざまな異形の種族が棲む。極北の〈凍てつく荒野〉にはレン高原やカダスがある。人類が訪れたことがわかっているのは〈地球の幻夢境〉であり、他の幻夢境も存在している。

〈旧支配者〉の幻夢境への影響は少ないが、ナイアルラトホテップは幻夢境でも力を持っている。

【参考】:『未知なるカダスを夢に求めて』『白い帆船』『ウルタールの猫』『蕃神』『セレファイス』（HPL）

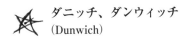
ダニッチ、ダンウィッチ
（Dunwich）

ラヴクラフト『ダニッチの怪』の舞台となったマサチューセッツ州の辺境の村。アーカムから西へ向かってアイルズベリイ街道を通ってマサチューセッツ州北部を旅する者は、ディーンズ・コーナーズを越えたあたりで道を誤ってしまうと、丘を登り、滅びかけた辺境の村へと迷いこんでしまう。それがダニッチである。なだらかな丘に農家が点在し、その向こう側には先住民の遺跡があるセンティ

ネルの丘とラウンド山が見える。ここの住民だった老ウェイトリイはセイラムの魔術師の末裔で、白化症の娘ラヴィニアを使って異世界の邪神ヨグ＝ソトースの落とし子を顕現させたが、ミスカトニック大学のアーミテージ博士らによって、滅ぼされた。

【参考】：『ダニッチの怪』（HPL）、『暗黒の儀式』（ダーレス＆HPL）、

ヒューペルボレア、ハイパーボリア
(Hyperborea)

C・A・スミスがその作品の多くで舞台とした超古代世界。もともと、ギリシア神話などで言及されていた北方異界であるヒューペルボレイオス（北風の向こう側に住む人々）の国を意味したが、19世紀の魔術ブームとそれに続く失われた古代大陸ブームの中で神秘化されていった。C・A・スミスの設定では、グリーンランドあたりに存在した大陸で、『七つの呪い』で言及されるヴーアミタドレス山の地下には、ツァトゥグァ、アトラク・ナチャ、アブホース、蛇人間などが住んでいる。氷河期の到来の中で滅亡していった。ロマールもここにあったとされるが、ノフ・ケーに滅ぼされた。

ヒューペルボレアに生きた多くの魔道士の中でも特筆すべきはムー・トゥーラン半島に住むメザマレックと、『エイボンの書』で知られるエイボンである。

【参考】：『アタマウスの遺言』（ハワード）、『七つの呪い』『魔道士エイボン』（スミス）、『闇にささやくもの』（HPL）、『エイボンの書』（プライス）

ユゴス星
(Yuggoth)

ラヴクラフトが14行詩『ユゴス星より』で言及した後、『闇に囁くもの』でバーモント州に出現した奇怪な存在（甲殻類のような異星人）、ミ＝ゴと呼ばれる菌類生物の居留地がある暗黒の惑星とされた。冥王星の別名とも言われる。暗黒の窓のない建物で作られた都市、奇妙な鉱物の採掘所などがある。ラーン＝テゴス、ツァトゥグァが一時期棲んでいた。

【参考】：『闇に囁くもの』（HPL）、『博物館の恐怖』『永劫より』（ヒールド＆HPL）

ルルイエ
(R'lyeh)

ルルイエは、ラヴクラフト『クトゥルフの呼び声』に登場する古代都市で、太平洋の海底に沈み、クトゥルフが封じられている。古代ムー大陸の都市とされ、ユークリッド幾何学では説明できないような、狂ったような曲線と角度で形成された巨石建築物が濡れた粘液やおぞましい海藻にまみれている。南緯47度9分、西経126度43分の場所に沈んでいるとされ、イースター島の沖合とされるが、『クトゥルフの呼び声』では、ルルイエらしき古代都市が南洋ポナペ島の沖合に浮かび上がっている。ポナペ島はナンマドール遺跡で有名な島で、ルルイエのもうひとつの候補地となっている。『インスマウスの影』やダーレス『永劫の探究』ではこちらの沖合が言及されている。ラヴクラフトが代作した『墳丘の怪』ではレレクスとも呼ばれている。

【参考】：『クトゥルフの呼び声』『インスマウスの影』（HPL）『永劫の探究』『ルルイエの印』（ダーレス）、『暗黒の儀式』（ダーレス＆HPL）、

ツァトゥグァ

イラスト：槻城ゆう子

主要シリーズ
収録作品リスト

ここに挙げたのは『ラヴクラフト全集』（創元推理文庫）、『定本ラヴクラフト全集』（国書刊行会）、『暗黒神話大系クトゥルー』（青心社文庫）、『真ク・リトル・リトル神話大系』（国書刊行会）に収録されたラヴクラフト作品およびクトゥルフ神話関連作品のリストである。

✛ラヴクラフト全集
（創元推理文庫）

297

❏ 6巻

白い帆船（The White Ship）

ウルタールの猫（The Cats of Ulthar）

蕃神（The Other Gods）

セレファイス（Celephais）

ランドルフ・カーターの陳述（The Statement of Randolph Carter）

名状しがたいもの（The Unnamable）

銀の鍵（The Silver Key）

銀の鍵の門を越えて（Through the Gates of the Silver Key）

未知なるカダスを夢に求めて（The Dream-Quest of Unknown Kadath）

❏ 7巻

サルナスの滅亡（The Doom that Came to Sarnath）

イラノンの探求（The Quest of Iranon）

木（The Tree）

北極星（Polaris）

月の湿原（The Moon-Bog）

緑の草原（The Green Meadow）

眠りの神（Hypnos）

あの男（He）

忌み嫌われる家（The Shunned House）

霊廟（The Tomb）

ファラオとともに幽閉されて（Imprisoned with the Pharaohs）

恐ろしい老人（The Terrible Old Man）

霧の高みの不思議な家（The Strange High House in the Myst）

洞窟の獣（The Beast in the Cave）

錬金術師（The Alchemist）

ファン・ロメロの変容（The Transition of Juan Romero）

通り（The Street）

詩と神々（Poetry and the Gods）

アザトホース（Athathoth） *断片である。

末裔（The Descendant） *断片である。

本（The Book） *断片である。

*この他、「夢書簡」と題して、ラヴクラフトの書簡にあり、小説の母体となったものが集められている。

❏ 別巻

別巻上下には、ラヴクラフトが生業としていた小説の添削や補作、代筆、あるいは共作した作品が集められている。作者名は該当書籍での表記に準じる。

❏ 別巻上

這い寄る混沌（Crawling Chaos）
　　　　　　　　　　E・バークリイ

マーティン浜辺の恐怖（The Horror at the Martin's Beach）　　S・H・グリーン

灰（Ashes）　C・M・エディ・ジュニア

幽霊を喰らうもの（The Ghost-Eater）
　　　　　　　C・M・エディ・ジュニア

最愛の死者（The Loved Dead）
　　　　　　　C・M・エディ・ジュニア

見えず、聞こえず、語れずとも（Deaf, Dumb, and Blind）　C・M・エディ・ジュニア

二本の黒い壜（Two Black Bottles）
　　　　　　　　　W・B・トールマン

最後の検査（The Last Test）
　　　　　　　　　　A・デ・カストロ

イグの呪い（The Curse of Yig）
　　　　　　　　　　Z・ビショップ

電気処刑器（The Electric Executioner）
　　　　　　　　　　A・デ・カストロ

メドゥサの髪（Medusa's Coil）

主要シリーズ収録作品リスト

なお、この巻はシリーズ最終巻として、ラヴクラフトの書簡他資料類が再録されている。

✥真ク・リトル・リトル神話大系 （国書刊行会）

★このハードカバー・シリーズは絶版で、2007年よりソフトカバー版の新編『真

ク・リトル・リトル神話大系』全7巻が刊行されている。これは、第5巻、第7巻、第8巻を除いた小説を編み直したものである。新編の構成は後述する。

✚ 新編真ク・リトル・リトル神話大系
（国書刊行会）

★ハードカバー版の真ク・リトル・リトル神話大系のうち、第5巻、第7巻、第8巻

を除いた小説を編み直したものである。解題を那智史郎が努め、各巻に書き下ろしのエッセイやインタビューが掲載された。

✛ 新訳クトゥルー神話コレクション（2017-）
（星海社）

★森瀬繚による完全新訳で、詳細な注釈を
つけたラヴクラフト作品集。テーマごと
に関連作品をまとめ、場合によっては、
添削や合作の原型作品まで紹介するなど
野心的な一方で、現代的な訳文で読みや
すさを図っている。

312

未知なるカダスを夢に求めて（The Dream-Quest of Unknown Kadath）

銀の鍵の門を抜けて（Through the Gates of the Silver key）　エドガー・ホフマン・トルーパー・プライスがラヴクラフトの「銀の鍵」の続編として書いた「幻影の君主（The Lord of Illusion）」をラヴクラフトが書き直したもの。「幻影の君主」も掲載。

❐ 5巻　宇宙（そら）の彼方の色

彼方より（ふろむ・びよんど）（From Beyond）

家の中の絵（The Picture in the House）

ハーバート・ウェスト―死体蘇生者（Herbert West – Reanimator)冷気　Cool Air

宇宙（そら）の彼方の色
The Colour Out of Space

古の轍（いにしえのわだち）　The Ancient Track

ユゴスよりの真菌（きのこ）Fungi from Yuggoth

暗闇で囁くもの　The Whisperer in Darkness

魔女の家で見た夢　The Dream in the Witch House

戸口に現れたもの　The Thing on the Doorstep

断章　Fragment

ラヴクラフト
主要作品粗筋集

注意：結末まで解説してあります。未読の方
は気をつけてください。

1919年 ━━━━━

⚙ ダゴン
Dagon

【執筆】1919年7月

【発表】同人誌〈ヴァグランツ〉1919年11月
号、『ウィアード・テイルズ』1923年10月号

【解説】『クトゥルフの呼び声』につながる海
魔ものの短編。ラヴクラフトが最初に『ウィ
アード・テイルズ』へ送った5編のひとつで、
一番に掲載された。史上初のクトゥルフ神話
作品と考えられている。出現するイメージ
は、その後のルルイエに通じる。

【粗筋】太平洋を航行中にドイツ海軍に拿捕
された「わたし」はボートで逃げ出したが、
数日間の漂流ののち、黒い泥の大地に座礁す
る。魚の腐臭がただよい、骨の髄まで凍る
禍々しさを秘めた大地で「わたし」が見たも
のは、水掻きと異常なまでに突出した目玉、
他にも不快な特徴を数多く持つ異形の巨大生
物だった。「わたし」はほうほうの体で逃げ
だし、救出されたが、今もあの恐怖が脳裏か
ら離れない。夢を見る。やつらが迫る夢を。
何かが迫っている。あの手は何だ？　窓に！

⚙ 眠りの壁の彼方
Beyond the Wall of Sleep

【執筆】1919年

【発表】同人誌『パイン・コーンズ』1919年
10月号、同人誌『ファンタジー・ファン』

1934年10月号、『ウィアード・テイルズ』
1938年3月号

【解説】精神科医が、人間に憑依した異界の
存在に出会うというラヴクラフトお得意のプ
ロットの作品。後の『時間からの影』に通じ
るアイデアがあり、ラヴクラフトが初めて地
球外の存在を持ち出した作品でもある。

【粗筋】キャッツキル山脈一帯の住民のひと
り、ジョン・スレイターは突然「屋根や壁が
ぴかぴか光って、へんちくりんな音楽が聞こ
える、でけえ、でけえ小屋」に行くと喚き散
らした。ただ事で無い様子に反応して取り押
さえようとした2人の男に向かって「きらき
ら光って震えて笑うもん」を殺すと言い張
り、ひとりを殴って失神させたかと思うと
「空高く飛んで、邪魔する奴は誰でも殺して
やる」と言うと、男をズタズタに切り裂き山
へと逃走してしまった。

スレイターは捕まり、裁判の結果、精神に
異常有りと判断され「わたし」が勤める病院
へと送られて来たのだ。スレイターは夢の中
で「光り輝くもの」に出会ったという。彼の
言葉こそ稚拙なものの、語る言葉に「わたし」
を惹きつけられる何かを持っていた。スレイ
ターの想像の世界を覗きたくなった「わたし」
は、人間の思考を受信する装置を持ち出した。

そして1901年2月21日。スレイターは瀬死
の状態になっていた。スレイターに受信装置
をつけ見守っていると、いつしか「わたし」
も船を漕いでいた。次に気がついた時、辺り
には美しい音楽が流れ、スレイターが見てい
たとおぼしき夢の世界に「わたし」はいた。

そしてその夢を見せたと思しき存在は、圧
政者を倒すべく存在していると言い、それを
人間が“アルゴール”（実在の星）や“悪魔
の星”と呼んでいると教えてくれた。そして
自分はこれから悪魔の星に向かうので、その
近くで姿を確認できると言うと、「わたし」

のことを自分に気付いてくれた唯一の友と呼んでくれた。

「わたし」は自分が見聞きした事を上司であるフェントン医師に話したが、理解してもらえず長期の休暇を取らされるはめになったのだった。

1920年

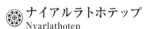
ナイアルラトホテップ
Nyarlathotep

【執筆】1920年

【発表】商業的な初出は『眠りの壁の彼方』（アーカム・ハウス1943年）。同人誌では『ユナイテッド・アマチュア』1920年11月号が初出、『ナショナル・アマチュア』1926年7月号で再録。

【解説】ナイアルラトホテップが初めて登場した掌編。夢に見た内容をそのまま描いたという夢想家ラヴクラフトならではの作品で、後のクトゥルフ神話作品に通じるイメージが提示されている。

【粗筋】世間が政治的にも社会的にも大変革が起きた時、民衆に肉体が由々しき驚異にさらされるという不安がたちこめた。

ナイアルラトホテップはその時代を待っていたかのようにエジプトからやって来た。高貴な血をひくファラオのような人物と噂されるナイアルラトホテップに会った人間は、こぞって周囲に会うことを勧めた。「わたし」もその神秘的な魅力を暴こうと集会に参加することにした。

そこで「わたし」はスクリーンに写し出される暗黒と世界が戦う様子や、観客の頭の上で弾ける花火のようなものに、大声を上げてしまう。集会は中断され観客は列を組み何かに導かれるように集会場を後にした。そして「わたし」はナイアルラトホテップの正体を目の当たりにする。

セレファイス
Celephais

【執筆】1920年

【発表】同人誌『レインボー』1922年5月号、『マーベル・テイルズ』1934年5月号、『ウィアード・テイルズ』1939年6/7月合併号

【解説】ラヴクラフトの幻夢境物語の原点というべき作品。

現実世界の舞台はイギリスであるが、初めてインスマウスという名前が登場する。

【粗筋】子供の頃に夢で見たオオス＝ナルガイにあるセレファイスの都。没落した貴族の末裔は人生に行き詰まり、ただあの夢の都に行きたいと願う。夢の中では、彼はクラネスなる別の人物となり、現実の絶望から解放されるのだ。

はたして、ついにセレファイスに戻ったクラネスは夢の中で冒険を続け、天空の都セラニアンを目指すうちに、現実の世界にいることが煩わしくなり、麻薬を買い求め、夢の世界にいる時間を増やそうとしたが、やがて金も尽き麻薬が買えなくなった。

あてもなく自分の部屋をでてさまよい歩くと、騎士の一団が現れる。彼らはクラネスがオオス＝ナルガイを夢の中で造り出した創造主だと言い、また迎えに来たのだと告げた。以後、クラネスはオオス＝ナルガイの創造主として、セレファイスやセラニアンを含む夢の領域を治めたのである。

神殿
The Temple

【執筆】1920年

【発表】『ウィアード・テイルズ』1925年9月号

【解説】ポーの影響を強く受けた海底の幻想物語。断固として幻想や狂気を否定する主人公が、やがてすべてを受け入れるというラヴクラフトの手法のお手本というべき作品。

クトゥルフ神格は登場しないが、ルルイエのイメージ形成に強く影響した。

【粗筋】1917年、ドイツ帝国海軍少佐であるカルル・ハインリッヒ・アルトベルグ＝エーレンシュタイン伯爵は潜水艦U29の艦長で、彼の乗艦は6月18日、ニューヨークからリヴァプールに向かう貨物船ヴィクトリー号を撃沈した。その後、浮上すると、甲板上で若い男性の死体が発見された。その懐から月桂冠を抱く若者の頭部をあしらった象牙細工が見つかり、クレンツェ大尉がそれを所持することになった。

その後U29には奇妙な出来事が相次ぐ。水兵が、死体が目を開いた、水面に落ちたあと泳ぐような仕種で波間に消えていったと騒ぎ始めた。恐怖は瞬く間に伝播し、他の乗員も怯え始めた。水兵は行方不明になり、暴動を起こしてカルルに射殺された。最後にはクレンツェ大尉とカルルの2人になってしまった。機関室の爆発事故も重なり、U29は海図に無い南向きの海流にのり、深海を流されるばかりであった。

そしてクレンツェ大尉も「彼が呼んでいる」というと象牙細工を持って二重ハッチから海底に消え、カルルはひとり残される。やがて、海底に着床したU29のサーチライトに照らされたものは、建築様式の定かでは無い海底都市であった。

彼方より
From Beyond

【執筆】1920年

【発表】同人誌『ファンタジー・ファン』1934年6月号、『ウィアード・テイルズ』1938年2月号

【解説】科学機器による異界からの実体召喚を扱ったマッド・サイエンティストもの。

【粗筋】クロフォード・ティリングギャースト

は、人間が潜在的に持っている退化した感覚器官に特殊な波長を与える機械を発明したと親友である「わたし」に告げた。そうすれば今まで見えなかった、猫が突然耳をたてる原因や、時間、空間、次元を重ね合わせた創造の根底を見ることができるというのだ。「わたし」はその考えに恐怖を感じ止めるように忠告するが、その場はクロフォードに追い出されてしまう。

10週間後、再び、クロフォードをたずねた「わたし」に、クロフォードは完成した機械を見せ、「わたし」はその効果を目の当たりにする。装置の効果で得られた新たな感覚は世界を拡大したが、そこで見えたのは、自らの身体を突き抜ける巨大な生物の群れ。邪悪な目的を持って漂い、お互いを貪る黒いゼリー状の存在が多数存在していたのだ。クロフォードは動くなと警告する。装置が動いている間、奴らを見ることができる代わりに、奴らもまたこちらの世界に干渉できるという。すでに不用意な召使たちが、それに殺されたと言った。

やがて怪物たちの恐怖に耐えかねた「わたし」は護身用に持っていた拳銃で機械を撃ち、悪夢から解放されたが、クロフォードは脳溢血で死んでしまった。

1921年 ━━━━━━

死体蘇生者ハーバート・ウェスト
Herbert West-Reanimator

【執筆】1921-1922年

【発表】『ホーム・ブリュー』誌1922年2月号～7月号

【解説】ラヴクラフトが初めて雑誌に売った小説。本人としてはかなり不満で出来の悪い作品としている。雑誌連載を想定しているため、各章の冒頭で前回までの粗筋を紹介するなど、ラヴクラフト自身も模索していた時期

の作品である。

『ZOMBIO/悪魔のしたたり』の題名で映画化されており、続編も存在する。

【粗筋】アーカムにあるミスカトニック大学で医学を修めていたハーバート・ウェストは死を人為的に克服するという研究に取りつかれていた。ハーバートは持論として魂の存在を否定しており、損傷の少ない肉体であれば特殊な霊薬を注射することで蘇らせることができると考えていた。死者は死の直後そのままに第2の生を得るのだというのだ。

ところがその研究には新鮮な人間の死体が必要であり、医学部部長のアラン・ホールシィは常識的な考えからその研究を禁止した。

彼の研究に強い興味を持っていた同じ医学生の「わたし」は、新鮮な死体を探し、それを得る作業を手伝うことにした。

農場の廃屋を借りると、防腐処理のされていない新鮮な死体を探し奔走した。そしてついに溺死した健康体の男性の死体を得ることに成功したのだ。

早速霊薬を注射するが思うような結果は得られなかった。「わたし」たちは薬の配合を変え試すべく、死体を放置して別の部屋で薬の調合を始めた。

すると出し抜けに身の毛もよだつ悲鳴が上がり、死体が何処かへと姿を消していたのだ。ハーバートはその日から、誰かに見られているとこぼすようになった。

それから「わたし」たちは開業医、従軍医と立場を変え、場所を変え、研究に励んだ。しかし明確な理性と知性を持った生者は生まれず、1体は人食嗜好を持つ凶暴な魔物とかして精神病院に隔離され、その他の実験体は失敗して廃棄されるか、姿を消していた。

そして最初の実験から16年後ハーバートの元に中身の知れない木箱が届く。木箱には度々変わる彼の住所と名前が正確に書かれて

いた。恐怖にかられ地下室でそれを燃やす。地下室の漆喰が剥がれ、人間の姿をした狂気の瞳を持った集団が湧いて来たかと思うとハーバートを一瞬で八つ裂きにして消え去ったのだった。

「わたし」が次に目をさました時、崩れたはずの壁はそのままでハーバートだけが永遠に消え去っていたのだった。

すべては幻に過ぎなかったのだろうか…。

◉ 無名都市
The Nameless City

【執筆】1921年

【発表】同人誌『ウルヴァリン』1921年11月号、同人誌『ファンシフル・テイルズ』創刊号（1936年秋季号）、『ウィアード・テイルズ』1938年11月号

【解説】有名な「そは永久に〜」という詩句が言及される。同人誌に発表された作品で、商業誌に載ったのはラヴクラフトの死後となる。

【粗筋】伝説に導かれ、呪われた廃都〈無名都市〉にたどり着いた「わたし」は、砂に中に埋もれた入り口から、異様に天井の低い神殿を発見する。壁にはここの住人の歴史を綴った壁画が刻まれており、やがて、この都市が爬虫類に似た匍匐生物の作ったものであることを知る。

恐るべき超古代の真実に、心の平衡を失っていく「わたし」を一陣の風が包みこんだ。やがてそれは強烈な突風となり、無理矢理「わたし」を神殿の奥へと引きずりこんでいく。

そして現れたのは、四つん這いの爬虫類を思わせる魔物の群れだった。

◉ アウトサイダー
The Outsider

【執筆】1921年

【発表】『ウィアード・テイルズ』1926年3月号

ち帰るに至っていた。

ある日、オランダの教会墓地にて5世紀前に埋葬された墓荒しの墓を暴き、翼を持った猟犬のようなものが刻まれた翡翠の魔よけを手に入れたが、やがて、奇怪な出来事が起きるようになる。犬の遠吠え、不気味な気配、物音。ついに、セント・ジョンが何かに襲われ、引き裂かれて死んだ。

「わたし」はオランダに渡り、魔よけを元の墓に戻そうとするが、墓を掘り起こすと、そこにあったものは前に見た白骨ではなく、異様な肉と髪をつけ、血にぬれた牙を持った魔物であった。ほうほうの体で逃げ出した「わたし」は拳銃を手にこの世界からの逃亡をはかるのだった。

1923年

 魔宴
The Festival

【執筆】1923年

【発表】『ウィアード・テイルズ』1925年1月号

【解説】クトゥルフ神話世界の奇怪な儀式を描写した佳作。クリスマスの背後に潜む土俗信仰とコズミック・ホラーを結びつけた作品。1922年に旅行したマーブルヘッドの町の雪景色に感動したラヴクラフトがその想いを大事にして書き上げた。

【粗筋】人々がクリスマスと呼ぶ日に、「わたし」はキングスポートへと向かっていた。「わたし」の家系では今日の日をユールの日と呼んでいた。そして100年に一度行う一族に伝わる祝祭のために、寂れた港町に帰って来たのだ。

午後11時、丘の上の白亜の教会へと向かった。その地下に人々が集っていた。形なき何者かが演奏するフルートの音が響き、中央では忌まわしい炎の柱が燃え上がっていた。やがて、有翼の怪物が出現、人々はひとりひとり、

【解説】ラヴクラフトの最高傑作としばしば言われる短編。アーカム・ハウスが初めて刊行した作品集の表題作となった。

【粗筋】「わたし」は城に幽閉されていた。その城には日が射すことがなく、「わたし」は城の塔にのぼり、一度でもいいから日の光を見て死にたいと考えるようになっていた。

塔をのぼり、城の中をさすらった挙句、「わたし」は満月の光の中にさ迷い出し、いつしか絢爛たる灯火で飾られた城へと辿り着く。中では多くの人々が妙な服装で談笑しあっていたが、明るさに惹かれるように部屋に入ると、人々は悲鳴を上げて逃げまとい、大変な騒ぎとなってしまった。

あっけにとられた「わたし」が何かが動く気配を感じてそちらを見るとそこには、人間の姿を模倣した、肉が腐れ、骨もあらわの醜い忌むべきものの姿があった。

「わたし」は声にならない悲鳴を上げ、魔物に向かってよろめいてしまった。そしてそこにあるのが磨かれたガラス、鏡であることを知ってしまったのだった。

1922年

 魔犬
The Hound

【執筆】1922年

【発表】『ウィアード・テイルズ』1924年2月号

【解説】道を外れた好事家が魔性の餌食になるゴシック小説だが、魔道書『ネクロノミコン』が初めて登場し、アブドゥル・アルハザードが『ネクロノミコン』の著者であると言及された。中央アジアのレンにある屍食宗派という言及があり、その後の神話につながる要素が見られる。

【粗筋】「わたし」とセント・ジョンは好事家として退廃を極め、今や、密かに墓を掘り起こし、死体も含めた埋蔵品を眺め、時には持

その生物にまたがり地下道へと消えていった。

「わたし」はためらった。やがて、司祭役を務める、言葉を失った老人と「わたし」とが残された。老人は印形つきの懐中時計を取り出す。それは1698年に6代前の先祖と共に埋められたものに違いなかった。老人は「わたし」がここに来るのは運命であり、本当の儀式はこれから始まるのだと告げる。あまりの恐ろしさに私は地底の河に身を投じたのだった。

1926年 ━━━━━━━

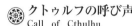
クトゥルフの呼び声
Call of Cthulhu

【執筆】　1926年

【発表】　『ウィアード・テイルズ』1928年2月号

【タイトル】『クトゥルフの呼び声』（創元）『クトゥルーの呼び声』（青心社、『夢魔の書』（学研）、星海社）、『クスルウーの喚び声』（定本）、『クートリュウの呼び声』（創土社『暗黒の秘儀』）など。

【解説】クトゥルフ物語の根幹をなす物語。神話作品の特徴というべき、「遺品を解析することで再発見される恐怖」というプロットを突き詰めた傑作。

悪夢に導かれておぞましい邪神の像を彫り上げる若き芸術家。ヴードゥー教徒よりもさらにおぞましい混血の異端者たちがニューオーリンズの湿地帯の奥で繰り広げる邪悪な儀式、そして偶然に導かれるように、南太平洋で起きた奇怪な遭遇事件を知り、邪神の存在に迫っていくパズルのような構図はラヴクラフトの最高傑作といってもよい。

【粗筋】この物語は故フランシス・ウェイランド・サーストンの遺した書類の中から見つけられた手記である。

主人公「わたし」は、不慮の事故で急逝した大叔父エインジェル教授の遺産を受け継ぐが、遺品を整理する内に、『クトゥルフ教団』

という草稿を発見する。それは1925年3月、奇怪な夢を見て狂気に取り付かれた若き芸術家ウィルコックスが一夜で作り上げた奇怪なレリーフと、1908年の考古学学会にニューオーリンズのルグラース警視正が持ち込んだ奇怪な彫像の共通点を語るものであった。

添付された新聞記事により、ウィルコックスだけならず、多くの人々がその時、何らかの悪夢を各地で見て、狂気に陥ったり、暴動を起こしたりしていた。それは実におぞましい悪夢で、歪んだ角度を持つ悪夢の都市に邪悪な何かがいるというものであった。

ルグラース警部の持ち込んだ彫像は1907年、ニューオーリンズで摘発された異端教団の神像で、混血の退廃したものたちが信仰し、血の生贄を捧げていたのだ。彼らが崇拝していたのは、人類誕生よりもはるか前に、宇宙から地球に到来した旧支配者だという。旧支配者は、星たちが正しい位置にあった時代には宇宙を自由に旅することができたが、星たちの位置が変化すると生きていくことができなくなった。しかし、もはや生きていないとはいえ、真に死に絶えることはない、星たちが正しき位置にもどる時、彼らは復活するのだという。果てしない歳月が過ぎ、最初の人類が誕生すると、旧支配者は夢を形作ることで、人類のとりわけ鋭敏な者に語りかけ、その僕としたのだ。その考古学学会の参加者のひとりウェブ教授はそれがグリーンランドの異端宗派に酷似していると指摘する。

クトゥルフの謎に取りつかれた「わたし」は偶然、目にした新聞からウィルコックスが悪夢を見たその頃、クトゥルフの神像をニュージーランド沖で発見した船員の存在を知る。船員の足跡を追い、オーストラリアからノルウェイまで足を延ばしたが、その船員グスタフ・ヨハンセンはすでに死んだ後だった。その遺稿から、彼と仲間たちが南緯47度9分、西

経126度43分の海上に浮上した超古代都市ルルイエを発見し、恐るべきクトゥルフを目撃したことを突き止めた「わたし」は、大叔父エインジェル教授とヨハンセンの死に不審を抱き、自らもクトゥルフ教団に狙われていると判断し、この手記を書き残したのである。

ピックマンのモデル
Pickman's Model

【執筆】1926年

【発表】『ウィアード・テイルズ』1927年10月号

【解説】初期のラヴクラフトを代表する恐怖ものの短編で、食屍鬼というオーソドックスな題材を現代的に再定義し、芸術家との絡みで描いた佳作。

食屍鬼がボストンの地下に住み、芸術家がリアリティを求めて彼らと接触するという設定は当時でも斬新で、その後、多くの後継作家に引き継がれた。

【粗筋】ボストンのリチャード・アプトン・ピックマンは主に恐怖を喚起させる絵を書き、描かれた人物の表情に紛れも無い地獄を表せる画家であった。

「わたし」はピックマンの絵に惹かれ友人つきあいを始める。そしてある日ピックマンから、口をつぐみ、おびえないのであれば、もっと驚くべき物を見せると持ちかけられる。

ピックマンはアトリエの場所によって描く作品の質が格段に向上するとの持論をあげ、そういう場所を確保できたと言うのだ。

そうして「わたし」はピックマンに案内され彼のアトリエへと向かった。そこには墓場で人間にしては犬に近い印象を受けるおぞましいものが獲物を争う絵や、地下鉄のプラットフォームにいる人に無気味なものが襲い掛かる地獄絵図が何枚も飾られていた。

そして「わたし」は未完成の絵に張られた、参考にしていると思しき写真を何気な

く見てしまう。それを見た「わたし」は悲鳴を上げてしまった。

ピックマンは拳銃を取り出すと「わたし」に地下室から出るように促し、扉を閉めると発砲した。地下室から出て来た彼は、「わたし」の悲鳴で井戸に棲むげっ歯類が刺激されたのだと、何ごとも無かったかのように語った。

その後「わたし」はピックマンに送られて帰ったが、どうやって帰ったか覚えておらず、またアトリエへの行き方も覚えていなかった。そして「わたし」は地下鉄や地下室が嫌いになってしまったのだ。

その後、ピックマンはどこかに姿を消してしまった。

銀の鍵
The Silver Key

【執筆】1926年

【発表】『ウィアード・テイルズ』1929年1月号

【解説】ランドルフ・カーターものの一編。『セレファイス』で描いた夢の世界を、ランドルフ・カーターが取り戻すというものであるが、ラヴクラフト自身との同一化が加速し、ニューヨークから故郷に戻ってきたラヴクラフト自身の心情が強く表れている。

【粗筋】ランドルフ・カーターは30歳になった時、夢の世界への鍵を無くしてしまった。それまで当たり前のように、自分が求める幻想が漂う夢の世界へと旅をしていたのが、できなくなってしまったのだ。

20年の歳月の後、祖父の夢を見て、カーター家に代々継承される大きな銀の鍵のことを思い出した。それは2代目エドマンドが箱に収めたもので、2世紀にわたって開けられたことの無い箱を発見した。箱の中の鍵は謎めいたアラベスク模様に覆われており、それを包んでいた羊皮紙には未知の言語の象形文字が連ねられているだけであった。

カーターはその鍵を得ることによって夢を見る力を取り戻し、先祖伝来の土地に向かう。そこには、取り壊されたはずの教会があり、子供時代にすでに老人であったはずの顔見知りの使用人がいた。まるで時間を遡ったかのように少年時代の自分になって、30年前に無くなったはずの大叔父クリストファーと夜を過ごす。

かくしてカーターは夢の世界への道を再発見し、永遠に姿を消したのである。

✿ 未知なるカダスを夢に求めて
The Dream-Quest of Unknown Kadath

【執筆】1926年

【発表】『アーカム・サンプラー』1948年冬号〜同年秋号

【解説】ランドルフ・カーターを主人公とした異世界冒険もの。幻夢境物語の集大成にして、ダンセイニ風幻想掌編からそれまでのすべての作品を統合化しようとした遊び心溢れる作品である。ニューヨークから故郷プロヴィデンスに戻ったラヴクラフトが書き上げたものの、雑誌掲載を断られ、お蔵入りとなった。ラヴクラフトにしては珍しく、ジェットコースタームービーのごとき展開で、今までの作品からの登場人物も多く、ラヴクラフティアンの心をくすぐるものと言える。

【粗筋】ランドルフ・カーターは3度にわたって夕日を浴びて金色燦然と燃え立つ夕映えの都を夢に見て、3度にわたってその夢を断ち切られていた。いつしか神の住まう凍てつく荒野の雲を見下ろすカダスにて、夕映えの都に住むことを神に願い出るということを考えるようになっていた。

浅い眠りの中、現の世界から階段を70段と700段くだり、焔の洞窟へと辿り着いた。そこで古代エジプトの二重冠をかぶった神官ナシュトとカマン＝ターにすべてを打ち明ける

が、彼らはカダスの場所すら解らず、また人間がひとりとしてたどり着いたことが無いと言い切り、ナイアルラトホテップが最悪の危険として待ち構えていると警告した。

それでも夕映えの都に身を寄せたいと思う心に変りは無く、夢の世界へ探索の旅にでることにした。カーターは焔の洞窟から深き眠りの門をくぐり、魔法の森へ入り込んだ。

そこに住むズーグ族の長老から、ウルタールの都に、神々について書かれた『ナコト写本』が存在していることと、かつて神を目撃した老神官の弟子が住んでいることを聞きだす。『ナコト写本』も老神官の弟子アタルも有益な情報はもたらしてくれなかったが、オリアブ島にあるングラネク山には神が自らの顔を彫った巨大な像があると教えてくれた。

貿易都市ダイラス＝リーンに行き、オリアブ島の町バハルナからの船を待つカーターは黒いガレー船の商人に欺かれ、月へと連れ去られそうになるが、猫の軍勢に助けられる。猫の軍隊の指揮官はカーターがウルタールで可愛がった子猫の祖父で、恩を返したのだった。ダイラス＝リーンに送ってもらったカーターは今度こそバハルナ行きの船に乗り、オリアブ島に辿り着き、ングラネク山の神像の面影がかつてセレファイスの都でよく見かけた者に似ていることに気がついた。

その後、夜鬼につかまり、山の洞窟の奥にあるドールの住処へと連れて行かれてしまうが、カーターは食屍鬼の元に逃げ込む。カーターの友人、リチャード・ピックマンという画家が食屍鬼と友好を結んだことがあったのだ。カーターが訪れると、ピックマンは食屍鬼になっており、食屍鬼たちの世界でひとかどの人物になっていた。食屍鬼の手助けで、カーターは人食い巨人ガグの城を抜け、魔法の森からセレファイスに向かう。途中、猫族に攻撃をかけようとするズーグ族の会合を盗

み聞きしたカーターは猫族に警告し、猫族の友人となる。

やがてセレネル海に面したトゥーランでガリオン船に乗ったカーターは、ングラネク山の神像に良く似た人間たちがインクアノクからきた男らしいということを知る。

セレファイスについたカーターは天空都市セラニアンのクラネス王と会うが、クラネスはカーターに夕映えの都を探すことを止めるように忠告する。それでもカーターの決心は揺らがず、船を待ちインクアノク（インガノク）へと向かった。

インクアノクの北方にある縞瑪瑙の砕石場へ向かったカーターは、その途中でシャンタウ鳥を従えた黒いガレー船の商人に再度捕まるが、隙を見て逃げ出し、サルコマンドの地下に逃げこんだカーターは、以前ガグの城を抜ける時に手伝ってもらった食屍鬼を助け出し、食屍鬼から夜鬼を借り受けると、インクアノクの北方、凍てつく荒野のカダスに向かった。

カダスで待っていたのは長身痩躯の古代ファラオを思わせる人物で、地球の神々がカダスを捨て、夕映えの都に移っていったことが明かされた。夕映えの都を創り出したのは、他ならぬカーター自身であった。あれほど探した夕映えの都は、カーターの幼年期などの記憶の塊であったのだった。

その人物は地球の神々をよみがえらせるため、カーター自身が夢見た美しき宮殿へ向かうように助言し、自らの正体を明かす。

「二度とふたたび千なる異形のわれと出会わぬことを宇宙に祈るがよい。我こそは這い寄る混沌、ナイアルラトホテップなれば」

注：インクアノクは、Ｓ・Ｔ・ヨシの校訂で「インガノク」と修正された。

冷気
Cool Air

【執筆】1926年

【発表】『テイルズ・オブ・マジック・アンド・ミステリズ』1928年3月号

【解説】ラヴクラフトのSF系作品。『ラヴクラフト大事典』によれば、一方、「冷気」には「ヴァルドマアル氏の病症の真相」が影を落としているようにも思えるが、ラヴクラフト本人としては、アーサー・マッケンの「白い粉薬の話」の影響の方がより核心に及んでいると考えていたようだ」という。

その完成度から評価も高く、ラヴクラフトの主要作品として挙げられることが多い。『ネクロノミカン』の一編として映像化された他、近年では『チルド』という作品もある。

【粗筋】1923年、雑誌の仕事をしていた「わたし」はスペイン人の女が経営する安アパートに下宿することになった。下宿に住み始めて3週間、天井から水滴が落ちて来て強烈なアンモニア臭をただよわせた。

「わたし」が大家に掛け合うと、ムニョスという元医者の仕業で、ムニョスは病気で常に身体を冷やしておかなければいけなく、アンモニアは冷却装置からもれ出た物だと教えてくれた。

ある日、心臓発作を起こした「わたし」はムニョスが医者であることを思い出し、助けを求めて部屋を訪ねることにした。部屋のドアが開くと6月末の暑い日にもかかわらず、ひんやりとした冷気が「わたし」を包みこんだ。

ムニョスは分別と教養を合わせ持つ紳士で、医者としての腕も確かだった。「わたし」は心臓発作の症状が完治するまで面倒を見てもらい、それから気味の悪さは残るが彼の友人となって身の回りの世話をするようになった。

ムニョスは頻繁に水風呂にはいり、アンモニアを使った冷却装置で部屋の温度を常に華

氏55度程度にしていた。ムニョスに頼まれて買ってくる薬品には困惑させられたが、病気を治してもらった手前、無下に放っとく訳にもいかなかった。

10月の中旬、ついに冷却装置が壊れ、修理できない限り3時間で冷房が止まるという事態になった。

「わたし」は修理できる人物を探し回り、その間、金で雇った浮浪者に、氷を絶えずムニョスの部屋の浴室に運ぶように指示していた。だがやっと職人を見つけ帰って来た「わたし」を待っていたのは、想像もできないほど変わり果てたムニョスの姿であり、それ以来「わたし」は冷気を感じると恐怖を覚えるようになったのだ。

1927年 ━━━━━━━

◉ チャールズ・ウォードの奇怪な事件
The Case of Charles Dexter Ward

【執筆】1927年

【発表】『ウィアード・テイルズ』1941年5月号/7月号

別題名『狂人狂騒曲』（真ク・リトル・リトル神話大系）『チャールズ・デクスター・ウォードの事件』青心社）

【解説】中期に描かれた妖術師物語の傑作。完成度はかなり高く、ラヴクラフトの最高傑作と言う人も多い。しかし、世に出たのはラヴクラフトの死後、1941年になってからである。

【粗筋】プロヴィデンスの精神病院からひとりの患者が失踪した。チャールズ・デクスター・ウォードというその患者は、自らの主治医と面会した直後に煙にでもなったかのように消え去ったのだ。あとには灰青色の埃が残るばかりだった。

チャールズは生来の強い好奇心と懐古趣味のおかげで、若い頃から古い時代の知識に強い興味を示していた。いつしかその興味はジ

ョセフ・カーウィンという歴史から抹消された5代前の祖父にそそがれるようになる。

セイラムから18世紀初頭にプロヴィデンスに移って来たジョセフは記録にその名を見せなくなる1771年まで、同じ容姿であり、過去に生きた人間でなければわからないような事実を語ったり、所有の農場にこもって怪しい研究に没入したりと周囲に畏怖を与えていた。やがて、カーウィンに破滅が訪れる。セイラムでうまくやっていくために、無理矢理、娶（めと）った若妻の元婚約者によって、彼が邪悪な魔術に手を染めていたことが明らかにされ、街を守ろうとする自警団の襲撃を受けたのだ。

チャールズはジョセフについて調べていくが、その姿勢は病的なまでになっていた。ジョセフが行っていた忌まわしき儀式をなぞえるかのように怪しい実験室を設け、研究にふけった。

ついにチャールズはジョセフの秘密を暴くことに成功する。ジョセフはヨグ＝ソトースの力を借りて長寿を保っていたのだ。ジョセフの足跡を追いかける内、チャールズの行動は常軌を逸したものとなっていく。かつてカーウィンが農場を持っていたポートゥックスト村に別荘を入手、アレン博士なる奇怪な人物とともに研究に没頭したが、時期を同じくして吸血鬼騒ぎが起きる。

やがて、チャールズは主治医のウィレット医師に向かって「すべてを話す」という手紙を書いてきたが、医師が訪ねても彼はおらず、そのまま帰宅しなかった。一週間後、ウィレット医師が別荘を訪ねたところ、そこで出会ったのは激しく変貌し、会話にも異常さと邪悪さを感じさせるチャールズ青年であった。彼の変貌ぶりは父親さえ驚愕させた。その変貌は小切手のサインさえまったく別のものに変えてしまい、結果として、チャールズは病院に収容されることになる。

チャールズが収容された後、彼とアレン博士に当てて届いた手紙は関係者を混乱させるに十分なものと言える。それはかのジョセフ・カーウィンに当てた魔術的な手紙だったからだ。

チャールズがなにを知ったのか調べるべく、ウィレットは彼が所有する別荘地下の実験室に侵入する。

そこでウィレットは床にあいた竪穴に閉じこめられた、醜悪怪奇な生物の姿を目にする。さらには実験室の資料から死体を“塩”と呼ばれる物質に変え、蘇らせる秘術の真実を知ってしまう。

恐怖の地下室から還ったウィレットは、チャールズの父親に手紙をしたためると、ひとり、チャールズとの面会に臨む。そして、チャールズと入れ替わっていたアレン博士――すなわち、禁断の秘術によって蘇ったカーウィンを打ち倒したのだ。

宇宙からの色
The Colour out of Space

【執筆】1927年

【発表】『アメージング・ストーリーズ』1927年9月号

【解説】ラヴクラフトが展開した「擬似現実主義の始まり」を体現した作品のひとつ。金銭的にはまったく報われなかったが、ラヴクラフト自身が自分の最高傑作のひとつと認めていた。

【粗筋】アーカムの西には誰も入り込まない〈焼け野〉と呼ばれる荒野が広がっている。付近に住む老人アミ・ピアースは、新しい貯水池の予定位置である焼け野を調べに来た「わたし」に、そこが忌み嫌われる理由を語ってくれた。

焼け野は元々ネイハム・ガードナーの農場があった場所で、そこに隕石が落ちた。それからというものネイハムの所有地では不可解な事件が相次ぐ。

所有地で育てていた作物はなんとも言えない苦味を持ち、食べることができなくなった。また表現しがたい色の植物が咲き、その土地では家畜も植物もまともに育たなくなり、灰のようにもろくなる現象がおきた。

ガードナー家にも異変は及び、最初はネイハムの妻が発狂し、3人の息子までも精神に異常をきたし、ある者は姿を消し、ある者には死が訪れる。ネイハムが2週間ほど顔を見せないことに、胸騒ぎを感じた友人のアミが農場を訪ねると、ネイハムは「井戸のなかにいるんだ」とくり返すばかり。ネイハムは隕石がすべての元凶であり、井戸の水がそれに汚染されている事をかろうじて話すと崩れてしまった。

アミは警察官らとガードナー牧場に戻ったところで、井戸から立ちのぼる無気味な光柱を目撃する。「色」としか表現できない何かが井戸から宇宙へと去っていった。

しかし、アミは最後に見てしまった。「色」が天空に去った後、力弱い何かが井戸から舞い上がろうとして、そのまま井戸の底に戻ったことを。

1928年

ダニッチの怪
The Dunwith Horror

【執筆】1928年

【発表】『ウィアード・テイルズ』1929年4月号

【別タイトル】ダンウィッチの怪

【解説】『クトゥルフの呼び声』、『インスマウスの影』と並び、クトゥルフ神話の根幹をなす作品。ヨグ＝ソトース（ヨグ＝ソトホース）が人間の女と交接したことで生まれた恐るべき双子の恐怖を描いた本編は、ニューイングランド辺境の村での奇怪な一族の物語か

ら、魔道書を所蔵するミスカトニック大学付属図書館に話が広がり、魔道書『ネクロノミコン』の忌まわしき内容を検分した大学付属図書館館長がヨグ＝ソトースの介入に気づき、双子の怪物を撃退するに至る、ダーレスが継承した神話の基本構造を持っている。

〈旧支配者〉という定義が明確になされ、現代文明と怪異の対立構造を明示したことも重要な要素である。

【粗筋】1913年、マサチューセッツ州ダニッチに住むウェイトリイ家に男児が生まれた。名前にウィルバーとつけられた赤子に父親はいなかった。

母親のラヴィニアは白化症で、どこか頭のおかしいところがあり、それを良く知る近隣の住民は父親がいないことに感心を示さなかった。

子供が生まれた後、ウィルバーの祖父は何かに怯えるようになり、ラヴィニアの夫については、山で呼び出した何かで、この近辺では最高の男だと称していた。

ウィルバーは順調に成長するが、その喋り方には同じ年代の子供に見られない、何か不可解なものを感じ、その姿は山羊を思わせるほど動物じみていた。そして近くの山にある環状列石の中心で「ヨグ・ソトホース！」と叫ぶ姿が目撃されているのも、住民が彼を忌避する理由のひとつになった。

この頃から、ウィルバーの祖父は牛と材木を買い集め、家を改築するようになった。ところが牛はいくら買ってもいっこうに増える様子を見せなかった。

ウェイトリイ家を訪れた人の証言だと、2階への通路はスロープになっており、そこは扉で閉じられていた。牛がいなくなることも考えて、その家の2階では牛を生け贄にした儀式が行われていたのだろうと住民は噂した。地域では地鳴りなどが確実に増えてい

て、ウェイトリイ家のせいにするものも少なく無かった。

1927年にはウィルバーは驚異的な成長を遂げ、7フィートを越えるまでになっており、その成長が止まる気配は無かった。やがて、ウィルバーは自らの家にあった魔道書『ネクロノミコン』（ジョン・ディー版）に興味を示していったが、すでに、その頃にはラヴィニアも祖父も他界しており、家はウィルバーひとりであった。

魔術的な探索を進めるウィルバーは、ミスカトニック大学付属図書館に『ネクロノミコン』ラテン語版を調べに訪ねた。図書館長のアーミティッジが、何気なくウィルバーの写し取っている呪文を覗き見ると、人間以前に地球上に存在した"旧支配者"に関するもので、旧支配者ヨグ＝ソトースが封印された異界への門を開く方法が書かれていた。

ウィルバーは貸し出しを要求するが、それは禁帯出指定の本で図書館は貸し出しを断った。ウィルバーの態度と垣間見た呪文などに悪寒を感じたアーミティッジは、ネクロノミコンを所有する他の図書館に連絡し警告を促した。

1928年の夏、本の貸し出してもらえないことに業を煮やしたウィルバーはミスカトニック大学付属図書館に忍び込もうと試み、番犬に噛まれて命を落としてしまう。アーミティッジはその死体を発見し、恐怖に駆られる。顔こそウィルバーであったが、腹部からは緑色の触手が20本ほどのび、9フィートを超える体躯に骨格と頭蓋骨は無く、皮膚は蛇の鱗を思わせるものだった。

アーミティッジは『ネクロノミコン』を調査し、ウィルバーがいったい何をしていたのかを突き止めた。ウィルバーは、異界に封じられたヨグ＝ソトースを召喚する呪文を調べていたのだ。アーミティッジ博士は慄然たる

恐怖を感じた。

博士の恐怖は間もなく現実となった。

その年の9月9日の夜、ダニッチでは大規模な山鳴りが発生し犬が吠え続けた。次の日の朝、住民は樽の底くらいの大きさの足跡を発見する。また何者かが林の中を押し退けて通ったような木が倒された跡もみつかった。そして数日間に渡ってダニッチには住民を家ごと押しつぶし、牛のいる納屋をも潰していく目に見えない化け物が徘徊するようになる。

アーミティッジは新聞でダニッチの惨状を知り、ウィルバーの調査をしていた同僚2人と急きょ駆けつけることにする。そして環状列石がある山の山頂にのぼり住民が望遠鏡で見守る中、ダニッチを恐怖に陥れた化け物を消し去ったのだった。

1930年

 ### 闇に囁くもの
The Whisperer in Darkness

【執筆】1930年

【発表】『ウィアード・テイルズ』1931年8月号

【解説】『クトゥルフの呼び声』、『ダニッチの怪』に続く本格神話作品。侵略SFの要素を備えた辺境ホラー。

当時、交流のあったハワードやスミスなどの作った設定を取り入れたという意味で、シェアード・ワールドとしてのクトゥルフ神話が本格的に稼動してきた1冊。

【粗筋】1927年11月3日、記録的な洪水がバーモント州を襲った。そして氾濫した川に、現存する地球上の生物のものと思えない奇妙な死体が浮かんだという噂話が流れた。

マサチューセッツ州ミスカトニック大学で教鞭をとる「わたし」ことアルバート・N・ウィルマースは、その奇妙な死体を巡って、民話などの幻想的な物語を安易に現実に持ちこもうとする空想家と雑誌上で公開論争をし

ていた。

洪水から1年あまりが経ち「わたし」の元に1通の手紙が届く。送り主はヘンリー・W・エイクリー。

バーモント州ウィンダム郡タウンゼントの彼の屋敷近くに、件の川で揚がったのと源を同じくしていると思われる生物が棲んでいるというのである。エイクリーによるとその生物は他の惑星から来たもので、羽を持ち、エーテルをかき分け宇宙を飛翔することが可能らしい。エイクリーはその生物の存在を示す物証があるという。

「わたし」は手紙の文面と内容に妙に惹かれるものを感じ取り、エイクリーとのやり取りを続けることにする。しかし手紙が途中で紛失したり、送ってもいない電報が届いたりと不可解な事件が相次ぐ。次第にエイクリーからの手紙の内容にも、迫り来る未知の恐怖がにじみ出るようになる。

ついに諦観にも似た手紙が送られてくる。だが次の日「わたし」はエイクリーから危険は無いので直接会って欲しいとの手紙を受け取る。突然のエイクリーの変化に多少か戸惑いながら「わたし」は彼に会うべく列車に乗りこむ。そこで「わたし」を待っていたのはノイズという不思議な男であった。エイクリーは病気で動けないという。ノイズに案内され、館でエイクリーと会う。病気で安楽椅子から立つこともできないエイクリーの口から語られたのは、遥か彼方の暗黒星ユゴスからやってきたミ＝ゴの存在であり、彼らと友好を誓ったというエイクリーはユゴス星への旅を決意したという。ミ＝ゴは人間の肉体から脳を取り出し、そのまま金属の円筒に入れて生かす技術を開発していたのだ。金属筒のひとつから、一緒にユゴスへ行こうと誘われる「わたし」だが、あまりの恐ろしさに回答を控え、その夜、逃げ出してしまった。その後、

エイクリーがどうなったかは分からない。

「わたし」が逃げ出した最後に見たものは、安楽椅子の上に残された3つの品物、どう見ても本物としか思えないエイクリーの頭部と2本の手だった。

1931年 ─────

インスマウスの影
Shadow over the Innsmouth

【執筆】1931年

【発表】1936年/1942年『ウィアード・テイルズ』

【別タイトル】『インスマスの影』

【解説】ラヴクラフト晩年の傑作。自らグランド・フィナーレのようなものと重視しながらも、（ダーレス以外の）文通仲間から反応が芳しくなかったこともあり、そのまま仕舞い込まれてしまい、ラヴクラフトの晩年になり僅か400部ほど印刷され、150部が販売された。ラヴクラフトの死後、『ウィアード・テイルズ』1942年1月号に掲載された。

【粗筋】1927年末から翌年春にかけて、マサチューセッツ州の廃れた港町インスマウスに対して、政府の極秘調査が行われ、多くの住民を拘束した後、古びた廃屋多数を爆破し、沖にある「悪魔の暗礁」に対して魚雷攻撃を行った。その理由は明らかにされなかった。

その理由は「わたし」が体験した恐怖の一夜に基づいている。

成人の記念に気ままな旅行を楽しんでいた「わたし」はアーカムに向かう途中、ニューベリーポートからひなびた港町インスマウスへ向かうバスに乗り込む。インスマウスは18世紀まで港町として発展していたが、1846年の疫病で衰退してしまった他、「インスマウス面」と呼ばれる不気味な面相を持つ住民たちの存在で周囲の町から気味悪がられていたのだが、歴史散歩を望んでいた「わたし」は旅費の関係もあり、インスマウス経由のルー

トを通ることにしたのだ。

インスマウスに入る前に、ニューベリーポートで調べたところ、インスマウスの有力者オーベッド・マーシュ船長が南洋の一族を連れ帰り、結婚したことから不気味な退廃が始まったようだ。今や街には「ダゴン秘密教団」なる異端宗教がはびこり、沖にある「悪魔の暗礁」でも不気味な事件が起こっているという。歴史協会ではインスマウスから手に入れたという不気味な冠を見せられた。どう見ても人の頭に載るようには見えない歪んだ形をした冠だ。

翌日、バスに乗り、インスマウスに入った「わたし」は街を歩き回り、酔いどれのザドック・アレン老人から、南太平洋ポナペ島近辺に住むカナカイ族と邪悪な海の魔物の混血の話を聞く。マーシュ船長はその邪悪な海の魔物との混血をこの町で行ったのだ。不景気で寂れていた街は怪物たちに乗っ取られていたのだ。住民の多くは海の魔物と混血し、海辺の廃屋には奴らが潜んでいた。

バスで逃げ出そうにも、夜の便は運行停止となり、悪評の高いホテル、ギルマン・ホテルに泊まる羽目になった「わたし」は深夜、奴らに追われ、ほうほうのていでインスマウスから脱出、政府にすべてを語ったのである。

しかし、その後、「わたし」はある重要な事実に気づいてしまうのであった。自分がマーシュの血を引く身であることを。そして、いつか海に戻るべき定めにあることを。

狂気の山脈にて
At the Mountains of Madness

【執筆】1931年

【発表】『アスタウンディング・ストーリーズ』1936年2〜4月号

【解説】『時間からの影』と並び、ラヴクラフトの宇宙年代記の全体像が描かれた作品。人

類以前に地球を支配した〈古のもの〉についての詳細な情報とともに、南極に眠る奇怪な都市の残骸の描写は秀逸である。

1911年にアムンゼンによる南極点到達がなされているとはいえ、当時はまだ、未踏の大地であったことは間違いない。

エドガー・アラン・ポーの『ナンタケット島出身のアーサー・ゴードン・ピムの物語』(1838)を意識した作りで、同作品から「テケリ・リ！　テケリ・リ！」という声が流用されている。

【粗筋】地質学の代表としてミスカトニック大学の南極探検隊に参加していた「わたし」ダイアー教授は、今では南極探検そのものを止めるように警告する立場に回っていた。

その理由は「わたし」と同じ探検隊に所属していた生物学者レイクが南緯76度15分、東経113度10分の地点で発見したあるものに関わっている。レイクはそこでヒマラヤ級の巨大な山脈を発見し、麓にキャンプを設置して調査に乗り出していた。レイクは地質を調べるため地面を掘り起こし、未知の空洞を発見したのだ。

そこにはさまざまな化石があり、中でも目を惹いたのは樽状の巨大な化石であった。五角形の頭部を持ち、大きさは高さ6フィート、中央の直径3フィートほど。樽板の部分が隆起しその間には翼のようなものが生えていた。レイクはこの姿から想像されるのは『ネクロノミコン』にある〈古のもの〉だと通信で送って来た。その後も順調に発掘と化石の調査は進み、14体の樽状化石が見つかったとの報告が寄せられた。

レイクはその生物の解剖を行うが、そこで突然レイクからの通信が途絶えてしまう。探検隊の残りの面々は急いで向かうが、そこには変わり果てたキャンプの姿があった。

あらゆる機材は破壊されるか消失してお

り、橇用の犬も全部殺され、レイクを含めた11人が内臓を引き出されるなど無惨な死に方で発見された。ただし若い隊員のゲドニーだけは行方不明であった。また6体分の樽状化石が雪の中に直立して埋められており、五芒星をかたどった塚が作られていた。残りの行方は謎に包まれていた。

「わたし」は、ゲドニーを探すべく飛行機で山脈の向こう側を調査することに。高高度を飛べるように機体を軽くするため、調査隊はダンフォースと「わたし」の2人に決まった。

山を超えた先に「わたし」が見たものは、山脈の高地に造られた規則正しく石造物が並ぶ古代都市の跡であった。

残されたレリーフから、彼らこそが人類に先立ち、地球に降り立った〈古き存在〉であり、人類をはじめとする地球上の生命体すべてが彼らの食用や使役用に作られた生物の末裔であること、彼ら自身も自ら作り出した不定形生物ショゴスとの戦いで滅びたことを知る。

さらに、都市の奥へと進むと、そこには失われたはずの犬橇と氷漬けのゲドニーと犬が1匹転がっていた。近くには樽状生物が倒れており、頭部はそぎ落とされたかのように無くなっていた。

「わたし」は発掘した樽状生物は生きており、自らの住処に帰るべく行動を起こしたのだということを理解した。それと同時に人間12人を虐殺した生物を、殺したものに考えが及び、恐怖に取りつかれた。すると通路の奥から「テケリ・リ！　テケリ・リ！」という音が聞こえて来た。

「わたし」とダンフォースは一目散に逃げ帰り、このことに関して口を閉ざした。だが南極の調査が再開されるに当たり、「わたし」はこの事実を明かして南極をそっとしておくべきだと考えたのだ。

銀の鍵の門を越えて
Through the Gates of the Silver Key

【執筆】1933年

【発表】『ウィアード・テイルズ』1934年7月号

【解説】『銀の鍵』に感銘したエドガー・ホフマン・プライスとの合作。1932年5月、ニューオーリンズ旅行をしたラヴクラフトと出合ったプライスは『銀の鍵』の後日談を書きたいと提案、ラヴクラフトの了承を得て、『幻影の王』を書いた。ラヴクラフトは合作にあまり乗り気ではなかったが、結局、全面的な改稿によって作品を完成させた。

合作に乗り気でなかったのは、発表していなかったものの、実はすでに1926年の段階で同じランドルフ・カーターものの冒険小説『未知なるカダスを夢に求めて』を書き上げていたからであろう。

【粗筋】1928年10月7日、ランドルフ・カーターは忽然と姿を消した。カーターの行方についてはさまざまな憶測がなされた。曰く洞窟を通って、過去の世界に行ってしまったのだとする説など、多くは突拍子も無いものであった。

カーターには近親者はおらず、そのため遺産分配の時点で問題をかもし出すこととなった。文通仲間ウォード・フィリップスは別の時空でカーターが生きていることを信じており、遺産分配に反対し、カーターの遠縁に当たるアーニスト・K・アスピンウォールは法律家として遺産分配を勧めた。そのため、カーターの著作と財産の管理人であったエティエンヌ＝ローラン・ド・マリニーの屋敷で関係者を集めて決着することとなった。

そこで2人の議論は沸騰すると、カーターについて重要な情報を握っているとされる、ベナレスから来たと称する賢者チャンドラプトゥラ師が、失踪後のカーターに関する驚くべき物語を語り始めた。

あの日、カーターは銀の鍵を用いて、ひとつの門を開いたのだ。その門は"最果ての空虚"に通じる"窮極の門"ではなく、その手前の門のひとつに過ぎなかった。カーターの目の前にはウムル・アト＝タウィルとも呼ばれる"導くもの"が現れ、語りかけてきて"窮極の門"をくぐるかの選択を迫った。カーターは迷いも無く進むことを選択した。

するとカーターは自分という存在が同時に多数存在していることを知覚した。それらは多数の時代、世界にまたがっており、そこでカーターという存在は哺乳類でもあれば無脊椎動物でいる場合もあった。その情報量に恐怖を感じると、ウムル・アト＝タウィルはカーターに引き返してもいいと持ちかけたが、カーターはそれを拒否した。

その声はカーターという存在の根本とも言える"存在"に届き、現在の自分はカーターという存在のひとつの局面に過ぎないことを理解した。そしてなろうと思えば地球人カーターの遠い祖先であるキタミール人にも、さらにその祖先超銀河の星ストロンティの生物にもなれることを理解したのだ。

そこで、幻想の世界を望んだカーターは惑星ヤディスに住む魔道士ズカウバの肉体に入り込んでしまう。

当初、ズカウバとカーターは交互にひとつの身体を動かしていたが、カーターは次第に地球に帰りたいと思うようになり、ズカウバ局面を眠らせると、地球へ帰還した。カーターは銀の鍵をくるんでいた羊皮紙の文字を解読し、ヤティスの生物の体から人間の身体に戻る方法を探し始めた。

チャンドラプトゥラ師はその際にカーターに協力を要請され、失踪した2年後から2年間、手紙を交わしていたためカーター失踪の真実を知ることができたのだ。

現実的なアスピンウォールには師の話を信

じることはできなかった。そこで師は恐るべき真実を明らかにしたのだった。

1935年 ━━━━━━━━

◉ 闇をさまようもの
The Haunter of the Dark

【執筆】1935年11月

【発表】『ウィアード・テイルズ』1936年12月号

【解説】当時18歳の若手作家ロバート・ブロックとの交流から生まれた佳作。ブロックは作中でラヴクラフトをモデルにした神秘的な夢想家を殺す許可を求め、ラヴクラフトは遊び心たっぷりの書簡でこれを快諾した。そうして書かれた『星から訪れたもの』に対して、ラヴクラフトがお返しにブロックを登場させて、ナイアルラトホテップを登場させたのが『闇をさまようもの』である。

ナイアルラトホテップ物語の1パターンを提示した作品で、プロヴィデンスの情景といい、〈星の智慧派〉の設定といい、完成度も高い。残念ながら、ラヴクラフトは37年に病死し、これが最後の作品となった。後に、ブロックはこの続編『尖塔の影』を執筆し、ナイアルラトホテップ物語の系統を引き継いだ。

【粗筋】恐怖作家ロバート・ブレイクは1934年から35年にかけての冬にプロヴィデンスのカレッジ・ストリートに居を移した。その家からの眺めは素晴らしく、取り分けフェデラル・ヒルにある黒々とした石造りの教会が彼の心を惹きつけた。教会への興味を募らせたロバートはフェデラル・ヒルに赴き、住民に訊ねるが、首をふるばかりで口は重く、答えてくれる者もいなかった。唯一、アイルランド人の警官が早口ながらもその疑問に答えてくれた。教会は19世紀に、異端の邪悪な宗派の巣窟になり、彼らは未知の深淵からおぞましい何かを召喚したらしい。その時にはオマリー神父が悪魔を退散させたが、それ以来近

づくものはいなくなったのだという。

ますます興味を持ったロバートは教会に忍びこむ。中に入るとそこには手つかずのままの禁制の書物『ネクロノミコン』などが残されていた。探索を続けるロバートは、蓋の開いたままの箱を発見し、その中に、ふぞろいの平面を多く持つ球形の奇妙な石を入れた箱と、その周りに散らばる人骨を発見する。一緒に落ちていたメモや名刺から、その人物がエドウィン・M・リリブリッジだと判明した。メモには過去この教会で起きた事件の記録が書かれており、彼が事件の真相を解きあかすためにここに侵入して謎の死を遂げたのだ。メモにより、奇妙な石が〈輝くトラペゾヘドロン〉だと知ったロバートは興味を持つが、石の不気味さに箱の蓋を閉じてしまう。

自宅に戻ったロバートはメモの調査に時間を費やし、〈輝くトラペゾヘドロン〉は、時間と空間のすべてに通じる窓として、暗黒の惑星ユゴスで作られたものであり、箱の蓋を閉じることで、〈闇にすまうもの〉ナイアルラトホテップが召喚されることを知る。ロバートは誤って怪物を召喚してしまったのだ。

この頃からまた教会の周囲でも怪事件が相次ぎ、よそ者が教会に侵入して以来、教会の内部で聞いたこともないざわめきや、ひっかき音が聞こえ始めたとされた。

ロバートは必死に調査を続けた結果、怪物が光を嫌い、わずかな光で撃退できることを知る。今や街には街灯があり、家にも電灯があったから、怪物は教会から出てこられないはずだった。それでも不安をかき消せないロバートは夜もずっと電灯をつけてくらしていたが、ある嵐の夜、停電によって街の明かりがすべて消えた。教会から何かが飛び出し、街は大きな被害を受けた。停電したさなか、凄まじい落雷がカレッジ・ストリートを襲い、次の日ロバートは死体で発見されたので

あった。錯乱した日記が残されていたことから、落雷によるショック死とされたが、彼の残したメモはそれだけでは説明しきれないものであった。

⊛ 時間からの影
The Shadow out of Time

【執筆】1935年
【発表】『アスタウンディング・ストーリーズ』1936年
【別タイトル】『超時間の影』
【解説】ラヴクラフト後期の宇宙観を集大成した時間テーマのSFホラー。夢テーマと時間テーマによって、壮大な宇宙史をまとめた本作はラヴクラフト宇宙史観の総決算と言える。

1930年頃から取りかかり、1935年2月に完成させたものの、ラヴクラフトは自信がなく、手書きの草稿をダーレスに送り、その後、R・H・バーロウがタイプ打ちしたものをドナルド・ワンドレイが、『アスタウンディング・ストーリーズ』に持ち込み、掲載された。

残念ながら、印刷の過程で文章や段落分けが変更された。元原稿は1994年にバーロウの元にあることが確認された。

【粗筋】「私」こと当時ミスカトニック大学の教授だったナサニエル・ウィンゲイト・ピースリー教授は1908年、講義中に原因不明の記憶喪失に見舞われ、一時は会話さえ不可能になるほどの障害を見せるがやがて回復し、まったく別の人格を得る。

記憶喪失から5年後、突如記憶を取り戻したピースリー教授は、記憶喪失中の自分が足しげく図書館に通い、禁書を集めたり、取材旅行としてヒマラヤなどの辺鄙な地域に出かけたり、しばしば異常なまでの知識の収集を行ったことを知る。

やがて教授は、自分の夢と魔道書から推論を生み出す。

かつて地球には時間の秘密を手に入れた〈大いなる種族〉が棲んでいた。彼らは時間を超えて精神を旅させる方法を見つけており、未来の種族の精神と自らの精神を交換しその時代の情報を集めるのだ。そうやって彼らは未来を知り、他の種族の身体を乗っ取り生きているのだと。

非常に長寿なこの種族にも天敵がいることが判明した。

他の銀河から渡って生きた〈大いなる種族〉は、その後、侵略してきた透明な生命体と戦うことになる。闘いには勝利し、地下へと追いやるが、いつしか彼らが逆襲に出るのではないかと不安な空気が感じて、地下への入り口のほとんどを永久に封印し、残された入り口も揚げ蓋で封じた。

教授はこれらの内容をまとめ、論文として発表した。

しばらくしてその論文を読んだロバート・B・F・マッケンジーから西オーストラリアの発掘に関する手紙が届いた。彼は論文に書かれていた内容で自分が調査しているものと類似性があるのだという。

教授は早速、息子を連れて発掘へと向かった。そこで見たものは自分が夢でみた敵対種族を封じるための揚げ蓋の成れの果てであり、また自分が今まで妄想の延長だと思っていた考えを事実に変えるものだった。

クトゥルフ神話TRPG紹介

2020年現在のクトゥルフ神話関連TRPGのリストと概要。『新クトゥルフ神話TRPG』のほかにも刊行されている。

✤KADOKAWA（エンターブレイン・ブランド）

◎新クトゥルフ神話TRPG（2019）

ケイオシアムの『Call of Cthulhu 第7版』（2015年）の翻訳。基本的に、10面サイコロ2つを組み合わせ、1～100の乱数を作り出し、判定値以下を出せば成功という％系システム。このゲームは、1981年に最初にケイオシアムから出版されており、英文でなら豊富なシナリオ/設定集が手に入る。

後述の『クトゥルフ神話TRPG』（第6版）に比べて、やや物語性を深めており、キャラクター作成と恐怖の表現などに深みが加わっているが、基本的なルールはほとんど変わっていないので、旧版のソースブックのデータが簡単に流用できる。

◻新クトゥルフ神話TRPG クイックスタート・ルール（2019- 無償公開）

簡易ルールを体験できるpdfファイル。シナリオ「悪霊の家」や2種類の探索者シートも付属し、これだけで遊べる。現在は下記URLからzip形式の圧縮ファイルがダウンロード可能で、解凍すると「2020.2.28版」のpdfファイルとなる。

http://r-r.arclight.co.jp/wp-content/uploads/2020/03/NewCoC-QS.zip

◻新クトゥルフ神話TRPG スタートセット（2020）

新規参入者向けに構成された入門用セットを一冊にまとめたもの。探索者の作成から判定、戦闘などを一通り体験できるソロシナリオ、体験用のクイックスタート・ルール、初心者向けの注釈やアドバイスがふんだんに盛り込まれた3本のシナリオに加え、日本版独

自のキーパー・スクリーンが同梱されている。

◻新クトゥルフ神話TRPG クトゥルフ2020（2020）

現代日本を舞台にプレイするため、みんなで楽しむためのプレイガイド、バラエティ豊かな探索者の創造に役立つルール、シナリオ作成を支援するツールなど、さまざまな記事がある。またすべて現代日本を舞台としたシナリオを6本収録。

◎クトゥルフ神話TRPG（2004）

BRP系クトゥルフ神話TRPG。ケイオシアムの『Call of Cthulhu 第6版』（2004年）の翻訳。2004年から2019年まで、多数のソースブックが翻訳、あるいは日本で制作され、21世紀クトゥルフ神話ブームの立役者となった。ホビージャパンの『クトゥルフの呼び声』と同じくケイオシアムの系譜であるが、諸般の事情により、『クトゥルフ神話TRPG』という名前になった。

◻クトゥルフ神話TRPG キーパーズコンパニオン（2005/2013）

基本ルールブックに載っていない新たな魔道書の追加、異界の種族、アーティファクト・呪文・クリーチャーの追加に加えて、キーパー・スクリーンを同梱したもの。

2013年の改訂新版では、異界の機械約40種を紹介した新章「ミソス・エクス・マキナ」を加えている。

◻クトゥルフ神話TRPG マレウス・モンストロルム（2008）

クトゥルフ神話関連のあらゆる神格やクリーチャー380種を紹介する怪物事典。クトゥルフ神話由来のものから、一般のホラー・クリーチャーまで多数を網羅する。

◻クトゥルフ神話TRPG クトゥルフ神話怪物図鑑（2016）

「野外観察図鑑（フィールドガイド）」の体裁をとって遭遇と目撃の観点から、クトゥルフ神話の神格やクリーチャーを大量のカラーイラストにより詳細に図説する。

◻クトゥルフ神話TRPG クトゥルフ2010（2010）

現代日本を舞台に、各種装備、組織、科学などといった設定から、各種選択ルールな

ど、今日の日本における、険に欠かせない各種解説／データを収録している。またすべて現代日本を舞台としたシナリオを3本収録。

クトゥルフ神話TRPG　クトゥルフカルト・ナウ（2013）

現代日本に潜むさまざまなカルトをゲームに導入するためのソースブック。人間に扮したクリーチャー集団、新興宗教、先端企業、血族など、さまざまな形態のカルトを一挙に10種類紹介し、その目的、歴史、カルティストやシナリオフックなど、キーパーが現代日本シナリオを制作する際の強力なツールとなるようデザインされている。シナリオも4本収録。

クトゥルフ神話TRPG　クトゥルフ2015（2015）

現代日本を舞台に、邪神、クリーチャー、カルティストらに立ち向かう探索行を扱うものだ。より個性的な探索者の創造のための記事や、古代からのメッセージである各種アーティファクトの創造、科学とクトゥルフ神話、探索者を支援してくれる個人・組織、新しい武器データなどを追加。

クトゥルフ神話TRPG　モジュラー・クトゥルフ（2016）

キーパーとプレイヤーに対し、容易に組み合わせ可能な「建物・施設」の設定とイメージを提供。収録された「建物・施設」には、「病院」「大学」「博物館」「公園」「孤島の工場（と観光地）」「図書館」「寺院」「役所」「警察署」などがあり、シナリオは現代日本を舞台としたものを3本、1920年代アメリカのラヴクラフト・カントリーを巡業するカーニバルを舞台とするものを1本収録。

クトゥルフ神話TRPG　シナリオ集　アカシック13（2018）

日本オリジナル・シナリオ集。13本のシナリオを収録。多くは幽霊屋敷、廃病院、キャンプ場、学校、近海フェリー、海底の沈没船、放送スタジオといった、ごく身近な場所に起こるクトゥルフ神話の恐怖をテーマとし、3時間程度でのプレイが可能である。

クトゥルフ神話TRPG　インスマスからの脱出（2011）

「インスマスを覆う影」の舞台インスマス

を再現したソースブック。インスマスの詳細な情報と3本のシナリオを収録。

クトゥルフ神話TRPG　ダニッチの怪（2012）

「ダニッチの怪」の舞台を再現したソースブック。「ダニッチの怪」事件のあとに設定された本格的なシナリオ"ダニッチへの帰還"とミニ・シナリオ"地と天と命あるもの"が収録されるほか、ダニッチ周辺をカバーする大判マップが付属している。

クトゥルフ神話TRPG　ミスカトニック大学（2013）

「ラヴクラフト・カントリー・シリーズ」の一冊、1920年代末のミスカトニック大学を再現。大学の教授陣、スタッフ、学生といった人物、魔道書などの神話アイテム、新しい呪文などを紹介している。ミスカトニック大学の学生を創造するためのルールや単位取得のためのガイド、寮や食事、クラブ活動など、学生探索者を楽しむための情報も収録。「死体蘇生者ハーバート・ウェスト」の後日譚となるシナリオ「生半可な知識は」を収録。

クトゥルフ神話TRPG　アーカムのすべて　完全版（2014）

「ラヴクラフト・カントリー・シリーズ」の一冊で、ラヴクラフトが描いた1920年代末のアーカムを"クトゥルフ神話TRPG"のソースブックとして再現したもの。シナリオは4本、大判地図を収録。2004年に新紀元社から出たものを改訂し、KADOKAWA／エンターブレインから刊行し直した。

クトゥルフ神話TRPG　キングスポートのすべて（2016）

「ラヴクラフト・カントリー・シリーズ」の一冊。ラヴクラフトが「魔宴」などで描いた1920年代末のキングスポートを紹介する。シナリオは他のソースブックから翻訳したものを含め4本収録。

クトゥルフ神話TRPG　クトゥルフと帝国（2005）

1920～30年代（大正末期から昭和初期）の日本を舞台にしたソースブック。

クトゥルフ神話TRPG　比叡山炎上（2006）

戦国日本、特に、織田信長の時代を扱った独立型ルールブック。日本版『ダークエイジ』を想定しており、同じベーシック・ロールプレイングシステムではあるもの、戦国奇譚を再現するため、術、修羅技能、戦場ルールなどを取り込み、独自のシステムとなっている。単独で遊べる。

クトゥルフ神話TRPG ラヴクラフトの幻夢境（2009）

探索者が地球のドリームランドへ向かい、そこで探索するために必要な解説、データ、シナリオ6本をすべて1冊にまとめたもの。セレファイス、ウルタールといった土地、アタルやクラネス王といった人物、新しい神格やクリーチャー、ドリームランドならではの強力な呪文などを紹介。

クトゥルフ神話TRPG クトゥルフ・バイ・ガスライト（2014）

19世紀末、ヴィクトリア朝イギリスを舞台に"クトゥルフ神話TRPG"をプレイするためのソースブック。ホームズ、ヘルシング、クォーターメインなどの有名キャラクターたちとともに冒険できるようになる。シナリオ3本収録。

クトゥルフ神話TRPG クトゥルフ・フラグメント（2015）

オムニバス形式のソースブック。療養所、猫の探索者、古代ギリシャ、幕末、1950年代アメリカ、そしてタイム・トラベルという設定が楽しめる。

クトゥルフ神話TRPG クトゥルフ・コデックス（2017）

オムニバス形式のソースブック。さまざまな時代や状況を扱ったシナリオあるいは設定が5本収録されている。扱うテーマは、オークション、平安京、ホラー映画の世界、旧石器時代、20世紀末のスペースシャトル事故。巻末には神話存在の犠牲者の死にざまを描写した「死亡報告」を収録。

クトゥルフ神話TRPG シナリオ集 星辰正しき刻（2018）

シナリオ集。現代アメリカに顕現したクトゥルフ神話存在にまつわるシナリオ9本と、星辰とルルイエの浮上を考察したエッセイ1編が収められている。

クトゥルフ神話TRPG クトゥルフ・タブレット（2019）

オムニバス形式のソースブック。さまざまな時代や状況を扱った特徴あるシナリオあるいは追加ルール/データが8本収録されている。現代日本、ゾンビ探索者、近未来の月、アメリカ南北戦争、1920年代の客船、海底探査、平安京など。巻末には19世紀末から20世紀初頭に登場した珍しい武器の解説とデータを収録。

クトゥルフ神話リプレイ るるいえあんてぃーく シリーズ（2009-）

内山靖二郎とアーカム・メンバーズによるTRPGリプレイ。奇妙な骨董屋「るるいえ堂」を舞台にする。大人気を博し、2020年現在10巻まで刊行されている。

クトゥルフ神話TRPG VS いい大人達 リプレイ 生放送で邪神召喚！（2015）

ゲーム実況グループ「いい大人達」によるセッションを、アーカム・メンバーズの坂東真紅郎がリプレイに仕立てたもの。実況者たち自身を探索者としてデータ化し、生放送中に怪異に襲われるというメタフィクション仕立てのストーリーとなっている。

クトゥルフ神話TRPG リプレイ 御津門学園ゲーム部の冒涜的な活動（2014）

内山靖二郎とアーカム・メンバーズによるTRPGリプレイ。タイトル通り、ミスカトニック大学をもじった御津門学園ゲーム部を主人公とする。タイトル通り、ミスカトニック大学をもじった御津門学園ゲーム部の面々を主人公としており、そのプレイヤーとしてライトノベル作家の築地俊彦、田口仙年堂、井上堅二が参加している。

クトゥルフ神話リプレイ セラエノ・コレクション・シリーズ（2017-）

内山靖二郎とアーカム・メンバーズによるTRPGリプレイ。ひょんなことから大財閥の極秘アーティファクト管理機関に所属することになった探索者たちの奮闘を描く。

クトゥルフ神話TRPG ノベル オレの正気度が低すぎる（2019）

内山靖二郎による小説。ごく普通のゲームプレイヤーが、12歳の探索者として『クトゥルフ神話TRPG』の世界に入り込んでしまう。

□クトゥルフ神話入門　るるいえびぎなーず
　（2012）

　内山靖二郎とアーカム・メンバーズによる
『クトゥルフ神話TRPG』の入門ガイド。

✛クトゥルフ・ワールドツアー

　2011-12年に、アークライトから刊行され
た日本オリジナル・ソースブック

□クトゥルフ・ワールドツアー　クトゥル
　フ・ホラーショウ（2011）

　怪物もの、ゾンビもの、動物パニックもの
など、時に愛情を込めて「B級」などと呼ば
れる映画たちをテーマに、『クトゥルフ神話
TRPG』で遊ぶためのソースブック

□クトゥルフ・ワールドツアー　忌まわしき
　古代遺跡（2011）

　遺跡をテーマ。無数にあるクトゥルフ神話
に関連する遺跡の中から、オーストラリアに
あるイスの偉大なる種族、無名都市、そして
オリジナルで日本の石見銀山にあるというミ
＝ゴの遺跡を取り上げる。また、ニャルラト
テップの神殿が舞台となるシナリオ「トート
の剣」を翻訳して収録。

□クトゥルフ・ワールドツアー　ナチス邪神
　帝国の陰謀（2012）

　第二次世界大戦を引き起こしたナチス・ド
イツの神話的事実を楽しむためのソースブッ
ク。ヒトラーとドイツ第三帝国を解説。戦場
での正気度ルールを追加したほか、新職業や
大戦時の各国の標準的な小火器、火砲、戦車
のデータを紹介。シナリオ3本を掲載。

✛新紀元社

□クトゥルフ　ダークエイジ（2005）

　中世ヨーロッパを舞台に剣と知恵でクトゥ
ルフ神話に立ち向かうルールブック。『クト
ゥルフ神話TRPG』とゲームの基本構造は一
緒であるが、時代設定の違いから、独立型ル
ールブックとなっており、単独で遊べる。

□コール　オブ　クトゥルフd20（2003）

　2004年の本書初版発売時にはこれが唯一の
ゲームであった。「d20」とは、元祖TRPG
『ダンジョンズ＆ドラゴンズ』の第3版に採用
されている基幹システムで、20面サイコロ
（d20）を使用することから、こう呼ばれる。

ウィザーズ・オブ・ザ・コーストの『Call of
Cthulhu d20 』（2002年）の翻訳。キャラクタ
ーの装備や、神話クリーチャーや神々などの
データがすべてd20システムで扱われている。
d20システムは、オープンライセンスになっ
ており、アメリカを中心に多くのゲーム会社
が対応の設定集やデータ集を出版している。
そのため、クトゥルフ神話世界をさまざまな
設定で体験するにはもってこいのシステムで
ある。『ダンジョンズ＆ドラゴンズ』はホビ
ージャパンより日本語版が出版されており、
ファンタジー世界のさまざまなデータが手に
入る。

□クトゥルフ神話TRPGシナリオ集　七つの
　怪談（2007）

　Role&Rollシリーズの一環として、新紀元
社から刊行された日本オリジナルのシナリオ
集。内山靖二郎、東真紅郎のアーカム・メン
バーに加えて、友野詳、川人忠明、朱鷺田祐
介、高平鳴海、倉樫澄人のゲストライターを
加え、7人がそれぞれ個性あふれるシナリオ
を提供した。

□クトゥルフ神話カルトブック　エイボンの
　書（2008）

　本書はハイパーボリアの大魔道士エイボン
が遺したといわれる魔道書『エイボンの書』
の再現を試みたものである。C・A・スミス、
リン・カーターが遺した『エイボンの書』の
一部に、リチャード・ティアニー、ローレン
ス・J・コーンフォード、ジョン・R・フル
ツといった作家陣が新たな作品を提供し、ク
トゥルフ神話大系の研究者ロバート・M・プ
ライス氏が編纂した、クトゥルフ神話アンソ
ロジー。ラヴクラフト、ダーレス亡き後のク
トゥルフ神話をリードしたリン・カーターの
遺産というべき小説短編集である。

□エンサイクロペディア・クトゥルフ
　（2007）

　ダニエル・ハームズの『The Encyclopedia
Cthulhiana』の翻訳。クトゥルフ神話に登場
する神格、アーティファクト、人物、魔道
書、異界の種族、都市、惑星など膨大な情報
が約900の項目に収録されている。

□クトゥルフ神話TRPGリプレイ　みなせゼ
　ミの名状しがたき夏休み（2010）

Role&Roll Booksの一環として新紀元社から刊行された内山靖二郎とアーカム・メンバーズによるTRPGリプレイ。大学の研究室の面々が日本各地の怪異に挑む。

◻ クトゥルフと帝国リプレイ 白無垢の仮面（2006）

Role&Roll Booksの一環として新紀元社から刊行された内山靖二郎とアーカム・メンバーズによるTRPGリプレイ。『クトゥルフ神話TRPG クトゥルフと帝国』刊行に合わせ、大正時代の末期から探索が始まり、オリジナルの秘密結社である佐比売党をめぐる奇怪な事件に巻き込まれていく。

◻ アート・オブ・クトゥルフ（2013）

2006年にファンタジー・フライト・ゲームズから出版された『The Art of H.P. Lovecraft's Cthulhu Mythos』の翻訳。同社のボードゲームや、ケイオシアムの『Call of Cthulhu』シリーズなどに使用されたイラストを多数収録している。

◻ 異世界TRPG伝説 ヤンキー＆ヨグ＝ソトース（2017）

平野累次（冒険企画局）デザインによる異世界でクトゥルフ神話の邪神とヤンキーが戦うというRPG。冒険企画局のサイコロ・フィクション・システムを搭載。サプリメントとして「マイルドヤンキー＆ミ＝ゴ」（2017）「ジャイアントヤンキー＆ガタノソア」（2018）があり、後者では。巨大怪獣バトルに対応した。

✛グループSNE

◻ 暗黒神話TRPGトレイル・オブ・クトゥルー（2020年予定）

イギリスのペルグレイン・プレスが2008年から展開している『Trail of Cthulhu』の翻訳版。同社のガムシュー・システムを用いた調査重視のシステムを搭載している。

✛ホビージャパン

同社は日本で最初にケイオシアムの『Call of Cthulhu』を翻訳し、『クトゥルフの呼び声』RPGのタイトルのもと、版を更新しつつ、展開していたが、90年代中盤に展開が終了した。システムとしては『クトゥルフ神話』と同じBRPであるが、エンターブレイン/KADOKAWAで復活する際、諸般の事情で『クトゥルフ神話TRPG』となった。

◻ クトゥルフの呼び声（1986）

日本で最初のクトゥルフ神話TRPG。翻訳のテキストとしてケイオシアムの『Call of Cthulhu 第2版』（1983年）を用いている。日本語版では『Cthulhu Companion』の一部も収録されている。ボックスには、ルールブック、シナリオブック、1920年代資料集のほか、クトゥルフ世界地図1枚、キャラクターシート、ペーパーフィギュア、各種サイコロなどが同梱された。

◻ クトゥルフの呼び声 改訂版（1993）

1993年に出版された。やはりケイオシアムの『Call of Cthulhu 第5版』（1992年）の翻訳。この第5版は、ルール、クトゥルフ神話に関する資料、シナリオ4本、キャラクターシートなどが1冊にまとめられたもので、従来の版から大幅に再編集されたものだった。

◖シナリオ/資料集/関連書籍

ホビージャパンからは『クトゥルフの呼び声』（新版も含め）用に次の関連商品、書籍が出版されていた。

◻ ウェンディゴへの挑戦（Alone against the Wendigo）（1986）

カナダの密林探検を題材としたパラグラフ形式のソロシナリオ。

◻ ヨグ＝ソトースの影（Shadows of Yog-Sothoth）

1920年代が舞台。邪神復活を企む秘密結社と戦うキャンペーンシナリオ。（1986）

◻ 療養所の悪魔（The Asylum and other Tales）（1987）

それぞれ独立した短編7本から成るシナリオ集。

◻ ユゴスからの侵略（The Fungi from Yuggoth）（1987）

1920年代が舞台。世界の大企業に潜む影。キャンペーンシナリオ。

◻ クトゥルフ コンパニオン（Cthulhu Companion, Fragments of Fear, Keeper's Screen）（1987）

追加設定、スクリーンなどのモジュール。

『Cthulhu Companion』の残りと『Fragments of Fear』、『Keeper's Screen』で構成。

❏ クトゥルフ バイ ガスライト (Cthulhu by Gaslight) (1988)

1890年代のロンドンを舞台としたサプリメント。

❏ 黄昏の天使 (1988)

ホビージャパンが独自に出した、現代日本（1980年代）を舞台にしたキャンペーンシナリオ。著者は有坂純。

❏ ニャルラトテップの仮面 (Masks of Nyarlathotep) (1989)

1920年代が舞台。本格的なキャンペーンシナリオで舞台となる当時の大都市を5冊のシナリオブックでプレイ。上級者向け。

❏ クトゥルフ・ナウ (Cthulhu Now) (1989)

現代を舞台にして"クトゥルフの呼び声"を楽しむためのモジュール。

❏ アーカムのすべて (Arkham Unveiled) (1991)

アーカムとその周辺地図、建物、人物などの徹底ガイド。シナリオブック、アーカム地図も収録。

❏ 13の恐怖 (Blood Brothers) (1991)

ホラー映画を題材にしたシナリオ13本を収録。

❏ クトゥルフスーパースクリーン (1993)

1920年代アメリカの資料集である『1920s Investigators' Companion』を底本に、A4バインダーにとじられるように加工、ゲーム中に参照するさまざまなチャート類を配したスクリーンページ（日本独自のもの）を収録している。

1920年代アメリカの資料集では当時のアメリカの社会構造、文化、風俗、娯楽、交通手段などがひととおり網羅されている。（ゲームに）実用的なところでは、各種火器のデータが記載されている。

❏ クトゥルフモンスターガイド (S. Petersen's Field Guide to Cthulhu Monsters) (1989)

クトゥルフ神話のモンスター27種をイラストと文章で解説。生物学図鑑を想定した構成で、「目撃」したモンスターの特徴（出す音、色、翼、表皮など）からモンスターの名前がわかるようになっている。

❏ クトゥルフモンスターガイドII (S. Petersen's Field Guide to Creatures of the Dreamlands) (1989)

ドリームランドの地図、モンスターを解説。

❏ クトゥルフ神話図説 (1994)

上記の『クトゥルフモンスターガイド』、『クトゥルフモンスターガイドII』の合本。

❏ アーカム・ホラー (1988)

ボードゲーム。プレイヤーはそれぞれ単独の探索者となり、アーカムの街に出現した〈門〉から出現したモンスターを撃退し、〈門〉を閉じるのだが、普通のボードゲームと異なり、プレイヤーどうしの間に勝ち負けはない。全員勝利するか、あるいは全員敗北するかだ。人類の危機を防ぐゲームだから当然と言えよう。〈ティンダロスの猟犬〉は建物のあるところ（つまり「角」のあるところ）でしか出現しないなどといった、"クトゥルフ神話"のツボはちゃんと押さえてある。

❏ クトゥルフハンドブック (1988/1993)

山本弘著。クトゥルフ神話の誕生と紹介。1920年代アメリカの紹介、参考書籍リスト、プレイガイド、リプレイなどプレイ/マスタリングに非常に役立つ一冊。なお1993年には『クトゥルフの呼び声』改訂版の発売に合わせ、改訂新版が出版された。

✛ ケイオシアム (Chaosium)

ケイオシアムからは1981年以来、膨大な点数のクトゥルフ神話TRPGとその関連商品が出版されている（タイトルのあとの角括弧は製品名を表す）。

◘ ルールブック （発売年順）

❏ Call of Cthulhu [2009-X] (1981)

最初のルールブック。深さ2インチのボックス版に「Basic Role-Playing」（基本ルール）、「Call of Cthulhu」ルール、資料集などが同梱。

❏ Call of Cthulhu 2nd printing [2009-X] (1982)

深さ1インチのボックス版。

❏ Call of Cthulhu Designer's edition [2009-X] (1982)

サンディ・ピーターセンのサイン入り200部限定版。深さ2インチのボックス版に［2010］を同梱。

❏ Call of Cthulhu 2nd Edition [2301-X] (1983)

ルールブック第2版（ボックス版）。

❏ Call of Cthulhu 3rd Edition [2301-X] (1986)

ルールブック第3版（ボックス版）。

❏ Call of Cthulhu, Third Edition, Hardback Volume 3rd Edition [2317-H] (1986)

イギリスで制作されたハードカバー版。ルールブック第3版と［2304］の内容を合わせ、カラーイラストも追加された。

❏ Call of Cthulhu 4th Edition [2324] (1989)

ルールブック第4版。2刷では目次が大幅に修正された。

❏ Call of Cthulhu 5th Edition [2336] (1992)

ルールブック第5版。

❏ Call of Cthulhu 5th Edition [2336] (1993)

ルールブック第5版（5.1）。

❏ Call of Cthulhu 5th Edition [2350] (1993)

ルールブック第5版（5.1.1）。ハードカバーの限定版で製品番号も異なる。

❏ Call of Cthulhu 5th Edition [2336] (1994)

ルールブック第5版（5.1.2）。

❏ Call of Cthulhu 5th Edition [2336] (1995)

ルールブック第5版（5.2）。

❏ Call of Cthulhu 5th Edition [2376] (1998)

ルールブック第5版（5.5）。表紙が一新された。

❏ Call of Cthulhu 5th Edition [2386] (1999)

ルールブック第5版（5.6）。ハードカバー。

❏ Call of Cthulhu 5th Edition [2386] (2001)

ルールブック第5版（5.6.1）。ハードカバー。

❏ Call of Cthulhu, 20th Anniversary Edition 5th Edition [2399] (2001)

"Call of Cthulhu" 20周年記念ハードカバー版。ドイツで出版された第5版ルールブックのレイアウトを踏襲している。表紙に赤のエルダーサインが刻印されている。

❏ Call of Cthulhu, 20th Anniversary Edition (Contributors edition) 5th Edition [2399] (2001)

表紙に銅のエルダーサインが刻印され、それぞれに神話存在の名を冠した50部限定の制作者サイン入りルールブック。

❏ Call of Cthulhu, 20th Anniversary Edition (Miskatonic University Library edition) 5th Edition [2399] (2001)

表紙に金のエルダーサインが刻印された、300部限定の制作者サイン入りルールブック。

❏ Call of Cthulhu, 20th Anniversary Edition (Gen Con 2002 edition) 5th Edition [2399] (2002)

「Miskatonic University Library edition」をベースにした、20部限定の制作者サイン入りルールブック。

❏ Call of Cthulhu, 20th Anniversary Edition (Name edition) 5th Edition [2399] (2003)

「Contributors edition」がベースの、注文した名前の入った10部限定のルールブック。

❏ Call of Cthulhu 6th Edition [2396] (2004)

ルールブック第6版。ハードカバー版。

❏ Call of Cthulhu 6th Edition [23106] (2005)

ルールブック第6版。ソフトカバー版。

❏ Call of Cthulhu, 25th Anniversary Edition 6th Edition [2009h] (2006)

ルールブック第6版のcoc25周年ハードカバー版。表紙絵は［2009-X］と同一。

❏ Call of Cthulhu, 30th Anniversary Edition 6th Edition [23126] (2011)

ルールブック第6版のcoc30周年ハードカバー版。

❏ Call of Cthulhu, Keeper Rulebook 7th Edition [23135] (2015)

ルールブック第7版。クレジット表記は
「Call of Cthulhu (7th Edition)」である。
なお革装丁版、ハードカバー版、ソフトカバ
ー版がある。

❏ **Call of Cthulhu, Keeper Rulebook, Temple Edition 7th Edition [23135] (2015)**

キックスターターの高額投資者向けに制作
された25部限定の豪華装丁版。"Investigator
Handbook"とのセットであり、ドイツで印
刷された。またセットごとに異なる神格のオ
リジナルアートが付属した。

◎ルールブック以外で、商品番号が特殊またはないもの（発売年順）

❏ **Quick Start Cthulhu 6th Edition [なし] (2004)**

ルールブック第6版を元に、簡易ルールと
シナリオ「悪霊の家」を22ページにまとめ、
無料ダウンロードできたpdfファイル。モノ
クロとフルカラーの2種類ある。

❏ **BTMOM Game Aids [337] (2007)**

［2380］からプレイヤー資料等のみを抜き
出してまとめた冊子。

❏ **The Lightless Beacon [なし] (2019)**

2019年開催イベント用のシナリオ。ケイオ
シアムのファンコミュニティ「Cult of
Chaos」の専用掲示板から無料でダウンロー
ドできる。

◎ルールブック以外（商品番号順）

❏ **Shadows of Yog-Sothoth [2010] (1982)**

キャンペーンシナリオ（1刷）。

❏ **The Asylum and Other Tales [2012] (1983)**

オムニバスシナリオ集（1刷）。

❏ **Shadows of Yog-Sothoth 2nd printing [2302] (1982)**

キャンペーンシナリオ（2刷）。

❏ **The Asylum and Other Tales 2nd printing [2303] (1983)**

オムニバスシナリオ集（2刷）。

❏ **Cthulhu Companion [2304] (1983)**

シナリオ4本＋追加資料。

❏ **The Fungi from Yuggoth [2305] (1984)**

4つの大陸にまたがるキャンペーンシナリ
オ（1刷）。

❏ **The Fungi from Yuggoth 2nd printing [2305] (1987)**

4つの大陸にまたがるキャンペーンシナリ
オ（2刷）。

❏ **Curse of the Chthonians [2306] (1984)**

シナリオ4本＋カバラに関する記事を収録。

❏ **Masks of Nyarlathotep [2307-X] (1984)**

5つの都市を巡るボックス版キャンペーン
シナリオ。

❏ **The Trail of Tsathogghua [2308] (1984)**

3本のシナリオ集。

❏ **Call of Cthulhu Keeper's Screen [2309] (1985)**

ルールブック第2版対応のキーパースクリ
ーン（正面に大いなるクトゥルフのイラスト）。

❏ **Fragments of Fear [2310] (1985)**

シナリオ2本＋追加資料。

❏ **Alone Against the Wendigo [2311] (1985)**

カナダが舞台の1人用シナリオ。

❏ **Alone Against the Dark [2312] (1985)**

4人の探索者を用いる1人用シナリオ。

❏ **Terror from the Stars [2313] (1986)**

シナリオ2本＋ゲームテクニック記事。

❏ **Cthulhu by Gaslight [2314-X] (1986)**

1890年代イギリスの資料集。ボックス版。

❏ **H.P. Lovecraft's Dreamlands [2315-X] (1986)**

ドリームランドの資料集。ボックス版でシ
ナリオは6本。

❏ **Spawn of Azathoth [2316-X] (1986)**

ボックス版キャンペーンシナリオ。

❏ **The Statue of the Sorcerer & The Vanishing Conjurer [2318]**

(1986)

イギリスで制作された。シナリオ2本を上下逆に綴じて1冊としている。

❏ Terror Australis [2319] (1987)

1920年代オーストラリアの資料集＋シナリオ3本。

❏ Green and Pleasant Land [2320] (1987)

イギリスで制作された1920～30年代イギリスの資料集。

❏ The Great Old Ones [2321] (1989)

6本のシナリオ集。巻末に日本語版を含む各国の探索者シートが収録された。

❏ Cthulhu Now [2322] (1987)

現代（1980年代）の資料＋シナリオ。

❏ Keeper's Screen [2323] (1988)

ルールブック第3版対応のキーパースクリーン（正面には抵抗表）。

❏ Arkham Unveiled [2325] (1990)

架空の町アーカムの資料集＋シナリオ。

❏ At Your Door [2326] (1990)

現代（1990年代）アメリカが舞台のキャンペーンシナリオ。

❏ Mansions of Madness [2327] (1990)

館をテーマにした5本のシナリオ集。

❏ Fatal Experiments [2328] (1990)

3本のシナリオ集＋昔の銃火器に関する記事とデータ。

❏ Blood Brothers [2329] (1990)

ホラー映画を題材にした13本のシナリオ集。

❏ Return to Dunwich [2330] (1991)

架空の町ダニッチの資料集＋シナリオ。

❏ Horror on the Orient Express [2331] (1991)

キャラメル式箱に入ったキャンペーンシナリオ。1920年代のヨーロッパを横断する。

❏ Dark Designs [2332] (1991)

1890年代イギリスが舞台の4本のシナリオ集（1刷）。

❏ Dark Designs 2nd printing [2332] (2008)

1890年代イギリスが舞台の4本のシナリオ集（2刷）。

❏ Kingsport: The City In The Mists [2333] (1991)

架空の町キングスポートの資料集＋シナリオ。

❏ Tales of the Miskatonic Valley [2334] (1991)

ラヴクラフト・カントリーを舞台にした6本のシナリオ集。

❏ Fearful Passages [2335] (1992)

乗り物が題材の9本のシナリオ集。

❏ The Stars are Right! [2337] (1992)

現代（1990年代）アメリカが舞台の7本のシナリオ＋記事。

❏ Escape from Innsmouth [2338] (1992)

架空の町インスマスの資料集＋シナリオ。

❏ The Thing at the Threshold [2339] (1992)

3部作のキャンペーン。

❏ Blood Brothers 2 [2340] (1992)

［2329］の続編で、ホラー映画を題材にした9本のシナリオ集。

❏ Adventures in Arkham Country [2342] (1993)

ラヴクラフト・カントリーを舞台にした5本のシナリオ集。

❏ Adventures in Arkham Country 2nd Edition [2342] (1997)

［2342］の表紙を変えた第2版。

❏ 1920s Investigators' Companion [2343] (1993)

当時の社会情勢や人物の説明、武器データなどを収録した「Volume1」。

❏ Keeper's Compendium [2344] (1993)

魔道書やカルト教団、異界の種族や場所の解説。

❏ Sacraments of Evil [2345] (1993)

ヴィクトリア朝時代イギリスを舞台にした6本のシナリオ集。

❏ 1920s Investigators' Companion Volume II [2346] (1994)

［2343］の第2弾で、追加の職業や技能の説明などを収録。

❏ The London Guidebook [2347] (1996)

1920年代ロンドンの資料＋シナリオ。

❏ King of Chicago [2348] (1994)
ギャングもののシナリオ2本と記事。

❏ Ye Booke of Monstres [2349] (1994)
神話存在69種の解説やデータを収録した「Volume I」。

❏ The Cairo Guidebook [2351] (1995)
1920年代カイロの町やピラミッド、人々を紹介している。

❏ Miskatonic University [2352] (1995)
ミスカトニック大学の歴史や施設、人物の解説を収録。

❏ Strange Aeons [2353] (1995)
16世紀スペイン、近未来（2015年）、17世紀ロンドンを舞台にした3本のシナリオ集。

❏ Taint of Madness [2354] (1995)
狂気の症例や精神病院施設の紹介。

❏ 1990's Handbook [2355] (1995)
現代（1990年代）のテクノロジーや武器、公的機関や犯罪組織の解説、シナリオフックを収録。

❏ The Compact Arkham Unveiled 2nd Edition [2356] (1995)
[2325] を一部修正し、シナリオを省いた第2版。別途地図および新聞が付属。

❏ In the Shadows [2357] (1995)
3本のシナリオ集。

❏ Ye Booke of Monstres II [2358] (1995)
[2349] の第2弾で、神話存在59種の解説やデータを収録。

❏ Horror's Heart [2359] (1996)
カナダのモントリオールを舞台にしたショートキャンペーン。

❏ Utatti Asfet: The Eye of Wicked Sight [2360] (1996)
現代（1990年代）が舞台のキャンペーンシナリオ。

❏ The Complete Masks of Nyarlathotep 3rd Edition [2361] (1996)
新たに1章を加え、サイドイベント等を加えた第3版。なおクレジット表記は「Masks of Nyarlathotep Third Edition」である。

❏ The Complete Masks of Nyarlathotep 3rd Edition [2361] (2001)
「Masks of Nyarlathotep Third Edition」（2刷）。表紙レイアウトが少し異なる。

❏ The Complete Masks of Nyarlathotep 3rd Edition [2361] (2006)
「Masks of Nyarlathotep Third Edition」（3刷）。

❏ The Complete Masks of Nyarlathotep 3rd Edition [2361h] (2006)
[2361] の限定ハードカバー版（A New Hardback Edition）。表紙絵が全面に広がり、裏表紙にcoc25周年のロゴがある。

❏ The Compact Trail of Tsathoggua 2nd Edition [2362] (1997)
[2308] から関連の薄い1本を省き、2部作シナリオのみ収録された。

❏ The Complete Dreamlands 4th Edition [2363] (1997)
多くの改訂や拡張要素を加えた第4版。シナリオは2本収録のみとなり、別途地図が付属する。なおクレジット表記は「Dreamlands Fourth Edition」である。

❏ A Resection of Time [2364] (1997)
全2章のシナリオ冊子。

❏ Minions [2365] (1997)
15の短いシナリオ場面を集めて紹介したもの。

❏ Arkham Sanitarium [2366] (1997)
ゲームの雰囲気を高めるため、診断書など医療関係の書式を集めたもの。

❏ Secrets [2367] (1997)
現代（1990年代）を舞台とした4本の初心者向けシナリオ集。

❏ The Dreaming Stone [2368] (1997)
ドリームランドにまつわる7部作のキャンペーンシナリオ。

❏ The New Orleans Guidebook [2369]（1997）

1920年代のアメリカ南部の都市ニューオーリンズの資料＋シナリオ。

❏ The 1920s Investigator's Companion [2370]（1997）

[2343] と [2346] をまとめ、当時の価格表や法医学の記事を追加した資料集。

❏ The 1920s Investigator's Companion 2nd printing [2370]（2001）

"The 1920s Investigator's Companion"（2刷）。

❏ The 1920s Investigator's Companion 3rd printing [2370]（2007）

"The 1920s Investigator's Companion"（3刷）。表紙レイアウトが一部変更になり、裏表紙にcoc25周年記念ロゴがある。

❏ Escape from Innsmouth 2nd Edition [2371]（1997）

[2338] の表紙を変えて改訂増補した第2版。別途地図が付属。

❏ The Bermuda Triangle [2372]（1998）

中南米沖の大西洋に位置するバミューダ海域を扱った資料集＋シナリオ。

❏ Dead Reckonings [2373]（1998）

ラヴクラフト・カントリーを舞台にした3本のシナリオ集。

❏ Day of the Beast [2374]（1998）

[2305] [3306] を改訂し、3本のシナリオを追加したキャンペーン。

❏ The Creature Companion [2375]（1998）

[2349] と [2358] をまとめ、神話怪物58種および神格・化身66種、計124種の解説やデータを収録。

❏ Before the Fall [2377]（1998）

ラヴクラフト・カントリーを舞台にした、公的機関の手入れを受ける前のインスマスに焦点を当てた長編シナリオ。

❏ Last Rites [2379]（1999）

現代（1990年代）を舞台とした4本のシナリオ集。

❏ Beyond the Mountains of Madness [2380]（1999）

1930年代の南極を探検するキャンペーンシナリオ。

❏ Beyond the Mountains of Madness A New Hardback Edition [2380]（2006）

[2380] の限定ハードカバー版。別途南極地図が付属し、裏表紙にcoc25周年のロゴがある。

❏ Miskatonic University Antarctic Expedition Pack [2381]（1999）

[2380] のプレイヤー資料の一部や地図に加え、ワッペンやポストカード等のグッズを同梱したセット。

❏ Cthulhu Introduction Pack [2382]（1999）

"The Compact Trail of Tsatoghua"、"The 1920's Investigator's Companion"、"The Creature Companion"、"Call of Cthulhu 5.5" の4つをセットにしたもの。

❏ Elder Party Nomination Kit [2383]（1999）

2000年アメリカ大統領選に合わせたポスターやステッカー類のセット。

❏ Unseen Masters [2384]（2001）

現代（2000年代）アメリカが舞台の、キャンペーンにもできる長編シナリオ3本を収録したシナリオ集。

❏ No Man's Land [2385]（1998）

第一次世界大戦の戦場を舞台にした2部作のシナリオ。当時の装備や狂気に関する記事もある。

❏ The Call of Cthulhu Keeper's Screen [2387]（2000）

ルールブック第5版対応のキーパースクリーン（正面には怪物のイラスト）。シナリオ冊子や各種シートが同梱されている。

❏ The Keeper's Companion, Vol. 1 [2388]（2000）

[2344] の記事の他、キーパーへのアドバイスやアーティファクトの解説を加えた冊子。

❏ Miskatonic University [2389]（2005）

[2352] をはじめとした過去のソースブッ

クからミスカトニック大学関連の情報を集めた資料＋シナリオ。

❏ **Secrets of Japan [2392] (2005)**

日本を扱った資料集＋シナリオ。内容は1990年代の社会風俗を反映し、一般的なアメリカ人の好みに合わせたものとなっている。

❏ **Ramsey Campbell's Goatswood and Less Pleasant Places [2393] (2001)**

作家ラムジー・キャンベルの創造したイギリスの町ゴーツウッド周辺地域の資料集＋シナリオ。

❏ **H.P. Lovecraft's Dreamlands 5th Edition [2394] (2004)**

［2363］からページ数を増やしてシナリオ6本を収録した第5版。なおクレジット表記は「Dreamlands Fifth Edition」である。

❏ **The Keeper's Companion 2 [2395] (2002)**

［2388］の第2弾。禁酒法時代や武器の解説、過去に出版されたシナリオで取り上げた舞台や神話存在のリストがある。

❏ **Shadows of Yog-Sothoth 2nd Edition [2397] (2004)**

以前の"Shadows of Yog-Sothoth"から、レイアウトやイラスト等を一部変更した第2版。

❏ **Cthulhu Dark Ages [2398] (2004)**

ドイツで出版されたソースブックを元に制作された。西暦1000年前後のヨーロッパを舞台にプレイできる。

❏ **Cthulhu Classics [3301] (1989)**

"Shadows of Yog-Sothoth"に再販シナリオ4本を加えたもの。

❏ **H.P. Lovecraft's Dreamlands 2nd Edition [3302] (1988)**

［2315-X］を冊子にした第2版。カラーイラストなどが追加された。

❏ **Cthulhu by Gaslight 2nd Edition [3303] (1988)**

［2314-X］を冊子にした第2版。記事やカラーイラストが追加された。

❏ **Masks of Nyarlathotep 2nd Edition [3304] (1989)**

［2307-X］を冊子にした第2版。カラーイラストが追加された。

❏ **The Cthulhu Casebook [3305] (1990)**

"The Asylum and Other Tales"に再販シナリオ2本や記事を加えたもの。

❏ **Curse of Cthulhu [3306] (1990)**

"The Fungi from Yuggoth"にシナリオ3本を加えたもの。

❏ **Cthulhu Now 2nd Edition [3307] (1992)**

［2322］から、表紙を一新して記事を追加した第2版。

❏ **H.P. Lovecraft's Dreamlands 3rd Edition [3308] (1992)**

［3302］から、表紙を一新した第3版。

❏ **Miskatonic U. Doctoral Diploma [5101-D] (1987)**

ミスカトニック大学の博士号の証書。

❏ **Miskatonic U. Graduate Kit [5101] (1987)**

中世形而上学科の学士号証書などミスカトニック大学のグッズ集。証書は名入れサービス付きで単独販売もされた。

❏ **Miskatonic U. Master of Arts Diploma [5101-M] (1987)**

ミスカトニック大学の文学修士号の証書。

❏ **S. Petersen's Field Guide to Cthulhu Monsters [5105] (1988)**

神話存在の生態をカラーイラストと共に解説している。

❏ **Cthulhu Covers [5106] (1988)**

『ネクロノミコン』『屍食教典儀』『妖蛆の秘密』の表紙を模したブックカバー。

❏ **S. Petersen's Field Guide to Creatures of the Dreamlands [5107] (1989)**

ドリームランドにいる神話存在の生態をカラーイラストと共に解説している。

❏ **The Keeper's Kit [5108] (1989)**

ルールブック第4版対応のキーパースクリーン（正面には抵抗表）。シナリオ（死者のストンプ）やポスター、ステッカー類が付属している。

❏ **Cthulhu For President [5109] (1992)**

1992年アメリカ大統領選に合わせたポスタ

一等のグッズ。バッジ付。

❐ The Call of Cthulhu 5th Edition Keeper's Kit [5110] (1992)

　ルールブック第5版対応の4面のキーパースクリーン（正面にはドクロやシンボルマークのイラスト）。シナリオ冊子や霧の高みの不思議な家のペーパークラフトが同梱されている。

❐ Investigator Sheets [5111] (1993)

　ルールブック第5版の各時代対応の探索者シートをまとめたもの。

❐ Dire Documents [5112] (1993)

　ゲームの雰囲気を高める便せんや診断書といった書類をまとめたもの。

❐ Cthulhu For President [5113] (1996)

　1996年アメリカ大統領選に合わせたポスター等のグッズ。バッジ付。

❐ Cthulhu Live [6502] (1997)

　クトゥルフもののライブRPGのルールを紹介した冊子。

❐ The d20 Call of Cthulhu Gamemaster's Pack [8801] (2002)

　“コール オブ クトゥルフ d20”のソースブック。シナリオやエラッタ等を収録した冊子に、キーパースクリーンを同梱したセット。

❐ H.P. Lovecraft's Dunwich [8802] (2002)

　“コール オブ クトゥルフ d20”にも対応した、ダニッチの資料集＋シナリオ。

❐ H.P. Lovecraft's Arkham [8803] (2003)

　“コール オブ クトゥルフ d20”にも対応した、アーカムの資料集＋シナリオ。イラストの多くはCGで描かれている。

❐ H.P. Lovecraft's Kingsport [8804] (2003)

　“コール オブ クトゥルフ d20”にも対応した、キングスポートの資料集＋シナリオ。

❐ The Stars are Right! 2nd Edition [23100] (2004)

　[3302]にシナリオを2本追加した第2版。

❐ Spawn of Azathoth 2nd Edition [23101] (2005)

[2316-X] から、レイアウトやイラスト等を一部変更した第2版。

❐ Malleus Monstrorum [23102] (2006)

　神話存在など全381種類（独立種族61、奉仕種族70、唯一の存在5、旧き神9、グレート・オールド・ワン70、大いなるもの9、外なる神36、化身64、その他の神格8、超自然の存在13、自然界の生き物36）の解説やデータをまとめた資料集。

❐ Malleus Monstrorum special hardback [23102h1] (2006)

　[23102] に先がけて販売された限定ハードカバー版。表紙に旧き印が印刷されている。

❐ Secrets of New York [23103] (2005)

　1920年代のニューヨークを扱った資料集＋シナリオ。

❐ Tatters of the King [23104] (2006)

　ハスターにまつわるキャンペーン。

❐ Secrets of Morocco [23105] (2008)

　1920年代のモロッコを扱った資料集＋シナリオ。

❐ Pulp Cthulhu [23107] (2016)

　1930年代のパルプヒーローをプレイできるルール等を提供した冊子。ルールブック第7版のキックスターター特典として制作され、後に一般販売された。

❐ Secrets of San Francisco [23108] (2006)

　1920年代のサンフランシスコを扱った資料集＋シナリオ。

❐ Secrets of Kenya [23109] (2007)

　1920年代のケニアを扱った資料集＋シナリオ。

❐ Mansions of Madness 2nd Edition [23110] (2007)

　[2327]からレイアウトや地図を変更し、シナリオ1本が追加された第2版。

❐ Secrets of Los Angeles [23111] (2007)

　1920年代のロサンゼルスを扱った資料集＋シナリオ。

❏Terrors from Beyond [23113] (2009)

1920〜30年代の6本のシナリオ集。

❏Secrets of New Orleans 2nd Edition [23114] (2009)

[2369] の第2版。

❏Cthulhu Invictus [23115] (2009)

紀元1〜100年前後の古代ローマ帝国時代を扱った資料集＋シナリオ。

❏Arkham Now [23116] (2009)

現代（2000年代）のアーカムを扱った資料集＋シナリオ。

❏Strange Aeons II [23117] (2010)

多様な時代と場所を舞台にした9本のシナリオ集。

❏Masks of Nyarlathotep 4th Edition [23118] (2010)

著者の前書きや一部イラストを加えた第4版。なおクレジット表記は「Masks of Nyarlathotep Fourth Edition」である。

❏Masks of Nyarlathotep 4th Edition [23118] (2010)

[23118] の1,000限定ハードカバー版。

❏Cthulhu Invictus Companion [23119] (2011)

“Cthulhu Invictus” の舞台でプレイする3本のシナリオ集。

❏Keeper's Screen [23120] (2010)

ルールブック第6版対応のキーパースクリーン（表面には屋外にいる探索者のイラスト）にポスターが付属している。フランス語版のキーパースクリーンを元に制作された。

❏Curse of the Chthonians 2nd Edition [23121] (2011)

[2306] から、イラストの多くを入れ替えた第2版。

❏Atomic-Age Cthulhu [23122] (2012)

1950年代に焦点を当てた7本のシナリオ＋資料集。

❏Cthulhu by Gaslight 3rd Edition [23123] (2012)

[3303] から様々な要素を追加し、シナリオを入れ替えた第3版。

❏Canis Mysterium [23124] (2013)

1930年アーカム周辺が舞台のシナリオ。

❏The Two-Headed Serpent [23125] (2017)

[23107] 向けの、全9章にわたる1930年代キャンペーン。

❏The House of R'lyeh [23127] (2013)

ラヴクラフトの原作をテーマにした5本のシナリオ集。

❏Terror from the Skies [23128] (2012)

全10章のキャンペーン。

❏Secrets of Tibet [23129] (2013)

1920年代のチベットを扱った資料集＋シナリオ。

❏Horror on the Orient Express 2nd Edition [23130] (2014)

[2331] から大幅にシナリオ等を追加した第2版。キックスターターによって製作され、後に一般販売された。

❏Call of Cthulhu, 7th Edition QuickStart [23131] (2013)

当時は発売前だったルールブック第7版の簡易ルールに、シナリオ「悪霊の家」等をまとめ、無料ダウンロードできるようにしたpdfファイル。

❏Call of Cthulhu, 7th Edition Quick-Start [23131] (2016)

“Call of Cthulhu, 7th Edition QuickStart” からレイアウトを一新したもの。

❏Dead Light [23132] (2013)

当初はルールブック第7版のキックスターター特典として出資者に無料配布され、後に販売されたシナリオ。

❏Nameless Horrors [23133] (2015)

6本のシナリオ集。ルールブック第7版のキックスターター特典として制作され、後に一般販売された。

❏Ripples From Carcosa [23134] (2014)

ハスターにまつわる、時代の異なる3本のシナリオ集。

❏Call of Cthulhu 7th Edition (Hardcover) Slipcase Set

[23135-Slip]（2015）

［23135］［23136］［23137］を1つのケースに入れて販売したもの。

❏ **Call of Cthulhu 7th Edition Book Marks [23135_Bookmarks]（2016）**

本のしおりで、イラストと共にゲームの手順等が記載されている。

❏ **Call of Cthulhu 7th Edition Book Plates [23135_Bookplates]（2016）**

5種類の蔵書票。

❏ **Call of Cthulhu 7th edition Evidence File & Telegrams [23135-EvidenceFile]（2016）**

プレイの雰囲気を高める書類や電報フォーム。

❏ **Call of Cthulhu Stratigraph [23135-Stratigraph]（2016）**

45億年前〜紀元前2,500年のフルカラー年表。

❏ **Sanitarium Miskatonic University and Arkham forms bundle. [23135-Sanitarium Bundle-Zip]（2016）**

プレイの雰囲気を高める書類や証書類。

❏ **Call of Cthulhu, Investigator Handbook [23136]（2015）**

探索者のプレイヤーのためのガイドブック。クレジット表記は「Call of Cthulhu（7th Edition）」である。なおハードカバー版、革装丁版、ソフトカバー版がある。

❏ **Call of Cthulhu, Investigator Handbook, Temple Edition [23136]（2015）**

キックスターターの高額投資者向けに制作された25部限定の豪華装丁版。"Keeper Rulebook"とのセットであり、ドイツで印刷された。またセットごとに異なる神格のオリジナルアートが付属した。

❏ **Call of Cthulhu Keeper Screen Pack [23137]（2015）**

キーパースクリーン（全面に夜の屋外で活動する探索者のイラスト）、3枚の地図、そしてシナリオ冊子がセットになったもの。ルールブック第7版のキックスターター特典として制作され、後に一般販売された。

❏ **S. Petersen's Field Guide to Lovecraftian Horrors [23138]（2015）**

［5105］［5107］を元にイラストを一新して一冊にまとめたもの。ルールブック第7版のキックスターター特典として制作され、後に一般販売された。なおハードカバー版、ソフトカバー版がある。

❏ **Call of Cthulhu Keeper Decks [23139-KD]（2016）**

プレイに役立つカード。「The Curious Characters Deck」「The Phobia Deck」「The Unfortunate Events Deck」「The Weapons & Artifacts」の4つに各48枚のカードが入っている。4つはpdfファイルのみバラ売りされている。

❏ **Gateways To Terror [23140]（2019）**

短時間でプレイ可能な3本のシナリオ集。

❏ **The Grand Grimoire of Cthulhu Mythos Magic [23141]（2017）**

約550に及ぶ呪文を集めた資料集。

❏ **Cold Harvest [23143]（2014）**

1930年代後半のソビエト連邦を舞台にした資料集＋シナリオ。中身のレイアウトを修正してフルカラーにしたバージョンもある。

❏ **Cthulhu Dark Ages [23143]（2015）**

［2398］の改訂版（第2版に相当）で、イベント限定販売されたもの。なお製品番号が"Cold Harvest"と同一。

❏ **Alone Against the Flames [23145]（2014）**

1人用シナリオ。pdfファイルとして無料公開された。

❏ **Alone Against the Flames [23145]（2016）**

1人用シナリオ。レイアウトを一新したバージョン。

❏ **Cthulhu Through The Ages [23146]（2014）**

1890年代英国、幻夢境、古代ローマなどソースブックで追加された背景設定をルールブック第7版で運用するための変換ルール＋近未来の簡易設定2種。中身のレイアウトを修

正してフルカラーにしたバージョンもある。

❏ **Doors to Darkness [23148] (2016)**

5本の初心者向けシナリオ集。

❏ **Reign of Terror [23149] (2017)**

フランス革命（1789-1799）期を舞台にした2部構成のシナリオ。[23130]の悪役が登場する。

❏ **The Derelict [23150] (2016)**

2016年開催イベント用のシナリオ。ケイオシアムのファンコミュニティ「Cult of Chaos」の専用掲示板から無料でダウンロードできる。

❏ **Down Darker Trails [23151] (2017)**

19世紀後半のアメリカ西部を扱った資料集＋シナリオ。

❏ **Petersen's Abominations [23152] (2017)**

現代（2010年代）を舞台にした5本のシナリオ集。

❏ **Masks of Nyarlathotep - Leatherette Slipcase Set 5th Edition [23153-L] (2018)**

[23153]の革装丁版（Vol. ⅠとVol. Ⅱの2分冊）に、独自のKeeper Screen Pack（プレイヤー資料などの冊子が同梱されている）をセットにしたもの。

❏ **Masks of Nyarlathotep - Slipcase Set 5th Edition [23153-X] (2018)**

[23153]のハードカバー版（Vol. ⅠとVol. Ⅱの2分冊）に、独自のKeeper Screen Pack（プレイヤー資料などの冊子が同梱されている）をセットにしたもの。

❏ **Masks of Nyarlathotep: Dark Schemes Herald the End of the World 5th Edition [23153] (2018)**

多くの改訂を加え、序章を追加したキャンペーンの第5版。クレジット表記は「Masks of Nyarlathotep 5th Edition」である。

❏ **Alone Against the Dark 2nd Edition [23154] (2017)**

[2312]の第2版で、イラスト等を一新した1人用シナリオ。

❏ **Terror Australis 2nd Edition [23155] (2018)**

[2319]を大幅に改訂増補し、シナリオを一新した第2版。

❏ **Shadows Over Stillwater [23156] (2019)**

[23151]向けの、キャンペーンや町の設定集。

❏ **Scritch Scratch [23157] (2018)**

2018年開催イベント用のシナリオ。ケイオシアムのファンコミュニティ「Cult of Chaos」の専用掲示板から無料でダウンロードできる。

❏ **Call of Cthulhu Starter Set [23158-X] (2018)**

クイックスタート・ルールとシナリオ、サイコロ等をまとめたボックス版。

❏ **Dead Light and Other Dark Turns [23159] (2019)**

[23132]に、シナリオ1本を加えた冊子。

❏ **Berlin: The Wicked City [23161] (2019)**

1920〜30年代のベルリンを扱った資料集＋シナリオ。なお革装丁版がある。

❏ **A Cold Fire Within [23162] (2019)**

[23107]向けの、全9章にわたる1930年代キャンペーン。なお革装丁版がある。

❏ **The Shadow Over Providence [23163] (2019)**

1928年のプロヴィデンスを舞台にしたシナリオ。

❏ **Alone Against the Frost [23164] (2019)**

[2311]の第2版で、イラスト等を一新した1人用シナリオ。

❏ **Cthulhu Dark Ages 3rd Edition [23165] (2020)**

[23143]からページ数を増やした第3版。

❏ **Harlem Unbound 2nd Edition [23166] (2020)**

ニューヨークのハーレム地区を扱っている。以前の版はDarker Hue Studiosから出版されている。

❏ **Mansions of Madness Volume 1: Behind Closed Doors 3rd Edition**

[23167]（2020）

　[23110] から2本、新規に3本を収録したシナリオ集で、第3版に相当する。

❏ **Malleus Monstrorum 2nd Edition
[23170]（2020）**

　[23102] を再整理し、怪物創造の方法などを解説したもの。2020年7月現在、pdf版のみ販売されている。

◘ケイオシアム参考文献（pdfファイル）

○Paul Maclean「A Call of Cthulhu Collector's List」

　（www.yog-sothoth.com、2005）

◘ケイオシアム参考文献（webサイト）

○30 anos de Call of Cthulhu
https://leyenda.net/cthulhu/articulo.php?id=1408
○Call of Cthulhu Game Materials（as of 5th November 2001）
https://www.caliverbooks.com/Partizan%20Press/valk%20website/cocDB.html
○RPG.net
https://www.rpg.net/
○Susurros desde la Oscuridad
https://www.susurrosdesdelaoscuridad.com/
○WAYNES BOOKS RPG Reference
http://www.waynesbooks.com/CallofCthulhu.html

参考資料

✦ 【研究書・雑誌特集】

『All Over クトゥルー　クトゥルー神話大全』森瀬繚　三才ブックス

『SFマガジン』2010年5月号「クトゥルー新世紀」早川書房

『H・P・ラヴクラフト大事典』S・T・ヨシ　KADOKAWA

『クトゥルー神話全書』リン・カーター　東京創元社

『クトゥルー神話大事典』東雅夫　新紀元社

『クトゥルー神話の本』（エソテリカ別冊）学習研究社

『ゲームシナリオのためのクトゥルー神話事典　知っておきたい邪神・禁書・お約束110』森瀬繚　SBクリエイティブ

『最新版SFガイドマップ』デヴィッド・ウィングローブ編　サンリオSF文庫

『総解説　世界の宗教と教典』自由国民社

『ファンタジーの冒険』小谷真理　筑摩書房

『文学における超自然の恐怖』H・P・ラヴクラフト　学習研究社

『ホラー小説大全』風間賢二　角川ホラー文庫

『ホラーを書く！』朝松健（ほか）／インタビュー東雅夫　小学館文庫

『ユリイカ』2018年8月号　特集クトゥルー神話の世界　青土社

『The Annotated Lovecraft』S.T.Joshi　Dell

『Encyclopedia Cthulhiana』Daniel Harms　Chaosium

『H.P.Lovecraft Collested Essays』Edit by S.T.Joshi Hippocampus Press

『H.P.Lovecraft The Complete Fiction』Barnes & Noble

『Lovecraft A Biography』L.Sprague de Camp Doubleday

『Lovecraft Remembered』Edit by Peter Cannon Arkham House

『More Annotated Lovecraft』S.T.Joshi & Peter Cannnon Dell

✦ 【小説】

『アーカム計画』ロバート・ブロック　東京創元社

『アウトサイダー』コリン・ウィルソン　集英社

『アルハザードの遺産』新熊昇　青心社

『アルハザードの逆襲』新熊昇　青心社

『暗黒界の悪霊』ロバート・ブロック　朝日ソノラマ

『暗黒神ダゴン』フレッド・チャペル　東京創元社

『暗黒神話大系クトゥルー1〜13』ラヴクラフト他　大瀧啓裕編　青心社

『異形コレクション』井上雅彦・編　廣済堂文庫

『ウィアード』大瀧啓裕・編　青心社

『インスマス年代記（上下）』スティーヴァン・ジョーンズ編　学習研究社

『オンリー・イエスタデイ　1920年代・アメリカ』F.L.アレン　筑摩書房

『玩具修理者』小林泰三　角川書店

『肝盗村鬼譚』朝松健　角川書店

『クトゥルー・オペラ』風見潤　朝日ソノラマ

『クトゥルー怪異録』菊地秀行・佐野史郎他　学習研究社

『クトゥルーの子供たち』リン・カーター、ロバート・M・プライス　KADOKAWA

『クトゥルー・ミュトス・ファイルズ』創土社

『クトゥルフ神話カルトブック　エイボンの書』　ロバート・M・プライス編　新紀元社

『クトゥルフ神話への招待』　扶桑社

『ク・リトル・リトル神話集』　荒俣宏・編　国書刊行会

『黒の碑』　R・E・ハワード　東京創元社

『黒の召喚者　ブライアン・ラムレイ』　国書刊行会

『崑央の女王』　朝松健　角川書店

『賢者の石』　コリン・ウィルソン　東京創元社

『斬魔大聖デモンベイン　ビジュアルファンブック』　エンターブレイン

『屍食回廊』　朝松健　角川春樹事務所

『邪神たちの2・26』　田中文雄　学習研究社/創土社

『邪神帝国』　朝松健　早川書房/創土社/書苑新社

『邪神ハンター1・2』　出海まこと　青心社文庫

『十の恐怖』　朝松健他　角川書店

『小説ネクロノミコン』　朝松健　学習研究社

『真ク・リトル・リトル 神話 体系1〜10』　H・P・ラヴクラフト　国書刊行会

『新編真ク・リトル・リトル神話体系1〜7』　H・P・ラヴクラフト　国書刊行会

『新訳クトゥルー神話事典コレクション』　H・P・ラヴクラフト　星海社

『精神寄生体』　コリン・ウィルソン　学習研究社

『タイタス・クロウ・シリーズ』　ブライアン・ラムレイ　東京創元社

『定本ラヴクラフト全集1〜10』H・P・ラヴクラフト　国書刊行会

『天外魔艦』　朝松健　角川春樹事務所

『二重螺旋の悪魔』　梅原克文　角川書店/創土社

『ハスタール』　伏見健二　KADOKAWA

『秘神　〜闇の祝祭者たち〜』　朝松健・編　アスキー

『秘神界　〜歴史編・現代編〜』　朝松健・編　東京創元社

『秘神黙示ネクロノーム1〜3』　朝松健　KADOKAWA

『ブラック・トムのバラード』　ヴィクター・ラヴァル　東宣出版

『ペガーナの神々』　ロード・ダンセイニ　早川書房

『ヘンダーズ・ルインの領主』　安田均&グループSNE　ホビージャパン

『魔界水滸伝』　栗本薫　角川春樹事務所

『魔界創世記』　菊地秀行　双葉社

『魔犬召喚』　朝松健　角川春樹事務所

『魔障』　朝松健　角川書店

『魔道書ネクロノミコン』　ジョージ・ヘイ編　コリン・ウィルソン序文　学習研究社

『夢魔の書』　H・P・ラヴクラフト・著　大瀧啓裕・編　学習研究社

『妖神グルメ』　菊地秀行　朝日ソノラマ

『ラヴクラフト』　恐怖の宇宙史　H・P・ラヴクラフト　角川書店

『ラヴクラフト全集』　H・P・ラヴクラフト　東京創元社

『ラヴクラフトの遺産』　ブライアン・ラムレイ他　東京創元社

『ラプラスの魔』　山本弘・著　安田均・原案　角川書店

『ロイガーの復活』　コリン・ウィルスン　早川書房

『R.P.G.』　宮部みゆき　集英社

『YIG　美凶神1・2』　菊地秀行　光文社/創土社

✠【コミック】

『ARMS』　皆川亮二　小学館

『エンジェル・フォイゾン』　渋沢工房　メディアワークス

『塊根の花』　八房龍之助　メディアワークス

『栞と紙魚子』　諸星大二郎　朝日ソノラマ

『邪神伝説1〜5』　矢野健太郎　学習研究社

『召喚の蛮名』 槻城ゆう子 書苑新社
『昇天コマンド』 西川魯介 ワニマガジン
『スプリガン』 皆川亮二 小学館
『仙木の果実』 八房龍之助 メディアワークス
『DEATH』 MEIMU 角川書店
『ニライカナイ』 岡田芽武 講談社
『夢幻紳士』 高橋葉介 朝日ソノラマ
『宵闇眩燈草紙』 八房龍之助 メディアワークス
『妖神降臨 真・ク・リトル・リトル神話コミック』 板橋しゅうほう他 アスキー
『PHPクラシック・コミック』 PHP研究所

✦【映像】

『ウルトラマンティガ』
『ゾンバイオ 死霊のしたたり 1・2』
『ダゴン』
『ネクロノミカン』
『マウス・オブ・マッドネス』

✦【ゲーム】

クトゥルフの呼び声関連のTRPGは332ページ参照
『ゴーストハンター02』 イエローサブマリン
『斬魔大聖デモンベイン』 Nitro+
『ブルーローズ』 エンターブレイン

✦【他、書籍、映像、雑誌、ウェブページ】

多数

後書き　〜大いなる夢の中で〜（2004年版の後書き）

夜が明けていく。

ラヴクラフトの夢はまた朝もやの中に消え、日常が始まる。

多分、きっと。

朱鷺田祐介です。今後ともよろしく。

私が初めてクトゥルフ神話作品に触れたのは中学の頃。どちらかといえば、スペース・オペラやヒロイック・ファンタジーの人だった私が、ロバート・E・ハワードの作品ということで『妖蛆の谷』を手に取ったのが神話との出会いでした。朝松氏のような嵐の出会いはなかった。ただ、ずいぶん、暗い闇の中に何か巨大なものが蠢く様子だけが印象に残り、その後、クトゥルフ神話という名前は熾き火のように心の片隅に残った。バロウズの冒険活劇を読みふける傍ら、ちまちまと神話の断片を辿っていった。

今回、この本を書くことになったのは偶然と言ってもいい。

「クトゥルフ神話の解説をやってみませんか？」

別の企画を持ち込んでいたアークライトで、担当の宮野編集長から声をかけられた。気軽に引き受けて実作業に取り掛かってみると、自分の無謀さが身に染みた。邦訳作品だけでも数十冊、最近の伝奇ホラーやマンガ、ゲームのジャンルまで手を広げると、まさに数え切れない。私自身、その前年発表したTRPG『上海退魔行〜新撰組異聞〜』で神話ネタを盛り込んでいる。

クトゥルフと言えば、斯界の大御所の方々が熱狂し、踊り狂った挙句の果てに、「ふんぐる、ふんぐる」とか「てけり・り」とか叫び出すような通好みの題材。知人たちは「何、無茶な仕事を」と言う。

ラヴクラフトの総論を書いたところで己の力不足に気づき、行き詰った。書けなくなった。パソコンに向かっても原稿1枚書けない。ただ締め切りだけが近づき、通り過ぎていった。

進退窮まった。

このままでは、戸口に名状しがたきものが這いより、窓にタール状の粘液がこびりつき、部屋の角からはティンダロスの猟犬が這い出してきそうだ。

何か、この状況には記憶があるぞ。

思い返してみると、15年ほど前に、同じことを、同じ出版社でやったことがあることに気づいた。

デビューして間もない頃、『ファンタジー・メイキング・ガイド』という本を書

いた。ファンタジーというジャンルを一冊で解説し、その作り方まで紹介しようとする無謀な本だった。

どうやら、私は15年間、あまり成長していないのかもしれない。

それでも、あの本は良かった。私も若かったし、同種の解説本がなかった。今回の本には東雅夫氏の『新訂クトゥルー神話事典』、山本弘氏の『クトゥルフ・ハンドブック』など強力な先達がいる。

かくして行き詰った私は、色々抜け道を模索した挙句の果てに、結局、創元推理文庫のラヴクラフト全集と青心社のクトゥルーをもう一度、丹念に読み返した。濃厚な描写に酩酊感を覚えつつ、読み直すうちに、頭の中に不可解な連想ネットワークが張り巡らされていくのを感じた。

本の構成が見えてきた。

もう一度、自分の言葉でラヴクラフト作品を語ってみよう。一から始めよう。今の若い読者のために、ラヴクラフトの作品を系統化してみよう。

ただ、堅苦しい分類論以外で、クトゥルフ神話の懐の深さを語っておかねばならない。ならば、最新のクトゥルフ作品まで幅を広げよう。

かくして、何とか書き上げることができた。

しかしながら、この本はあくまでも解説に過ぎない。もしも、本書でクトゥルフ神話の魅力の一端でも感じていただけたならば、ぜひともラヴクラフトの作品を読んでいただきたい。あるいは本書で紹介した幾多の作品に手を伸ばしていただきたい。そこから、広大な神話の宇宙に踏み込むことができるだろう。

最後に、本書の執筆に協力してくれたさまざまな方に感謝の言葉を捧げます。

この企画を立ち上げたアークライトの宮野さん、久方ぶりに機会を与えてくださった新紀元社編集部の皆さん、素晴らしい表紙を描いてくださった槻城ゆう子さん、イラストの原友和さん、巻末付録を作成してくれた武田さん、ラヴクラフト全集のプロット収集に協力してくれた密田憲孝君、本当にありがとうございました。

そして、クトゥルフ神話を紹介し、翻訳し、執筆し、撮影し、広げ、拡大し、改良し、受け継いでいったすべての先人の皆さん、日本でのクトゥルフ神話を支えている各出版社、東京創元社、青心社、国書刊行会、学研、朝日ソノラマ、早川書房などなど。そして、神話を読み、遊び、楽しんで下さったファンの皆さんの存在がなければ、この本は書かれることさえなかったでしょう。ありがとう。そして、またお会いしましょう。

2004年6月22日　台風の後の朝日をながめながら

朱鷺田祐介

後書き　16年後の改訂版後書き

そして、16年が経過した。

時代は変わった。ラヴクラフトの死後80年が経過し、日本では第4次か5次目のクトゥルフ神話ブームがやってきた。そこには動画経由の『クトゥルフ神話TRPG』ブーム、そして、シンクロするような『這いよれ！　ニャル子さん』アニメ化まで含めて、この改訂版を書いている2020年4月（そう、コロナによる緊急事態の最中である！）の段階で、クトゥルフ神話は大きく成長した。

すでに書いたように、偶然、私のところに回ってきた仕事であったが、改めてラヴクラフト作品を読み直してみたら、ずいぶん面白く、この十数年、クトゥルフ神話と深く関わることになった。さまざまな媒体でクトゥルフ神話の解説記事を書かせていただいた上、『クトゥルフ神話TRPG　サプリメント　比叡山炎上』（2007）を制作したり、『クトゥルフ神話検定』（2013年開催）を監修したりすることになったのもこの延長線である。2012年からは、阿佐ヶ谷ロフトAにて、森瀬繚氏とコンビで、8月20日のラヴクラフト聖誕祭、3月15日の邪神忌（ラヴクラフトの命日）というトークイベントを開催するようになり、本書で紹介した作家のうち、何人かの方には出演していただいた。そうした16年間の間に、私のクトゥルフ神話に関する見方もかなり変わってきたが、本改訂版では、できるだけ大きな修正をせず、情報を追加して、本文を整理する形で対応した。

大騒ぎの状況で、編集さんにもご迷惑をかけ、森瀬繚氏には全体をチェックしていただきました（とはいえ、間違いがあれば、私の責任である）。また、TRPG関係の項目では、『クトゥルフ神話TRPG』をサポートするアーカム・メンバーズ（坂本雅之さん、立花圭一さん、寺田幸弘さん）に大変お世話になりました。感謝いたします。

その結果、出来上がった本書に関して、最後に上げる言葉はやはり、同じものである。「もしも、本書でクトゥルフ神話の魅力の一端でも感じていただけたならば、ぜひともラヴクラフトの作品を読んでいただきたい。あるいは本書で紹介した幾多の作品に手を伸ばしていただきたい。そこから、広大な神話の宇宙に踏み込むことができるだろう」

2020年8月某日　朱鷺田祐介

INDEX

さ ▼

た▼

クトゥルフ神話ガイドブック
改訂版

2020年10月8日　初版発行

著者	朱鷺田祐介（ときた　ゆうすけ）
カバーイラスト	槻城ゆう子
本文イラスト	槻城ゆう子／原　友和
編集	上野明信
	株式会社新紀元社　編集部
デザイン・DTP	株式会社明昌堂
協力	坂本雅之
	立花圭一
	寺田幸弘
	森瀬　繚
	（五十音順）
発行者	福本皇祐
発行所	株式会社新紀元社
	〒101-0054　東京都千代田区神田錦町1-7
	錦町一丁目ビル2F
	TEL 03-3219-0921/FAX 03-3219-0922
	http://www.shinkigensha.co.jp/
	郵便振替　00110-4-27618
印刷・製本	中央精版印刷株式会社

ISBN978-4-7753-1847-8

Printed in Japan